思城以安

SICHENG YI AN

楚殃◎著
CHU YANG ZHU

江西高校出版社
JIANG XI UNIVERSITIES AND COLLEGES PRESS

图书在版编目(CIP)数据

思城以安 / 楚殃著 . — 南昌：江西高校出版社，2013.4

ISBN 978-7-5493-1886-5

Ⅰ. ①思… Ⅱ. ①楚… Ⅲ. ①言情小说—中国—当代 Ⅳ. ①I247.5

中国版本图书馆 CIP 数据核字(2013)第 066818 号

思城以安

楚殃 著

责任编辑	邱建国
封面设计	杨 青
排版制作	邓娟娟
出版发行	江西高校出版社
社 址	江西省南昌市洪都北大道 96 号
邮政编码	330046
总编室电话	(0791)88504319
编辑部电话	(0791)88595397
发行部电话	(0791)88517295
网 址	www.juacp.com
印 刷	北京艺堂印刷有限公司
经 销	全国新华书店
开 本	700mm×1000mm 1/16
印 张	18.5
字 数	280 千
版 次	2013 年 10 月第 1 版第 1 次印刷
书 号	ISBN 978-7-5493-1886-5
定 价	24.80 元

赣版权登字-07-2013-180

代序

别来无事，书于自己

江南以南，天润微暖。我一直想写一本书，纯粹只是属于你我他的文，用来回忆和缅怀，还有激励。让思绪饮醉在白纸上，等到年华老去的时候，回过头来看看我们久违的些许。

我在四月的安昌古镇，一个人走完一条河。没有再上乌篷船的心情，我不想在看到桥底青苔的时候哭，绝不。我问你在哪的时候，你答你一直都在，我曾经问过他相同的问题。

我记得年前的离别场景，我在车上哭，你却让我笑。那夜离开楚城，一千三百公里的距离，我一直在哭。别来之后我在空间记事，我们很多时候都在相聚，然后离开，然后再相聚，然后再离开。我想此刻，对你的思念必须要仅限于此才好吧。

2009-10-26

沫心凝华，凭高望，日起草梳妆；素衣染，铅脂不再，暗椟匿枭。

我说这句话的时候你让我送你回家。

你穿紫色的帆布鞋，白衬衣。

我惧怕这样的夜晚。没有温度，没有声音。

黑色让我躲闪不及，它为何总是来得这般毫不犹豫？

2010-07-1

江氤南氲年年雨，山朦水胧时时君。青城红伞芭蕉下，总问明日可

艳阳？

暑假，回到烟雨江南的故乡。

你把白衬衣送我。自此，再没有回去。

我不喜欢脖子僵直的那种痛楚，于这个漫长的无休止的夜里打翻情绪。

一口气喝下一杯凉白开，我需要这种刺激来令我冷静。眼泪来得悄无声息，就如同这铺天盖地的黑暗占据整个空间。

2010-09-21

月已圆，秋未央，半面红妆笑看花。留也留，走亦走，一半清思赠君侯。只道婵娟相似，佳节瘦。离人含笑敛愁。

八月清明，载离愁。

我毅然决然要跨越一千三百公里的时空障碍同你去爬一座山。

手渐渐开始发麻，敲击的频率如同破晓的星辰一般殆尽。

我还能感受到撕裂的心脏失去节奏的跳动。不知道从什么时候起，胃开始抽痛。这种煎熬就好似绞刑架上的歹徒临终前那一个闪念，只是要把这个瞬间一遍一遍地重复。

2010-10-01　19:03:38

墨染山林，醉卧。挑发拨，乱三千，青丝错。痴情这般，落。待得明朝东方过，日上头，便是君所。

2010-10-01　21:14:41

断头骚，离人恼，千里赴楚会霸王。乌骓泪，美姬刀，一别相逢在何朝。阴曹。

2010-10-02　04:48:42

片尘虚襄阳城，三更秋寒雨纷纷。待到明朝灯火灭，途尽楚涩是故人。

这个时候身在无座拥挤的车厢里，一路倒行的风景以及回忆像车厢里的劣质烟味一样呛得人无法呼吸。

拮据到没有太多的钱去买足够的粮食，我捧着手机等待黎明。想来深深睡去便可以忽视一切不堪忍受的场景，无奈我站着实在睡不着。

前段时间与同事聊到保养，突然觉得自己有几万岁了。日复一日下降的身体状况依旧不能唤起我对自己的一点点怜悯。你到底要任性到什么时候？无端折煞了这般良夜祭奠的是如何难以言表的情绪。

你该累了。你该睡了。

2010-10-25

雨止风起浪未平，倒有晴，烟愁那堪过长亭。红油伞，青石板，古纤痕新。

我喜欢在久雨初晴的早上释放不一定需要释放的心情，继而再度深深睡去。

这天起很早，我一路从古迁道跑到十一号桥。躲在桥洞里哭了许久时光。灰色的天空与阴暗的桥壁形成完美的弧度，借着远处施工的强大轰鸣声狠狠地哭。我心脏一阵抽痛，所有的思念，歇斯底里。

我想是中了夜的蛊，直入骨髓。

我不是白净细腻的人，带着粗糙暗黄的瘦弱，傻傻地夹着笑容。从来没有想过哪一天会失去这个笑容，这是我无法名状的恐惧。悬在半空中思索，用冻得通红的奇形怪状的手轻轻拍三下心口，还好还好，我还能笑。让指甲划疼的皮肤提醒我不是在梦中。

2010-11-02

秋里盼秋，灯枯人影竟瘦，堪回首。十一月惆，既等归人又羞，未相见，恼离愁。走总要走留未能留。

我用九两眼泪换你十分爱惜，你却让我笑。

我可以预见多少时光之后的离愁，那一次，又是多久？

凌晨的温度剜开无形的虚像蔓延开冬日的气息，我知道这个态势绝不手下留情。喉咙到底有没有痛都已经分不清楚，还是吞下冰冷的液体妄想让自己碎在玻璃杯里。

破晓的光至少让我觉得不会寂寞。

2010-12-28

绿兮淇水漪，君自长戚戚，心之忧兮，唯以风相送。碧山半天立，清溪村边走，惜顾无名，今朝再回首。月下箜篌鸣，对影成三人，千年已过，梦醒人消瘦。

绿兮泊舟起，随波逐浪行，亦泛其流，不记五州侯。考盘在涧过，三岁越三秋，北风凄影，悠悠独说愁。携手同携老，死生何契阔，千年已过，梦醒人消瘦。（引自歌词《思无名》）

我们每个月都在相聚。

跳自己编排的舞蹈《思无名》的时候我依旧感恩，无论步入多大的阴谋也好，什么都好，再相遇是我对自己最大的体恤。流年里最后一个金秋，我如是说。

妆浓得吓人，要插上象牙色的筷子当发簪，套长长的金色的指甲。而于我，再度出现仅仅只是因为你。

我知道，思念不过是场冗长的等待。

我知道，你和他一直都在。

楚殃

2012-05-25

目录

思城以安

第一章
短尘世，晚流离

❶ 江南，青花

【我把念想化作一切视觉、嗅觉或者触觉，有形的东西可以掩盖抽象的疼痛。】

我叫田心，喜欢一切古的事物。

在江南，有一布叫做青花。我不知道要怎么形容这种颜色，但是在中国颜料里有一种颜色叫做花青，就是它。我喜欢这种冷色调以及这种布料独特的质感。而青花，也是江南人家最为常见的布料，我记得儿时外婆的方巾就是用它做的。

外公病危的那年我念高一。接到母亲声泪俱下的电话，待她说明外公重病之后我还是不动容地挂掉了。但是在挂掉电话之后的一秒我哭了，然后是整夜的啜泣和胃痛。我只记得当时自己好像做错了一件什么事情，我惧怕回去见到父母之后被盘问。我忘记了具体是一件什么事情，无非是在课堂上啃苹果或者被某某看见我在数学课上写小说被老师批评，诸如此类的琐事。想来我这是有多可悲，即便是再小的错误都会因为害怕最后的责罚和中途的教训而耽误了真正重要的事情。

我真的不是一个有担当的人。无论是知道还是不知道自己错在哪里，我都会愿意并不断地去改正，我并不是一个骄傲的人，只是我害怕长久的絮絮叨叨的教训和苛责。尽管这种害怕是有原因的。

周六，外公死了，我是哭着跑着赶去灵堂的。这再次让我感到生命的脆弱和尘世的迷离，第一次是多年之前失去他的时候。

瞻仰外公遗体时，我看见那么多的青花布。红木的灵柩，里面是青花内衬。米糠做的枕头，也被严严实实地包了一层青花。外公穿青色长衫，绸布、铜钱纹。突然鼻子一酸很想哭，外公生前是很爱财的，即便如此，他还是会在我做客离开的时候塞钱给我。

可是，我却连最后一面都没有见他，我真的是不孝顺的。

我惧怕任何一个人在我面前死去，那种想抓住又无能为力的痛苦是任你再怎么苦苦挣扎都无济于事的。我不想要这种痛。

九月，阳光不会太刺眼。独自来到一座城，我要逃离江南阴冷烟雨的记忆，擦掉那段挥之不去的糟糕的记忆。这里没有从小到大司空见惯的东西，比如木莲羹，比如奶油小攀。结识你是在军训的时候，你声嘶力竭地在九月的阳光下分配队伍。我在五排，你带三排。

你穿紫色的帆布鞋、白衬衫。皮肤很好看，惨白惨白的白。我喜欢这种颜色，正如我喜欢青花是一样的，我承认我的审美有点病态。那在之后，我在心里称呼你为白色少年。你是可以在任何有文字冲动的时候随处坐下的人，身上永远带了笔跟纸。那日，落日金辉镀你半面容颜，你坐在前街公交站牌的水泥地上动笔。

我作为新生代表编排舞蹈的时候，你在楼梯拐角吃泡面路过。我装作看不到你，继续排练。我也是在后来才知道，你是故意跑来看我的。

你说在那之前，你见过我，可惜我没想起来。

我穿一身青花旗装闯入你在的城市。不是要把江南的殇带到这里来延续，我想我可以走出来。我把对家的思念转化成所有的视觉、嗅觉抑或触觉。有形的东西无论如何都会比无形的情绪来得有分量吧。青花，一度是我钟爱的东西，比如这一身。

每每穿这一身青花旗装，我就会有一道撑着黑布油伞在长长的古纤道上行走的记忆。这一刻，我在想，对一座城的想念，绝非仅仅局限于此，但是睹物为思确实要比那些绵长的无休止的情绪来得铿锵有力。

❷ 楚地，一条街

【那种安静、安然、安生的生活，是可以摒弃浮华繁丽作为代价的。】

这是一座旧城，用“旧”这个字眼应该很形象。不宽的马路，招手即停的公车，道路两旁歪歪扭扭奇形怪状的行道树，傍晚提着一篮子鸡蛋叫卖的婆奶。第一次发现橘子是可以卖到一块钱五斤的,第一次发现一个城市的距离是可以用走的,第一次发现不仔细看外包装是会买错东西的。

然而,我喜欢这里。我喜欢与世无争,我喜欢安然、安静、安生。

那有一条街,烦嚣、杂乱、肮脏。你笑着说它有一个好听的名字,它叫水货一条街。那是我第二次见你笑。第一次是你跑进来我所在的杂物间寻找你所遗落的东西的时候,你出去之后,微笑着询问我是否需要把门带上。我也是在事后才知道你是故意遗落东西而后进来寻找,继而询问我要不要把门关上。你是藏得太深,我是想得太浅,我说过我从来都不是骄傲的人。

你爱上我之后,变得幼稚了。

初见你的时候我对你的印象是你从来不会笑。我害怕看到这样一张冷峻的脸,任何时候的不苟言笑都会让人觉得那样拒人于千里之外。你不容人靠近,你给人以距离感。正如之后你告知我说当初我穿青花旗装莞尔一笑的那个瞬间,你是有多黯然,你在心里告诉自己,我是可望而不可即的女子。其实,你我都一样,实在是自认为低至尘埃,就像木乃伊,那些包裹肉体的布条儿把灵魂都给禁锢了。你我,都是自卑的人。

而我印象中的这样一张相似的脸却不是这样的。是的,我忘了说其实你们真的很相似。我没有告诉你,第一次见你在军训分组的时候,你微微扬起的下颚流线,那个画面勾起我对某个人的情绪从而泛滥了成灾的记忆。但是,任何时候我都是不想哭的,尽管最后往往无法控制。你更不知道这个人在我心中的重量。

逛水货一条街的时候我刚加入你所在的社团,第一文学社。你是社长。那天我总共买了七件物品,但是有五件是假的。海飞丝不是海飞丝,是海风丝;康师傅不是康师傅,是廉师傅。我终于明白为什么要把一条街叫做这个名字,可惜当我明白的时候,已经晚了。

为了寻找一件记忆中的物品把整条街逛遍,无果。那是一个正红色绣金色梅花的锦盒。是这样的,我每到一个新的地方,都会这么寻找一番,尽管到现在为止还没有收获。有这么一个习惯,也是有原因的。

尽管旧城这么小,可我还是迷路了。

我有着很烂的方向感。这点我必须得承认,我是路痴。

我想去买一管曼秀雷敦的唇膏,于是逛遍了整个城。最终还是没有买到,但是我把自己弄丢了,直到我看见你。

你径直走着,没有说话或者没有察觉。我与你保持九尺距离,默默跟着你走。那时候我们还不熟。如今想来这是很傻的举动,当时我却不假思索地那么做了。

因为我当时在想，如果不跟着你我就回不去了。那次过后，我再也不敢一个人逛街了，就算那条街再短也好，什么都好。

但是我还是喜欢这里。

❸ 楚地，新校址

【记忆中的他们日出而作日落而息，这让我羡慕到红了眼睛。】

新校址是市区一座大山夷平之后的产物，与旧城相差四小时的出租车时间。搬到新校址的时候，它还在建。晴天尘土飞扬，雨天道路泥泞。反正每天回到寝室要做的第一件事情，不是拍掉身上的风尘就是洗净鞋子上的泥污。

这里比那里要富裕一些，开始有宽阔的马路和大型的超市，可以买到曼秀雷敦和施华蔻。诚然，我对于洗发水没什么特别的讲究。

搬过来的时候是十一，我记得很清楚，那一天我买了紫色美瞳片，这是我在旧城想了好久却没有买到的。之前从来没有接触过隐形眼镜，这第一次戴就选择了这么跳跃的颜色。我想要是有白色我一定是会买白色的，那是我多么钟情的颜色。想也不可能有，于是敲定紫色，因为这是最接近青花的冷色调。

你就在这座小城里生活，你家在六塔。五塔、六塔相连的地方，有一条街，是这个城市最繁华的地方。

寝室里的人都很友善，她们多是来自山村的孩子。我喜欢她们那种诚挚的不带有任何杂质的眼睛，里面看不到这个凉薄人世的一切恩怨情仇，在她们眼里就只有读书。也有例外，比如同我一样来自江南的一个老乡和一个川妹子。生活在这里总是不露痕迹地愉悦，我已经在那个噩梦中活了七年之久。来到这里，是不同程度的自我慰藉吧。楚地，是楚地啊。

我其实没有多成熟，只是经历了一些不愿意经历的事情，尔后尘封了七年而已。这些故事，之后我也是会说的。

来到楚地的近一个月时间里，一直在拉肚子。我原就不是有一个好肠胃的人，更何况在吃惯了江南酸甜小菜的时候突然一下子要接受干辣干辣的食物。但是这种状况也只是出现了一个月而已，我原本以为会是更长一段时日。暗暗告诉自己，我还是有很强的生命力和适应力的。

新校址后面有一条山路，叫做蓝海路。我当时在想，是不是因为这里是山城，故而需要这样一个名字。翻过那座山，可以到达三塔。与五塔、六塔相比，三塔会逊色很多。这里没有太繁华的街市，也没有那些彻夜不眠的霓虹，可是这里却多了几分温馨。附近是简陋的居民楼。傍晚时分，小街道会变得很吵闹。人来车往的，当然，这个车是指自行车。人们会自动聚拢来形成一个没有章法的集市，摆摊卖一些小东西的，推车做小吃的，在卡车上卖水果的。

我从来没有走过山路，不会爬山。印象中的山都是有台阶的，只要走得动，就可以达到顶峰。但这里不一样，石头山光秃秃的脑袋与不远处的挖掘机相映成辉，我知道在不久之后就会看不到它们了。待一切夷为平地，就会有更多陌生的繁华、喧嚣的景。

你带我翻过这座山是去寻找你童年时的食物，你把它叫做"油漆饼"。我知道人们的味觉和记忆是成正比的，小时候吃过的那些东西不一定有多美味，但是留在回忆里就一直是很美味的印象，而且时间越长这个记忆就越美好。我还记得那种白色的棒冰，吃起来有一种清凉的薄荷的味道。还有黄褐色的一粒粒的小圆丸，俗称"老鼠屎"的东西，现在吃起来也不是那么好吃的。

你说做"油漆饼"的夫妇会用一个刷油漆用的刷子在平的圆铁板上摊出薄薄的饼，很是好吃。你小时候一度不敢吃这种饼，认为这种东西是会把人吃死的，因为那种工具是刷墙壁的，很不干净。

傍晚的时候，在居民楼的一个拐角，我们找到了一对夫妇。你说得没错，多少年过去了，可能这对夫妻也不是你童年时候看到的那对，但是这种生活依旧没有变。夫唱妇随，日出而作日落而息。

突然很向往这种生活。

❹ 楚地，喉糖

【我们吃遍每一种口味的喉糖，庆祝你我共同的爱好。】

我喜欢清凉的薄荷的味道。比如那种三潭印月造型的小玻璃瓶里面的绿色液体——风油精，比如红色的一元硬币大小的蜡黄色膏状体——万金油，用来缓解老年人风湿骨痛的白色膏状体——白虎活络膏，花露水，白糖棒冰，牙膏，木莲羹，喉糖。

军训的时候同你一起带三排的学姐来自海南，我们叫她海南姐姐。那个时候三排和五排同在一个场地训练。小息，海南姐姐叫我过去给我喉糖吃，我把同寝室的川妹子带上。黄褐色的半透明的糖，放进嘴里，凉凉的这种感觉很好。我喜欢在边吃喉糖的时候边深呼吸，这样可以更多地感受一种清爽的欢愉。

我极度迷恋这个味道。直到再度开始训练的时候我才发现手上还拿了一板喉糖。

我没有再还回去。

交心之后有一次谈话，偶然聊到喉糖这个话题，你说那是胖大海牌子的喉糖，一板八粒，一包两板，九元钱。我这才知道原来那喉糖是你的。我们把这件事归结为喉糖事件，庆祝我们共同的爱好。

你说当时我把你的喉糖拿走了，害得你下午播音的时候出了岔子。我说你不该把所有的失误归结于我。你说你是无赖地要赖上我。我说太过于接近我的人不会太好。

我们吃很多牌子的喉糖，然后找到一种薄荷味最浓的。我不喜欢太甜的食物，就和吃多了油腻的汁水之后会在脑子上浮现一层油花并且明显抵触再度进食的那种感觉是一样的。吃多了甜食就想吃咸的，吃多了油腻的就想喝水。

喉糖让我想起薄荷，我给你讲记忆中关于薄荷的人和事。

"你喜欢薄荷么？"

"我喜欢吃，倒没种过。"

"我是种过的，那是很好料理的植物。"

"那样多好。"

我记得初中有个同学姓沈。每个班级都有一个被同学和老师公认为"脑子有病"的人，不仅仅是因为成绩差，而是确实地在心底出现"他的脑子是有点不一样"这样的想法，而现在想来也仅仅只是成绩差了点吧。我和这样的同学玩得特别好。这个姓沈的同学就是这样一个人物。

再想想这样的同学我是会感到愤愤不平的。总有天生不适合读书的人，却被遭到人身攻击还会笑颜面对。我尤其记得沈同学的笑容。他不干净，很邋遢，常常感冒还是什么，鼻子上总是挂着两行鼻涕，还是黄色的那种，四方脸，吊角眼。

他叫我武则天。其实我没有那么强权，只是天生的大嗓门喜欢在上课铃响的时候提醒他们一下，上课了。他是可以和我玩到一块的人，他会在每次课间给我讲昨天发生在他身上的事。我记得那一次聊到植物，他说爷爷家有薄荷，他会在洗澡的时候摘几片叶子下来搓。

我说是薄荷么？可以给我一株么？第二天他果然给我拿来了一株。

只是这株薄荷在我外出求学的那段年岁里面，同家里的老房子一起，被翻到不知道哪里去了，尽管曾经得到它的时候那样欣喜若狂。

第二章

交心之后是更多的处

❶ 楚地，十一月

【一对木乃伊拆卸掉所有用来自我保护的布条儿，战战兢兢地相视而笑。】

我是在十一月十一日正式答应做你女朋友的。你有着同我一样的对爱的执著和不惜一切绝不理性的爱情观念。我们都有爱情洁癖症，我们都是偏执的怪物，你知道我们很多执念在人看来都是莫名其妙的，比如我们喜欢白色，比如我们讨厌“美女”、“帅哥”以及所有诸如此类的词，比如我们杜绝在干红中加入冰块。

你在红叶中学读的高中，我说为什么要叫红叶中学。你说在很久很久以前，这里的道路两旁都是枫树，叫做红叶沟，里面有所红叶中学。只是后来为了扩建马路和居民楼，就把所有的枫树都砍掉了，所以就变成了现在这般模样。

我能够想象到昔日暮秋随风飞落的枫叶，那是多么美好的画面。建设初期，人们在经济和环境之间毫不犹豫地选择了经济。不管多少年之后再怎么后悔也好，时间永远回不去了。任何东西初期的成长都会拿什么作为交换的筹码。一个人经历了失败、挫折、大难、时光之后才有可能换来成长和成功。

这一年的十一月区别于往年的最大一点是下了一场大雪。过去的几多时光，十一月都是充满阴霾的雨天，那种连绵的雨会不断从低沉的云层中吐出来，叫人窒息。而这一年，是雪，有着我极端迷恋色彩的雪。我开始觉得十一月也不是想象中那么让人的情绪不堪一击。

“听说明天要下雪。”

“如此甚好。”

“明天下午放学，在教学楼北出口等我。”

“如何？”

“拜托。”

“好。”

这天是我生日。十一月十一日，果真下雪了。我在北出口等你下课，你带我去书店。一本《说文解字》和一本《楚辞》。你侃侃而谈，从达尔文的生物起源论一直讲到爱因斯坦的相对论。这一天我发现你不是想象中那么沉默寡言的人。我说“楚”字有着叫人深陷其中的魔障，你大为不解，我说抱歉，仅对于我。

你带我回到你中学的教室。教室是空的，学生想必都已经回家了。我们翻看教室里每一个学生的读书笔记，这是多么不道德的事情。你说曾经你就坐在教室最后面的角落里。午夜，我们去登一座山。你在途中停下来，坐在台阶上不说话。

临近午夜，残星稀稀拉拉。四周有风起，吹乱了很多东西。树影斑驳地隐在黑暗中，你说生日快乐，今年的今天开始，做我女朋友吧。还是淡淡的语气，不为动容的表情。我说好。你把头枕在我腿上，我能明显感受到你颤抖的身体，你一直不断不断地求我不要离开。我说我一直都在。我在想倘若你同他一样，我要担心离开的是你。

我是不是说过，爱上我之后，你变得幼稚了。你开始大声笑，开始试图幽默，开始对什么都持乐观态度，开始变换身上的黑白两种色彩。你是一个木乃伊，把自己包裹得严严实实只是为了减少伤害。现在你把所有的布条儿在我面前拆除干净。

十一月，一直是我不敢直视的月份。暮秋的落雨时节、带着秋的萧瑟的苦风、枯黄的叶子、行人、车道、路灯、乌桕，还有在心里浮浮沉沉的七年光景。我在二十岁生日的时候，给自己一个交代。我爱你，比你爱我差那么一点。

我说这句话的时候你依然在笑，你说为什么你爱我就必须要比我爱你多一点。我说该是这般才好。

你知道我其实也是一个木乃伊啊。

❷ 江南，烟花

【所有的烟花都是短命鬼。】

十二月初，在这个城市四十岁生日的时候，有烟花晚会。总觉得烟花这种东西应该出现在南方比较贴切，这让我多少有些想家。

窗外是黑色一片，犹如打翻的墨，渲染着整个幕。这样的夜，低调但华丽着，或者说奢华。你打来电话说在寝室楼下等我，我微笑着走出寝室去和你看同一场烟火。

华灯初上，广场的封线，是红色的编织带，我们站在前一公分翘首以待。漫天的金雪呼吁出我心底浅藏的喟叹、欢呼、惊叫、唏嘘、呐喊。那么多人，总有那么多对美的表现形式。

虚幻的东西总是那么美，虽然美得不切实际，可它依旧那么美。这让我想起多年之前在瓜渚湖边看到的烟火。那时候还是个小孩子，上小学，软磨硬泡说动父亲带我过去。印象中的烟花是那么灿烂又短暂的东西，直到成年以后想到烟花这个意象还是会有些许黯然。

烟火晚会的那天遇到汀兰，她是喜欢你很久的姑娘。她同她玩得好的小姐妹一起看到我们穿过马路，她们用方言骂我，鄙夷、轻薄、侮辱。我想我可以明白这是一种怎么样的情绪。你说选择爱是你多么慎重的主张，何苦攻击两个完全没有过错的人。爱情是两个人共同的情绪，一个人的相思，就只能说抱歉。你当着众人面对她，你说因为别人不爱你而进行无理取闹的谩骂、讽刺，这是多么可笑卑贱的行为，这样的方式，恐怕连朋友都做不成了。

我没有怪她，我想这也是在乎她的朋友帮她表达感情的方式吧，无可厚非。

她们喜欢你，多好。

灿烂如星，繁华殆尽，这场烟花在历时四十分钟之后落下帷幕。

“结束了，真快。”

“短暂也是一种美。”

“你真的这样认为？”

“你怎知我说了违心的话？”

“我觉得你和我是同类人。”

“所有的烟花都是短命鬼。”

我喜欢那种淡金色的散开后会变成无数星星点点的烟花，那种形状让我觉得很充实。因为这种烟花飞上天散开到最终熄灭的时间会比其他烟花长几秒钟。小时候也做过烟花梦，想买下所有小店里方盒子的大礼花，然后一个人拿到田里去放。终究只是一个梦想，父亲是个中庸的男人，绝对不会去做这么无谓的铺张。以至于到现在，我们家还没有买过那种大型的烟花。包括每年的春夜，弟弟满月和新公司开张的时候，都没有。

父亲说所有的烟花都是短命鬼。

还玩过那种“嗞嗞”响的烟火棒，五毛钱一包，一共十根，现在好像涨到一块了。老鼠灰的棒子，形状就好像百奇。用火柴点燃，就会射出金色的火花，“嗞嗞嗞嗞”这种声音我很喜欢，会叫人无端产生一种希冀。我从来不用打火机也是因为我喜欢划燃火柴瞬间的那个声音。这种感觉很难形容，就好像你在千里之外听到乡音，又如同在迷失森林里看到被风蚀得面目全非的指向牌。

我不会放鞭炮，除了那种扔在地上就能响的之外。春节于儿时的我，最大的彩头就是在傍晚时分点燃几根烟火棒跑来跑去，幻想自己就是武侠剧里有着绝世武功的高人。那种东西在平时是买不到的，就算有，也绝对不会买来放吧。

可惜，所有的烟花都是短命鬼。

❸ 楚地，包子和懒惰

【你说你我之间只要有一个人勤劳就够了，但是这个人必须要是你才好。】

六塔有一家早餐店，卖杭州小笼包。我是看见任何带有“杭州”两个字的招牌就忍不住想要进去的人。

三块钱一笼。

早上六点，你约我在这家店见面，你见我进去，叫了一笼。

“不吃早饭是一个很恶劣的习惯。”

“那你为何只叫了一笼包子？”

“因为在这之前，我已经吃过了，你把时间用来睡觉，自然不知晓。”

“如此怠慢了你。”

“且须多吃一些作为补偿。”

店家拿上来，我就迫不及待地想吃，我想尝一尝这包子是不是能吃出回忆的味道。用筷子夹起来正准备吃的时候，包子掉在地上。你并不吃，而是微笑着看我吃。我也是不会觉得尴尬的,同你在一起就像多年交心的老友,又如血脉一家的亲人,不用刻意伪装什么,这种感觉很好。

家乡的包子是用很薄的馄饨皮包的,蒸熟的包子可以隐约看到里面的陷。肉不会太腻,油不会太多。咬开,有汁水流出,很烫嘴。这里的包子用面皮包的,皮厚陷少，不过好在味道不差。我想这个师傅一定是很注重口味但又更注重成本的人,或许这才是生意人本有的头脑。

很多时候我们不会相约一起吃早餐,因为我办不到。你给我带的早餐多是小笼包,为了不让它凉掉还特意裹在外套里面。我是很懒的人,作息时间永远都是那样不规律。我永远学不会审时度势和未雨绸缪,我觉得我有点像寒号鸟。我是有胃病的人,但是我从来不习惯备胃药。你常说我是偷吃如来佛的灯油下凡为妖的宠物老鼠,我说那又如何？你说只有在实在饿得不行了才会偷食,而我是从来不会为自己储备粮食的人。

我说你低估了我的懒惰，我是宁愿饿死也懒得去偷食的人，蹿上蹿下那样累。你说请我继续保持懒惰,因为我们两个人,有一个勤劳就够了,所以这个人一定要是你才好。我朝你笑笑,我说这样的话语很温暖。

想起自己还是女童的时候不愿意吃饭,母亲讲这样的故事给我:有个叫懒惰的小孩,他妈妈出差了,给他做了一个饼盖在身上,让他饿了就咬一口。可是最终他还是饿死了,因为他懒得去咬那些咬不到的地方。

很多时候我在想,我的懒惰是你惯出来的,其实我可以不用这么懒惰。

偶尔我也会买两笼包子送到播音室给你。你在市里电台播情感类节目,我说你的声音很好听,柔、幽、飘。你说这些词汇很不适合用来夸奖一个 DJ,但是你是知晓自己声音里的不足。我说我不懂应该如何用专业的词汇去评价你,也没发现你声音里的不足。我只说出我的感受,我觉得你更适合播午夜场的节目。

“好好播。”

“好。”

“我走了。”

“播完了给你电话。”

“好。”

对话很简单很简单,真正的熟悉是可以做到心照不宣的。

④ 江南，中药

【喝中药的时候有泪流出来，这里有太多幸福的味道。】

我是羸弱的人，暗黄、瘦弱，心肝脾肺胃似乎没有一样是好的。

我是外婆和奶奶养大的女婴。儿时父母忙着生意，有记忆以来就和奶奶生活在一起。更早以前，听大人们说是外婆在带，那还是我记不得的年纪。

我是有支气管哮喘的，咳嗽起来就停不了了。

龙池过去往西几里水路，有一处叫做湖沥缇的地方。那里有一个赤脚老中医，很是灵验。南方管这些没有正式的医院，独立行医的郎中叫做赤脚医生。

长到七岁，父亲带我去湖沥缇看大夫。我坐在船头背诵《三字经》，时不时咳嗽几声。要不是情非得已，我不愿意让任何事物中断我自以为情感充沛的朗诵。我那个时候肯定在想，这个病是该治治了。

父亲划船很稳，坐在船尾有条不紊地摇动着船桨。力度很大，速度自然不慢。我看着被船桨拍打的波面心想：这样划桨会不会打到湖面上的鱼？它们是会痛的吧？这样划桨的速度还来不及能躲得开吧？它们会不会死掉？然后一路上作死盯着湖面看，我想要看见一条被船桨打死的鱼翻着肚皮浮到水面上来，但是又不愿意看到这样悲惨的结局。终究只是臆想，鱼又怎能笨拙到这般地步？

老人有着长长的灰色的眉毛和胡须，他让我把手腕搁在一个白色的小枕头上，给我把脉。喉咙、舌头、眼睑一一看过之后，给我开了药方，抓了十五帖中药。

母亲给我煎药，从五碗水煎到两碗，再到一碗。这里的习惯是中药药渣要撒在路上任万人踩踏，这叫散怨，类似于冲喜是一样的信仰。小时候喜欢踩在人家倒掉的药渣上，那种药香味竟然让我有些神往，我一直想着有一天自己也可以喝中药。印象中那是一种很神秘的极为难得的东西。

中药是很苦的，但是很香。我喝中药不哭，很爽气，一口见底。这几帖中药我整整喝了有一个月之久，母亲说我的哮喘就是这样慢慢治愈的。

同寝室有一个同我一起来自南方的小姐妹，娇小、清秀，有着甜甜的笑容以及我熟悉的吴侬软语，我们叫她小可爱。也许南方人天生的柔弱的质地，她同我一样有着不堪一击的身体。小可爱说女子还是需要养的，她有一个药方，是用来调养的，确实有不错疗效。

你说这是很好的事情。那个周末，你带我去市里最大的中医院，让医生帮我开出调养身体的中药。十副药。养胃调理，健血补气。现在的中医院是可以免费煎药的，他们用很大的机器药炉把药泡在里面几多时光，然后封成一袋袋的小药包，这样可以省去不少麻烦。

“你们需要免费煎药么？”

“不需要。”

“这里十副药，一日两次。”

“好。”

我问你为什么不让他们把药煎好，这是多么方便的事情。你说仅只这般浸泡没有疗效。

你给我煎药的时候我更多的是想哭，生命进行到现在，吃了两次中药。一次是母亲煎的，一次是你。我还是爽气地喝下满满一碗棕色液体，眼角有泪流出来。你说是烫了还是苦了，我说这样就很好。

第三章
楚国之楚是对他的祭

❶ 楚地，老娘帮

【相遇本身就是一件相当不容易的事情。】

也不知道怎么就走在一起的几个姑娘，嬉笑着把这么一个朋友群叫做老娘帮：刚入学的时候在同一个寝室的朋友、分班之后认识的朋友、军训时候在同一个排里的朋友、老乡。一来二往，熟络起来，一起上课，一起吃饭，一起逛街。

人生中有些人的相遇是毫无悬念并且注定的，而有些人的相遇充满了机缘巧合。任何一个条件的疏离都会导致这些人最终与你失之交臂。所以很多时候，相遇本身就是一件相当不容易相遇的事情。

比如某天你上楼梯由于穿了高跟鞋掉了文件，路过的他由于上厕所耽误回去的时间，他帮你捡起来，你们相遇。他是刚到这里应聘却被婉言谢绝的员工，你是碰巧送来文件的隔壁公司的阿姨。倘若这一天你没有穿高跟鞋，倘若他不是因为面试时候紧张多喝了几杯水，倘若不是同事有事找你代替送来文件，倘若他前天没有看到那条招聘信息。

倘若的倘若，有太多个假设条件。你们能够相遇，这就是彩票中奖。当然有些人是可以一辈子和你争一些柴米油盐的事情，而有些人只适合活在回忆里。甚至有更多的人，相遇，仅只一面，之后连这个记忆都不会留下来。明天之后，你们还是陌路人。人生，不就是在这些相聚，离开当中无声息地前行着么？

我是庆幸的，遇见她们。

五塔有一条街，叫做女人街。和很多地方的女人街一样，卖一些女人喜欢的东西。女人天生爱逛街，这是对的。不论怎么懒也好，多累都好，还是会有兴致去逛这么一条街。同寝室的川妹子和小可爱也在老娘帮里面。川妹子皮肤黑、瘦小、精致，我们叫她麦子。她爱美，是很爱很爱的那种。三个人，常常在一起逛街。这种时光往往过得非常快，叫人流连忘返。

麦子称我为"拖时"的人。这是除了老娘帮之外没有人能懂的语言。"拖时"就是拖时尚后腿。我确实不是 fashion 的人，我喜欢的东西，有着太多岁月的痕迹。就好像把我丢在一个暗房里十年，继而放我新生，我的审美就停留在了十年之前，似乎这个时光比十年还要长久。我是墨守成规地抱着陈词滥调细细品味的人。

黄昏左右光景，这里会自动形成一个夜市。琳琅满目的商品，它们便宜、多变、劣质、花哨。我常常买来地摊货穿，我对牌子着实没有太多讲究。我觉得能在众多商品中选中一件喜欢的买下并且是用相当低廉的价格这是一种难能可贵的享受，喜欢它并不一定说明它有多贵，质量有多好，款式有多新。

我买过一条烟灰色水洗牛仔裤，独独看上它左边裤管上八枚排列整齐的盘香扣。扣子没有多精致，不是龙居型，也不是蟹爪型，只是老年人衣服上常见的一字单扣罢了。这种图案让我想到外婆跟奶奶，这是她们所共有的特点之一，我说过我是她们养大的女童，能够买到就是一件快乐的事情。

❷　楚地，楚汉遗风的舞蹈

【所有的记忆都是缘你而起，但是当我永生铭记这些意象的时候，却把你弄丢了。】

学校的文艺汇演，我编排舞蹈。小可爱同我一样是文艺汇演跳舞的演员，只可惜没能同一个组织故而无法同跳一个节目。排练的教室就在对门对面，我们时常一起去排练。一路说说笑笑的时光倒也快活。

楚汉遗风的舞蹈，这种韵味让我至少可以暂时忘记或者长久地缅怀什么。

我是极端迷恋这个字——"楚"，这和我喜欢楚国之王项羽是一样的。我杜撰过一个情节，写下以下这段文字，叫做《你若为王，何苦楚殃》：

宫阙半臂独为醉，羽裳花为媒。唯怜伊人玉步碎，不却。

商月一轮徒增悴，天塘凤求贵。不见大王营中焠，莫悒。

最终的最终,秦汉兴替。我说你若称王,国号为楚,江山姓项。

我在湖边跳舞,阎君说今日有一投湖之人赎我百年溺水之苦。他本为王,无奈命中注定他要渡我。

失足落水,不得超生。我一只商周的鬼。

几百年水鬼的险恶,不会放过一个命犯水之人。阎君说你该死,你就该死。

这是一个劫。

她噙着泪唱歌,跟着四面响起的楚歌的调子,舞剑。

他从乱兵阵中突围,丢了银盔。

马儿是良驹,一路带他来到我身边。

我是看得真切,他印堂发黑,散落的三千发丝黑得就如同今夜。

我吟唱着旧时的童谣,转圈。衣袂诀起的一瞬,看到他眼角的泪。

他诵很好听的句子,我跳毫无章法的步子。诚然,这便是我庆生的贺词。

我是记得真切,那女子用舞剑的刃剜浅笑的相,那种凄然绝望凉得就如同今夜。

他说力拔山兮气盖世,时不利兮骓不逝。骓不逝兮可奈何,虞兮虞兮奈若何。

我用九宫步配合陀螺舞。自是,他看不到。

直至他喉颈的红在我素衣上开花。此刻,他亦是一只鬼。

角离残花破晓错,暮雨通情索。谁言春心寻芳斫,未落。

徵敛秋风盈池皱,白山遍乡愁。江东父老境难说,颜拙。

他向我道歉弄脏了我的白裙。我说不打紧,快要用不上了。

丑时一刻,我便可以转世轮回。这千里乌江,于我喝下孟婆的汤水之后,再无瓜葛。

是时子时三刻。我说我陪你两刻钟,你可以说,我只管听。

我想着不知道多久之后,谁来渡他。

许是从那一刻起,我便错得离谱。继多年前失足的一瞬,再觉灭顶。

他说他若成王,虞姬为后,年号天泽,曰楚,项羽也。只是如此这般,这般如此。

他说鸿门宴亚父之言何尝不思,然,且念手足情深,缘何除? 何忍除？

他说那一年他还举不起鼎，那一年他还叫项羽，不是霸王，他还会在想笑的时候笑。

他说虞姬，他说乌骓，他说有个好兄弟叫刘邦。

一只商周的厉鬼和一个秦末的楚将，两刻钟，只管说，只管听。

丑时，我放他走。

你本提剑自刎，原属金。我乃百年水鬼，阴气重，性属水。

我竟是没有了拖他下水的决心。百年来干净利落的作风，只是右手一拉，左手一掐，我是心黑手辣。

你本为王，国号为楚，江山姓项。

他笑，笑得猖狂。我是王？灭刘邦，诛同胞。

生——佳人不在，手足相残，良驹弃我，兵败如山；死——春看红桃，夏赏莲塘，秋收硕食，冬望江涛。

倘若是你，如何？

他唱先前的歌谣，灵魂带动躯体。还是没有银盔的黑发，在纵身一跃之际定格。

他为渡我，泄了最后一线生气。尸体泡水，犯天煞，属水。

力拔山兮气盖世，时不利兮骓不逝。骓不逝兮可奈何，虞兮虞兮奈若何。

是时，丑时一刻。

羽君何足惜成王，落魄难为双。有情总被无情伤，自凉。

虞姬不伺二主皇，遥贴金凤妆。锦塌难眠独斟觞，酒狂。

我是记不得多少个千年之后，他仍在那里。

我生生世世唯独不喝孟婆汤。

我说你若成王，何苦楚殃。

这种幽怨哀愁会直击我的心房逼我流泪。我是太容易感情用事的人。有时候觉得自己是在无病呻吟故作玄虚，浸入到自己所谓的七年愁苦中顾影自怜无法自拔。很多时候人之所以执著，只是执念于执念本身罢了。而这个执著的执念不一定是对的，也许是得不到吧。

阔袖、锦缎、衣带、腰封、青丝、牡丹、步摇、眉心坠、蝴蝶花边，这都是能够让我为之倾倒的意象。年长的教授会喜欢这样一种表现形式，发髻、金簪、锦衣、素纱，至少他们都愿意把这样一个节目保留到最后，直到彩排，直到最后的登台。不被刷出局是于我最大的宽慰。

我知道我的节目不是那么好的，其实我没有多专业。只是这样的歌曲，这样的姿态会让他们想起什么，不管是什么，都好。

时至今日，我还是只跳楚汉遗风的舞蹈。

❸ 江南，关于楚

【旧时子期死，伯牙把瑶琴摔碎，是因为没有知音了。】

我欠你们一个故事，我说过我做很多事都是有原因的。其实说出来也无非和那些三流电影情节一样，狗血、烂俗。我有想过不说许是更好些，但是抱歉，它着实这般俗套。

他姓楚，楚绍谦，是我的发小，是我指腹为婚的丈夫。

很小的时候，父亲送我到扬州跟着一个老师父学琴。七弦琴，很古老的乐器。他大我三岁，学小提琴、钢琴和笛子。

我们都喜欢古的事物。

两家是世交，母亲是妯娌，父亲是兄弟。我父亲直爽，有一次做生意给人赊账，结果人家拿着货跑了。我是记不得这么一个年月的事情，只是听父母说那段时间家里生活是很不容易的。我也知道是他们家慷慨地伸与援手才把父母从偏离的轨道中扶回来的。

他母亲是服装设计师，曾经她告诉我会让我做最美的新娘，她要设计出最最华丽的礼服给我穿。但是现在她说她再也不想看到我了，他们家从杭州举家搬到上海，再没有回来过。

我是光棍节出生的女婴。那年我十四，他十七。十一月十一日。他带我去买礼物。过马路的时候，为了护我，他没了。我是有血晕的，再度醒来的时候已经在医院了，我最后看到他的时候他盖着白布，躺在那里一动不动。我知道他再也回不来了。

从此之后，再没有弹过琴。初入学时师父给我讲伯牙绝弦的故事，他说旧时子期死，伯牙把瑶琴摔碎，是因为没有知音了。看到白色的躯体的那时候我就在想我的琴怕是弹不出调子来。

几夜做同样的梦：密集的雨帘、昏黄的天空，车道、路灯，大撞击、翻滚，满世界的红色。我看见血是应该晕过去的，但是晕不了，我在梦中挣扎，不断不断想醒来。

那年我初一，荒废了整个学期，年段排名从前十滑到了八十九，我好像不会思考了。直到进入初三，我知道我需要花费更多的努力。我记得那天他母亲眼里喷射出来的怨恨但又无奈地隐忍，想来这是多辛苦。我跪下来不断不断抽打自己的脸求求她骂我。她咬着嘴唇苍白地吐出几个字，她说她不要再看见我。他们走了，走得雷厉风行，走得不留痕迹。我好像失去了曾经一切的熟悉的相。我要去找她，我要去上海。我需要更多更多的努力，我要成绩。

从初一到高三，六年，我做了一个在别人眼里很格格不入的人，我做自己认为对的事情：单曲循环一首《梁祝》，直到二十四小时后出现幻听；大口大口喝冰水、咬冰块；用凉水冲澡，大声咆哮；啜泣，从梦中惊醒；不穿校服，穿青花旗装；听到任何一个词汇莫名落泪。

我不理会任何一个人，他们说我傲；我一个人哭，她们说我装。我生活在自己衍生出来的情绪里，同记忆中的他一起，死去活来。那六年，我是没有人缘的。

高中毕业，如愿接到上海一所重点大学的入学通知单，突然害怕起来。母亲说不要再去打扰他们的生活。他们失去的毕竟是十七年的心血，是独生儿子呐。我想他唯一留给我的就是这一身的执念和一生的回忆。

我一直觉得自己是个不祥的人。我记不得是哪一次记不得是谁也记不得是如何测算出来自己是五行皆备、四柱全阴的人。我知道这不是个好八字。

失去他之后的我变得迷信起来，我开始相信任何事物都是因果循环天理报应。我花了好长一段时间学习往生咒和安乐经。七月十五鬼节那天，我会在河灯的蜡烛下放六张往生咒，烛燃尽则焚，焚于他。我知道他一直都在。

我不想再去打扰任何关心我或者我关心的人。我终究没去上海。我喜欢楚，决定远离习以为常的土地去更遥远的地方邂逅不一样的因果循环。楚地是我一直想去的地方，那里足够远，远到可以让我忘记他，就可笑地这样认为。

但也确实遇到了。

十一月如你我他。有相同的白色皮肤，相同的瘦削的肩，相同的下颚流线。我在十一月十一日我的生辰他的忌日答应同你走下去。所有同我在一起发生的事情似乎很有戏剧性。其实没有那么浪漫的，这只是半个悲剧，剩下的一半，我也曾希望它是美好的，只是结局你我都看不到。

❹ 楚地，乐继弦

【快乐于我只是指尖与琴弦之间的距离，继弦之乐，愿为君常馨。】

该是要多幸运，赠我予相识，赠我予相知，赠我予相守。这是你写在我课本扉页上的句子。我亦回复了你相同的文字，并告诉你，这种感情是相互的。

起初，也不是没有挣扎过的。还是重复一个梦，梦很浅，梦境很真实。小时候一起玩的有三人：我、楚绍谦、乐子晗。我们叫子晗猫儿，至于这些称呼的由来，也是有原因的。绍谦走的那天子晗从杭州赶到绍兴，在八字桥上啜泣了几多时光。

首先告知子晗我和你的事情是在圣诞节那天。

我说你叫闵悯，是我一直想找的人。猫儿在电话线那端笑着不说话，少时，轻轻地重复同一句话，他说走出来要比走进去更快乐。

"我原想自己是不是把他当作一个替代，这样的感情似乎对他不是很公平。"

"原想？那么现如今呢？"

"我知道你能揣度我语言里的意思。"

"任何一件东西在一起二十年了也会熟悉得无可救药。"

"你是了解我的，我能够区分影子和现实。"

"这便好了。"

"是的吧，如此甚好。"

"呵呵。"

我当时不明白猫儿语言里的意思，他一直所说恋了二十年的那个东西其实是我。挂了电话之后写下了长长长长的情绪，书于你。唤作《曲伊——乐继弦》：

曲为伊人做，奏于一人听；文王断，武王殇，商商商。

沉默了太久的琴，在阁楼上镂窗下的死角，等待归人来取。

红漆落尽，七弦染尘，露出骨的胚，依然白。

那老头腐指上的茧，划过琴弦，曲水，流觞。

他对我说："丫头，九徽回一，须慎用。"

是夜，满地银霜，细雨曳芬芳。

楚调，凝绝了妖娆，十面埋伏的殇。

打圆的奏，略带生涩地残留。"你跪下，绝此，跟我。"那老头说。

三个响头，一盏香茗，换一面琴。

七载漾宫商，华发伏白霜，茧上茧，老茧依旧流觞。

终究离别，那老头的浊泪，碎在檀香木的琴面；别，离歌浅唱。

阳关三叠，曲罢西湖上。柳做的琴穗，是那老头风化的冀望。吴歌杂曲，并出江南；

扬州的烟花，杭州的烟雨，虚的东西。

恋上楚调的女子，许是要付出代价。你，便是文王的筹码，没有任何征兆的演绎。

苍石之前三生之约，骤变；奈何桥，桥上叹奈何，何以藉孤鸾？鸾趋秋水寒，寒心折两半。

集曲为悼，残琴作哀，无调成冢。

想是情殇，便有陈昌，疯似的流泻；借着婵娟，盈池哑嘲。

九徽回一，玉指染殇，滴落的猩红，黏稠于弦间，滚圆的，圆得像……

那老头说过的——九徽回一，慎用。

溜了凄风，青丝灵动；古盏妖似的光，切切地品读。

沉吟的朱唇，沉寂了心，沉浸了情，沉默了海枯石烂的约定。

从那刻起，爱上白色，惨白惨白的白。

十一月如你我，散落三千烦恼丝，我一直以为我是可以长发及地的。幽冥前的祭，鬒燃尽予你，是你的东西，便一直是。

奠——五行皆备，四柱全阴，宿命；听说如八字即可见你，喜极而泣。

商口相对开，宫调在中间；玉满怀，徽缠线，乐继弦。

六年，竟化不开浓墨一撇。可知，早春的樱花落了一地；倾霰的是花末还是血泪？

灰甍飞，斜照水，青石小道步步悔；素衣褴，蓦阡山，江南烟雨何时见？

安是楚地，才能化解恁弦的铅钥？

续音，再抚琴的懵。楚歌吴唱，之子无双。

浮生微含问菱花，效颦姿，左思貌，粉泪柔肠惜流芳；仿盈车，没江郎，西楼拾影悲谁语？

纵是曲，瑶琴长弃，调不成声。

六春涅槃，青丝重生，黛色的凉。

继弦之乐，愿为君常謦。

我告诉你，那面琴可以因为你再回来。你笑着说只要有我什么都好。

那年老师父何忍让我离去，我是他最小的徒弟，他喜欢我就好像我喜欢你一样毫无理由。我只回答一句，琴已无心。那年我十四，原来我这么小就已经如此矫情。我是太过决绝的人，效仿古人，假装通透到令人作呕。你们看，这是多么爱作秀的锋芒毕露的人。

我当时哭了有几天之久，直到眼睛肿得看不见了。毫无尽头的等待是痛苦的深渊，也许可以等待也该是件值得庆幸的事情。等待说明还有希望，只是这个希望光源的强弱问题。而万念俱灰是因为再也不会有了，是完全失去了，是不需要等待的。那段年岁我是生在光明中却做作地大呼看不到光明，我说过那六年我是没有人缘的。

你听我讲过去的种种，用手拂过我的头发。

“回忆不是要劝人走出来，也不是要导人走进去。”

“如何？”

“回忆是留在那里安然无为的东西，你要想什么时候翻一翻就翻一翻，就像旧相册一般。”

“那些快乐或者不快乐的回忆，是一样的么？”

“是一样的，它们都叫回忆。回归的回，追忆的忆。”

什么都不会有想象中的好，什么也不会有想象中的坏。你愿意翻出来的回忆就翻出来晒一晒，不愿意翻出来的回忆那就让它放在那里，这样子生活就很快乐。

快乐于我只是指尖与琴弦之间的距离。

第四章
你我走的每一步都在靠近

❶ 楚地，艺术节

【你能看穿我的每一个心思。】

小时候喜欢看戏，村子里的社戏。湖中间的戏台，乌篷船载着的观众。或者在村子里集会的大操场上，搭上一个简陋的台子，中间用布隔开，分为前后两个台，旁边还有两个布帘，演员就从里面出来。前台右边坐着乐队，有拉二胡的，弹琵琶的，打鼓的……多为年长的老者，那种气质让人觉得很祥和。我喜欢慈眉善目的老人，不骄不躁、不喜不悲、不紧不慢。

长大了依旧喜欢看戏，只是这种形式少了。村子也渐渐富裕起来，这些传统文化被赋予了更高层次的表现形式。现如今也多半只能在电视上看看了。也许是这样，让我喜欢舞台，想着能够把感动自己的东西表现出来感动谁，这是很好的事情。

学校一年一度的艺术节是整个校园最为隆重的事情之一。

新校址搬迁之后，很多硬件设施都没有跟上。操场还在建，没有足够可以用来搭舞台的空间。校方最后决定把这场文化宴放在食堂三楼的平顶广场上举行。我要跳三个舞，分别放在开场、中间和闭幕。

开场舞穿正红色的秧歌服，拿上红绸子跳。我在四分半钟结束之后小跑着赶去换装补妆，看到你在台下对我笑。我们对视，没有说什么，我知道你在为我紧张。继而是我并不擅长的现代舞，即便是在动感的音乐之中练了许久，还是难以摆脱一种古典气质的怠慢，这种所谓的气质用在这里并不是褒义的。上台之前几分钟在后台等候前一个节目的道具搬离舞台。你冲上舞台，俯身下来，在舞台上蠕蠕而动半分钟。

我知道你是在拾起前一个节目中演员摔碎的茶碗碴子。

还是在一片哗然之中浑浑噩噩地结束了这个节目，最后一个自己编排的舞蹈叫做《尘烟》。要画狭长的眉毛和上挑的眼线，打朱红色浓重的腮红，点一抹红唇。这是一个沧桑古老的妆容，两颊的贴金，眉心的花钿，带着点点华丽，带着点点忧愁和无奈。

我热衷于研究各式各样古代女子的妆容，这样的效果，自诩恰到好处。

化妆和造型花了太多的时间，匆匆忙忙赶到后台候场的时候，你从拐角处朝我走来。

"十里平湖霜满天。"

"寸寸青丝愁华年。"

"你是带着这个意境的吧。"

"那天看过电影之后想跳舞了。"

"田心，会跳好的。"

"嗯。"

你很少一本正经叫出我的名字，这一次，我看到你眼睛里传递的信息，那样坚毅地告诉我要加油。我也知道你能揣度我舞蹈里的意思，淋漓尽致。一曲《尘烟》，是我看了《倩女幽魂》之后创作的。尘烟原就是虚的东西，就像人鬼殊途，最终只会写下悲剧。

上台了，同台演出的都是很好的姑娘。想起在一起排练的时候，能挤出的时间全部给了舞蹈教室，想起一起走过的点点滴滴。一月，黄昏。我们穿虚虚渺渺的衣服，绑长长短短的轻纱，摇动着手中的金铃，让它发出清脆的声响。这些记忆，在多年之后想起来还是能泛起情绪的涟漪。

燕子是老校区时候我的室友，也是老娘帮成员之一。我们在后台时约好一起卸了妆去吃晚饭，换衣服的时候意外发现自己的白风衣掉在地上，还被踩出不少污渍。之后被目击者告知，那是被人搞的恶作剧。我想我并不是多尽人缘的姑娘。捡起来，拍掉一些尘土，揉一下泛酸的鼻子，穿起来继续上路。

"高处不胜寒的，可别往心里去。"

"我没那样好。"

"在旁人眼里可不见得。"

"如何？"

"终归碍着一些人的眼。"

"许是如此。"

"又能如何？"

"呵呵。就多担待着。"

燕子有些感触地拍拍我的肩，继而拉着我往食堂跑，她说如何能顾全得了旁人的感受，当务之急还是要填饱肚子。想来性本淡薄便不存歹念，人总归是要简单点好。

❷ 江南，锦盒

【我把它送给你，以至于我要失去他的时候我找不到它了。】

我是不是说过，我每到一个新的环境，都会努力寻找一个记忆中的正红色锦盒，这是有原因的。也许现在是时候告知，我只是凌驾于现实之上的空想者，一个不敢和现实剑拔弩张的唯唯诺诺的人。

那年我九岁，暑假。楚伯伯提议要去旅游，倘若我记得没错的话，那时候应该在大播《少年张三丰》，父亲尚古，楚伯伯就提议去武当山。两家一拍即合，择日出发。

去的那天我穿鹅黄色真丝小旗袍，滚龙镶金翘头履，还在头发上绑了青花发带。父亲喜欢我这样打扮，他喜欢古色古香的味道，正如他把家里装潢得仿佛像个古宅。绍谦穿伯母设计的白衬衫、黑色小马甲、格子裤，戴红色领结。很小很小的时候，穿着久具年代感的我就在想，自己穿上公主裙会不会像个小公主。时至今日，公主梦还是有的，只是现实是截然相反的。

我不知道武当山是什么地方，是干什么的，也不知道应该怎么去。我只记得跟着大人们坐火车便可到达。在车厢里和绍谦大闹玩耍，他是好静的孩童，而我不一样，我的嘴时常会有说不完的言语，即便知道人嘴应多用来吃，少用来说。过了许久许久时光，到达可以下车的地方，就被大人们叫下车了。少年时期朦胧记忆中的远行永远都这么任人摆布，自然，这种摆布并没有那么糟糕。

九岁，是一个可以很懂事也可以很无知的年龄。我拉着绍谦的手走长长长长的台阶，有很多落叶飘下来。

"你说，这要是掉下去，我们会不会死？"

"会啊，这么高。"

“一定会么？”

“人终归是会死的。”

“那么人是很脆弱的。”

“是啊，从高处摔下，长久溺在水中，让刀子刺入，被车子撞击，人都是会死的。”

现在想来他这句话是穿越了多少年之后的事实。当时我却一丁点没有想到眼前这个青梅竹马的小哥哥几年之后会亲身演绎人的脆弱，还要由我来亲眼见证。或许我本不该问那么无聊的问题吧。

“不会死！让刀子插入不会死！”

“你是谁啊？”

这是一个同母亲一起上武当山的游客，同我们差不多年纪。她母亲去帮重伤住院的父亲祈福，他在白桦树下听见我们的对话。他说父亲在经商中被骗，被坏人用水果刀捅了，现在还躺在医院里。他曾经提及过自己的名姓，只是那是我记不得的内容了。

我记得他哭了，苍白的小脸上就那么毫无征兆地淌下两行眼泪。这是一种平静安稳的哭法。

我从包里拿出一个正红色的绣着金线梅花的锦盒，这是很小的时候从外婆家拿来的。现在想来那不过是一个用来装风湿骨痛或者其他药丸的盒子，因为印象中刚拿来的时候盒子里有一股中药的味道。只是当时确实对这个盒子是带着膜拜和说不尽的喜爱的。

“拿去。这是一个宝贝呐，你去给你父亲看看，他马上就会好的。”

“真的？”

“外婆就是有了这个之后头就不痛了的。”

“为什么给我？”

“因为它可以让你父亲不脆弱的。”

就这样我在九岁的时候把记忆中的锦盒送给了一个萍水相逢的孩童。他很白，哭相安稳，这是我所有关于他的所有记忆。

十四岁那年大劫之后，我发了疯似的到处寻找一只相同的锦盒，我在想有了它之后是可以让他不脆弱的。人在绝望的时候总是给自己挂出一个希望，希望这个希望是可以变成现实的。即便是天方夜谭，也要抓着一根救命稻草直到淹死，人是不足以死心的动物。只是我终究没能找到与之相同的锦盒，所以他也没有因此不脆弱，依然毫不留恋地离开。

以至于时过境迁，我寻找和等待锦盒的习惯依旧没有改变。

❸ 楚地，老字号和一尺青丝

【原来上天早在夺取我们身边之最宝贵的事物时已经在同一时间为我们做好弥补了。】

时间沉淀下来的东西，意义是不一样的，包括品牌，包括手艺，还有人心。我一直不明白一坛酒为何要长眠于地下叫几代人忘乎时间地等待。原来某些时候年代确实与口感是相得益彰的。

一种食物叫做三合汤，是混合了牛肉、粉丝、饺子之后煮出来的美味，很辣很辣。你家楼底下有一家人做三合汤已经好久好久，你说这是你吃过最为正宗的三合汤。我进去看过，那是一锅常年不熄火的汤。大铁锅架在方型土灶上，它煮了有十年？二十年？三十年？你说这是你从小吃到大的食物，每次只要有机会就会在这里吃一碗三合汤。尤其是冬天，这是一件很享受的事。我说你真很容易满足，你说这叫做从一而终。

这一次，吃得却很不快乐。这里很多地方都在扩建，商场、马路、公园，这些街角的老旧的建筑上面都被画了红红的"拆"字。我知道，这个一直停留在你记忆中的店铺马上会终结掉你赋予它的使命。虽然这不是你乐意的，也不是它乐意的。我们不知道它将来的命运，也许事情不会像我们想象中的那么糟糕，或许它只是搬到我们举目无法看到的地方去吧。

"这是一家很好的店呐。"

"我知道。"

"突然感觉时间在飞速向前的同时带走了太多东西。"

"也许这叫做发展。"

"这种变化让我有些伤感。"

"你该庆幸，我不是三合汤。"

"我知道的，你不会变。"

"喂喂。"

人都是喜欢缅怀的动物，即便其实没那么伤感，却总能有那么多情绪，那个周末，我剪下一尺青丝赠你。汉诗说结发为夫妇，恩爱两不疑。我从不怀疑你我的矫揉造作，我在纸盒上写"十丈红尘饰君，三千青丝予你"，你说这个纸盒不应该被用来装这么宝贝的东西，宝贝应该装在宝贝里面。你转身离开，少时，拿来一个正红色锦盒。

“我之前是不是告诉过你，我见过你。”

“你是他？”

“这是你的宝贝，有了它就可以让人不脆弱。”

“你是他！”

原来世上无时无刻不在发生戏剧性的事情。我们在此刻做的事或许会为另一次的巧合酝酿惊喜。这是一件充满未知的极其诱惑的事情。十一年前，我把锦盒送给一个哭相安静的少年；六年前，我为了寻找这个盒子跑遍了几乎整个杭州城，最终还是无法拯救另一个少年；六年后，在我习惯性地寻找与无休止的等待中，它却这么不动声色地出现。

意料之外的叫人快乐的事情，叫做惊喜。

你父亲当年终究逃过一劫，至今安康。你是看到我手上的胎记才关注我的，还有我穿青花旗装。你说我依旧没有变，喜欢青花，喜欢旗装，喜欢古的韵。我笑着不说话。原来上天早在夺取我们身边之最宝贵的事物时已经在同一时间为我们做好弥补了，就看我们能不能发现得了，自怨自艾总归不是好的生活态度。

那一尺长的青丝一直放在正红色锦盒里，而锦盒至今仍然安然地躺在我床头柜的第一个抽屉里。

❹ 楚地，马尾山上神秘的婆奶

【她说每个人勁欺骗欢喜的人，就勿能怀疑欢喜的人。】

冬天不是一个郊游的好季节，没有勃勃生机，没有一眼芳华。约上几个良友，卸下太过于厚重的冬装，一起去登一座山。带上几多零食，挂上一架相机，打开话匣子，收获到快乐。

首先提出要去登山的是杨强。杨强是麦子在军训时认识的四川老乡，也是我们现在的同班同学，只是后来因为某些原因举家搬到新疆了。杨强很健谈，幽默风趣，是个有着真性情的人。他个子很高，看上去很壮，其实事实并不是像我们看到的这样，他身体弱、多病、虚胖。麦子的男朋友我们叫他二爷，二爷和杨强是很好的哥们，并给杨强起了一个颇为幽默的外号：大漠肥鹰。之后被我们简化为大鹰。

我时常看到大鹰他都是笑着的。他大声说话，大声欢笑。一次晚上大伙一起逛超市，出来之后一行人在大马路上边闲聊边走回寝室，那时候我们才知道也许他并不是表面所表现的那样快乐。他身子已经糟糕到一个坏境地了，他说他不知道几年之后还能不能如现在这般笑了，他该喝酒喝酒，该吸烟吸烟。认识我们，算是值了。我当时回头觊觎他说话时的表情，那是一种视死如归的洒脱的笑。诚然我用这个词语在这里是很不恰当的，也许是得过且过吧。

大鹰是在上午的课结束之后，我们一起去往食堂的路上说的。他说周末去爬山如何？我们都是同意的。

一起去的七个人中有三对情侣：麦子和二爷、小可爱和熊猫、我和闵悯。大鹰苦笑出声，他说你们好生待见，倒显得他这次提议是在自取其辱。我们笑着说各种戏谑的话。

去的是马尾山，一处森林公园。在九曲连环的山路上盘旋而上，每一处都有独特的风景和记忆。

你给我介绍过这座山，你说这座山的形状就如垂下的马尾一般笔直，故而陡峭。你说这座山的时候夹杂着你对儿时老房子的怀念。你说你最初来到这座城的时候，住在马尾山附近的小村庄里。对那时候的记忆已经不会很深切，只记得邻居那个很喜欢给你吃橘子的婆奶。印象中她是很老很老的寡妇，穿一件黑色的奇形怪状的斗篷，粗布棉裤，与脚上千层底的绣花鞋格格不入。你说自从搬走之后，再没有回去看过那个老人。

我们拐过一个小林子，路过一个简陋的厕所，看到一间土房子。大鹰原就体弱，加之本身的重量，早已经汗如雨下了，他在房子前面的土埂上面坐下来，呼吁大伙一起休息一会儿。

“怎么个如此待遇，侬要早我归去西天里，这般个话不清多少日脚，真当要我死不了，长年对侬勿晓得要奈何办才好。哎呀，我的死胚啊死胚，老西尸侬还勿回来再看我一眼。哎呀，我的死胚啊死胚，老浮尸侬晓得否我等你了好长久时光。”

一个枯瘦的年迈老妇人的哭声，我听得真切，那是我们南方常用来追灵悼亡的哭法。那种哭更多像是一首歌，有着固定的哭腔。长哭短号都是有一定调子的，包括喘气和擤鼻涕。我知道用这般方式哭的人多半委屈，是一种哭诉和宣泄。

大鹰夸张地瘪瘪嘴说这哭声真叫人毛骨悚然。我说她在哭他过世的丈夫，是一种追悼和叫魂。我说这个嫠妇是在吊唁她过世已久的丈夫，她一定很伤痛。

一行人走进，去聆听一个老妪的故事。

她是苏州人，早年被卖到这里嫁给她丈夫。也许她也曾痛恨过、挣扎过、悲泣过，但是她确确实实爱上了那个娶她的人。他们一定有过足够一辈子铭想的记忆，这个记忆不一定有多轰轰烈烈，也许只是烈日下一个擦汗的瞬间，也许只是吃饭时一个关心的眼神，也许是在一场暴风雨中拯救他们心爱的土房子，也许是在秋风中翻晒庭中的玉米粒时指尖的触碰。

老伴死得早，在一次下地的时候倒下再没能起来，她一直没有再离开这片土地。在还有记忆和力气的时候就会哭一场，这是她基本上每天都会做的事情。一开始或许还有眼泪，日子久了，变成了干吼，直到现在已经是我们之前所听到的那般的哭吊了。我在想她许是还觉得自己的丈夫未曾真正离开过吧。

我是相信真爱的。相比现代人潇洒、随便的生活作风，我更向往有着年代感的爱情。那是一种从一而终、相爱不相离的偏执的感情。我是接受不了太过现代的人际交往的，绝不能。而幸你我是同一类人，多好的事情。

一切的存在都是理所应当，我想起你儿时邻居的那个老人，也许她们有着相似的命运和相同的操守吧。她们是至死不渝地相信爱情的。离别之时那老妇祝我们其中的几对情侣都能白首不移，并且说了一句话。那句话，我之后把它写在日记本的扉页上了。她说每个人勠欺骗欢喜的人，就勿能怀疑欢喜的人。

每个人倘若都能做到不去欺骗任何人，那么自然就可以无需去怀疑任何人。我们可以不去追溯通透本身，因为一直以来你我都在坦诚以待。这种透彻的相处，是我们所爱的，这样生活就很好。

第五章
有你的冬天不太冷

❶ 楚地，雪

【你用拇指拂去我眼角的泪，你说多啦 A 梦是可以让人变快乐的，因为它的口袋里装满了希望。】

这个冬天仿佛比以往任何一个冬天都爱下雪。我是喜欢雪的这种颜色的，单调、纯洁、微凉，满满的一眼都是欢喜。

从马尾山下来之后，一连下了好几天的雪。二爷在傍晚时分的寝室楼底下给麦子打电话，叫她凑到窗户边上往下看。

雪地上画着好大好大的爱心和英文字母“I LOVE YOU”。麦子冲下楼去，抱住二爷，好长一段时间里，他们都抱在一起。麦子不是什么含蓄的姑娘，她热情、时尚、洒脱、敢爱敢恨，这种个性很好。

小可爱在为前不久熊猫送她的玫瑰换水。熊猫是小可爱的男朋友，结实厚重，给人以安全感，看上去是一个十分敦厚诚恳的男子。这束玫瑰是他在不久前约小可爱看电影的时候送的，十一朵粉色玫瑰，寓意着一心一意的甜蜜恋情。

“二爷可真有心啊，哪像我们家熊猫，现在还不知道在哪呢。”

“也许下一秒他就会出现了。”

世界上很多事情就是因为太巧合，所以才让那么多人相信有缘分这种东西存在。就在我说完那句话的时候，熊猫打来了电话，他们约在寝室楼下见面，熊猫给小可爱买来了热牛奶，他们一起去吃饭。

我站在窗子前面。外面又开始下起小雪来，我伸手要抓住那飞舞下落的白色晶体，但是它落在我手心的十六分之一秒后变成了水。切莫要因为握不住这种美丽而伤感，人该是本质上不去追寻这种短暂的美丽，倘若爱上的东西太虚幻渺茫是会伤害自己的，怜惜悯默之情冲击下的人会变得黯然、不愉悦。爱上的东西，求长久安然。

嘴角微微亮出弧度，我一直想要握住的东西，其实是你。

你给我打电话叫我下楼。我披上一件衣服，拉上拉链的时候勾掉了左手食指上的指甲，我没有理睬，只是很想见到你而已。

你带我去食堂西边的小空地，我看见一个长得很丑的雪人。

“喂喂，这是个什么东西？好丑。”

“喂喂，你要给我点面子，我折腾了好久。”

“这个是雪人。”

“这不是一般的雪人，这是多啦 A 梦。”

“好吧，这是多啦 A 梦。”

“它可以让人快乐。”

“能实现心愿就会很快乐吧？”

“能和你在一起就很快乐。”

我看《樱桃小丸子》，哭得稀里哗啦，我看《多啦 A 梦》也一样。你说我是太喜欢感情用事的人，能把喜剧当悲剧来看的人，都是感性的。你用拇指拂去我眼角的泪，你说多啦 A 梦可以让人很快乐，因为它的口袋里装满了希望。

你装成多啦 A 梦的样子逗我，其实一点儿都不像。

“这是多丑的多啦 A 梦。”

“你可以把它想象得可爱些。”

“好的，我试试。”

“如何？”

“不行，我要吐了。”

你嬉笑着与我打闹，把白雪捏成的小球打到我身上。雪球在我身上破碎，而后落地，发出不是那么好听的咔嚓声。我躲开你打过来的雪球，我说无数的白色围着我在转。你说那就来打场雪仗，我说好。我们都不会太用力，这场雪仗打得心照不宣。

麦子和二爷从寝室楼往食堂走，驻足下来同你我寒暄，也终究按捺不住抓起脚下的一抹白，这同样包括小可爱和熊猫。六个人在一起追逐、嬉闹，是可以把灰色的天空染成彩色的。

我一直以为我们六人都会好好的。

❷ 江南，油纸伞

【你借丢伞之名续了我的念想，你说打着这把伞，楚地的雨天就不会有阴霾了。】

雪停了之后的几天，下起雨来。雨很大，也很急。雨点落下来打到玻璃窗上发出“啪嗒啪嗒”的声响。雨点落到地面上的水洼里，冲击起一个个的水泡泡。这样的情景让我想起孩童时期妈妈时常说的一句俗语：“下雨起泡，没完没了。”在绍兴，我们把这一类的俗语叫做老年人老话。比如“十雾九晴”用来说明早上起来有雾的天气一般不会下雨；比如“托老鼠管船”，这和“引狼入室”有相似的寓意。老年人老话在很多时候是有用的，这也是带着浓郁的家乡味道的言语，想来是时间酝酿出来的一坛回味悠长的好酒。

家乡的雨在很多时候是绵长绵长的细线，它从云层中不断地吐出来，淅淅沥沥，久久长长。这里有你们能想到的对江南的任何印象，小桥、流水、黑瓦、白墙，三月的晨风、五月的杨柳、六月的荷塘，篆碑、古道、凉亭、折扇。我喜欢在梅雨时节坐在庭前的石凳上，看雨中的景物。有风吹过肩，稍凉，我不禁打一个寒战。我总是一个人享受这份难得的清幽寒凉。

江南有雨，故而盛产伞，那是一种用油布做伞面的古老的雨伞。时至今日，在旅游景点能够买到的油纸伞基本都是缎面的了，那种伞是不可以用来挡雨的。

我时常在细雨中的荷塘前走过，穿一身粗布旗袍，披一件短夹袄，打一把青色的油布伞。在石拱桥上站定，把目光放到最远最远的没有焦距的地方。我是个很矛盾的人，我喜欢独处，又害怕孤单。我总是做格格不入的事情。我想我是可以穿越的，即便身体不行，思想却可以。

你发短信过来。

“下雨了，照顾好自己。中午你睡一觉，睡醒了我去找你。”

“你可知我何时会醒？”

“知。你睡醒会上微博。你上微博，我便知晓。”

“如此甚好。”

“看你上线便会有欣喜灌满心胸。”

“那便不下了。”

“可莫说笑。”

放下手机，倒上一杯水，搬了一张椅子到玻璃窗前放下。将铝合金的窗户移动到三分之一处，偶尔有风夹杂着雨点吹进来，黏在发丝、脸颊、衣服上，冰冰凉凉的。

窗外有花花绿绿的雨伞在移动，在灰蒙蒙的雨帘中异常醒目。突然看到一把暗红色的油纸伞，我有些激动地站起身，确定自己没有看错。那是一把古老的带着烟雨江南风味的伞，油布面，竹架子。我想看清油纸伞底下的那张脸，她一定是同我有着相同惦念的江南老乡亦或者沉陷于古老神话不能自拔的尚古者。无论是哪种，都好，但是我始终没能如愿看清。

数分钟之后，小可爱从外面进来。

“这是闵惘让我给你的伞，他说上次你把伞弄丢了，叫你用这把。”

“我还在想是谁会打这样一把伞。”

“这把伞让我好想家，刚才就撑着感受了一下。”

“亲爱，不要伤感，大家都一样。”

我搂住小可爱，我说老乡之间有一些细微的情绪是可以感同身受的。有时候只要一个定格的画面就能唤醒沉睡在心底的情绪，轻扣心弦，潸然泪下。正如这一场雨，还有雨中的一把油纸伞。

我撑着油纸伞出门，出门前在镜子面前挽了一个高高的髻。你在楼梯拐角等我，坐在第三步楼梯上吃泡面。这个情景很熟悉，多久之前，你就是端着这个牌子的泡面看我编排舞蹈的。你是可以不去理会别人的眼光和闲言碎语的人，席地而坐，孑然独行。

“等很久？”

“也没有，刚好饿了。”

“如何不吃午饭？”

“中午播音没来得及。”

“这个场景有些熟悉，多久之前你去看我跳舞。”

“是。那次我故意跑去看你。”

我就是在这次交谈中得知那时候的你出现在我面前，是蓄谋已久，是处心积虑。其实我看上你，用了七秒钟，重叠了记忆中的他的侧脸，之后才明白你们是不同的个体。

“伞还喜欢吧？”

“如何想到送我这个？”

“因为你弄丢的伞已经不计其数了。”

你知道我不可能将这把伞弄丢，不仅仅只是因为它的体积大而已。我是个迷糊的人，常常做一些诸如出门不带钥匙、煮饭忘插电源一类的事情。

你借丢伞之名续了我的念想，你说打着这把伞，楚地的雨天就不会有阴霾了。

❸ 楚地，古寺

【我在罗汉面前拿起签筒求签。第十五签：张君瑞忆莺莺，乙戊，中平。】

钟雨泽是个滚圆滚圆的胖墩，第一文学社秘书处成员，与我们同届，是个很好相处的人。军训时候，由于他穿着军装，拿着长枪踢正步的样子实在像极了电影中的日本军人，也就有了“小日本”这个外号。不过更多时候，我们叫他小胖。

这周末文学社有一个文学课题，需要去山上的古寺采访一些僧人，阅读一些经书。这一天，我、你、小胖一同上山。

这是一个僻远的地方，一般不怎么有人造访。一座古老的寺庙，在任何车辆都到达不了的龙踞山上。寺门口是一块半残的断碑，周围躺着开败的野花的尸体。从这里进入，聆听一个不熟识的有缘人一段不为人知的故事。

一条曲折蜿蜒的小径通向佛堂，一路上只看见一个扫地僧在那里漫不经心地清扫。

“小师傅，请问贵寺方丈在哪里？”

“施主，你沿着这条路过去，穿过佛堂一直往西，在西楼就看以看见他了。”

“多谢小师傅。”

“阿弥陀佛。”

这样的对话我很倾心。问过之后，我们一路往西，在寻去之前，我回过头看他，这是一个刚剃度不久的小和尚，右耳往上两寸的地方还因为某种原因剃出了血。他依然抱着笤帚怅然地划动着地面上的尘污。他目光空洞，眉头紧锁。我想他肯定不知晓佛门清净之地为何还须时常清扫，这道空门或许还没有把他的红尘俗事锁在外头。

沿着小路一直走，我在佛堂前驻足，我说我们既然来了就拜拜吧。跨进佛堂迎面是一尊千手观音像。或许因为年久失修，或许因为天气无常，观音像上面的金漆多半已经脱落了。这是一座没有太多观光客以及历史价值的零落旧寺，没有了百姓的香油钱，没有了官家的政策扶持，它独自在时间的年轮中自生自灭。

观音像一脸慈悲，宁静安详。

“不知道她在这里住了多久。”

“应该一直在这里吧。”

“她见证了几世浮沉呐。”

“人在做，她在看啊。”

正当我们在观音像前悲叹她的颓败之时，小胖在十八罗汉像面前发出惊讶的赞叹。他说这些罗汉的造型和做工都很绝，这些东西没有被重视起来真是可惜了。我在罗汉面前拿起签筒求签。第十五签：张君瑞忆莺莺，乙戌，中平。

穿过佛堂，一路向西。寺庙西边是更为寥落的景。西楼在一片荒草从中，颓败不堪。屋子前有一副对联，联木微腐，是上了年纪的东西。上联是“剪断红尘不见尘世眼为红”，下联是“了然白银抽身银钿心却白”，横批写着“随心楼”。

你若有所思地开口。

“好有意思的对联。红尘，尘世，眼红；白银，银钿，心白。这里是随心楼，随心所居，随心所欲，然而欲求很浅，居所很简，真是有心了。”

“这位施主说得好极。”

从西楼走出来一位老和尚，慈眉善目，续着三寸长的山羊胡子，也是半掺花白的色调。我们道明来意，他让我们跟随着他进入西楼。他说这里没有像古装剧里播放的那种藏经阁，寺院里的经书多半是僧人自己买来阅读参禅的。他把不常看的经书堆放在西楼的储物室里，当然也有多年前印刷出来宣传佛法的小册子，里面收录了《大悲咒》《般若波罗蜜多心经》《三世因果经》等篇目。只是他说有缘人遇上自会来取，故而没有出去派送，于是留了下来。

临走时无心长老送了我们一人一本经书和一些宣传册子。靛蓝色书皮，线装本，是左起竖着念的古体书。我突然想起那支签上的字，本想着求他解签，但是最终没有开口。

❹ 楚地，古刹里那扫地僧

【每一个和尚都有一个故事。】

原路返还的时候，那个小和尚还在那里，他一边扫地一边诵读着一些幽怨凄苦的诗句。我听出他满腹的愁绪和念想，这和七年之前的我很相似。感觉告诉我他一定是个有故事的人。

“断不了尘缘就不要遁入空门啊，那和尚。”

“现如今做和尚也是一种职业了。”

“那你做和尚为哪般？这可不是香火那么旺盛的古刹。”

“哎，都是俗事。”

“你帮我解一支签，如何？”

“施主请说。”

“张君瑞忆莺莺，乙戊，中平。”

他抬头看我，我看到他眸中闪着泪花。这又是另一种哭相。眼睛很大，睫毛很长，整个眼窝红红的，里面都是泪水，渲染至睫毛、眼眶，这是极力忍住才会有的结果。他呢喃着说也是这支签么？我说你是不是有什么事要对我们说？他说遇上有缘人，继而说出来也是一件好事吧。

他俗家名字叫做苏林，云南大理人，家里是开旅馆客栈的。那时候一位叫做王琳的女子去云南旅行，住在他家的旅馆，他们相识。苏家客栈不远处，有一个小清吧，也是苏家的。他们在那里相遇，她点了一杯宝狮的樱桃白兰地，他给她上酒的时候打碎了酒杯。她笑着帮他一起捡起地上的碎末。她点破了手指，他帮她缚上一块胶布。这么一缚，就是一生的缘分纠葛。

她去云南是躲债的，父母早在她十五岁的时候就双双离世了。成年以后进入一家公司做会计，挪用公款为年迈的祖母治病。两年，病治不好，钱却没了。祖母去世后的第二个月，她的事情被揭发出来，她一身行装，往南来到大理。

她只恨为何在这里邂逅苏林。她只恨她是个身负几十万债务的声名狼藉的女子。他们还是相爱了，爱得忘记了时间、忘记了身份、忘记了过往，爱得义无反顾，爱得死去活来。

他父母自然不同意他们之间的来往，那一年在大理鸡足山上他们求得的那只签就是第十五签：张君瑞忆莺莺。她后来自杀了，割开的手腕上的皮肉向外翻着，汩汩地不断涌出血液。当人们发现她的时候她已经死了，甚至连送医院的必要都没有。她死在苏林家的客栈里，凝固的略微发黑的血液流淌了一地，把白色的被单染得触目惊心。

那一年他父母外出进酒的时候发生了意外，警方找到苏林认尸的时候，他父母的身上还扎着不少酒瓶的碎末，其中就有宝狮的樱桃白兰地。佛说三世因果，他没有哭，一下子没了情绪，大悲乃是看不出情绪波澜的从容。

他卖掉家业帮她还了债务，独自跑到她的家乡，来到这座最为清苦残破的寺庙。在这里参透曾经参透不了的事情，在这里想她。

“张君瑞忆莺莺，乙戊，中平。两家门户各相当，不是姻缘莫较量。直待春风好消息，却调琴瑟向兰房。”

“如何？”

“凡事只论门当户对，不论感情，这样的婚姻不要也吧。等到真正的良人出现，就请琴瑟合之，谈婚论嫁吧。”

“倘若出现了，又如何？”

“名不成则利不就，利不就则婚姻不合，因为父母不会如人所愿地只谈感情不论家世啊。”

“你是说父母？”

“倘若是真爱，在坚守这份爱的同时切莫荒废了事业啊，两家未和，万事难谐呐。”

“谢谢小师傅，我们会努力的。”

小胖在前面走着，他翻阅无心长老赠送的那本经书之时显得很认真。他说那和尚的故事着实让他有些苦涩，这样的人生际遇不是每个人都能体验得到的。他说了很多关于爱情的自我理解，并祝愿我们一切都好。我和你相视无言，淡淡地微笑。我们一直坚定地在一起，不是么？我们是相信爱情的。

只是，无心长老内心深处是不是也藏匿着一个故事？每每伴随着青灯夜读的时候，抑或在前堂敲打着木鱼打坐的时候，他是不是也会想起什么？

第六章

离愁乱，细品时光

❶ 楚地，工笔人物

【有时候那些伤害也有属于它们的价值和思考，你要先问一下它们愿意否。这一次，这个食指上的伤痕清楚地告诉你它愿意。】

倘若是想在一起，那么在一起的时光肯定是不够的，因为人心是太难以满足的东西。离前段走访古刹已经过去一个多星期，离寒假却又走近了很长一截光景。我还是会在梦中看见家乡的景致：古老的铜钟、长远的古道、幽深的庭院、湖边浣洗的妇人。惦念父母、惦念亲人、惦念家，可是我依旧不舍回家，果真还是不孝顺。

我喜欢写意的花鸟、工笔的人物，这是两种需要不同的心境去进行的国画。前者随性，后者郑重。我说过父亲是个极其尚古的男子，幼年时期，他把几乎古代女子所学的东西统统让我接触了：琴棋书画、茶道插花、舞蹈刺绣、吟诗题做。我三岁学琴，五岁习画，九岁背诵《古文观止》。诚然，不要把我想象得太完美，我只是一味地在标榜我所熟知并且擅长的东西罢了，对于不知晓的却保持缄默，比如西洋的东西我一概不会，小提琴、油画等等；比如需要计算的东西我都很糟糕，数学、物理等等；比如我的声音很难听；比如我的抬头纹很严重；比如我唱任何歌曲都会跑调。我就是一个沽名钓誉的人，就请随我去吧。

我去五塔的书斋，买七尺宣。我想要给你一幅画作为临别礼物。书斋在五塔一家大型服饰商场二楼东边的一个拐角处，不容易找到，我也是在一次偶然当中发现这里的。花宣的款式很多，我选了几张烫金兰花面的，兰花是一种很好的植物。

将七尺宣裁开，用镇纸固定，在上面描画。要用极细的狼毫勾线笔沾焦墨勾勒出人物。我画楚汉时期的仕女，按照自己的假想画上华丽富贵的服饰，端庄娴静的面容。我说过我是喜欢研究古代女子妆容的。画上云鬓，画上花钿。画上朱砂痣，画上芙蓉面，画上如柳眉。

我不擅于上色，因为总是处理不当色彩的衔接；我画的线条很美，因为我喜欢画出飘逸若仙的感觉。我画这幅画的时候在你的书房，你去上课还未有还家。一直以来你都有给我你家的钥匙，只是我不常用它，我知道这是你对我的信任。

这是一幅仕女图，图上的女子靠在假山的岩石上微微带点病容。身旁是半开半败的牡丹，身后是庭院坍圮的木扉。我将它命名为《花间》，并题上你的诗句："我欲与汝相知，借言短引，长命无绝，念久年；断为沉岁顾盼，依依有卿，相濡不弃，朝暮同。"落款的时候我把田心两个字之间的距离忽略了。田心为思，想来这也是双关的含义，算是塞翁失马吧。

你开门进来，看见我正在用风扇弄干宣纸的画面。你将插头拔下，用手探我手的温度，你说这么冷的天你开风扇，这不是找病生么。我没有回应你，而是继续弄着画。我必须待到它干透之后，才能完成最后一个步骤。

"我不冷。如何不问我为何在这？"

"刚才打你电话关机，就问了麦子。"

"她如何得知？"

"她不曾得知，她只说你要作画，便去买宣纸。我猜得你要作画，只能来这里。"

"本想着画完就拿去装裱，不料被你撞见得去。"

"同样的。"

"这便好了。"

你从我手上拿去风扇，修长的指头触碰到我的皮肤，很凉。你低头认真地用风扇吹着案上的古宣，动作很轻。我静静看着你，这样一下子安静下来的气氛幸在没有多尴尬。你是俊秀的白色少年，更多时候，我觉得你长得像个女子，那样白净、姣好。

你转过头来刚好迎上我的眼睛，你说怎这般看着你？我说仅只盯你的手罢了，可否借来一用？你疑惑地看我，却还是与此同时地把手伸过来了。你是如此的对于我的话不假思索地奉行，可惜这一次我要叫你失望了。

我取下左臂衣服上别着的针，这是孩童时期常常见到奶奶的别针方式。奶奶用淡青色的棉布做衣，一针一线亲手缝制。她时常在手头有活的时候把绣花针别在左臂衣袖上，等到忙完了取下来再度缝制衣物。当时我还是一个女童，对于长大有着一种似懂非懂的憧憬。我认为这样的姿态很梦幻，至少我很向往。稍微年长一些的时候，我开始学习刺绣。越绣是一门很考验手艺的活，我不是细致的姑娘，我的绣工，只能说还能看罢了。奶奶说女子持针，要捏拇指和中指，微翘食指，勾起小指和无名指。这是兰花指，是一种十分端庄的手形。

我用针扎了你，你不解地皱起眉头，倒也安静，我又扎了自己，你却叫出了声。这是我完成《花间》的最后一个步骤，我要用我们的血为画中的女子点上绛唇。不想掺和着任何颜料来完成这一个步骤，所以我必须等到画面完全干透。

“这样就算完成了。”

“这般不值得，用我的不行么？”

“古人说十指连心，这一点朱唇是你我手指里的血绘成的。”

“可是……”

“无妨的，自是将情融进去。”

“也罢，权当情谊。”

我收起画，轻轻地用晾衣架挂起来，我说有时候那些伤害也有属于它们的价值和思考，你要先问一下它们愿意否。这一次，这个食指上的伤痕清楚地告诉你它愿意。你不说话了，低头看着自己的食指，轻笑。

❷ 楚地，关于你

【你说即便这个世上的人都告诉你我在骗你，你也会义无反顾地相信我。】

我把画卷在报纸里面，同你一起拿去装裱。从六塔到五塔不需要太多的时间，我们常常携手步行、走路、说话。这里的每一家店面、每一个转角、每一个红路灯都有着我们的记忆，这样的回想是无论过去多久都可以静下来细细品味的。

“对我的印象是什么？”

“冷傲。”

“真冤枉。”

“为何？”

“我对你是用了对任何人都不会有的温柔。”

“为何？”

“因为你是我唯一信任的人。”

这是你的故事。

你年幼时，家里很有钱。你是有保姆照料、有司机接送的少爷。你父母很相爱也很爱你，你很快乐。时光度去，长到十岁，你父亲被亲如手足的兄弟算计，一步步进入他的陷阱，丢了金钱，还险些丢了性命。

那年春季，迎春花恰巧开出明晃晃的小花。一群工人在你家楼下吵闹，喧杂的气氛让你感觉到什么事情就要发生了。那天你撞到了客厅放菩萨的那张桌子，手臂上乌了一块。你说你前一次撞到这个桌角的时候，奶奶死了，这样的巧合实在不是什么幸运的事。

他们是一群劳苦功高的工友，风里来雨里去长达一年之久，年前的工资却没有结清。这原是你父亲那个所谓的兄弟负责的事情，只是很多时候，现实是反过来的真相，谣言是可以无限传播和扩张的。他戴上伪善的面具，义愤填膺地装作一个局外人，明目张胆地迫害，从容不迫地说谎。

他鼓动，他挑拨，他把不明真相的农民工当作凶器，深深地刺入了你父亲的心脏。这不仅仅是一个比喻。早春，九点，本该是一年之中最为美丽的时刻，你父亲却是被抬着出了家门。一个安徽的农民工，许是生来怒点较低，竟然在气煞之际拿起水果刀捅进了你父亲的胸膛。

自此之后，家道中落。

你变得冷峻漠然起来，不随便和人交谈，不轻易相信任何人，收起对周遭事物的情愫，遗忘了笑容。你决绝地对待每一个人，除了我。你封闭自我用来保护自己，唯独对我卸掉了全部防备。你说即便这个世上的人都告诉你我在骗你，你也会义无反顾地相信我。这样的句子构造以及你说这句话时的语气，能触及我心中最为柔软的地方。我说那是因为即便这个世上的人都在骗你，我却不会。你傻傻地笑。

我喜欢看你笑，你咧开嘴的那种笑容可以渲染周边的一切，气氛会变得愉快起来。嘴角上扬，舒眉粉颜，能看到这样的笑容，也是很好的。

你说谢谢我的锦盒，救了你父亲一命。我便默然，还是想起他来。

“你可知我失去了他？”

“知。”

“没了锦盒，我无法让他变得不脆弱。”

“因为我？”

“倘若它真的有魔力的话。”

“理当这般信仰。”

“想来悲怆，就让情绪停滞于此。”

“感情不是感激。即便没有那个锦盒，我还是想要和你在一起。”

很多时候，我们就是混淆了这种有着本质区别的情感，错把友情当爱情，错把感恩作感情。这样的悲剧发生了，叫做自作多情，叫做自欺欺人。

请务必找到属于你们的真正的良人，会幸福的。

❸ 江南，红酥手

【你吃红酥手，塞得嘴巴嚼不过来。两腮鼓鼓，堆满笑意。我知道你其实不是那么爱吃甜食的人。】

红酥手是绍兴当地的一种点心，只是流传到现在变得五花八门，咸的、甜的、油炸的、烘焙的，都有。甚至有人取了引申意义，将红烧猪手叫做是红酥手了。红酥手已经不再是固定的某种点心了。

红酥手，黄縢酒，满城春色宫墙柳。我想无论它变成哪样，仅仅只为这个名字，都要叫你亲口尝一尝才好。

你把裱好的画挂在卧房南面的墙上，把刚才在市场买的材料拿到厨房，我开始做点心。厨艺是随父亲学的，点心却是母亲教会的。

母亲的厨艺算不上很好，但是能做出许多知名或者不知名的点心。她会在我离家远行之前给我做上很多，放在盒子里塞进我的行李里。无论我吃或者不吃，她都会做：茶叶蛋、艾饺、煎饼果子、酥糖、麻饼、酒蒸包子。吃母亲做的点心，就可以有家的味道。

红酥手不是母亲多么拿手的东西，却是外婆时常自诩的绝活。外婆不是那么幸运的人，她生在大户人家，却没能享受几天小姐的待遇。她是幺女，出生后不久，父亲便撒手人寰了。一个家族渐渐没落，甚至衰亡。小女儿本当享受家人最为真切的关注和呵护，她却要早早当家，照顾不是那么聪颖的兄长，近亲的婚姻总是有着或多或少的遗憾吧。她母亲将一个女子所应该具备的当家手艺统统教给了她，其中就包括了红酥手的做法。她是聪慧的人，比谁都乖巧。

七八岁的时候在外婆家院落中玩耍，我自小好动，却不喜欢追逐，奔跑对我来说是太过于耗费体力的活动。表妹小我三岁，是个文静秀气的姑娘。内向怕生，不好言语，唯独喜爱跟随我这个阿姐，穿我穿不下的衣裙，梳同我一样的发型。在我的家乡，姐姐就是姐姐。

我们在院子里用黑色瓦片磨出黑色粉末，用红色砖头磨出红色粉末，这是我们研制出来的药粉，是可以治疗百病的。我是劫富济贫的女侠，她是妙手回春的神医。我们假想着门前那条河是被坏人下了毒的，必须要我们撒下这些药粉方能解救全村的人，于是我们把磨好的粉末调和在一起撒在湖面上。现在想来，不知道谁才是真正给河流下毒的人。不过，这确是一种最消耗时间的安静的玩法。

这个时候，外婆就在院中做点心，看的次数多了，自然会有些印象。红酥手是需要过油的，故而油烟大，外婆把锅炉拿到外面，进行烹饪。那种需要蜂窝煤升起的炉子，也是刻有童年烙印的东西。

“你要做什么？”

“红酥手。”

“是陆游诗中的那个东西？”

“嗯，是家乡的食物。”

红酥手要把红豆煮熟，捣烂后加入红糖、藕粉、鸡蛋、糯米粉、面粉等一同揉搓，做成佛手的模样，在放有黄酒、干桂花、干茉莉的蒸笼里蒸至七分熟，最后再过油炸一遍，出锅之后撒上少许芝麻、桂花即可。

我只把制作步骤同你说一遍，而后开始偷工减料。红酥手我只做过四次，一次是外公七十大寿，一次是弟弟降生，一次是绍谦祭日，这一次，我做给你吃，往后我会时常做给你吃。我用白糖代替了红糖、奶粉代替了藕粉，偷换黄酒为红酒，把玫瑰花瓣当作桂花和茉莉，出锅之后又撒上了可可粉作为点缀。

“今后还会继续做的吧？”

“是。”

“这便好了。”

“如此就吃完吧。”

你吃红酥手，塞得嘴巴嚼不过来，两腮鼓鼓，堆满笑意。我知道你其实不是那么爱吃甜食的人。

❹ 楚地,离骚

【我知道家就在前方,而你却在与之相反的方向。】

离骚者,别愁也。

别的那天你坐在候车室钢椅上,低沉着脸没有要抬起来的意思。你说你梦到过这个场景,嘈杂的声音,陌生的人群,梦中你放开我的手,那一瞬间我飘远了。你发了疯似的追着火车奔跑,却没能在我原先坐的座位上看到我,你说我就这么消失了。我故意用很喜悦的声音说梦和现实,都是相反的。

候车的时候过来一个乞丐,六十岁上下,脸上布满了纹络。一件破烂的深蓝色棉衣,里面穿着军绿色的中山装。他向我伸出粗糙的皲裂的手,颤颤巍巍地乞讨。我拿出一枚硬币放在他手掌上,然后走开了。我是被乞丐骗过的人,我觉得这也许只是一种职业罢了。他们用尽了世人的悲悯之心,不劳而获。当然,不是每一个掏钱的人都是那么悲天悯人的,人心的虚伪在某些特定的环境下暴露无遗。比如一对男女朋友,女子即便不愿意掏钱,也要在男友面前表现出自己如何如何富有同情心,男子则更需要慷慨处之;再如时尚夸张的贵妇,必然要用一种高姿态来炫耀一下自己的财富,同穷人对比正中下怀,也许她们觉得用涂满艳丽指甲油的手掏钱的动作很威风。到底有多少人是洗去荣华之后真正怜悯行乞之人,又有多少个行乞之人是真正需要旁人怜悯的呢?

我是宁可去相信这一切,还是愿意掏钱,只是数目不会大。

往前几步路,候车室商店旁不远,看到一个老妇。她躺在地上,地上铺一块肮脏的青花布,她好像睡着了一动不动。我看到那个行乞的老人在商店里买了一个面包,拿到老妇身边放下,默默地走开了。

"他是怕吵醒她。"

"嗯,如此甚好。"

"他很爱她。"

"他们是夫妻吧?"

"是吧。"

"你说哪天我们沦落至此,你会这么做么?"

"不会,我不会让我们沦落至此。"

我喜欢你偶尔流露出坚定的不容置疑的神态,这是你给我的安全感。你走过去在老妇人身边放下五十块钱,同样默默地走开,你是想让她醒来之后以为是丈夫放下的吧。

你抬起头怅然若失地看向远处,我知道你不忍离别。你买了很多食物给我,大包小包塞满了行李箱。这让我想起来时母亲做的点心,也是一厢情愿地执意要塞给我。我觉得我跟着你,是可以幸福的。

这天微风,有细雨。我跨上列车,少顷,启动。在车上唯一能做的事情就是吃,你给我的食物,我会统统吃掉。想来也很饕餮,然而食物在此刻与杜康是一样的,一顿席卷残云之后不免有些感伤。我不知道天是怎么暗下来的,只知道车窗外愈渐模糊,随后夜之浓墨渲染了整个幕,筛下星光点点。是万家灯火,不错的,雨天是看不到星辰的。

车厢里的老歌倒带的声音很大。凌晨,光影依稀,窗外景物如同不断放纵的风筝线,一路逆行。我知道家就在前方,而你却在与之相反的方向。

第七章
再会江南是半喜半愁

❶ 江南，她和她的《枫之天涯》

【我通常认为记忆之潮决堤是因为这段记忆如何如何深刻、沉重抑或特别，其实任何记忆都可以泛滥成灾。】

闺蜜是个可爱的人儿，圆脸、大眼、长直发。她叫周可歆，是我高中一直到现在最好的朋友。回家乡的第一天，和她在一起。我通常认为记忆之潮决堤是因为这段记忆如何如何深刻、沉重抑或特别，我一直在既定的圈子里被自己所谓的道理缠绕起来了，其实任何记忆都可以泛滥成灾。

我的高中是全市规模最大的，硬件设施无视师资力量强大地存在着。我们相识是偶然的，她向我询问405寝室怎么走。我们的相识也是必然的，因为我就住在405寝室。她穿薄荷色无袖T恤，胸前的图案很漂亮，缠着那么多珠片，闪闪发亮。

遇上一个不是那么良善的班主任，偏私、虚妄、喜怒无常。还记得这么一个桥段，班长考试作弊被外校监考老师当场抓住，等到全校告通报批评的时候上台的却是班上那位生来智力缺陷的学生。我是在考场看见班长被抓住，而今要在这里批斗毫不知情的同窗。亲眼看见他被班主任叫进办公室，出来傻傻地对我说下周一他能参加全校师生表彰大会。他多么快乐地期待这一天，即便不是那么聪明，也分得清楚表扬和批评。一次表扬，对他来说是很重要的吧。

他叫赵智慧，人不如其名，天生的嬉笑与邋遢。那一天全校五千师生在烈日下看他兴奋地走上主席台。阳光穿透干涸的人心，到底是为了什么一个智力障碍的人会想到考试作弊，他懂什么叫作弊？他懂为何要考试？如何不心酸那般无辜的憨笑，却又能如何？

高二文理分班，我们都选了文科，结果出来实在很欣喜。我和她还是在一起，步入一场九月的秋雨。泥泞的道路，微润的空气，一切都是那么清新自然。高二的班主任是个慈祥的老头，精瘦、文雅、和蔼可亲。那一年，她认识陈枫，于是有了《枫之天涯》。

陈枫不高，是个清清秀秀的腼腆的男孩子。高我们一届，那年他高三。我们的教室在三楼，坐靠窗的位置。下课之后就趴在窗户上往外面看。他在对面那幢楼一楼第二间教室，教室外面有一棵枫树。从我们教室到他们教室，视线的一半被枫树挡着。那次课间他和朋友在枫树边上打羽毛球，他拍子挥得太过靠后打到了枫树左边的枝丫。也许就在红色枫叶落下的刹那，她看上他。三秒钟。他将落叶捡起来带走了。之后我在想，也许陈枫与生俱来的怜惜同名之物，那是一种奇怪的亲近的感情吧，就好像我几近疯狂地喜欢“楚”这个字是一样的道理。比如一个人姓白，可能就会比一般人更加喜爱这种颜色；比如心仪的明星代言的产品如果有能力就会去买来的吧。人就是这么容易爱屋及乌。

之后的每天她都会在窗口看他，少女青涩的情怀就从那个时候开始了。我们交换日记来看，她的日记里可以看到密密麻麻的关于他的记事。她写下《枫之天涯》，记录关于他的一切琐事。日子就这么无声地往前走，再没有发生什么值得期待的事情，他高考，毕业，离开。我们还是依旧过着与他没有任何交点的日子。

我认识一个姐姐在陈枫他们班上，我在多年之后的一次交谈中偶然提及这个少年。她说他是有暗恋对象的，是当初在唱歌比赛中唱《断点》得了金奖的学妹。我当时不知道要说什么才好，因为唱歌比赛因《断点》得奖的，三年以来只有可歆而已。

他们相互爱慕了好长久的时光，只因为谁都没有勇气去跨出一步达到相互认识的结果。没有试探性地推开一扇门，流年里错失了两厢爱慕的人，只能留在记忆中淡淡地发着洁白的栀子花的芬芳。

在一起的回忆就在时间的长河中翻滚打转一波一波地迎面冲击而来。周可歆，身旁有她，多好。

❷ 江南，小江后

【即便，为生活所迫，迫我于水尽山穷，迫我于断米绝粮，迫我于失去一切助，暗地里无依苍老的相，相念安好。】

往西五十米，一座破桥，半壁残垣，这是儿时时常嬉戏的地方。废墟，矮墙，我可以驾驭梦境与现实的偏差，失之毫厘。待日落西山之前跑去半人高的蓬蒿丛中翘首以盼。这里是有太多往昔的旧梦。

无需去考证小江后这个名称的由来，就像龙池下面压着一条罪犯千条的恶龙一样的古老的传言。这些都是无所谓真假的在灵魂深处轻轻触碰了一下的东西。

桥这边，叫做田家渡，这里住着的人十有八九都是姓田的，我也是。过了桥，是一片田野，环状的。沿河岸的路稍稍阔一些，忘记了到底是哪一年开始，浇上了水泥。顺着曲折的水泥路走，尽头出现一个叉，继续直走依然是一眼田地，往右转弯看见另一座桥。过了这座桥，是伧姓娄。过了岔道口继续往前，顺着环状自然转弯，尽头还是一座桥。桥那边是一处叫做盛家渡的地方。一条河，三座桥，两两相望。小学时班上很多田姓、伧姓、盛姓的孩童，通常只要知道对方的姓氏，就能很轻易判断他家所在的地方，就这是我所在的村子。

夏天的傍晚去小江后散步终究要比冬天的黄昏在那里颤巍巍地闲逛要好。于我要再等半年之久。放弃不了这样一个伤感怀旧的时刻，出家门往西走五十步，无论如何都要再度感怀一番。

有着太多感情的人，都会比一般人受伤严重。

放春假，表妹过来家里做客，她是喜欢跟随我的。从女童到女子，一直没有改变过。我们围着环状的水泥路走圈圈，无聊地计算出走一个圈大概需要二十九分三十二秒钟。那天她第一次问我关于爱情的问题，我突然觉得这个女童也有长大的一天。

“姐姐，你对爱情的看法是什么，相信它么？”

“是的。一如既往坚如金石地蜗行前往。”

“如何这么坚定？不因金钱，不因现况，不因变心？”

“会考虑，只是考虑去排除它们带来的变故，并不会因这些而放弃，除了变心。我本身不去留恋变质的感情。”

“要真是变心了怎么办？”

“他不是你的良人，优雅地转身离开。女子需要放高姿态，在处理这种变故的时候。”

“很爱很爱呢？”

“感情是那么难以表述的抽象的东西。我只能说，这个世界上既然有你存在，就一定存在着一个与之相匹配的人，那样的他是不存在变心与否的。只是很多人在找到他之前，遇上了太多太多伪装成他的假面人罢了。当然也有很多人终其一生也没能找到这个良人，这是时空问题，不能归结为爱情的罪过。”

“所以，我们还是需要相信爱情的吧？”

“嗯，只管单纯地相信就好。”

我们走在小江后沿河岸的水泥路上，坐在第二个水台阶上面休息。远处的夕阳把周边的天空染得很暧昧。迎面有冬天的风吹过耳脸，从领口往身体里面灌进去。表妹面颊变得通红，她一直看着那轮将落未落的太阳。这本是一个浪漫的时刻，情绪太多的人却变得不愉快起来。看殆尽的容颜徒然增添的堵，无病呻吟的我活该。我就是会在任何一个莫名其妙的时刻矫情起来的人。

即便，为生活所迫，迫我于水尽山穷，迫我于断米绝粮，迫我于失去一切助，暗地里无依苍老的相，相念安好。我们会战胜时空、战胜现实、战胜一切的吧。嗯。

❸ 江南，谢灶

【我跪在软垫上叩首，拜拜，再拜拜。没有哪一年的谢灶拜得如此诚恳。我说倘若有神灵，就让我和他一起终了一生。】

小年是灶神骑金鸡造访的日子。灶神体民间之疾苦，访百姓之心声，然后到达天宫，请求赐福。在小年这天谢灶，是平常百姓都会做的事。

祝福是件繁琐的事，我从能思考到一定深度之后就在想，等老一辈都灯灭烛熄之后，我们下一代到底有几个能像他们那样谢灶。

母亲从很早之前就在准备谢灶那天需要焚烧的经卷，那是爷爷奶奶亲自念制的。迷信的东西，但是很精巧。荷花缸、银庭、元宝、烧纸。烧给菩萨和祖宗的经卷以及物品都是不一样的，奶奶每每叮嘱好几遍：这个箱子里面是请财神菩萨的，那个是给祖宗的，这个是烧给灶神的。这是一门太过复杂的学问，我学不来。

小年谢灶有两种，请懒惰菩萨和前进菩萨。前进是南方的语言，就是勤劳的意思。懒惰菩萨在腊月廿四下午开始。要做两场，一次请菩萨，一次请祖宗。这是正常作息，传说懒惰菩萨去天庭也是不紧不慢的，许是不会那么灵验。前进菩萨是在腊月廿四的凌晨开始谢灶。一般人家会在廿三就开始准备，等到一过零点就开始谢灶。在家乡，人们更愿意请前进菩萨，想来没有人愿意去向不是那么灵验的菩萨请愿吧。

廿三这天母亲起很早，要买来公鸡、麻鸭、白鹅、胖头鱼、猪肉。这天要煮一锅荸荠莲藕羹，要准备粽子、年糕。莲藕在方言里带有富贵的谐音，预示着新年富贵如意，年糕则说明年年高升，都是一些好兆头。这些带着乡土民情的东西最容易叫人欲罢不能地扼腕。

对谢灶夜印象最深的是煮好的整只鸡、整只鸭、整只鹅都要插上四根筷子，把肠子绕在筷子上一周，围成一个四方形。又或许只有祝祖宗才需要围。每盘菜上都要搁上一张方形的红纸。胖头鱼是活鱼祭拜的，把剪好的红纸贴在它眼睛上，它就不动了。这招好像屡试不爽。

幼年时候，眼巴巴看父母在厨房忙活，时不时端出来食物。肚子已经很饿了，但是没有请神是不能吃的。围着大方桌一步步地挪动，咽下口水。每次都熬不到祝福就睡着的我，小年这一天比以往每一天都饿。

长大一些，开始可以帮着父母做一些事情。他们不让我到厨房掺和，他们觉得厨房里多一个人就会很乱。廿三之前，我帮奶奶叠元宝，煮做银庭用的糨糊。也是做过银庭的，做不出那种弧度，我做的很扁很扁，奶奶说太丑就没让我再做。化纸在谢完灶神之后进行，化纸就是把这些经卷和元宝都放在器皿里焚掉。我不喜欢化纸，因为那样整间屋子都会烟雾缭绕，没有哪次化纸不把我的眼睛熏出眼泪来的。

但是化纸的时候可以许愿。我一直是认为在谢灶时的红蜡烛前面拜拜，是没有化纸时拜拜灵验的，这也许是化纸唯一的好处了吧。不过，我是不是把菩萨和祖宗想得太贪了一点。灶神又称“东厨司命”，相传灶神是个极其贪财的好赌之人，一次同赌神赌博，把妻子都给输掉了。又传灶神薄情，羞见休妻而钻入灶内成为灶神。我思来想去，灶神都不是多么好的神仙。对着他许愿，到底会不会灵验？

母亲拿来火柴，用烧纸做引火，点燃了元宝。我们围在大铁盆前拜拜。我跪在软垫上叩首，拜拜，再拜拜，没有哪一年的谢灶拜得如此诚恳。

我说倘若有神灵，就让我和他一起终了一生。

④ 楚地，柠檬水

【闻惯了一个味道就会自然而然联想到一直出现在这个味道里的人或者事。】

春节做客兜兜转转之后就会伤痕累累，因为亲戚之间的攀比又开始了。东家说自己儿子如何如何孝顺，隔三差五往家里寄东西；西家说自己女儿不但是闭月羞花，更加知书达礼，考上了某某名牌大学。如果我还有幸能成为传说中的百里挑一与众不同的人物的话，那么一旦说到谈婚论嫁的事就会是另一个遭遇了。这家的女儿嫁了一个状元及第的高材生，那家的儿子娶了一个家财万贯的贵千金。母亲说田心至今没有遇到心上人，母亲是不愿意提及绍谦的一切事情，这是一块陈年的伤疤，即便痊愈了也影响美观吧。我知道父母他们不是那么虚伪不真实的人，只是不喜欢把自家的事情说得大白于天下变成人家茶余饭后的谈资。说出来好像也不能怎么样。

春节就是要把这一年所有吃不到的食物都吃下去。

我的肠胃一向是不好的，我不能吃蜂蜜，除非用水掺得很稀很稀，不然吃下去就会胃痛。你调柠檬水给我，因为我时常会吃到超出肚子负荷的范围。我在每次吃撑的时候想到你以及你调的柠檬水。

这天很热，我在腊月用“热”这样一个字眼，有些奇怪。去杭州二外公家做客，和表妹待在一起。傍晚在西湖边散步，表妹踩着鹅卵石的小路走S型。我吃撑了，一旦吃撑就连呼吸都是一件难受的事。我打电话给你。

“现在在西湖边，远处有很好看的灯景，我却没有心思看，肚子难受。”

“吃撑了吧？”

“诶？”

“柠檬买青色果皮的会比较香。中间剖开来，一半挤出汁水放在水杯里，加入一小勺的蜂蜜和五百毫升的温白开。剩下的包括另一半个继续挤出水来，兑点自来水装到喷雾瓶里面，用来清新和湿润空气。一定需要五百毫升的开水量，你肠胃不好，太酸太甜都是不行的。”

“你为什么这么有把握我吃撑了呢？”

“因为我今天也吃撑了。”

现在的西湖不是那么幽怨凄楚的地方，很多人在这里走走停停，做出自己也不知道是否需要做的举动：看灯火，颂诗经；两厢暗望，追逐嬉闹；放飞孔明灯，点燃焰火棒；沿着河岸边的白桦树走路，坐在湖边垂柳下面的长椅上。

我往回走，表妹跟在后头。我们买来柠檬，青柠的香味让我好一阵子愉悦。我做柠檬水，分给表妹喝。她说这种酸酸涩涩又甜甜的东西，就是恋爱的味道。我说只是其一。

晚上住在杭州的宾馆里。二外公家的公寓很小，只能勉强住下他们这对年迈的夫妻而已。我很少住宾馆，白色的床单是我惧怕的东西，尽管我是那样喜欢这个色彩。一个人在宾馆里来来回回地踱步，表妹在洗澡，花玻璃的浴室间用错了情调，热气熏得整个浴室间都朦朦胧胧的。

我拿起喷雾瓶子往房间里喷水，表妹出来之后直说这个味道好极了。我说闻惯了一个味道就会自然而然联想到一直出现在这个味道里的人或者事。

柠檬水的味道，是能想到你的味道。

第八章
临分四别

❶ 江南，一别

【我在想我是愿意为父母去死的，尽管我什么都不会说。】

父亲离开的那天，风很大，我在昏暗的房间里睡得不省人事。

我终于开始惧怕黑暗中突然响起除自己以外的声音。她很乖，除了偶尔在我床上方便之外，总是在我浅睡时呢喃，根本不知道她如何爬上我的床。她盯着我，是有戒心的。我宠着她，是有私心的，我希望哪天她非那盆沙不方便。

一只白猫，一个人。

我可以一整天不走出这个屋子，在想要醒来的时候醒来，而后坐在电脑前，无所事事。

我在吴侬越调里起来，下床，赤着脚踩着白色地砖走，来到厨房喝一杯凉白开。我的生活极为邋遢，我把能够丢开的一切包袱都丢开，不插花、不戴环、不描眉，不叠被子、不整书桌、不拖地板、不读诗书、不做文章。不干净、不条理、不勤奋。

父亲出国那天，我压根没起来。前一天对着电脑太长时间，想也不能早起。我是不太习惯一家人说一些矫情的话，觉得对父母说类似我爱你们的话会让我难以启齿。有些东西，喜欢藏起来在心里然后慢慢烂掉，向来都是，尽管我知道我很爱他们。倒是弟弟一早爬起来送了父亲一程，送到广场，那天风很大。

弟弟回来告诉我说父亲走了，我“哦”了一声，没有太大的情绪波动。

我是不太会表达感情的人，永远都是硬邦邦的。我做不到挽着母亲的手逛街，做不到从背后拥抱母亲，做不到望着父亲离别的背影说珍重。那天看到一个剧情，一对母子相互推让着吃第一口河豚肉。我在想我是愿意为父母去死的，尽管我什么都不会说。

父亲是在初六走的，母亲在初八开始工作。我在屋里重复着一系列最为简约的动作，起床、上网、吃饭、上网、睡觉。

屋子很大，红木填充着的空间微微显得灵异。父母不在家，出国的出国，工作的工作。家里有着太多太多年代感的物件，放多了看多了就会莫名的心悸，那些太过古老的东西叫我想到沧桑、动荡、腐败、死亡。一个人从盘梯上下来再上去再下来，雕花灯打开了再关上再打开，在屋子里的每一个角落都待一会儿然后回到最为原始的熟悉的我的房间。

打开电脑又是一天。

❷ 江南，再别

【我拉过她的手，十指相扣。她喜欢这种拉手方式，她说这样子拉手的人会比较长久。】

我在翻阅你写在空间里的记事。初一，着新衣，看焰火，想起你的青铜簪。初三，吃饭，沏茶，喝你买的碧螺春。初七，游街，买纸老虎，想你的脾气。十一，食白果，摔碎一只碗，没有你同我打扫庭院。一直从我离开的那天起，看到你每天做的细碎的事情。这样的分离有些酸涩。

和可歆约在明珠广场见面。我穿粗布短夹袄、呢子长裙。出门之前去交了电费，又为了赶上约定的时间叫了出租车。我到的时候她坐在那张长椅上。我们坚信那是一张有故事的长椅，第一次见到它是在高一。可歆坐在上面发现长椅背上刻着诗句，不是那么公整的好诗，没有平仄，没有押韵。用利物刻在上面，有署名，依稀记得是李什么君的男子。这事情过去一个月左右，再一次坐到那张椅子上时，多了一行隽秀的小字，是用没墨的圆珠笔用尽全力写上去的，落款是莜。我还记得两首诗大抵是女子出于何故抛弃了男子，男子不甘，女子却也无奈。

这个春假，除去和自己待在一起的时光，多半和可歆在一起。今天在这里会面，无非是离别。她要比我开学早，从明天起，待在杭州。

“曾经能来这里是多奢侈的一件事。”

“你还记得第几棵树下埋着那两个瓶子么？”

“那边左起第十一棵。十一，是你喜欢的数字。”

“我的那个埋在右起第十三棵的下面，十三也是你钟情的数字。”

我们相视着笑起来。当时说的是十年后再相会时把对方的瓶子挖出来，看看瓶子里对方给十年后的自己写的信。我走到左边第十一棵柳树下面，蹲下来把土翻开。我说即便没有遵守十年之约，这个时候也需要它们出现。这样的环境，这样的情景。她没说话，径直走到右边第十三棵树下翻开土来。

瓶子还在，安然地躺在泥土里面，像一件被时间遗忘的文物，一丝不苟地留在那里等待发现它价值的人。即便如此，瓶子还是很漂亮。这是一个星星形状的玻璃瓶，上面是个软木塞。粉红色的信纸没有最初的光鲜，却也显得淳朴。

我打开瓶子来看，纸条上写着你要记得我们的四人之约。

还是没骨气地落泪了。四人之约，是那年我们在云骨下面玩笑胡诌：等各自有了一生的伴侣之后，去趟云南。在那个江南以南的地方，舀一瓢回忆带回去。我和她说过关于闵悯的任何事，她听着听着哭出声来。她说能遇上这样一个人，就如此走完这辈子吧。她吃法式小面包，一边吃一边哭。我知道无论是在开心或者不开心的时候，她都喜欢吃。

“你说四人之约，现在就差你那个良人了。”

“遥遥无期。”

“还是再相信爱情么？”

“嗯。”

“不动摇就好，会出现的。”

我拉过她的手，十指相扣。她喜欢这种拉手方式，她说这样子拉手的人会比较长久。还是分别了，在黄昏时分的公车站牌下，没有长亭更短亭的情景和物设，没有折柳遗情的意境和人设。眼前是人来车往的城市某处，嘈杂的环境下甚至连一声“再会”都听不清楚。她跨步走上803路公车，没有回头看我。我转身离开，没有过分牵扯。这样的离别很好，把情绪渲染在身体里面，干净利落地别。

❸ 江南，三别

【不得不接受的事实，大抵慢慢去习惯没有她的日子。久而久之，忘记她的死因，忘记她的名姓，忘记她。】

这一天彻头彻尾地哭了。我说过我害怕黑暗中突然响起除自己以外的声音，原来我更害怕寂静无声的黑暗,它毫无征兆地向我张开了不友善的双臂,它也许要吞噬我了。

我的白猫死了,我发现她的时候她倒在院子里的茶花树下面。我查不出她的死因,正如她终其一生没学会在我的猫砂盆里面方便一样,这样的遗憾要一直跟随我直到我忘掉她为止了。

她还很年轻,我连一只猫都养不活。我没有限制过她的自由,我临出门,不关闭家里任何一个房间的门,我把后院的篱笆打开,我知道她会喜欢到这里来的。很多时候她会出现在某个地方冷不防地被我踢一脚,结果我被吓一跳,她也被吓一跳。这不是一只安土重迁的猫,她喜欢打游击。

我突然明白过于宠溺就是纵容,我纵容她天马行空,我纵容她不逊束缚。这个世界有着她永生不能明了的威胁,这个世界到处充盈着危险性。她不知道玫瑰有刺。她不懂得香水有毒。她不明白不劳而获的腐鼠不能吃,吃下去就会死。她也许也不晓得什么是死。她什么都不知道,我什么都不设防。她死了,我没有做到未雨绸缪。

我终于没能调教好她成功认识厕所。

其实一直不敢承认,是我害死她了。

我养过鸭子、热带鱼,种过芦荟、风信子,都死了,甚至连那棵丑陋的仙人球都烂根了。闵悯说我是连养活自己都有问题的人,泛滥的同情心反而是扼杀生命的导火线,我没有这个能力。我是一个不能有感情的人吧,情感过于丰沛终究害人害己,就像美杜莎。

离开学还有三天。这天很冷,晴,我失去了一只猫。

我打电话给你,你在打游戏。你还是没有过多的成长,看动漫,打游戏,陪父亲看红军长征的电视剧。我说我的猫的死了,你说死得好。你是劝过我的,你叫我把她放在一个房间里,给她固定的活动场所,教会她用猫砂,教会她睡猫房,予以温存,报以温驯,予以温饱,报以温柔。我没听进去,我以为给她愈发大的活动空间是那样大的恩惠,养而不教是我的过失。你说死了一只猫,教会我一意孤行不是完全正确的。

我把偏执的思维硬加到他物上，不去关心适用与否。我喜欢田园装饰的床单,买来放到床上使用;我喜欢粉红公主的梳妆台,搬到卧室放在那里。我买了八面的红木精雕屏风、黄铜喇叭花留声机、摇拨电话、水晶大吊灯、檀木盒子、紫金香炉,换掉哪怕只是细微有点瑕疵的物件,又不去清掸上面附着的尘灰。有时候完美主义精益求精鸡蛋里挑骨头死不罢休，有时候随随便便得过且过无所谓好坏地胡乱生活。

开始明白过来，对于有生命或是无生命的一切物件，需要分清楚什么是真正的爱。家乡有句老话叫做缭烟和热气要分清，意思是需要把事物的本质区别开来。有些时候我们所谓的爱也许是害，只是当时我们没有明了。

这样不打一声招呼突如其来的离别，我不喜欢，像永别此等意思的分开我觉得太过残忍。不得不接受的事实，大抵慢慢去习惯没有她的日子。久而久之，忘记她的死因，忘记她的名姓，忘记她。

④ 江南，四别，思别

【又别江南，此去经年。】

临出门，母亲又在我包里塞下一包茶叶蛋。我没有拿出来，也不清楚会不会吃掉。拖着行李箱，她送我至村口。我可以坐 613 路公车直达火车站，也不是那么麻烦的事。

前一天夜里失眠，我想的是失眠也好，可以在火车上好好睡一觉，这样一觉醒来就会身在他乡了。刚回来那段，还是会时时想起楚地的景，那些人、那些相以及你。这会儿依然会想，却还是舍不得家乡。这里有生我养我的土地、湖水，我熟悉的地、龙池、小江后。

我在八木桥头站了许久时光，河岸边的杨柳没有发芽，今年比往年的这个时候要冷多了。江南的柳是常年不败的，却也难敌腊月风雨一日又一日。还是会有一些带着绿意的叶，叶尾微微卷曲，变成枯褐色。这一眼满带沧桑，不是那么鲜活的东西总给人以压抑。树叶不会那么多了，就像秃头的美人，说不出的无奈，说不出的难堪。有风吹过，又掉落不少叶，落到湖面上，落到过道上，落到行人的肩膀上。

这湖面里有收敛柔情的柳，远处的烟袅袅升起来，是有早起的婆奶在生炉子。在炉子下面放上燃用过的蜂窝煤，点起火来放些易燃的柴火在上面，盖上新的蜂窝煤。柴火燃尽就会带起蜂窝煤的火星。在炉子上放上想要烧煮的器皿，就可以了。在我家，一般升炉子用来烧水，把大大小小红红绿绿的热水瓶烧满，就差不多了。

鼻子酸了，时常看见奶奶和外婆升炉子的相，那是童年里强有力的画面之一。

走过八木桥，再往前走一段，往右拐弯就是车站了。没有等很长时间，其实这一次我不希望它来得那么快。每次站在这里等待，望穿秋水，臆测公车过来的国道堵车，臆测公车在路上出现事故，不断看表，无聊地猜测。它都是准点来的，十五分钟一班。这一次，觉得它来得太快。

我习惯坐在公车后方第一排靠窗那个位置上，这是后车门上车第一个位置，前面会有一块挡板或者铁杆用来阻断惯性带来伤害。我时常靠在铁杆上，假寐，冥想，神游太虚。我把后侧的窗户打开了，看不断后退的景物。

来到车站，接到你的电话。

“到了么？”

“是。”

“舍不得么？”

“是。”

“暂别不是永别，小别是好事。”

“只是情绪上来了。”

“嗯，注意安全。检查一下有没有什么东西没有带。手机？钱包？身份证？学生证？”

“昨天按照你说的都检查过一遍。”

“如此甚好。”

对话在百无聊赖地继续，我们就喜欢重复一些多余的话，浪费一点话费。打电话只是一个习惯，并非是有什么话非说不可。

跨上列车，我买了三号车厢硬卧下铺。我把行李塞到床位底下，开始吃东西，这和我回来时候是一样的。在正午一刻上车，列车在这里没有停多少时间，车子抽搐一下，啰嗦着向前，越来越快。又是一路倒行的风景。

期间，你又给我打来两通电话，我挂下之后开始睡觉。身在不断变换参照物的列车上，每一秒都停留在不同的地方。

又别江南，此去经年。

第九章 我问僧

❶ 楚地，聚

【我问僧："人生为什么有聚有散？"僧曰："聚而不散喜不来，散而不聚悲久年。"我又问："那么聚聚散散都只为喜？"僧曰："心悦，然也。"】

我偶尔抽空去龙踞山见无心长老，问一些不温不火的问题。

这天我回来，你在火车站伸长了脖子等了许久时光。你看见我，我穿你买给我的杏色大衣，戴一顶黑色呢绒宽沿帽。涂了红唇，是正红色的。你说我的唇色有些瘆人，我说这是失去太久的东西，前段翻箱倒柜找记事本的时候冷不防出现，我有点想念它，所以拿来用。

你带我去喝粥，你说刚下火车不好一下子吃太多，油腻辛辣荤腥的东西怕我的胃不能缓过来。这天我喝粥、打车、洗澡、睡觉。醒来之后是需要去报到的日子，又见到那些容颜。大鹰、麦子、二爷已经来了，坐在一起。麦子招呼我过去坐，连位置都帮我留出来了。这种相遇好极，不管相隔多久时光之后的再聚，都不会生疏渐离。大鹰用他独特的搞乐方言提议晚上出去聚餐，有多久没有听到这种略带夸张的四川话，他喜欢在句尾加上波浪型的颤音。

川奇，二楼。

菜上齐之后要混合着情绪饮酒，一桌人碰杯再干掉。没有人知道我会喝酒，其实我酒量不差。父亲爱喝黄酒，倒在白瓷碗里喝。还是女童的时候，父亲教我品酒。他说品酒，先闻其味，再观其形，然后品其味。我觉得所有绍兴黄酒的香味都是一样的，我真分不清楚女儿红、加饭、花雕、香雪有哪怕一丁点的区别。父亲是可以分辨出来的。他说，好酒香气浓郁而不刺鼻，然后再看白瓷碗的酒凝，酒凝退散得愈缓愈好。“凝”在家乡话里是黏着物的意思，酒凝就是晃动酒碗时粘附在白瓷碗内壁的酒。

我是不懂酒的，我只管喝。它很香，质地醇厚，入口微醉，苦却不涩，回味有些甘甜。不能说它好喝，只能说喝起来有味道，有一种独特的味道。在楚地也有黄酒，我没喝过，颜色看起来要比绍兴黄酒浅许多。真是没有人知道我会喝酒，我一般只会在家里喝酒，在一些重要场合就以酒精过敏礼貌地回绝掉。这也不完全在撒谎，我是很容易酒精过敏的体质，只是不是每一次都会过敏。

我不会说谎，更不善言辞，不是所有文字爱好者都巧言善辩的。我说谎的时候，左边眉毛挑老高。这是稍微熟悉一些的人都能够分辨的举措，因为不擅长，所以不去为之。

大鹰说了不少煽情的话，尽管语气多么不庄重，语调多么不正宗，还是成功把在场人的眼弄红了。我没有忍住，一串眼泪掉下来，打到了手背上。我一直很能吃，只是怎么吃都胖不起来。麦子笑话说我的肠胃功能不知道是太好还是太坏，吃下去的东西都不用通过胃就直接进入厕所了。也一直试图在增肥，都是没有效果的。

燕子夹了很多瘦肉给我，小可爱在锅里面下我们爱吃的海带结，你一直问我会不会太辣，不断帮我续那杯茶。酒足饭饱，大家都散了，这样的散去也不悲不悯。

又过了几天，我去寺里找无心老头，我更愿意这样叫他，他也不会有什么异议。他说名字只是一个代号而已。

我问僧：“人生为什么有聚有散？”

僧曰：“聚而不散喜不来，散而不聚悲久年。”

我又问：“那么聚聚散散都只为喜？”

僧曰：“心悦，然也。”

❷ 楚地，梦

【我问僧：“世人为什么会做梦？”僧曰：“唯心。”我又问：“是否源于求不得，放不下？”僧曰：“或求可求，或得可得，或拿不拿，或放不放，梦就在你的心里。它来就来，走亦走。它要告诉你它并没有弃你而去。仅此而已。”】

回到楚地两周，突然又做起那个梦来，其实有了你之后它就好少出现。这天我睡很晚，在网络上同子晗聊天。

“你们可好？”

“尽如人意。”

“这便好了。”

“如此甚好。”

“呵呵，你不觉得我们的聊天方式太过迂腐了一点么？就好像两个古人在酸溜溜地寒暄。”

“嗯，是两个太过于自恋的人沉浸在自己捏造的情境中了。”

然后隔了好长一段时间，子晗给我敲过来长长长长的文字，他问我是不是不再生活在那个阴影下了，可以相安无事地生活？或者不用刻意做到什么，只是那样一个逝去的人那样一段残余的回忆，可以直面它了？他说好极，然后说了一大堆祝福的话，在那些话里我看不出做作或者任何一点不由衷。

我说他没有给我带来阴影，是恩泽，是他赐我予闵悯。来到楚地，结识这里的一切，都是他安排的，我深信。

梦就是在这天夜里做的，我自然记不得确切时间，但是我记得梦境。我在小巷子里跑，一直跑，速度不快，小跑那样子。我不清楚自己为什么要跑。在下雨，天色很灰，但是我确定是在早上不是傍晚。巷子的水泥地湿漉漉的，转角有一排店面，拐弯处的突出点上是一家卖盗版 CD 的，门口放着好大一张招牌，上面写着“王力宏新歌已到”。我是喜欢王力宏的，从小学四年级开始一直没有换过偶像。盗版 CD 店旁边是一家冷饮店，很老的那种。只开设一个窗口，一般情况下老板会在窗口里卖五毛钱两根的白糖棒冰。窗沿的墙壁上贴着十来款棒冰纸，我具体记不得贴的种类了。还有一些店面，但都没有人。

转角的时候滑了一跤，周围一个人都没有，我有些害怕。突然整个世界开始红起来，暗红色，略微有些发黑。世界一下子变得嘈杂起来，我听到很多人在说话，议论着什么，但是依然看不见人。我坐起来，看看膝盖上擦出的血，不痛。你突然向我伸出来一只手。我认得你的手，苍白、枯瘦、诡长，你不留指甲，因为你有咬指甲的习惯。你一把将我从水泥潭里抓起来，轻轻拂去我颜面上的泥污。我看不见你，但是我能感觉到亦或者看到那只手。

我拼了命地叫你的名字，发出去的声音甚至连一丁点的回声都收不回来。世界一下子又安静了，我听到呼啸而过的救护车的鸣笛，还是一个人都没有。我撕心裂肺地叫他的名字，你的手又出现了。你扯着我的衣角，他在天空中笑。雨停了，迎面而来一辆大卡车，你护在我的左侧，被它卷走了。你们都走了，世界一下子变暗了。

我没有被梦惊醒，只是次日醒来感觉很累，可以回想起梦境罢了。

我告诉你这个梦，你说好梦是正的，坏梦是反的。这句话我很熟悉。我说从现在起，我走左边。你不依。同日下午三时，你陪我去登那座山，一如既往地占据左边的位置，你说单行道的车子都是从左边过来的。我们去的是龙踞山，有这么一段时间，我常常去找无心老头玩。

我问僧："人为什么会做梦？"

僧曰："唯心。"

我又问："是否源于求不得，放不下？"

僧曰："或求可求，或得可得，或拿不拿，或放不放，梦就在你的心里。它来就来，走亦走。它要告诉你它并没有弃你而去，仅此而已。"

原来它只是要告诉我他并没有离开，他是来保护我的吧。我回头对你笑，你说是他赐我予你，我们必须要比任何人都好，这是他希望看到的结果。我告诉你，他赐我予你这句话，我也对子晗说了一遍。

❸ 楚地，镜子

【我问僧："镜子碎了怎么办？"僧曰："对着它笑。"我又问："奈何？"僧曰："碎成几片，就有几张笑脸。"】

多少天前的梦很真实，我开始不愿意入睡，开始日以继夜，开始日夜颠倒。梦里有令我恐惧的东西，即便知道仅仅只是梦，即便它只是要告诉我它没有离开。我只是害怕看到红色的画面。

我在镜子面前用手拂过沧桑的岁月，看着镜子里面一张苍白憔悴的面容上挂着两行半干的泪，对着发白的天空做奇怪的手势。我肆无忌惮地笑出声，多少次声嘶力竭地说要洗心革面，告诉自己早睡早起是好习惯，最终放不过目光搁浅在人世迷离的夜晚。日夜颠覆的我永远学不会对自己慈悲，宁愿让夜灯穿透静寂冷漠的时空，在室友均匀的呼吸声中大口大口喝凉水。

我在十一点准时关上电脑。你说养成一个习惯只要二十一天，让我逃离没日没夜万籁俱寂的无可奈何。良夜，应该就此深深睡去。我喜欢这个大学寝室的屋檐，这里让我长出澄澈明净的眼睛。这张上下铺的铁床在生命垂危的时光带我进入她们的光阴故事里。淡淡地微笑，学会感恩。

从浅睡中醒来，耳边有夜风吹过树叶的声音，哗哗作响。我翻来覆去。我对你保证说只要二十一天一定可以回到儿时的作息时间，你在墙角的阴暗面勾起一边的嘴角流泪。我希望水晶屏幕能掌起一盏足够化开夜的浓稠墨汁的灯。因为，因为我睡不着。

镜子是你母亲给我的。我买了很不像礼物的礼物给你父亲，是我家乡所特有的一种帽子，叫做乌毡帽。绍兴乌毡帽，圆顶、卷边、畚斗形。冬天挡风保暖，夏天遮阳去暑，四季都可以用。我说这个很便宜，也知你父用不上，只是想来想去，带着家乡特色的东西终究好一些。我把帽子放下，你母亲给我一面镜子。那是她姑娘时期特别钟情的东西，六边形状，黄铜包边。这是改良后的玻璃菱花镜。

我一直在用这面镜子。我在想当时换做是我看到这面镜子，断然也是会钟情于它的。美丽到无法直视的东西，可以呼唤起女子内心最初的占有欲。

在它面前，我的容貌无处遁形。蜡黄的肤色，苍老的面相。我的眉毛太长、鼻子太高、嘴唇太薄。镜子里的人那样憔悴，她好像在棺木里睡了太久，或许连尸液都出来了吧。右脸颊上乌了一块，那是上回室友约会用卷发棒做头发，在我头上做试验留下的。滚烫的陶瓷棒碰到皮肤，黏连了一块去。

镜子是在三月的第一天碎掉的。我将它放在柜子里，拿包的时候包链勾到它了，我甚至连反应的时间都没有，它就碎了。我愣了有三秒钟，意识到我将永远失去它了。这种遗失可恼，却也无可奈何只能接受现实。我不好受，打电话给你。

“你母亲给我的镜子，碎了。”

“送给你时就已是你的东西。”

“我很抱歉。”

“对你自己说吧，很遗憾吧？有些心疼？”

“一想到没有了，就有无比的不舍。情有独钟的东西属于我时不一定有多注意，等到完全失去就忘不掉了。”

“镜子碎了就碎了，人还在啊。你说倘若哪天我不在了，会如何？”

这一天我空前地想要抓紧你。对于你，我丢不起。

我还是去找无心大师了，那天下很大雨，上山的路并不好走。突然很喜欢这种潮湿的感觉。雨水落到泥土里，散发出有些熟悉的土腥味。雨声同落在城市的水泥地上是不同的，它打在泥坑里发出“扑通扑通”细微的声响。

我问僧：“镜子碎了怎么办？”

僧曰：“对着它笑。”

我又问：“为何？”

僧曰:“碎成几片,就有几张笑脸。”

④ 楚地,惊蛰

【我问僧:“时间过得这么快,每一年每一天每一日都是未知的,不是很可怕么?”僧曰:“把每一天都当作自己的诞辰而非祭日。”我又问:“怎么样可以做到呢?”僧曰:“你要记住,当你正在为这些事情惧怕担忧的时候,时间又过去一秒。”】

这几天天色暗下来的时候可以听到一些虫鸣声了,可以卸下厚厚的冬装。还是会有一些冷,早晚间就需要穿上大衣,中午是温暖一些的,穿线衫或者短外套也不会很冷。三月的上旬,这一天是一个叫做惊蛰的节气。

天气预报总是在骗人,我每天都没有穿对衣服。气温提升了三天,突然又跌下去了,这一下子比年前还冷。我穿你的假两件外套,你说你不冷就非要我穿上,你说如果不穿上就会吵架。我没说什么,这种事情我不和你犟,因为我知道结果还是一样的。

你买来两个肉夹馍,我用三分钟吃完它。这天是周末,我们去看电影。过路上遇见小鱼儿,他叫筱俞斐,是同年级的南方人。我在辩论赛时认识他和古心沁,他们是室友。筱俞斐是个典型的江南男子,文气、清秀,戴一副黑框眼镜,穿一件西装领的大衣。他叫我花无缺,我叫他小鱼儿。他说无缺,真是无缺。我说只是你没有看到残缺的部分罢了。

我们在肉夹馍摊位前相遇,你请他吃肉夹馍,不放辣椒多加汤,口味吃得和我一样。小鱼儿告知说也是因为想去看电影出来的,在确定不会给我们造成麻烦之后,同我们一起去看电影。其实能多一个人一起去,是件好事。

电影院一如既往地黑暗,看了一部不是很感兴趣的恐怖片。很长一段时间里,我们都在讲话。起初还缘于周遭那些三三两两的观众有所顾虑,后来他们说得比我们要响了。我在想这确实是一部冗长无味的电影吧。

“我最近有些不愉快。”

“如何?”

“我现在很害怕未来。”

“诶?”

“我觉得今日不知明日事,这样的一朝一夕过得不好。我会担心父母,担心未来，担心我能不能如愿找到一份安定的工作。”

“现在就开始惧怕这些？”

“嗯，一想到这个就会有无端的压力。”

借着电影院昏暗的灯光，我看到你脸上的表情，我知道你也开始担心起同小鱼儿一样的事情来。之前古寺里的扫地僧帮我们解的签你其实一直都记在心里，只是你不说我也不说。这时候突然响起很诡异的音乐，之后便传来女主尖利凄惨的叫声。这样的气氛有些古怪，一个硕大的电影院，一场无人问津的恐怖片，三个旧识，一次不算深入的对话，继而沉默。

电影散场的时候背景音乐特别大，近乎于失控的边缘，不时伴随着那种刺耳的电波反应的啾啾声，不过很快就恢复正常了。我们从出口径直到达对面的美食城吃饭，气氛稍稍缓和了一些。

我告诉你们前些日子去找无心老头时的对话。

我问僧："时间过得这么快，每一年每一天每一日都是未知的，不是很可怕么？"

僧曰："把每一天都当作自己的诞辰而非祭日。"

我又问：怎么样可以做到呢？

僧曰："你要记住，当你正在为这些事情惧怕担忧的时候，时间又过去一秒。"

我不是要你们得过且过。逃避、抛弃、丢失、遗忘，都不是很好的解决事情的方法。只是可以在比较轻松愉悦的环境下做一样的事情，比终日郁郁寡欢愁眉不展要好太多。惊蛰过了，万物就会复苏。在这段时间里播种、施肥、浇水，等待天暖了，于是草青了，花开了，春来就来了。一切都是那样美好，时间过去了，就要有过去的价值。

第十章 清明的雨同你一般长情

❶ 江南，上坟

【逝去的人也只是希望后人能过得好，后人也同样希望先人可以安于净土。】

四月清明，凉起凉下。

开始下雨了，淅淅沥沥的小雨，一直都在下，没有停歇。又是扫墓的季节，想起家乡来。在家乡，我们把扫墓叫做上坟，要集合一家子的人，在风和日丽的四月清晨，摇一架大船，盛装出行。买来鹅子用盐水煮熟，放在盘子里带上，这是必不可少的祭品。还有清香、白烛、酒盏、红筷。

你中午去播音，没能同我一起吃饭。一个人在破碎的石子路上走，清明的雨中无需打伞，雨丝很黏腻，柔柔地打在身上，形成薄薄一层水霜，这一点和家乡是一样的。我吃完饭从食堂走出来的时候，你刚好在播我写与清明的散文，念道其中一句："清明的雨那样温柔长情。"

我走到寝室楼下，你打电话过来。

"播完了，你在哪？"

"寝室楼下，快到了。"

"快到清明节了，我要回乡下扫墓，一起去么？"

"可以一起么？"

"是。"

“好。”

你说你们这里的扫墓没有我们家乡那样复杂，只是去山上把祖宗的坟清扫一下，去掉杂草，盖些新土，然后回家一起吃顿饭。我说这样的流程就很好，其实不需要弄得太过于复杂，反而显得目的不纯正。逝去的人也只是希望后人能过得好，后人也同样希望先人可以安于净土。

晚上给母亲去了一个电话，其实我不是那种会主动打电话说一些矫情言语的人，有时候很想念，忍忍也就过去了。我询问了家里最近的情况和弟弟的功课，问了今年清明如何安排。母亲说父亲昨天回国了，打算过完清明再走。今天母亲买了大白鹅，要在清明那天杀掉它。家里会有买来牲畜先饲养几天再煮的习惯，因为喂养牲畜一段时间之后肉质会比较好。

今年轮到在三叔家散胙，散胙就是俗称的吃上坟酒。我想起三年前在我家散胙的时候，那年小叔和小姨离婚，堂妹被判给了母亲。这是她同我们田氏吃的最后一顿饭了。大家推杯换盏一直到深夜才散去，想来这三年，我是再没有她的消息了。

次日清晨你在车站等我，你背着双肩行囊，背阳而立。我一身行装，亦黑亦白。这是第一次去你乡下的家，要见你的长辈和亲人。我们坐六小时的长途巴士，穿越比邻的山村小巷，一路颠簸，在悬崖峭壁上盘踞而上。再穿过一座山，我们就要到了。

❷ 楚地，竹林里的坟墓

【在烟雨霏霏的竹林里，一座孤坟，一口破缸。竹青色的画面染点墨色，氤氲的空气带点土腥。】

依然是连绵不断的雨，夹杂着山中湿润的空气，愈发显得阴寒。我喜欢清明的雨，那样微弱不具备杀伤力，润着万物，我一度认为它是善良细腻的谦谦君子。

在山间走，偶尔看到几棵常年不败的青松，苍遒有力的树干深深扎入泥土里面，有些许根露在外面，无端地叫人心疼。树干上写满光阴的故事，我却不知道它要告诉我什么。路过一片竹林，脚下的泥土比雨还要黏腻。有笋尖从泥里钻出来，细细尖尖，很可爱的样子。

远远望见竹林深处有一口缸，缸边一座新坟。你拉我过去看。这是一口赭色的大缸，我说不上来它是用什么材料做的，只是同儿时家里的水缸形状相似，只是材质似乎稍有不同，因为这口缸看起来像是泥土粗略堆积而成的。你说这是毛缸，没有上过釉的。缸有半身多高，我看到缸里面有一些干枯程度不同的草。

旁边的新坟远看与土堆没有太大差别，就是比较高耸一些。坟上面没有一根杂草，土质也比较新。坟前没有墓碑，我不知道这里面睡了一个哪样的人。你说这里葬了一个难产而死的妇人，死产儿被愚昧的村民拿去祭天了，因为相传难产的婴都是鬼婴。她丈夫接受不了打击发了疯，他在妻子葬身的乱土堆旁边放了一口缸，生活其中，每天拔掉坟上的杂草，一直等待着与妻儿相见。之后他死了，村民将他们夫妻葬在一起，这里不知为何变成了一片竹林，一代一代直到现在，演变成每年清明都会有一些村民自发过来这里帮忙扫墓。

你说今年已经有早到的人清理了坟，这就好了。我在坟前点了三炷清香，我说多少是个问候。你掸去我额前黏着的雨，你说你知道他们愿意看到的是什么么。我说是什么。你说悲戚的女子也是幸福的，因为他有一个长情的丈夫，其实他们或许更愿意看到那些关心他们的人，合家欢乐，生死同命。

这是一个臆测，却宁愿去相信这样的美好。在烟雨霏霏的竹林里，一座孤坟，一口破缸。竹青色的画面染点墨色，氤氲的空气带点土腥。我愿意相信这样的传言，也愿意做这样长情的女子。

❸ 楚地，救

【书上说："死生契阔，与子成说。执子之手，与子偕老。"我知道我们的爱情穿越了。相信它多好，多好。】

从竹林出来，走林间小路，转一个弯看见一条河。河水似乎有些深，不急。雨落到河面上泛起涟漪，光看到这样的画面就可以感受到一股凉意。

河沿的石壁里长出来一朵花，其实不是多漂亮的东西，但是置身在这样的环境之下，叫我想到"绝处逢生"这个词汇。想也是我矫情了一下，想拍下来留作纪念，于是乐极生悲：我打开手机的拍照功能，俯下身去，一切都那么成功，这并不是多少危险的举措，就在收手的瞬间，看见一片卷曲的枯叶，误以为是蜈蚣，心头一震急忙缩手，手机就是这样落入河中的。我试图去抓住它，脚下一滑，也坠入河中。

失足的瞬间是悬着心的，等到落入河中倒也不很惧怕。我是会游泳的，水性还不差。绍兴是水网交错，河道纵横的水乡。家里的老房子就是坐南朝北，后门临河的。还是女童的时候，父亲教我游泳，拎起我的衣领扔我入河，等我在水里挣扎几多时光之后，再来相救。一次两次，就会了。

我潜入河底试图找到手机，我在想找到之后或许还能用吧。但凡九死一生的时刻，大抵都会视死如归地一拼。我倒是没有这般严重，反正衣服已然湿透，索性找到手机再上岸。我上来换气的时候看见你从旁边的土堆下来，栽进了河里。我从来没有想过，你会下河来，因为你不会游泳。

你在水里拼命拍动水面，无济于事。我从你腋下单手环抱住你，朝着土堆方向游。我说你别动，憋住气便好了，你确实照做。想来那是需要多大的信任才可以做到毫无挣扎地将性命交付于另一个人手上。终于到了岸上，我开始抱怨你。

"你如何要下水？"

"我怕你出事。"

"你不是知道我会游泳么？"

"可是你沉下去了。"

"即便我沉下去了，你下来能救得了我？"

"我当时在想，生死关头或许就会游泳了。再者，即便是救不了，至少可以生死同命。"

"生死同命？你我浮尸在此，谁来帮我们收尸？"

"这就是竹林里的那对夫妇最愿意看到的事。"

我没有再说什么，你我都是太过于执拗的人，我知道再争执下去也于事无补，于是这般狼狈地窜回家。书上说："死生契阔，与子成说。执子之手，与子偕老。"我知道我们的爱情穿越了。相信它多好，多好。

❹ 江南，散胙

【太极端的东西会得到太极端的东西的太极端的爱，太极端地相互伤害着，太极端地相恋。只是，这样的相恋不是太坏。】

中午回家之后匆匆换去湿透的衣物，赶去你大姨家散胙。因为害怕被你父母知道故而只字不提。我用方言说出"散胙"这个词，你问我散胙是什么，我说就是清明时家庭形式的吃饭。你说江南人真古怪，我说古怪是古人的"古"。

进去有些不自在，我还是会为了这种形式的聚餐而特别注意一下自己的着装。本来今天穿了黛青色棉布排扣衬衣、驼色软麻长裙。我是觉得清明还是需要压低色调的，冷色调的服装同心情一样惆怅。旧时绍兴女子不宜出门，但到了清明这一天都会盛装上坟。我对此倒是没有太多异议，只是个人不愿意去效仿。

换了衣物，我穿烟灰色针织毛衣、水洗牛仔裤。这也不算糟糕，只是头发在水里浸泡之后都打了结，但是考虑到初次会面迟到是不礼貌的事，故而我一路走，一路梳头。赶到的时候长辈们都来齐了，你向我一一介绍你的亲人，也把我引荐给他们。你爷爷很喜欢我，他说我是有年代感的姑娘，透着隐者的淡然。他喜欢我的古典，我知道我的长相或许又令那些老一辈想起了什么。年代感，或许我真的是苍老的面相。这样的形容也不是太坏。

吃饭的时候他们问很多，我都一一作答了。问到家乡的清明会怎么过，我有些触动。母亲他们现在应该还在山上上坟，白鹅已经变成菜了，摆在土坟前供着。点上清香和白烛，拜拜，再拜拜。她可能会说希望女儿在外能一切安好，康健万福之类的话。

眼泪在眼眶里打转，不好叫它落下来。你果然最懂我，看出来我的异常，继而转移话题。你将我说得多么好，知书达礼，琴棋书画样样通。我笑着夹一块鸭肉给你，我说你总是把我美化得这样好，下次我带你去吃鹅。

离开的时候，长辈们塞钱给我，我都没有收。我把前些天绣好的荷包送给你爷爷，又送了其他长辈一些礼物，其实我不是那种能想到送长辈礼物的人，我在待人接物上面很迟钝。礼物是离开的那天你放在双肩包里的，你说你一早就准备好了。

晚上收到母亲的电话，她说今年的散胙很圆满，一大家子都在，独独缺少了我。她说留了鹅大转弯给我，最后被弟弟吃掉了。偶尔有老一辈喜欢将鹅翅叫做鹅大转弯，我在儿时就对奶奶这样的说法很迷惑。

“刚才吃饭的时候怎么了？有些想家？”

“是。”

“我就知道。”

“你还记得那扫地僧的签么？我开始担心起来。”

“一切都会好起来。”

“如何兼顾两地的亲人呢？”

“不断地来回，有得必有失的，你我之间的空间距离是一千三百里。”

我会偶尔这样失落一下，这好像是看不到画面的电脑屏幕一样，有些急躁，有些担忧。我说过对于未知的恐惧是最最无力的挣扎了。你说至少对于结局，我们抱有必胜的决心与打算。那样子坚定下去就好。我那时也一度这样认为，只是原来有些事情不是你我所能预测和防控的。

我看到你在我的日记本上写下一段话：

太极端的东西往往会害人害己，

而冬天和夏天都太极端了。

也是有例外的，

寒梅喜欢冬的冷峻，凉凉地只愿意在那个季节开来。

被冰霜压了一层在身上，喘气有些困难。

倔强地让香味透过它同冬的空气混合到一起去。

雪融了就会谢，零落成泥。

红莲爱上夏的热烈，傻傻地开了一连片。

有风吹过荷塘，盈池涟漪。

下过雨之后会有珍珠留在绿叶上，

莲败了一池，蜷缩着残破的躯体死去，便是一生，

却，那样丑。

太极端的东西会得到太极端的东西的太极端的爱，

太极端地相互伤害着，

太极端地相恋。

只是，

这样的相恋不是太坏，

不离不弃，生死同命。

所有的等待都会不负一切。

我知道你说这些话的意义，也不曾怀疑你我的艰辛和努力。雨还是不停地下着，它同你一般长情。换一个空间，花一般相识二十年的少年，在黄铜香炉里点燃些许香料，躺在白色床单上流下眼泪来，他在想所有的等待是不是都可以不负一切。

第十一章 自有人评说

❶ 楚地，往事悴

【其实很多时候，你算计得越多，到头来都会落实在自己头上的。单纯那样好。】

我们要回来的那天收到你姑奶去世的消息，于是我们留下来。你说姑奶是个不爱解释的人，即便是被误会、迫害，也可以照常生活。她那样洒脱，所以长寿。当时我没有明白这句话。

那天也下着雨，我们跑到离爷爷家隔着三间瓦房的姑奶家。姑奶九十七岁，死于机体功能衰竭。这是一种战胜不了时光的病变，就像电脑用久了会坏掉是一样的。你没有过多伤感，你说她只是去奈何桥上同姑爷会面罢了。

我静静地看着她，她躺在黑木做的床上，摊一块淡妃色的床单。龙凤戏珠的缎面被子，安静地盖在她身上。被子看上去很旧，我看到有一些年久裂开的痕迹。整个床都显得很老旧，但是很整洁，这样的景物，叫我想到外婆。我看到姑奶的项链，那是上好的圆珍珠项链。你说那是姑爷给姑奶的定情信物。我听到定情信物就会把年代想得很久远，我觉得定情信物应该是身着青布长衫的书生给予富家小姐的玉佩，他们自幼定亲，男子家道中落，女子双亲不良，于是嫌贫爱富，棒打鸳鸯。

你们开始整理姑奶的遗物，我是想帮忙却不知道从何入手，你叫我在姑奶的书架边整理书籍。我无意间翻开一本泛黄的手掌大小的笔记本，绿色塑料套壳。

塑料已经有些发硬了，我不确定要如何把它归类，于是打开来看。在看完之后，我才突然懂了你之前说过的那句话。你说姑奶是个不爱解释的人，即便是被误会、迫害，也可以照常生活。她那样洒脱，所以长寿。

那是姑奶的日记本，字体那样隽秀。扉页上一行小字，上面写着自有人评说，还贴着一张合照。我能判断照片上的姑娘就是姑奶，那时的她典雅精致，那样美，脖子上的项链就是她现在戴的这一条。她身旁的男子笑得很灿烂，他的皮肤黝黑，五官硬朗，眉宇之间透着一股英气。

那一年，这个叫做静墨的姑娘和姑奶那样友好，她和姑爷青梅竹马地长大，她喜欢他，而他却要和姑奶在一起了。她偷来他送给姑奶定情的项链，百般离间，无果。放了火烧了姑奶新婚红砖砌的平房，姑爷拼死把姑奶从火海里救出来，豁出去性命的爱那样强烈地击倒了一切不利因素。姑爷没有死，姑奶也没有死。事情没有那样凄美悲情，其实，除了房子烧掉了一半，人倒是毫无伤损。姑爷是深爱着姑奶的，感情不是可以勉强的东西，一厢情愿的悲伤不能凌驾于纵横捭阖的私欲。她爱他，他不爱她，又能如何?

她在东街跪下来呈上项链，哭得梨花带雨我见犹怜，姑奶安静地接过项链转身离开。她在原地哭，却哭得不诚恳。东街的街坊看见了，只道姑奶无情，揣度她的私欲与欺凌，却没有人知道这项链从始至终都只是姑奶一个人的。

姑奶没有对她怎么样。我从姑奶的文字里读出了姑奶对她的思念，曾经，是那样好的故人。她是一个悲情色彩的人物，没有多坏，只是女子会比较容易被自己的嫉妒心蛊惑了自己吧。一念成佛，一念成魔。倘若她克制好了，就不会叫别人看到她的善妒，她的歹毒。

其实很多时候，你算计得越多，到头来都会落实在自己头上的。单纯那样好。

❷ 楚地，汉服碎

【或许我不是那种极有人缘的好姑娘。】

从乡下回来，收到母亲寄来一个包裹。我收到包裹之后打开来看，是两件改良版汉服。缟色真丝面料，质地很轻很柔，悠然的衣襟，细长的衣带。春风吹过肩，可以带动发丝和腰间的系带，我喜欢这种缥缈若仙的质感。另一件，是靛青色的雪纺纱，略微长一些，可以盖到臀下七寸的样子。同样的 Y 字领衣襟，仿古系带设计，只是多了一根腰带。我知道这些都是母亲亲手做的，从买布料到最后的熨平都是没有懈怠的。

那段时间一直在交替着穿它们。燕子也是喜欢中国风的姑娘，那天在食堂碰到，直夸我衣服有特色。母亲是了解我的，故而做这样的衣服给我，我说也可以给燕子做一件。其实衣服说不上有多漂亮，只是可以穿出中国的味道以及那种遗世独立、众醉独醒的假想情境。

燕子说人们爱现代美，穿蕾丝、吊带、波西米亚长裙，自然没有人会说什么。我们也爱美，只是爱的是古典美，穿改良的旗袍、汉服、手工千层底绣花鞋，多少人在背后议论纷纷？其实那些汉服都是通过改良的，并没有那么显眼，只是微微带点中国风，这样有些冤。

我说我们喜欢的东西与别人有些出入，也不去特意改变些什么，因为古典美是那样不可逾越的美好。但是我们终究属于异类，这样难免招人非议。我其实很少和燕子谈论这些有关于生活态度和审美角度的问题，这是一次比较深入的对话。末了，各自离去。

寝室是没有阳台的，衣服洗了就晾在走廊上。这一天我把绾色汉服晾在走廊上，次日起来打开门，碎布落了一地，它被剪得七零八落。默默捡起来布屑，将走廊打扫干净。我有些想哭，心疼那件衣服，那是母亲从浙江千里迢迢寄给我的。我不是那样趾高气扬，专横跋扈的人，也没有气焰嚣张，惹是生非，果然，衣服另类是会得罪人的。直到去倒垃圾的时候看见自己的内衣裤被人扔在垃圾坑里，才发现得罪人的不是汉服，而是我，或许我不是那种极有人缘的好姑娘。

周末的时候同麦子逛街，我顺道去买内衣裤。晾在走廊上的衣物无一幸免，或许是该买些新的了。我没有多迷信品牌，只是贴身的衣物还是会买得比较舒适，我喜欢 CK 的宽边，松紧带总是那样妥帖。

在街边碰到汀兰，她就是烟火晚会那天被你拒绝的姑娘。她穿白色吊带衫，脖颈上的吊带是米色的勾线蕾丝，穿一条浅色牛仔短裤，裤管上也镶着勾线蕾丝边，浅棕色梨花烫，平刘海。她是小巧白净的姑娘，她皮肤真的很白很白，不是那种毫无血色的苍白，是通透的肤色。我喜欢她的时尚、她的白皙。汀兰是会跳舞的，跳民族。我喜欢看她跳舞，她笑起来很美好。

我们不算很熟，但都认识对方，在艺术节之前排舞的时候有过些许接触。我知道她对我始终有一些芥蒂，那个时候你决绝于她，不是太好。这天遇见她，她同我微笑着问好，她说你来买衣服啊，我说是。我喜欢她眯起眼咧开嘴的笑容，很明媚，我觉得她是同她肤色那样通透明丽的女子。

❸ 楚地，流言啐

【曾经有一个叫做柒白衣的姑娘告诉我说每一个相知或者不相知的人都是天使。我知道他们路过我的命路，教会我平静、安生还有成长。所以我不怪她。】

我不知道从什么时候起，相识不交心的朋友圈子里开始出现这样一种言论，他们说我因为嫉妒某个姑娘而打伤了她，还送进了医院。我一下子无言以对。我没有姑奶那样的禅心，还是会去在意别人对我的评价。自诩不是那样善妒的人，安静那样好，如何能去让自己不太平。

寝室是除了你之外给我最大安慰的地方。你还在家乡，守着姑奶灵前的长明灯过夜。她们很好。我推门进去，麦子一把抓过我的肩，她说你最近有没有听到一些可笑的谣言。我说有。小可爱皱起眉头为我担心起来，她说这多可怕，三人成虎，人言可畏，误会来了就算浑身长满嘴巴也说不清楚，再这样传播下去，不知道会被说成怎么样。我说我们时常在一起，除非我会分身，不然如何去行凶。

我借口拉肚子躲到厕所里，我以为我可以忍到晚上等大家睡得不省人事了才哭出来的，是我高估了自己。一个人瘫坐在卫生间的角落里抽泣，忍着不能发出声音来。清者自清，道理我都懂，佯装不在乎，却做不到让情绪收放自如。

这天睡很早，简短地回复你发来的简讯，你却打电话来。你说姑奶三天后火化，你在第四天回来。我叫你虔心地待着，祝福姑奶去奈何桥上与姑爷会面，我不希望再叫她遇见那样的女子。我安静地挂下电话，没有对你提及这里发生的一切，因为我不知道要说什么。

次日醒来麦子有些反常，一个早上都骂骂咧咧的。她说汉服是汀兰剪烂的。昨晚麦子和可爱熄灯之后并没有睡下，垫张桌子在气窗里张望。她们想要望见那个不良善的姑娘，然后抓住她。可爱拍下照片，递过手机让我看。照得不很清楚，还是可以分辨出画面中的人是谁。是我喜欢的姑娘，那天冲我微笑得那样明朗。其实我不惊讶，虽说有些意外。比起姑奶的往事，我还要好太多。曾经有一个叫做柒白衣的姑娘告诉我说每一个相知或者不相知的人都是天使。我知道他们路过我的命路，教会我平静，安生还有成长。

所以我不怪她。

❹ 楚地，言词粹

【纯粹的真实的言辞总是有强大的力量，不需要添油加醋地去虚化它。】

你很快知道这些流言了，兴师问罪地打电话怪我没有告知。麦子在食堂碰到你，都说给你听。

那天很晚了燕子给我打电话。

“今天我碰到汀兰，她给我说你打伤人的事情。”

“她说什么？”

“她说你打伤了她。”

“嗯。”

“她还说你和闵悯不般配。”

“嗯。”

“她在极力拉拢你身边的朋友，今天是轮到我。自认为多么聪慧，想来实在可笑。”

“任由时间发展下去，自会有人评说。”

我一边按断电话一边进去食堂吃饭，一路上听你在电波里的声音，细腻柔和。你说现在是田心朋友为田心点的歌曲，希望田心不要因为那些无端的流言而不开心，有人说田心因为善妒打伤了人，那是妒忌田心的人演的戏。因为那段时间田心一直和她的朋友在一起，分身乏术。事实永远摆在那里，不管你信与不信，听与不听。点一首林宥嘉的《说谎》，希望说谎的人吞下一千根针。

我怔怔地听完这样一段文字，再迎面遇上小可爱，小可爱说闵悯一回来，事情就可以得到解决。这样的感情使任何离间都不能奏效。我笑着同小可爱走进奶茶店要了一杯丽颜，我们的口味很相似，丽颜茶，不加蜂蜜不加糖，七分热。我说她或许没有那么坏，只是偶尔走错了方向。想来长久喜爱的人却不爱她，这确实不是一件可以安然处之的事情，说放下就不一定放得下。能相爱这该是多少难能可贵。

一连几天你都在播这样一则点歌消息，很快很快谣言就不攻自破。纯粹的真实的言辞总是有强大的力量，不需要添油加醋地去虚化它。

周末，我们去山上找无心老头，他还是老样子，慈眉善目。我还是没忍住把近日来发生的事情告知，他说无心之所以是无心，因为天地万物即是我心，我心也就在这天地万物之中，有心即是无心，无心却也有心。这一切的一切，其实都是那样自然。无和有之间可以相互转换，那么你到底有还是没有发生什么事情呢？再者，是与否相互转化，那么不愉快就可以变成愉快，所以你还有什么不愉快的情绪么？

这天晚上，你拿姑奶的珍珠项链给我，我完全没有预料，有些恍惚。你说这是姑奶叫你拿过来给我的礼物。我说这是姑奶唯一看重的东西，我没有任何资格收下。何况姑奶已经长眠，如何可以和你对话？你过来轻轻撩起我的头发，帮我戴上项链。我是不想要的，你说姑奶曾经说过，不想让这个项链陪她一起为火所焚。这是姑爷于姑奶唯一的信物，交予你保管，可好？我说为什么是我？你说姑奶和姑爷没有子女，一直把你当作孙儿一般看待，在你还是孩童的时候，就已经说要把项链送于你未来的妻子。

我一直戴着这串项链，珍珠是愈用愈新的，我时常想起姑奶的脸，还有她那隽秀的文字。在黄昏渐染的金色柔光里，摸着颈上圆润晶亮的珍珠，我会想到姑奶以及属于她的过往。也会有憋屈的时候，也会有想哭的时候，也会迷惘，也会惆怅，也会想要摔东西，大声说粗话。情绪是有的，但可以多少保持一颗禅心。

姑奶说自有人评说。

第十二章
在古城的宫墙脚下笑

❶ 楚地，无始无终

【佛说养子不成为何因，前世皆因溺婴身，原来报应是等不到来世的。】

这个四月份过得七分凉，突然很期待五月份的到来。但凡人类给予某件事物过高的期望，总会在心里形成一个落差，所以往往愈发渴求的东西反而姗姗来迟。时间就是其中一种。

五月份的长假在四月的最后两天就开始了。燕子说要回趟家，诚挚地邀请我们一同前往。燕子是秦地人，住在光影斑驳的古城西安。我是喜欢一切古的声色，我知西安是一座古城，它能够带我进入那个年代，去领略别处看不见的景。是不是曾经有一个游湖的书生用三世不灭的烟火在这里邂逅过一个美人？嗯，一定有的，它那样古老。

一群人在车厢里任其度过多久都不会觉得寂寞。大鹰是喜欢旅游的人，他同姑奶一般洒脱，一定也会那般长寿。这次同行有他在，谁能吝啬笑容。大鹰在寝室偷偷开了一家食品店，慢慢传开来。因为价格公道，客源不少。大鹰拿了许多食物分给我们，我喜欢啃鸡爪子，大鹰抓了一大把给我。

从楚地过去秦地不算远，大家有一搭没一搭地谈天。我们一行五个人：燕子、大鹰、小可爱、你还有我。我们迎面而坐，三人坐的长椅子，大鹰旁边空了个位置。有一个站，有着一个安静祥和的名字叫做安康，在那里上来一个没有左手的男子。

他很瘦，刘海很长，几乎挡住了整个左边脸颊，穿细条纹的衬衫、黑色西装裤。他不帅也不丑，只是长得有些奇特，颧骨很高，下巴很尖。他从进门一直在寻找，直到走到大鹰旁边，确定座位号码之后，方才安静地坐下来。我认为他是谨慎的人。

我是不会看人的。

他坐下之后买来农夫山泉的水，随手放在桌子上，之后顺手拿了大鹰的娃哈哈，就这么喝下。大鹰原也是个爽气风趣的人，笑着说这哥们这是给他来了个间接接吻啊，这要是换了我们这里的姑娘，恐怕是要被揍上一顿了。他红着脸低下头，低声说抱歉。于是大家聊上了，他说了他的故事，算是这个旅程刻录在大脑深处引人深思的记忆。

他是流浪汉捡来的弃婴，左边胳膊因为病变砍掉了。那年他本来要死的，就那样神奇地存活下来。长到十四岁，恋上面包房里穿红衣服的姑娘。佛说相由心生，他的样子似乎不是很招人喜欢，人说他长得不良善。

养父在他十五岁的夏天被一辆车子撞死了，他去捡一只两升的可乐瓶子，俯身的刹那就再也没能看清楚这个世界了。肇事者声称是他突然冲出来的就以此结案了，老人只有这个养子，可是他竟不知要如何办了。我在想，其实他即便据理力争又能如何？这样的悲凉不是一朝一夕的事情。

他偷过小商贩的苹果、便利店的饼干。一个独臂的孤儿，不学无术，其貌不扬，谁能想到他之后的命运，他发财了。

佛说养子不成为何因，前世皆因溺婴身，原来报应是等不到来世的。他生父也算是个有钱人，年轻时候与情妇生下一子，他花钱买过来然后丢弃。妻子所生的儿子在三年前开车掉进河里死了。现在他老了，于是他觉得寂寞了，凄凉了，到处寻找多年前丢弃的婴孩。

我们在西安站下车，他说他要去更远的地方。我们这样相遇，这样离开，无头无尾。我还记得那个男子的样子，却不保证能一眼从人群中认出他来。或许他也是认定我们是人海中不可能再相遇的几个人，所以倾囊相诉。

嗯，就这样离去。再见，年轻人。

❷ 江南，似曾相识的旧书店

【清晨微风中摇曳着的秋千板，偶尔传出雕花铁窗的G小调音符，盛夏的葡萄架，暮秋的薄雨，在庭院里来回踱步的猎狗和黑猫，这些都是我对他与他周边事物的记忆。】

下车之后的很长一段时间里，我们都在寻找预订的那家宾馆。宾馆在比较偏僻的巷子里，要从大马路拐两个弯，进入阴暗潮湿的小路。在第一个拐角处，有一家旧书店。我记得在哪里见过这个书店，却说不上来。我一定是见过这个书店的。

待一切妥当之后，你陪我返回这家书店。你知道我想过来看看。

书店不大，看上去很欧式，外墙上有两盏欧式壁灯。进去之后看到老旧的盘梯，在书店中间，盘旋向上。我喜欢那个铁铸的栏杆，虽然已经被时光剥落一半的黑漆，却还是赏心悦目。

书店的老板很和善，是个秃顶的矮胖男人。他推荐很多书给我们，我说我喜欢古书。他说你看起来就像一个读古书的姑娘。他从柜台下来，步履蹒跚地沿着盘梯的铁质扶手走，我一直目送他走出我的视线。他再度出现的时候手里多了两本书，他说我会喜欢这书的。我接过来看，那是几本仿古设计的书，靛青色书面，上面有回文格作为装饰。我说光看书皮就好喜欢。里面是先秦两汉的骈文集合，分上下两集。你掏钱给我买下来。书店老板温和地笑，他说这是他小时候他父亲看的书，他家里还有同样的一套，这两本可以送给我们。

我一时间有些不能忆事，萍水相逢的书店老板如何可以这样慷慨？我们已是掏出钱来了，这样的推辞似乎有些不合情理，我知道他不仅仅是好人。

“你是浙江人吧。”

“你怎么知道？”

“呵呵。你是小狸，和你在一起是少年是狸少，另一个叫做猫儿。这个应该是猫儿吧。”

“不是的。你认识我？”

“有这个记忆。”

有人说只要认识这世界上的任何六个人，就可以认识世上每一个人。万事万物都有着令我们瞠目结舌的联系。眼前这个矮矮胖胖可爱的大叔，认识童年时候的我。我说那个少年现在不在了，我和这个少年在一起。大叔笑着不说话，自顾自整理起书架上的书。我说上帝喜欢他，就把他要走了。大叔顿一顿，转过脸看一眼你我，他说生死由命，不是什么可以悲悲戚戚的事情。你们在一起，也是好的。只是他记忆中那个猫一般妖媚的男子许是会留下遗憾了。我干笑下没有说话，大叔也同样没说话，依旧整着书架。

我想起来一些事情了。长久的时光之前，我还是女童的时候，绍谦哥住在很大的梧桐府邸里，清晨微风中摇曳着的秋千板，偶尔传出雕花铁窗的G小调音符，盛夏的葡萄架，暮秋的薄雨，在庭院里来回踱步的猎狗和黑猫，这些都是我对他与他周边事物的记忆。

我记得那个府邸附近，有一个同府邸风格类似的书店，书店老板是个胖胖的年轻人，每次我们进去买连环画，他都会给我们棒棒糖吃。糖吃多了就长蛀牙，那次子晗把我的糖拿去自己吃，我就赌气不理他，其实我一点儿也不想吃糖，我只是想在他把糖还给我的时候我再笑着说我是骗你的。结果绍谦哥把自己的糖给我，叫我对着子晗笑。其实我什么都知道，子晗不让我吃糖，是不想我蛀牙那样痛，绍谦哥把他的糖给我，是看到了子晗的用心良苦。他们那样宠我，把我宠坏掉了。

昔日的年轻人如今已经不再年轻，但是他还是那样胖，那样温善。他原就是西安人，长到二十五岁，回家乡结婚生子。十几年过去了，他还是在这种风格的书店里微笑着来回忙碌，只是不在江南。

❸ 秦地，灯笼雨碎

【小可爱说即便只是一场毫无征兆的大雨，都会留在我们彼此生命里乃至一生一世。】

在来到秦地第二天的夜里，下起雨来。我们坐在赤红色的官船上游湖，围坐在一起吃饭。我时常在劣质的古装剧里看到这种剧情，一群江湖人作揖寒暄，久仰失敬。文雅一些的举杯邀明月，豪爽一些的仰天酒一坛，会有歌姬弹琵琶助兴，总有几个武林高手可以识破酒里有毒的诡计。

大鹰总是在这种时候带动气氛，学着古人的样子举起杯来，他说各位大侠，武林大会一别今日才得以相聚，真是三生有幸。大家都笑出声，船舱里面洋溢的气氛那样欢乐。雨下得越来越大，有了几分凉意。大家酒足饭饱有一些困倦，想要回去却没有带伞。船家说这雨来得快去得也快，让我们再坐一会儿，等到雨过去便好了。

我站在船头的避雨棚下看雨，小可爱在我身后轻轻吟诗。

“寒雨连江夜入吴，平明送客楚山孤。洛阳亲友如相问，一片冰心在玉壶。”

"少年听雨歌楼上，红烛昏罗帐。壮年听雨客舟中，江阔云低断雁叫西风。而今听雨僧庐下，鬓已星星也。悲欢离合总无情，一任阶前点滴到天明。"

"田心，你这也太悲情了。"

"你也一样。"

"是，一下雨就有些想家。"

"总有这么一个冰冰凉，想起来却很舒服的记忆在心里，伤身伤神。就好像这雨吧，这种节奏，这种温度，这种气息，很熟悉的。"

"是，我有点想家了。"

"无论走到哪里，家永远在那里，不离不弃。"

"真好。"

你走过来，拿了一件衬衫给我披上，小可爱笑着走开了。我说你出来真是打扰我们两大婉约派诗人的雅兴。你指着船头上挂着的灯笼说，那个灯笼被雨打碎了。我随着你的手指朝外边看，那是一个红色的长形纸灯笼，这种形状并不陌生，是电视剧里常见的物件。

你出去把它取下来了，船家说这种灯笼是自家做的，用竹条编制固定，再糊上红纸，点上蜡烛。不难做，却也短命。我看着被雨打碎的灯笼残缺的身体，有些黯然。它本是那样古老美丽的东西，一场雨就足以要了它的性命。

这场雨在九点左右几乎终止。燕子提着一个灯笼在前面带路，她说这是船家送给我们走夜路的小工具。我说古都果然有着叫人穿越的假象。这让我想到几个词汇：秉烛夜游、掌灯、打更。小可爱说即便只是一场毫无征兆的大雨，都会留在我们彼此生命里乃至一生一世。小可爱很少说这种话，她这句让我鼻子一酸，有些控制不住情绪。

很微小的一个事件，或者都没有记录下来的必要。只是大家吃了一顿饭，看了一场雨，念了几首诗，但对于当事人，是千金难买的经历。我们会一直在一起的，我的朋友，我的你。

❹ 秦地，华清池

【今夜良辰美景，故交旧识，只管笑也是大快人心。有你们真好。】

杨玉环被册封之后，赐浴华清池里。我们去看了那个美人当年沐浴的地方。这个园林很美，能够看到白色的美人雕像，杨贵妃婀娜多姿，顾盼生辉。即便只是一座石像，却也叫人喜笑颜开。

燕子说一旦选在君王侧，从此爱情是路人。我也不喜欢古代君王的恋爱方式，三宫六院的妃嫔剥夺了君王自诩痴情的权利。只是一个时代就有属于一个时代的无可避免的利弊，如果说一代帝王对一个女子情有独钟，人说王无道昏君，人说王的女人祸国殃民。其实很多时候，人言可畏的。

经过一座桥，来到长生殿。长生殿是朱红漆柱的宫殿，飞檐欲出，我喜欢它的对仗美以及殿后是山殿前有水的地理环境。那毕竟是皇家的东西，多少年的时光只是助长了它的历史气质以及价值，并没有削减它任何的美丽。雕梁画栋，金碧辉煌。你在经过长生殿的时候吟诵白居易的诗句，你的声音很好听，你说："七月七日长生殿，夜半无人私语时。在天愿作比翼鸟，在地愿为连理枝。"我很猥琐地耸肩笑，奸诈地说："你这个穷书生居然还效仿着唐明皇。"你笑得更灿烂了。

大鹰买来彩色棉花糖给我们吃，红的、黄的、蓝的、紫的。我要了白色的那朵。棉花糖吃久了就会化，变成焦褐色黏黏的液体，滴在手上。你拿出纸巾帮我擦掉糖水，你说都多大的人了，吃个棉花糖还弄得到处都是。

晚上有舞剧《长恨歌》，我们去买来了票。燕子、小可爱和我都是很喜欢舞蹈的，大唐的舞蹈那样雍容华贵。舞剧是按照白居易的长诗来改编的，从杨玉环被册封开始一直到马嵬坡下香消玉殒，直到最后君王的思念成疾，表现得淋漓尽致。我是不喜欢历史上的唐明皇，但是也不排斥，在舞剧里，我开始觉得或许他也不是那样不招人待见的人。

曲终人散。我们随着人流出去，夜掌起灯，远的近的到处星星点点的火光。华清池多水，灯光照到湖面上，风吹过，破碎成没有形状的光亮，很美很美。今夜良辰美景，故交旧识，只管笑也是大快人心。

有你们真好。

第十三章
周美人离了杭州城

❶ 江南，疑是故人

【我知道她需要过来感怀一下，都是感性的人，我在这里遇上闵悯，还看见那样相似于陈枫的少年。或许她会觉得当年若是考入同一个地域求学，还不至于一见面就揪心地痛。】

五一的假过去一半，我们从秦地回到楚地。回来的这天有大风，几次把我的宽沿帽吹落在地。风扬起头发的感觉我不是太喜欢，长发盖脸给人以安全感，就好似躲在猫眼里窥视走廊里黑暗静寂的景。不喜欢长发扬起暴露在阳光下的面容，不安全妥帖，这就好像剪掉长发之后会有一种莫名的失落，那样不自在。

回来之后的一天，我在公车上看到他。我确定不认识他，却那样面熟。他穿黑色长袖T恤，胸前有一个骷髅的图案。我不是很喜欢骷髅造型的东西，我是阴命的人，奶奶说时常接触这些东西不好，叫我佩戴一些龙蛇之物在身上。在我们上车的那一站，他下车了。我还用目光尾随了他一阵子，直到他拐进美食街不见为止。

回到寝室，我突然记起了这张脸。高中那年，周可歆错过光阴，无缘的那个喜欢枫叶的少年，他就长这个样子。我虽不曾与这位学长有过多少羁绊，但始终有着深刻记忆，因为那是最要好的友人情窦初开的时候，青涩地喜欢过的人。

我打电话给可歆。

“我看见他了，不对，是与他相似的人。”

“他？可指陈枫？”

“嗯，你能听明白的。”

“如何相遇？”

“今天从秦地回来，在公车上偶遇，像极了那个少年。”

“你说得叫我有些想他。”

“时间过去了，留下遗憾。所以再来想，略带伤感。”

“今天三号，我过去楚地，明天你来接我。”

“如此甚好。”

我知道她需要过来感怀一下，都是感性的人，我在这里遇上闵悯，还看见那样相似于陈枫的少年。或许她会觉得当年若是考入同一个地域求学，还不至于一见面就揪心地痛。

我有些兴奋她会过来，又有多久没有见了，不再没日没夜地交谈，说一些可有可无或伤感或爆笑的话，亲密地一起哭一起笑。我把床铺治标治本地收拾一遍，然后扫地、拖地、擦玻璃。很少有这么勤快的时候，也可以揣测可歆来了会住在宾馆里，却还是愿意做这些事。

我们去吃晚饭。出门前你母亲托你去交水电费。你买了四个生煎包叫我垫饥，去河街边上的办事所交完电费顺道在河街附近的美食街吃饭。我在河道办事所见到那个面熟的人，这一次看得比较仔细。他在那里工作，套了一件制服，里面就是那件黑色T恤。突然觉得这个世界上很多事情的安排真是好极。我没有多说话，只是近距离地看了他，依然很像，不过他比陈枫健硕一些，也年长一些。我想这也是时光逝去所安排的结果。

他是个耐心的人，讲了不少关于峰谷电的事情告知我们。他说他父亲在这里工作，今天生病住进了医院，所以他来带班。你问他在哪里高就，他说他开了一家面馆，就在对面美食街，叫做“面面巨到”。我们打趣说“面面巨到”的老板是个实在的人，因为之前去吃过几次，每一次的面分量都很足。只是没有想到这个老板还这般年轻。

简单地缴费之后我们去“面面巨到”吃饭。你说等着周可歆来了，叫她过来这里见他。不用多么刻意地介绍，或者见一面，他们就是故人。

❷ 江南，两个周美人

【其实我是想说，请她不要像周文宾那样变得子虚乌有，不要消失，不要离开。我只管如实写，她确切地存在。周美人呐周美人，我们要一直这样好下去。】

在越剧里，有一出戏叫做《王老虎抢亲》，那才子周文宾仪表堂堂，唇红齿白。元宵节同好友祝枝山约定男扮女装观看花灯，却被当地恶少抢回府上，要与其成婚。我当时看一个草台班过来村子里做戏，演三天。第二天下午演的就是《王老虎抢亲》。越剧的妆比较清新，不管男女都是女演员来演的。女演员演的小生那样俊秀，我喜欢那种扮相，那种唱腔，清丽明快。

对于周文宾的唱词也是会在独自行走的时候哼唱，有一段唱腔叫做寄闺。主要是王家小姐在闺楼之上与周文宾巧遇，然后定下终身。我不觉得这样的感情草率，相反的，我会那般愉快地看他们在一起。

在杭州城里，周文宾施香粉，着女装，粉面含羞，红袖添香。他是有姐姐的，叫做周文英，在十一岁时过世。周母接受不了幼女长离别的现实，终日里以泪洗面，时间在她身上留下了无可奈何的伤痛。周文宾不惜扮作女子，叫母亲睹人思人。

我有一段迷恋过周文宾，去翻了明朝的历史，上网搜寻关于他的事迹。太过于完美的人始终是小说家笔下的人物，连周文宾也不例外。对于周文宾的幻想一直停留在那个阶段，没有再继续深究下去，我始终觉得即便是不存在的人物，也要感谢那个作者能够留下这样的故事，能让这么多年之后的我们还能够沉迷在这么一个虚构的人物角色当中，他做了一件是很了不起的事情。

我将可歆唤作周美人是在确定历史上没有周文宾这个人之后，那次我在电话里第一次这样称呼她。我说等哪一天我变成小说家，把周可歆唤作周美人，希望哪一天可以有塑造周文宾那位作者的万分之一，允许我东施效颦一下。她笑着说可以成功，我打趣说是周可歆可以成功，还是写周可歆的作者可以成功？她说一样一样的。

其实我是想说，请她不要像周文宾那样子虚乌有，不要消失，不要离开。我只管如实写，她确切地存在。周美人呐周美人，我们要一直这样好下去。

❸ 楚地，在对角线的两个点上

【我想要可歆与他邂逅，仅是相识，交谈，欢笑，而后离去。每当吃到拉面或者做一件无关紧要的事情，想起这个人，有着曾经以为那么重要的少年相似的面容，相见甚欢，离别相安。】

可歆过来的那一天，我们去车站接她。那日晴好，有微风。列车迟到了有二十分钟，我和你在出口处拿着几串烤肉吃。车子是正午到的，我说要等可歆来了一起吃饭，你没有任何异议，但却在来的路上买了烤肉给我，你说多少需要在这个时间点上吃一些东西下去。

载着可歆的列车姗姗来迟，她踏出出口处的一刹那，我第一眼就认出来了。我们相拥而泣，果然这次见面又用泪水拉开序章，这样的情绪似乎不太好。我为你们引见相识。

"闵悯。周可歆。"

"你好。早就有听田心说到你。"

"她也同样有说到你，早就想见一见闵悯了。"

"我会同她说得那样好。"

"你怎知她如何提及你？"

"正如她夸你一样夸我，她总是这样给别人评价不是么？"

"哈哈，是，她总喜欢在背后表扬人。"

你把我拉到一边，轻轻地商量要去"面面巨到"吃午饭，我微笑着看你，我说没想到你反应还挺快的，于是我们完全不理会可歆疑惑的表情，只管一直在那里笑，笑得还特别的猥琐。

"面面巨到"在六塔河道边的美食街上，是一家日式拉面店。从正门进去，可以看到一块很大的日式屏风，上面画着特别日本风的图片，越过屏风是摆放整齐的桌椅碗筷，每张桌子上方有一盏日式吊灯，长方形，画着兰花，还有题词，是日本字，我看不懂。面馆里面很干净，至少不会有呛人怪异的油烟味。

我们选定门口第一张桌子，点了三份招牌拉面，我之前吃过这里的招牌拉面，分量很足，汤水很好吃，面条很劲道。我们等了许久，却不见有面条上来，我想见到这个老板该是认识的，他就是那个穿骷髅黑 T 恤的男子，于是起身去找，在面馆里里外外逛了一遍没有找到他，我有点失望。我想要可歆与他邂逅，仅是相识，交谈，欢笑，而后离去。每当吃到拉面或者做一件无关紧要的事情，想起这个人，有着曾经以为那么重要的少年相似的面容，相见甚欢，离别相安。

约是又过了有十五分钟之久，穿着素雅和服的服务员端上拉面，可歆吃了之后说这里的拉面好吃，我和你相视而笑。我说："这个拉面店的老板是个好人，做生意厚道，人也很耐心。"可歆说："很想见见这个老板大叔。"我笑着说："他不是一个大叔。"

我们没能见到那个人，日子又过去一日。

人说对角线之间的距离最长，而他们在对角线上的两个端点上，那样遥遥而望，我在想哪一天将这张纸对折了，或许他们就可以相遇，其实这一天比想象中的要来得早，而且这种相遇对于他们来说恰到好处。或许我早该预料到，他们的相识会有一段非比寻常的故事，是无须旁人引见的。

❹ 楚地，情缘

【缘分这种事情是不用外人刻意安排的，它来了就来了，散了就散了。】

可歆不是像我这样愿意读佛理看圣经的姑娘，她更多会读张小娴的文字，她也喜欢写文，纯粹内心的独白或者深刻的记忆。偶尔会拿来给我看，叫我提上诗词，然后我会用不同色彩的笔墨写下些什么，或祝福，或憧憬，一些矫情煽情的文字。

我同可歆提到无心老头，想着她不会特别感兴趣，未曾想她想要同我去爬那座山，她说这样风和日丽的早晨浪费不起。

我打电话给你。

"我和可歆出去逛逛，你跟着似乎有所不便。"

"了然。两个女子之间的话题，我始终不应该参与进去。"

"我们去龙踞山，见无心老头。"

"好，我五点钟去接你们。"

可歆一直走在我左前方半步，倒像是她带着我在走。她说在这样的道路上行走，别有一番滋味。她没有朝着山顶的方向走，而是在中途转进了一片林子里。那里有条小路，有乱石拼凑而成的台阶，旁边是叫不出名字却时常看见的灌木和野草，我们尽量避开它们，前后搀扶着往上走。

顺着小路的台阶歪歪斜斜地前进，前面出现一个凉亭，我去寻找山林间简陋的厕所，可歆在凉亭里等我，我就那样走开。再回来的时候在亭子里看见他，他是"面面巨到"的那个男子，我看见他的时候他穿那天那件黑色骷髅 T 恤，挂一个金属感很强的骷髅吊坠。我觉得他是个大胆的人。

我不想就这样出现中断他们的交谈，于是发简讯说我要晚一些过去。我在附近的林间小道上转圈圈，把周边的香樟树数了一遍又一遍。之后可歆发简讯问我何时过去，我说马上。又登上那破碎的台阶，再见到那简陋的凉亭。可歆在凉亭边上的大树下等我，我道歉说久候了吧。她说不打紧。

她给我说之前发生的事情。她说他和陈枫很像，他叫李三甸，北京人，在楚地经营一家面馆。她在凉亭的时候他过来问她时间，他们这样相遇。可歆说这是相似于陈枫的少年，他每周的这一天都会来山上走走，风雨无阻。他母亲改嫁之后来到楚地，继父是个矮小可亲的胖老头，对他们一直很好。在这座山上，有他生父的空坟，他会来这里也是有原因的。

我说我之前说的“面面巨到”老板就是他，我口中那个像极陈枫的男子也是他，我们去过他的面馆，我们有预谋地安排你们相见，你们却没有如人所愿地相聚，现在倒在这荒郊的山上遇见。缘分这种事情是不用外人刻意安排的，它来了就来了，散了就散了。

五点钟，你如约而来，在山脚下等我们。我们一路嬉闹，打车到六塔河道边，我们去“面面巨到”。这一次他们相见，李三甸上了最丰盛的面招待我们。那一天，我们聊很多，就这样，又结识一个人。人与人之间的交往有时候很简单，也很容易。

第十四章

她做的一切只为求不得

❶ 楚地，再跳一支舞

【风雨过了就过了，回过来想想也不过是一些无足轻重的事情吧，尽管当时觉得有诸多委屈。】

五月的假期毫无悬念地过去，轻松惯了之后身体机能有一些怠慢。感冒了三天，我感冒不会发烧，就是喉咙痛，严重的时候完全发不出一句话。这次不同，不算严重。你带我去诊所配了一些消炎药，挂了一天吊瓶，很快就康复过来。

这天接到系领导电话，叫我去代表学校参加一个舞蹈比赛。我接下这个事情之后才知道比赛的规模很大。时间很紧，规模又大，我不想兴师动众地组织多人的群舞，只想叫几个好姐妹，一起跳完一支舞。

我打电话给燕子。

“学校叫我舞蹈，一起跳吧。”

“好，你怎么安排？”

“一片空白，不过我想排三人舞或者五人舞。”

“嗯，听你的。”

“我叫了小可爱。”

“如此甚好。”

这天夜里月凉如水，我在走廊尽头的玻璃窗面前看风景。可爱带了件外套给我披上，五月的夜，还是有些凉意。我们在窗前站了许久时光，都没有说话。我突然觉得这种微凉的感觉很舒心。我说我知道这次要跳什么舞蹈了,就叫《月下流觞》。幻想着古韵的女子在皎好的流光月色之下,举杯轻笑,素纱舞蹈。衣袂决起的瞬间,有笑容定格在庭前的古槐树下。风吹起她们的十丈青丝,发间的花朵掉下来,她们就那样笑。不掩面,不藏齿。

第二天吃过午饭,在过道上遇见汀兰。她笑着走过来赞我的衣服好看。我穿绛色衬衫、牛仔长裙。这一次她仿佛对我熟络了很多,举手投足之间显得那样亲密。麦子在一边冷冷地笑出声,她说田心的衣服是好看,不过好看的都被人剪破了。我给麦子递了一个眼色,我不希望再将汉服的事情拿出来说,事情过去了就过去了,再去翻出来也没有多少意思。想来汀兰如果一直以为我们不知道是她做的,就会一直这般心安理得吧。这样多好,相遇寒暄,相视而笑,不想刻意去拆穿一些事情。

"听说你们在排一个舞蹈?"

"嗯。"

"真好。"

"不是多么绝妙的舞蹈,只是自编一些简单的动作。"

"我可以一起跳么?一直很想加入你们。"

"好。"

我是太不懂得拒绝这样的请求,答应下来。我喜欢她的舞蹈,她跳舞很美,确有一种媚态,我喜欢她大跳腾起的尺度,我没有那样的弹跳力。还是初中的时候,体育老师许是看中我的身高,邀我加入校队打篮球,班主任好说歹说非叫我去。我打中锋,教练叫我等到机会就在篮框下抢篮板球。只是这段历史只延续了三天,因为我在篮框下站了两天,一个球都没有抢到。等到第三天教练说我不适合体育就把我退了下来。我真是没有弹跳力的。

燕子傍晚过来找我,她说汀兰有所图。我给她泡了一杯菊花茶,走到她旁边坐下,我说她曾做的一切只为求不得,她没有多少错,只是有些情绪和想法出了乱子。我们只管不去说她做的不好的事,她还是她。说到底,风雨过了就过了,回过来想想也不过是一些无足轻重的事情吧,尽管当时觉得有诸多委屈。

燕子起身将喝干的菊花茶续上,她说百般挑离迫害完之后从容不迫地相视而笑,即刻就表明来意,这也是不沉稳的女子,真正聪慧之人又何尝这般轻易叫人看穿心肠。害人终害己,且不明智。麦子有些气愤地冲咖啡,她说只是她太过于心狠的伎俩抛出来太急太草率鲁莽,以至于被我们看穿,致使她再无法戴着假面具生活下去,否则她依旧这般演戏,你我怕是不好区分她的善恶。我说她确有事做得不对，当你们这般说的也好，或是她真的有悔改之心，都是不好决绝的，那权当她用错了情绪，无须深究。

❷ 楚地，月下流觞

【她带那样多的补妆工具来，在我们脸颊和额头拍上金色的细粉，她说唐朝时候的女子，时兴在脸上贴细金。】

音乐定下来，是首幽然的曲子。有筝曲做前奏，唱词部分很古典，那些意象仿佛带人回去千年之前。月光、西窗、胭脂、风霜，青铜镜、绛珠花、七弦琴、鸳鸯锦。花了三天时间把舞蹈排出来，依然是楚汉遗风的舞蹈。可爱由于时间上安排不好怏怏地离开，剩下我们三个。

每天抽出固定的时间去舞蹈教室排练，三个人在一起的时光拉近了三个人之间的距离。她很爱笑，笑起来嘴角起很高，但是不露牙齿。厚厚的下嘴唇包起单薄的上嘴唇，看起来那样愉悦。平刘海很长，盖到眼皮上，可以掩饰她小眼睛的缺陷。不过她还是那样清丽明朗的姑娘。

我们偶尔在过去或者回来的路上嬉笑。

"其实你们可以叫我班花。"

"为什么啊？"

"人家本来就是班花嘛。"

"哈哈，'班花'怎么配得上风华绝代的汀兰，起码要叫你'校花'。"

"是，以后就叫你校花。"

"我是校花。"

这样的日子过了有一周，燕子也开始慢慢喜欢这个姑娘。我说过了的，只要给她一些时间，她就可以放得下。她只是不曾了解一个不为熟知的姑娘，她只是有些伤心她爱的人不爱她。我依然喜欢她，如最初的那样。

比赛的时间在周六，我们在最后一组出场。早上九点，我们赶到比赛场地，戴珠花发髻，穿正红色长绸锦缎，披薄纱外褂。一直等到脸上的妆快花了，才轮到我们上场。没有顾得上吃午饭，在下午三点的样子，我们补妆。她带那样多的补妆工具来，在我们脸颊和额头拍上金色的细粉，她说唐朝时候的女子，时兴在脸上贴细金。

你没有过来看我比赛，你厌恶她，无论我再怎么赞她也好。你说这个女子的一厢情愿最为可怕，因为她会将这种她对别人的一厢情愿造谣成别人对她的一厢情愿。这种主次颠倒的关系太过可怕，人都会相信楚楚可怜的女子说的话，将男子归结为喜新厌旧，这样的不清白不可有，从未暧昧何来厌旧。你说这句话的时候小鱼儿在身边，他说若是只是嘴巴说说便也好了，怕是她还会迫害你真正关心的女子。

其实女子总是有些娇气和任性，就算收敛得再好还是会选择性间接性地爆发。像我就喜欢在最亲的人面前发泄情绪。所以越亲的人反而越容易受我的气。也想过要改，就是任性到改不掉。她只是与我相对，也没有什么不好。我总说她只是走错路进了一个死胡同，她会出来的。

我们只在台上待四分钟，在这个时间里演绎三个女子在清白月光之下推杯换盏，翩翩起舞。又到了一个可以极致自恋的时刻，化身成画里的美人，从千年之前复苏，姗姗而来。她做了大跳，下腰，笑得美极。我们一直都在笑，镁光灯打在身上各个地方，偶尔刺到眼睛里，酸酸地发痛。还是完成了四分钟的舞蹈，定型，鞠躬，谢幕。

我们在厕所草草地卸了妆，她同朋友先行离开，我和燕子打车回去。你在“面面巨到”等我吃晚饭。

“如何？”

“一切安好，但我不抱任何希望得奖。”

“何以这般言语？”

“你可知参赛的百分之九十九是中小学生。想是比赛的指定行和偏向性，这原就不是为我们准备的比赛，去参加亦只是不排斥。”

“寻常便好。只是，要小心那女子。”

“不要总停滞在某个点上看她，其实她自始至终做的一切只是因为求不得。”

“呵呵，Go and look。”

英语是你的致命伤，你会把“我也不知道”翻译成“I too no know”，把“我想吃饭”翻译成“I think eat rice”。你还会用英语做通假字，倘若要你翻译“露脸”你就把“露”通假成“路”，然后说“road face”。这句“Go and look”想是“走着瞧”吧。

❸ 江南，不知道的事

【面具戴久了，就会长进肉里，再想揭下来，要撕掉一张皮。】

我之前说燕子是个可以穿透时光看穿一些事物的人，原来她说的话没有过错，她说汀兰有所图，我便没做听进去的打算。我有那么一段时间把她当作朋友看待，可惜她没有。时至今日想起当年一起跳舞的场景依然可以拨动心弦，还是会想起她的平刘海和大大的笑容。

比赛之后她消失得很彻底，即便见面也形同陌路，时常会有朋友告知她在别人面前对我的评价以及诸多莫须有的罪名。我时常笑笑，我想再如何她也不会对我太差，我们有过一次接触，那个时候大家都很开心，我不认为她是可以变得那么彻底那么迅速的人，绝不。

这天，我遇见她。她拎一个明黄色漆皮小挎包，我上完厕所出去的时候迎面撞见她，她微笑着让我帮她照看一下包包。这时一切的流言全部破灭，她没有故意避开我，断不会背后污蔑我。我一直等她出来，她接过包从钱包里拿出两百块钱，她说这两张钱你看一看，有惊喜给你。我想是她在钱上写了如何煽情的话，不好言述，于是很欣喜地拿过来。谁知她一下子变了脸色，她大声说我怎么可以偷她的钱，我说我没有。她说幸好被她撞见才夺回了这两百块，不曾想我是这样的人。我不再做辩解，我知道她是存心陷害我。

她说得很大声，流出眼泪来，周遭聚满了不明事理的人。她说我要是困难大可以向她借钱，何必要偷呢？即便是送与我用她也不会有异议。人说她重情重义，却遇人不淑。人说我表里不一，且手脚不净。我强忍着没有让眼泪流下来，我想我不必要在一个厌恶的人面前软弱给她看。

我要受着周遭人目光的凌迟。

从厕所走出一个人，她过来扇了汀兰一耳光。她说你为何这般不知廉耻，这样的迫害真可算是高明，却也难以抹灭真相。她是看到整个事件的人，她说阴朋友的人她最为不耻。来人我不认识，她扎一个高马尾，光光的额头没有刘海，浅蓝色耐克运动服，身上隐隐有一股古龙水的味道。

幸得她看到汀兰所做的一切。她能站出来，这是多好。而我却在这个时候不争气，流出眼泪来。我仰头笑，不断不断做深呼吸。我说算了，没有事，就请各自散去。

那日子晗告知我一些事情。汀兰加了我很多朋友，也包括子晗，填写了“我是田心好友”的验证信息。子晗发聊天记录给我。看完之后有足足一分钟，不知道要说什么才好。她是太过狭隘的女子，虚荣、不贞，喜欢说谎，更善捏造。我不再为她辩护，她不是我喜欢的姑娘。纵横捭阖，黑白颠倒。我不诋毁她什么，也不讨厌她，我只说好自为之。面具戴久了，就会长进肉里，再想揭下来，要撕掉一张皮。

子晗不理她之后，她反过来说子晗配不上她，故而选择长久离去。她在那里大放厥词说那少年仗着有些财富，要想追她。她说她哪里是为金钱折腰的女子，那少年既不貌美，也不专情，她断然看不上这般的人。这些言语传过来，包括一些根本不存在的污蔑的故事，请原谅我不想把这些子虚乌有的言辞放上来。我有些想哭，如何这般诋毁我身边的人。天地良心我如是说，子晗是迄今为止我见过最为貌美俊秀的男子，他那样好。

一日我在子晗空间看到他写下这样的文字：

有些人表面上和你是朋友，

其实居心叵测。

或许下一秒，

就在人前诋毁你。

这样的人，

还是不认识的好。

有些人不要脸惯了，

骄傲、善妒、狭隘、阴险、虚伪，

却一直自恃良好。

欺凌、捏造、攻击、诽谤、说谎。

有些事人证物证摆在面前，

却还要不断为自己找借口。

就这般站在善人脸上笑。

真相是什么？

不要有意去捏造或者添油加醋，

不要说谎。

不然显得你像个笑话。

人前人后还是一致的好，

不然慢慢地你连可以帮你说话的党羽都没有了。

这种下场叫做众叛亲离！

我最终还是没能和她成为好朋友。

不愿再想她。

❹ 楚地，关于柒白衣

【我是从始至终没有怨过她，倒没有多良善，更不自诩大度能容。我只是偏安一方水土，自私自利，自给自足。我不愿苦，故而不怨。】

我在之前有提及过这个女子。柒白衣是一个网名，我有好长一段时间里不知道她叫什么。她是你文学社的编辑，同你一个年级。子晗在某次偶然中与她相识，觉得她是有真性情的好姑娘。我也是在之后才知道，子晗曾经为柒白衣引见过我。

和柒白衣的相识只能说是水到渠成，之前都有听过对方的名字，也曾有过一面之缘。我偶尔会逛到她空间，我们在对方的心情下面打上一串矫情的话，她也一样。久而久之，便熟络起来。

她是个要说通透也通透要说迷糊也迷糊的姑娘。二十几岁的人，活在自己的潜意识里，爱上假想情况下的男子。她爱上一个人只需要那个人一举手，一投足。她会幻想这是一个如何柔情似水、百转千回的男子。有一个她爱了一段的男子，也仅仅只是因为某次她看见他低头时那双眼睛的上睫毛很长。她若不爱这个人，也会断得干干净净，不喜欢拖泥带水的感情。

是她告诉我说不要去理会旁人的闲言碎语，却也总会在说完理性的语言之后为我抱不平、鸣冤屈。她说真不知道我是怎样熬过来的，遇上这般恶毒的女子。其实我没有那样委屈，真没有。我不会再说她是好姑娘，但是我也不会说她是坏人。

柒白衣有过一次网恋，男子来自一个偏远的一个小山村。他们相恋有六年之久，某年某月某天，他们会面。她去了他家，陪他走完长长长长的山路，来到本是一生中都无缘得见的一户人家。上山的路很难走，她可能几次擦伤了手脚，但是有他在前面，她觉得很妥帖。

他们最终没能走在一起。那男子许是在某一个失眠的清晨突然冷静下来，要结束这段长达六年的虚拟空间里的恋情。他说这六年这般不真切，实在不是可以走下去的态势。其实大家都懂，只是他在见过柒白衣之后恍然发觉自己是这般低俗无用的男子，他配不上她。柒白衣也是知道他的苦衷，也是哭着想要抛却一切跟着他走，只是他不愿意，他死都不愿意。

柒白衣说他说死是真的会去死的，于是不再逼迫。只是这样的分离不坏，至少你看穿一个人，他是真正值得她爱恋六年的男子。

子晗说同样是女子，却能差别甚远。真实的人永远叫人觉得安全稳妥，虚伪的人一旦摘下假面具，会弄得个众叛亲离。

佛说人有八苦：生、老、病、死、爱别离、怨长久、求不得、放不下。汀兰是要何其苦，才会做出这些事来。世人没有十足无求之人，求之不得，则生愁苦或愤怨。我若是怨她长久，便会同她一样苦。我知兵败张巡思做鬼，身亡萧氏愿为猫。为求不苦，就要消怨、化结，方得长乐、长安、长寿。

我是从始至终没有怨过她，倒没有多良善，更不自诩大度能容。我只是偏安一方水土，自私自利，自给自足。我不愿苦，故而不怨。

第十五章
花开千年独爱莲

❶ 江南,采莲

【橙红色的光染着水面,有的地方水面已经很暗了,有的地方反射着光芒。明明暗暗流光溢彩。莲在夏日黄昏的微风里轻微地摆动,偶尔能够闻到一阵花香,时有时无,若隐若现。】

儿时家乡的河道很清,有鱼虾在水里悠闲地漫步。记忆中一片莲塘,水波粼粼。六月的太阳在头顶上,顽固地那样不愿意离开。不能抬头看那个耀眼的不懂事的太阳,因为它会让你鼻子痒痒地一连打好几个喷嚏。这样的骄阳天也不是不好的,六月的温度让莲开花。碧池、金光、鲜花。有情趣的人家在莲花池里养几尾金鲤,待到日落西山之后扔些许吃剩的米粒下河。

楚地的六月同样很热,烈日炙烤着地面,没有那样多的河水可以蒸发,于是只能蒸发行人的汗水。我打算去街上走一走,我是没抱希望在中国的中部能够买到莲蓬吃,但还是会在街角的转弯处留心地看一看,幻想着挑着箩筐的老者,他戴着乌毡帽,帽檐上别着根烟,用一口纯正的老绍兴方言叫卖着,他说麽牢牢好吃的莲蓬喽,勿吃就吃不着喽。我知道我把两座城合并在了一起,思想时不时地在两地穿梭。就像四五月份,这里有提着鹅蛋竹篮叫卖的妇人,我也会在情绪上来的时候,在江南,幻想有没有人在卖樱桃。

我打着你送我的油布伞,走在阳光下有些扎眼,这样的出挑不是我想要的,我本质上不会虚荣到认可这样的回头率。在五塔街上,有一家超市,我们时常来这里吃饭，叫做隆丰超市。我在里面买了莲子，打算回去熬汤喝。如今的莲子和莲心分开卖了，一般咬开莲子都看不见莲心。儿时母亲告诉我苦口良药，莲心很苦，所以很良。在绍兴，良即下火。于是又跑到另一个卖茶叶的地方，买了一包莲心。

这天你带我吃西餐，因为你在这天发兼职的工资。我们去六塔商厦顶楼吃牛扒。我不喜欢太生的食物，喜欢烂熟。软软的入口即化的感觉很好，不喜欢咀嚼，因为我觉得那样很累，所以我喜欢吃豆腐、奶油、榴莲，诸如此类的东西。也有例外，喜欢啃骨头。

对于牛扒和鸡蛋，倒不喜欢太熟的。我一般吃七分或者八分熟的牛扒，而鸡蛋只要三分熟。我唯独和你出来的时候会愿意喝些许的酒，比如红酒，大型高脚杯小半杯的样子。我对吃没有多讲究，一般只求温饱，不求美味或者营养。书上说红酒要醒起码一个小时才会有该有的芳香。我说我们又不是多富贵的人，这里也不是多名贵的餐厅，感觉像了就行了。其实很多时候不用计较那么多，能和想在一起吃饭的人一起吃饭就很快乐。

"我刚才去买了莲子来吃。"

"如何想要买莲子？"

"想家了。"

"了然，江南可采莲。"

"江南多水，故而产莲，拗莲蓬是件趣事。"

"有机会想去见识一下。"

"如此甚好。"

我讲关于莲的事情给你听。在江南，有一种桶叫做采莲桶。暗红色，直径一米左右。人坐在桶里，桶浮在水面上。采莲女一边采摘莲蓬放在桶里，一边用手滑动水面，让桶漂浮到想要过去的地方。我小时候，有个亲戚是箍桶师傅，我一直担心用木板拼起来的容器看起来好不牢靠，总是觉得它会漏水。箍桶师傅的手艺都是祖传的，或者就是专门拜师学艺过来的，木板在他们手里"叮叮咚咚"一阵子，就会变成密不漏水的容器。

采莲女喜欢把头发编成两股，梳成麻花辫，头上包一块青花布，在夏日的傍晚采莲。夏日的傍晚多有微风，不至于热得喘不过气。太阳在西边还不至于下落，它发出金色的余晖，将周围的云彩也染上相同的颜色。这时候可以不用眯着眼睛看它，它不会再叫人有打喷嚏的冲动。只是眼睛从那里移开之后，再看别的景物，会有一两个荧绿色的小点。

时间再过去些许，西边的太阳终于可以用夕阳来形容了。这个时间段的莲塘真是美极。橙红色的光染着水面，有的地方水面已经很暗了，有的地方反射着光芒。明明暗暗流光溢彩。莲在夏日黄昏的微风里轻微地摆动，偶尔能够闻到一阵花香，时有时无，若隐若现。

我极力忍住滔滔不绝的回忆，我想我不能再说下去，我怕我会哭。这顿饭在欧式餐厅吃西方菜肴，我讲特别中国风的景物，多少有些怪异。只是，我们是顾不了许多的。

❷ 楚地，一眼莲花

【我知道，你总是不动声色地听我说话，听完之后就不会再忘记了。】

这天我起晚了，于是翘掉了第一堂课的上半节，我趁着课间休息的时间进去教室。你在教师门口等我。

“如何在这里？”

“等你。”

“诶？倘若给我个讯息，岂不更好。”

“本以为你会在的，见你不来，料想着你在睡，就不好打扰。”

“为何等我？”

“我有东西给你。”

你在我手心放下一件东西，继而打铃了，你快步离开，赶去上课。我打开手掌，这是一枚胸针，莲花形状，上面镶着白色的施华洛世奇，不算夸张，但很唯美。我知道你记得我说的每一句话，我说爱莲，你就听进去了。我把胸针别在身上真丝旗袍的左胸上，走进教室去。

麦子、二爷和大鹰坐在左后一排靠门的地方。我走进去，坐在麦子旁边，最最靠近后边门口的位置。这节是我无论如何都不想错过的课程，却因为昨天记错课程，今天睡过了头。我学中文，最爱上古代文学。古代文学是个年轻人教的，是个很能说的老师。我喜欢他谈天说地百无禁忌的课堂气氛。他懂很多，每堂课会延伸许多课外知识。我们叫他“大故事大王”，还有一个“小故事大王”，是教文学概论的老师，相传他是学校最英俊的老师。

这节课讲到东晋书法家王羲之的《兰亭集序》。这是我曾临摹了几多年月的帖子，我甚至连里面写错划掉那些笔画的用墨和力度都有研究。我的书画老师是个没有人缘的小学老师，他其实更多是个画家，生活在自己的艺术世界里。这是个脾气很好的老师，小学生都欺负他，我只见他发过一次脾气，具体什么事件已经记不太清楚。只记得当时那几个犯事儿的同学都哭得昏天黑地。我知道他不常动怒，一动怒就天崩地裂。我去过他家，凌乱得到处都是画笔和颜料，我看到满屋子形形色色的书画和闻得一股浓烈的常年不散的"一得阁"墨水的香味。

上完课你打电话给我。

"下午有课么？"

"没。"

"中午回家吃吧。如何？"

"如此甚好。"

你母亲熬了莲子汤，小心地用白瓷碗盛好端过来给我，这样的待遇常常使我坐立不安。她是很好客的妇人，每每我过去吃饭，都会买我喜欢吃的菜。做菜时少放辣椒多放糖醋，总是很稳当地把我安排好。我却每次空手而去，我是个不懂得社交的人，待人接物的本事是学不来的。也不是不会买些礼物带着，只是觉得那种矫情和文字的矫情是不一样的。有一次我买了箱八宝粥带过去，结果和你母亲推搪了许久，最终我又把它拎回去了。她那样固执，我拗不过她。

你叫我去你房间有东西给我看。我进去看到了一眼莲花。你在房间里摆满了莲花作为装饰，还亲自画了工艺窗帘。

"如此丑陋的画，想必是你画的。"

"那便是花丑，不是画丑。"

"你当真不想活得长久些？"

"好汉饶命。"

我笑你的房间装饰得好像女子一般，你笑着说爱屋及乌这个个性你改不掉了。我说好习惯是不需要改掉的，你笑着不说话。你从抽屉里拿出一只银镯子帮我戴上。我看到镯子上刻着一尺莲花，还有题词："千里江南何以念，百年花开独爱莲"，内壁还有刻有我们的名字。

你说现在银匠少了，你走了几条街，才在香湾找到一家老字号的银器店。你求了那个工匠许久，才让他答应帮你做这只刁钻古怪的镯子。

我知道，你总是不动声色地听我说话，听完之后就不会再忘记了。

❸　楚地，在水边

【男人女人是应该这样的，从一而终，相濡以沫。】

六月的周末百无聊赖，人只想睡觉。太阳晒在脸上辣辣的疼，还是有风吹过来，却带来更大一片炽热。夏天的风也是热的。

大鹰提议去山涧的小溪边野炊，这样热的天气去山里应该会凉快一些，有树、有水、有风。还是很乐意去山上野炊的，毕竟是件新鲜好玩的事儿。

一群人浩浩荡荡地去超级市场购物。

到五源山的时候是在下午二时，一天当中气温最高的时候。来到溪涧的时候有一种特别想唱歌的冲动，有时候想想曹操说的“幸甚至哉，歌以咏志”确实没有夸张的成分。这里四周都是树，很高很高，有些树的枝丫打开来，遮天蔽日。断断续续的水流，很细很缓。我们随着水流走，发现几处泉眼和一个山洞。在离水源十步远的地方，摊开桌布，坐下来休息。

男子架锅搭灶，女子开始洗菜切菜。大鹰架起烤肉架，大家都忙活起来。突然间太阳不热了，空气不闷了，怠慢的神经一触即发。女子做好菜，男子盛起来，不善于做菜的人将食物搬运到该放下的地方，大鹰和二爷端着烤好的食物入席。开廉价的香槟，喝橙汁。大伙儿围坐在蓝天碧云下，一边吃一边笑。

吃完之后起身走几步，走到溪涧下游处，光着脚踩着鹅卵石享受一下夏日难得的清凉舒适。你轻轻地走过来在我头上戴朵花，我取下来看，是一朵紫色的野花。它如同蔷薇花一样小，长得有点像莲花。

“不要拿下来，好看。”

“这个很像缩小的莲花。”

“小时候奶奶告诉我这个叫做百日草。”

“这种野花很漂亮。”

“没办法拿出真正的莲花给你看，我采来百日草东施效颦。”

“它没有什么不如莲花的。不是东施，无须效颦。”

下山的时候已经傍晚时分，大群人三三两两地结伴而行。回去要比来时负担轻得多，因为很多东西已经变成食物吃进肚子里。

我看到有一对中年男女一前一后从山路上缓缓而下。男人穿着白色褂子，女人穿一件自制短袖花衫。男人推着一辆年代久远的凤凰牌自行车，女人跟在后头，右手推着车后座。这样的画面多少温馨。男人女人是应该这样的，从一而终，相濡以沫。

❹ 楚地，花碎

【生命可能没有我们想的那样强韧有力，好好地安生地活着，真的应该如此。】

下山之后天渐渐黑下来，大家在招商银行的古堡前道别。

你带我拐进招商银行的那条街，这里我不常来，不过听说有家花店很出名，是这个城市最大的花店。你要去给我买仙人掌，你说健康的植物是可以放一些在身边的。仙人掌可以防辐射，又不需要过多的关怀，这样只付出不娇气的植物，就会降低被我养死的几率。我说其实我，也是养死过仙人掌的。

去花店还是需要走一段路的。在前面十字路口往右拐弯，再走十几米就到了。我无论如何不会想到走这条街会触及我记忆深处的伤疤，赤裸裸地让自己生痛。

暮色初始，十字路口，霓虹开始闪耀光芒，拉开这夜的华丽序幕。这本该是良夜，刚与朋友欢愉地道别。你牵着我的手过马路，目标就在右前方，我甚至可以看见花店的招牌。烂俗的镜头再次发生，其实很多时候，死神就在我们身边，离得很近很近。我低头系鞋带，你突然抱住我往后边一挪，我感到脚扭了，那一秒里我想要朝你发火。车子就在下一秒与你我擦肩而过，就差一公分，真的只差一公分。

胸针落地，碎了一地施华洛世奇。

车道，路灯，所有的画面暗淡停滞。

你不断不断摇我的身体，我感受到了你的存在。我抱住你，很紧很紧，我怕你会同他一样离开。眼泪流出来，止不住了。你帮我拭去满脸的泪痕，你说没事的，你一辈子都在。我说《霸王别姬》里程蝶衣对段小楼说的话：说的是一辈子，差一年，差一个月，差一个时辰，都不是一辈子！

还是穿过马路去那家花店。这个世界每时每刻都在发生悲剧，一些不想离开的人离开了，相见的人见不到。洪水冲走了一座城市，大火烧毁了整座山庄。天灾、人祸。生命可能没有我们想的那样强韧有力，好好地安生地活着，真的应该如此。

第十六章
毋宁笑着活下去

❶ 楚地，兮

【这本不是一件令人索然的事情，只是言过其实，把金钱和才貌首推到上方，是会显得浮，无论是浮夸还是浮躁，都不会睿智。在不经意间有意透露出富贵、聪慧，似乎是一种刻意，而刻意的东西，通常会失去价值。】

六月中旬召开社团文化节，你需要做一个文学报告。你说这次讲离骚体，我们仿着屈原来写自己的生平，不需要杜撰诸多情节，只管写下来，或者可以没有平仄，或者辞藻也没那样华丽。连词成句，用上古老的叹咏调子，或可以谱上曲子，吟唱起来。

英语老师是个长不大的孩子，梨花头，平刘海，着粉色公主系的服饰。她是个喜欢旅行的姑娘，背上行囊，她是可以踏遍所有朝思暮想的地方。我有一度很羡慕这个女子，她有稳定的工作，可观的收入，在寒暑假期成为一个远行者。她会在课堂上讲一些旅行的所见所闻，这本不是一件令人索然的事情，只是言过其实，把金钱和才貌首推到上方，是会显得浮，无论是浮夸还是浮躁，都不会睿智。大鹰、麦子、二爷都不喜欢这个小个子的女子。在看似不经意间有意透露出富贵、聪慧，似乎是一种刻意，而刻意的东西，通常会失去价值。

还是会有听她讲一些游记，每个人身上都是会有我所没有的长处可以学习，所以不管你多么不愿意也好，请听那些人讲话。其实她说得不差，许是表达方式有些许不妥当,使得听者无感。

这天在她的课上写赋。在英语练习本上无规则地写《溷夏》:

昨宵暂别兮旧年土
今日啼醒兮泪两行
途尽景殊兮驳疾往
辟乡凄凛兮冰肌凉
青花殆尽兮掩愁容
素袂决起兮落红妆
凌装杂裹兮堂亲定
姊容乐柔兮协安享
斜倚红桥兮美少年
相委吐珠兮鱼水情
勒险困象兮汇羲露
消彼长怨兮赠亟饴
顷间红楼兮今踏歌
决眦丽人兮寒骨清
同乡同技兮入异门
异念异恋兮同回乡
携纤暮游兮购夜粮
临别寥寞兮风尘上
子悠恍梦兮欲语迟
再忆三秋兮一落足
依稀目光兮两相错
归意匆匆兮留亦忡
轻唤姊妹兮早还家

我没有听到下课的铃声,只是感到教室里的人都快走光了。可爱走过来喊我一起去吃饭。我在本子上写下最后一个句子,然后起身。你在教室门口等我,一直没有进来打扰。你说你看我低头写文字的时候,那种娴静认真的感觉很好。

文字,是我那样挚爱的东西。

❷ 楚地，换一种姿态

【偶尔在台下当当观众，看别人桩桩件件地演绎曾经我桩桩件件演绎的事情，只做旁观者。我可以坐在你的身边，静心看完一台演出。】

一直是用舞者的姿态上台，这一次我要改一改。

社团文化节需要报告和展示社团的成果，你安排了几个人上去做汇报：你、我、小日本，还有小强。小强是下任社长的不二人选，一个挺质朴的男子。小强尤善现代诗，无论从意境、用词，还是语法和深意都是可圈可点的。他是有才华的人，但不会文人相轻。

有才学的人不要太过于傲气，聪明人会对自己的想法倾囊相授，并同样采纳或者听取别人的意见。在学识上，太过于保留和太过于决绝都不是应该有的做法。文人相轻，是从古至今的文人墨客最为悲伤的事情。

和大家在一起工作，欢愉的时间这样过去也不会觉得疲累和困倦。这种感觉我很喜欢，时间在不经意之间就会流逝，工作了却，一天终结。

"一直都在舞台上跳舞，这次变成演说，如何？"

"一直在做自己喜爱的事情，对自己的能力提升会有所偏差，你知道我不喜欢这样。"

"你之前做过主持，做过演讲，相信这一次不会有差池。"

"我只能说尽力。"

"其实我看过你的辩论赛，赞的。"

"如何这样说，叫我情何以堪。"

"我如实说。"

"多熟悉的人，无须这般。"

小强有一搭没一搭地和我聊天，手上整理着社团文化节需要演说的文件。小日本这个可爱的人儿，大腹便便地走过来参与我们的话题，碰翻桌子上一叠文稿，于是下蹲捡拾。六月的天本就闷热，桌椅间的空隙那样小，小日本快快地拿起一叠文件，让我帮忙捡拾他实在无能为力的遗落在角落的纸张。我笑着俯身弯腰，发现了一个作为瘦子的好处。

你从外面拿了外卖进来，四份盒饭都不是什么丰盛的菜色，大家围坐在一起吃饭，还是会在饭桌上谈论公事，也说些比较冷的笑话，最后一起喷饭。

我把汤汁洒出在文案上，花了一片。小日本掏出纸巾擦拭，小强立即拿走了周边的纸张，你帮我处理身上的油污。这时的自己仿佛回到了儿时，做错事之后总被善后得那样好。我打翻了人家晒在外面的簸箕，梅菜、笋干打落一地。绍谦哥跑去邻居阿婆那里自首，子晗回去吵着让他母亲要赔阿婆一簸箕新的。我扯着嗓子承认罪状，其实我一直有承认的，只是结果也不会有人相信。

人说女子娴静，男子顽劣。

我是这样让从小一直在身边的人受到冤屈。其实我小时候好动，远不是那两个男子可以追及得上。

此刻的我就像当年做错事的女童，你们都是会帮助我的人。小风波很快平息，大家又回到工作上来。我被安排在最后一个出场，你说我要做的是在大家的总结之上再做总结。

我从自己既定的规矩里抽出身来，开始做或许也能胜任的其他事。可以不用穿那样鲜丽的衣服，不用浓妆艳抹画奇怪的图腾。偶尔在台下当当观众，看别人桩桩件件地演绎曾经我桩桩件件演绎的事情，只做旁观者。

我可以坐在你的身边，静心看完一台演出。

❸ 楚地，伤

【只是扭伤脚，再平常不过的事情，有你们在身边，我会很快好起来。】

这天晴好，微热无风。

正红色的台面，摆满音响器械。舞台建在不久前刚投入使用的篮球场上，略显寒酸。其实学校的建设一直未竣工，至少在我还能看到的时候。

文化节在下午两点开幕。有心人买来了礼炮，在整点时分引爆。即便是在白天，火光微弱到几乎不能察觉，气氛却一直很热烈。

我在三点一刻上台。这天我穿黑色西服，配白衬衫。从来都是染着一身铅脂上台，这一次，素衣裸颜分外自在。将几乎倒背如流的稿子照着昨天对面的镜子那样再背一遍。我的临时记忆向来很好，比如考试，我可以只在考试前几个小时看重点，然后考出前几名的成绩，只是如若要过段时间再考，就会统统忘却。

我穿黑色高跟鞋，落第三个台阶，我看到你在前边对我笑，我想要快点去你身边。前边的女子伸出一只脚来，我想她或许无心，只是我这一绊就失去重心伤到了脚踝。我知道你最终接住我了，却还是伤到了。也是我冒失成性，无关其他。

可爱和燕子跑过来看我。

“如何？”

“只是扭到了脚踝，不打紧。”

“看似这一下，扭得不轻，要去看一下。”

“好。”

“你可看到那绊你的女子？”

“她无心的。”

“我认识她，我们部门的，叫程蝶斤。”

我知道燕子是想说明程蝶斤和汀兰的关系很近，但是这次确实是我自己不小心，与他人无关。

你帮我揉脚之后发现我脚踝肿了一大块，关切地问我疼不疼。其实扭到的一瞬间只是有一种“裂帛”的感觉，不能说痛，但是之后马上就感到疼痛了。我也没有隐瞒如实回复。你抱我去医院，小可爱跑去打车，燕子捡起我遗落的文件物品，尾随而来。

你不是健硕的男子，羸弱、苍白，那样瘦，你的身体其实没有比我好到哪里。一直以来都在想办法增肥，喝中药，吃快餐，食薯片、巧克力，都试遍了，仍然未见起色。瘦子有瘦子的烦恼，这同肥胖患者需要减肥是一个心理。这个社会有些不正确的看法以及观念，让精瘦的人受到比匀称的人更好的待遇，这不公平，更不合理。

你把我抱上车，一路上都在问我如何如何。只是扭伤脚，再平常不过的事情，有你们在身边，我会很快好起来。嗯。

④ 江南，女吊

【一捧黄土，森森白骨。谁要在这寂寞无人的山谷之中住上几个世纪？所以再怎么辛苦都好，请务必撑下去，能活着就是好事情。】

再康复已经是一周之后的事情，和可爱吃过饭从食堂出来，要回去寝室午睡。前面的两个姑娘肆无忌惮笑出声。

“有她受的。”

“倘若真能半身不遂，可就好了。”

“至少也要躺个十天半月。”

“活该她当众出丑，穿一身正装俨然叫我不自在，不会穿高跟鞋可就别穿。”

“已经有那样的身高，再穿这么高，竹竿一般。”

“可真自找，我只管出一只脚，活该断手断脚。”

小可爱转过头看我一眼，我苦笑着说没关系，已经好起来了。我说我要去买巧克力吃，于是转身再向食堂走。我没有要故意避开，只是从早上开始一直忘记买巧克力了，巧在这个时候想起来。原就是自己走路不慎，就算不是她们存心，也同样会遇上不存心的人绊我一跤。

再回寝室楼听到有戏文的唏嘘声，我不知道路过谁家寝室，是谁在播放。我料想是有南方姑娘按捺不住思家。回到寝室方才得知别班的现代文学介绍了鲁迅先生以及《女吊》。

鲁迅先生说一个带复仇性的，比别的一切鬼魂更美、更强的鬼魂就是女吊。女吊即女子吊死鬼，是绍兴当地比较常见的地方戏。女吊又名为吊神，是好的，并非邪魔恶鬼。女吊穿正红色衣裙，通面惨白，神情木讷，触目惊心。她为活时冤屈而来，不惜变作厉鬼。她要取走世上尚存的害人之心。我许是一辈子做不了女吊，即便是含冤而死。我拿不出那样强烈的怨念来，我觉得我只会是那种对于死无可奈何的无常。

儿时看目连戏，时常被台上诸多鬼怪吓到，尤其属女吊最为恐惧。母亲说女吊不是恶鬼，她只会寻找害死她的人，或者心存不善者。我再看女吊，黑发三千乱得不容他人看清楚她的面容，只知道，那种面色确实不应该是活人所能拥有的。

正红色的生气让一只鬼不像一只鬼。她们那样强烈地想要留住最后一口气息，不赶去轮回转世，不经过奈何桥，不喝下孟婆汤。她们要记住生前愤愤不平的往事，是谁逼得她一身红装，绾带上吊。在我看来她还是傻的，有何缘由需要她放弃生命以至于死亡。倘若连死都不怕了，想来世上再无可怕之事。聪明的女子在逆境中有着野草般的毅力，忍辱偷生，反败为胜。不聪明的女子才会悬梁一刻，自断红尘。可知，万一没有阎王殿，万一不见无常鬼，万一人这一死不再轮回，任你穿得再红也好，多鲜艳都好，再没能变成任何有思维的状态。那死，岂不是冤？

一捧黄土，森森白骨。谁要在这寂寞无人的山谷之中住上几个世纪？所以再怎么辛苦都好，请务必撑下去。能活着就是好事情。

第十七章
难得如意郎

❶ 楚地，女子

【我想要看他们坚持下去，这个社会剩下的诚切的爱情已经太少太少了，多少爱情败给了现实。截我三百六十五个日夜的香烛灯火，如若能够帮到他们。】

现代文学的老师是个有个性的女子，她上课不点名。她说喜欢她的人自然会来上课。我偶尔还是会逃课，因为她的课都在上午或者下午人最渴睡的时候。邻班的进度快我们一节课。我知道这节课她会讲关于女吊的故事，这天起很早，买了早餐赶去上课。

这是个大气漂亮的女子，发尾带卷的马尾利落地扎在后脑勺。女子姓李，叫李婉儿。她是有故事的人，这些事情让我那样佩服这个年轻貌美的女人。

她和自己的学生相恋，遭到了男子父母强烈的反对。我有一次经过一间空教室的时候听到她和男子母亲的争执。

“我央求你快离开我儿子。”

“我们这般相爱，你又何以如此？”

“我好言相求，你却不听。你要真爱我儿子，请为他考虑。”

“我就是为他考虑才不愿意再次离开他，上次离开你可知他变成如何？”

“要不是你，他又岂能变成这样？”

“你就成全了我们吧。”

“我绝对不会同意！狐狸精！”

我似乎听到李老师双膝跪地的声音，我觉得这种对话，应该当作不知道任何情况的过路人，默默地离开是最好的选择。第二天上课的时候我有坐到第一排，能看到女子微肿的眼袋，她一定哭了很长一段时间。

我不是很清楚她和那个男子的故事，只知道他们爱得很深很辛苦，男子小她十岁，是个高个子的文人。我没见过他，只是偶尔有传闻传到耳朵里。他们说这是一个很有才的秀气男子。一个老师和自己的学生相爱，这是需要多大的勇气。爱情让他们抛开了一切世俗观念，就这样坚持下去。

这节课确实有讲鲁迅，也讲到《女吊》，因为之前刚看过绍剧《女吊》，于是当问到某些问题的时候我有站起来说。绍兴不是多么富贵的城市，人们更喜囤积和早归。在晚上十点过后的绍兴街道，街上的行人近乎为零，商店开始打烊，街道趋于安宁。我偶尔在昏黄的街灯下打车经过，如若缝上阴雨天气，看雨打到车窗上啪啪作响，还真有些悲伤寂寥的情绪。但是这样的城市安生，底层小老百姓有着过于市井的心，朝九晚五，几点一线。有才识的社会青年应该更钟情于民族的古典的文化，许是这样的城市才可以孕育出古老的文明。诚然，还有着许许多多更好的城市。

我感到这节课过得有些纠结烦闷，也不知道哪里来的勇气就在课后去找了李老师。她很戒备地看了我，我终究没有胆量说出心里对她感情的疑惑以及为她感情的祝福。我想要看他们坚持下去，这个社会剩下的诚切的爱情已经太少太少了，多少爱情败给了现实。

截我三百六十五个日夜的香烛灯火，如若能够帮到他们。

❷ 楚地，男子

【男子更应该在这个时候挺身而出，除去唯唯诺诺，除去心惊胆寒，除去一切苦。既然爱她，就请给她幸福。】

我是在六月二十三号遇见这个男子。他穿淡紫色短袖衬衫、白色棉布长裤，平头，方脸。眼睛很大，即便是戴着金丝半框眼镜，还是对他的大眼睛毫无影响。他从黑色本田里走出来，手里拿着一束白色的马蹄莲。他一直局促地摸着白色棉裤的口袋，拿出一个粉红色戒指盒，眼前这个情景让我想到，许是今天可以见证一桩好事。

女子从前面教学楼拐个弯出来,我上完课出来的时候女子还在整理教案。男子见女子出来,迎上前去单膝跪地。一把花递上去,女子显然没有料到男子会在这里出现,脸上闪现出诧异的神色,不过很快就从容微笑,接过男子手中的马蹄莲。不愧是上惯讲台的教师。

这时已经围了不少人,有闲言碎语传到耳朵里。

男子没有理会周遭人的眼神和话语,我看到男子拿出那只粉盒来,他说无论未来的路有多艰辛,他都愿意与她走下去。父母的顾虑和态度,都是具有可动性的,他愿意和她一起面对。他说的话不算花哨,没有过多假想的憧憬,我觉得他是个务实的人。他一直在强调说服双方父母。

两个人的感情不可辐射性地伤害到两个人周围的人,尤其是亲人。建立在无相放弃的基础上,将伤害降到最低。

男子拿出戒指,戴在女子左手无名指上。男子说要给他几年,他要把这个钻石换得更大。女子大气地扬嘴微笑,扶起男子,她说我和你走下去。

周遭的人开始收起小声的议论,或许他们也被眼前这种画面所打动。人都是有感情的动物,只是这些情感久不用,就会被寄放在身体的某个角落,只是毋庸置疑,它一直在那里。

人类们对于情的反应是愈缺乏什么情感就愈加容易被什么情感带动，愈到年岁老去愈加惧怕身边是不是出现了对的感情以及相对付出感情的人。

我说过这个社会所剩下的诚挚的感情已经不多了。

男子站起来抱住女子,他说作为一个男子不应该一味地躲在安处得过且过,推脱地让一个女子去承担一切父母所带来的压力。男子更应该在这个时候挺身而出,除去唯唯诺诺,除去心惊胆寒,除去一切苦。既然爱她,就请给她幸福。

❸ 楚地,老者

【我说我们以为旁人指指点点,诸多嗤笑,又如何揣测旁人的心境。怎知世人不会在看到他们的长情,他们的独钟之时传来赞誉?其实就任何人而言,能够这样相爱,就是最好的事情。】

六月末,日上三竿,我们去超级市场买菜。这天是周末,我想做一桌家乡菜给你,离回去的日子越来越近。这样的紧迫感又使我有有空前想要为你做点什么的冲动。我记得年前是做了红酥手给你,你塞了满嘴的食物除了微笑还是微笑。我画了《花间》给你，点了血液作为绛唇，你去装裱挂在房间。这天你说想吃闷猪脚。你说吃什么补什么，猪脚是会对脚伤初愈的我产生巩固疗效吧。我说那便是你有心想叫我吃，无须借口自己想吃。你说这样说我便不好拒绝。

去六塔的长乐超市，这是同五塔隆丰一样大的超市。你家在六塔，离得近，故而选择在这里。

老人在水产区滑倒，左手撞到旁边的木柜，想是脱了臼。她在我前面滑到，我想要拉住她的时候已经无能为力了。你我将她扶起来送她去了医院。老人穿黑色真丝短衫，脖子上挂一串金项链，看上去很富态。这样的打扮会让我想到胡搅蛮缠的贵妇人，牙尖嘴利，有理无理都会不饶人的妇女。我看到汗水从她额头渗出来，她一直咬着下嘴唇，甚至连一句呻吟都没有，从始至终，除了说“谢谢”，就再没有别的了。她很倔强。

送到医院的时候她让我们给她儿子打个电话。时间过去十几分钟，进来一个男子。我认识他，他就是李老师的男朋友。

“你好，你母亲摔伤了。”

“妈，如何了？”

“你还知道有我这个妈？”

“妈，你别这样。”

“呵呵，你只管去找那贱人好了。”

“我说过不要骂她，我非她不娶。”

“我不同意你们在一起，绝不！”

“我们之间是有爱情的。”

“爱情？你懂什么是爱情？那贱人无非看中你的钱，你倘若真信了她，倒真是昏了头了。”

那男子起身背过去，直挺挺地站立着呼出几口气，还是没有大声对老妇人说话，看得出他很孝顺。他从衣服口袋里拿出烟，有些气闷地出门去。我望着他的背影一段时间，与你对视。你朝我使一个眼色，朝男子走去。病房里只剩下我和老者，我来到妇人身边坐下，我给妇人竖立起枕头让她靠在上面。

“可是与儿子之间有些许不愉快？”

“姑娘见笑了。”

“怎会？只是倘若不需要大动干戈的情况，就无须为了各自的情绪伤及感情。”

“你又如何会知，人言可畏呐。”

“旁人说什么，也是无可奈何的事。”

“咱不见世面的人，禁不住闲言碎语，脸皮如纸薄。”

我与老者讲了李老师的故事，我如是讲，把我所看到的听到的说出来。我说我们以为旁人指指点点，诸多嗤笑，又如何揣测旁人的心境。怎知世人不会在看到他们的长情、他们的独钟之时传来赞誉？其实就任何人而言，能够这样相爱，就是最好的事情。

妇人有些抽泣，只是不至于因为一个素未谋面的姑娘一席话就翻转观念。男子进来之后，我就出去了，想是娘儿俩会有很多话要说，但愿这次对话能够疏通他们之间淤积的心结。

我们在医院门口会合再去超市，我挽着你的手笑得格外灿烂。我们还是照着原定计划，买了许多菜。今日我要做一桌菜给你，并且我在心里祝福那女子、那男子、那妇人可以皆为一家。看一对有情人终成眷属，多好。

④ 楚地，女婴

【我看着女子抱起婴孩，即便自己多少虚弱，还是会有力气去照顾孩子，这也只是母爱的九牛一毛。】

我经过一户人家，院子里的爬山虎长势良好。这天太阳不大，不久之前刚下过一场雨，雷阵雨，下了有四十分钟。我在雨停了之后出门，没有带伞，因为夏天的暴雨，一般一天只会下一场。爬山虎的叶子小而精致，锯齿状掌形的叶子十分韧性。被雨打湿的叶片苍翠欲滴，这种绿不刺眼，看了很舒服。

电话铃响起来。上次看了《大兵小将》之后选用了《卫风·有狐》作为手机铃声。我说过我很喜欢王力宏的，喜欢《大兵小将》也是原因之一。我喜欢古的韵，这个曲子没有伴奏，谁家女子幽幽地悲吟。你每次都说我的铃声太过悲戚，叫人听了七分凉。我说这是婉转悠扬的情歌，用来思念远方的长久不曾谋面的情郎。

“有好事告知。”

“谓何？”

“嫂子生了一个女婴。”

“如此甚好。”

“我也是刚听母亲说起。明天去看看她们，如何？”

“那便一同前往。”

“我来接你。”

“好。”

“在葵香路公交站牌下等你。”

第二天太阳很大，直直挂在天上。我在街边树阴下等你，你说你九点钟就会来接我。九点一刻，穿橘红色背心的清洁女工从我身边经过，她拿着大扫帚认真地打扫着每一个角落。汗水掉下来，她用肩上红白边的毛巾擦拭，从街头到街尾，持续三十分钟。这条街有二十几米长，她骑着自行车离去，她将大扫帚搁放在自行车上，扫帚的尾巴在她离去的背影后伸出来，显得很可笑。只是我们不应该笑她的。为生活辛劳付出的勤勤恳恳的良民，理应受到尊重。

十点多一些分秒，你跑着赶来。你说不好意思你迟到了，我说不打紧。你是恪守时间观念的人，比我具有这方面的紧迫感。我向来粗枝大叶，有些事情不刻意留守就会失去空隙。在一般无特殊的情况下，我是个拖拉的人。

你说了迟到的缘由。你跑错地，去了西街。西街和东街有一条路，都叫做葵香路，后来东街这条路为了区别西街的，便改名叫做香葵路。我不明了这其中的变故，害你跑错路，晒了许久。

我不是脾气很好的姑娘，尤其对你。其实我在九点半的时候是有口气堵在胸口的。太热或者太冷的外界条件，令身体不舒适，心情就会不愉悦了。换作平时，我定朝你大呼小叫一番，我不喜欢答应了却做不到的人。可巧看了清洁女工长久时光，便忘记了要生气。我总是很容易生气也很容易消气的。想来好在是没有生气，不然可就冤枉了你。你还是那样温和柔情，在夏天的太阳光下为我跑来跑去。我知道就算当时我吵了你，你还是会笑着和我说话。

很多时候，我们以为气极，以为踩到生气的那条原则底线，以为气得妥当，以为气得分外合理，其实以为该生气的那股气往往是不应该生的。何况生气总归不是件好事情。

小日本的父亲是城里很有名望的眼科主任，你嫂子就住在这家医院。我们赶到病房的时候碰巧碰到医生在给婴儿洗澡，这让我想到了我弟弟刚出生的时候，那年我十岁，母亲在十楼产科。想来要笑了，十岁的我不懂得坐电梯，其实我会的，只是我看到电梯里有一个帮忙按楼层的阿姨，她就坐在电梯里，人们给她钱。我没有钱，故而始终没有勇气坐上去。想来当时若是去求她通融一下，就不用气喘吁吁地跑上十楼。我不愿意开口，牵扯到人情金钱，更是羞于启齿的。

我跑上十楼的时候胸口堵一口气有些疼痛。父亲在长椅上焦躁不安地来回踱步。他看我吃力的样子，问我如何上来。我说在母亲的病房看不到她，问了护士阿姨说在十楼，便是硬赶来了。父亲说母亲进去有一会儿了，该是要出来了。

之后母亲产下弟弟，我这个独生女当了十年，宣布结束。

这个女婴还很娇弱，没有睁开眼睛，皮肤不算白，肉鼓鼓的。脸上和头上有些许细皮，这些秽物我是知道的，弟弟刚生下来的时候母亲说这些碎皮是会慢慢蜕去，就连上嘴唇下面那个唇珠也是会脱落的。

女婴洗完澡，护士小姐抱着她轻轻地在阿姨旁边放下。我看着女子抱起婴孩，即便自己多少虚弱，还是会有力气去照顾孩子。这也只是母爱的九牛一毛。

第十八章 拐过九十九道弯

❶ 楚地，显得贵重

【嘴里说得天花乱坠的言词，是这个人在进行自我贬值。】

和李三旬的感情要好起来是在这年的七月。李三旬失魂落魄地来学校找我，那天小暑，我一早还打趣说小暑不暑，我记得那天下了整整一天的雨，郁郁沉沉，密密连连。

我去上了很少去上的课，到了教室的时候，泥浆沾满了鞋子和裤管，带着脚印走路有些不自在。我在课后留下来打扫地面，我在这天当值。李三旬浑身淋得湿透了冲进来，一把夺过我手里的拖把。周围有几个值日生转过头来看，一脸诧异。我茫然地抬头看他，他的样子就好像温水里煮过的青蛙。雨水从头发里沥出来，滴到眼眶里，眼睛中有水流出来，我分不清楚那些是不是眼泪。他似乎是在啜泣，又像是跑急了之后的喘息。

"李三旬？"

"田心，赶快，赶快。不，请你，拜托你帮我联系一下周可歆的父母。"

"如何？"

"她……可能出事了。"

"啊？出事？请你告知。"

李三旬会在每一个下雨天的早晨打电话给周可歆。他在亲情方面有过一段时间的空缺，养父何其好，却也不及生父感情深。虽然现在已经能够安然地谈起这个亲人、这段过往，但还是会有些许伤痛。他说父亲是在一个雨天离去的，所以每当到了雨天，就会滋生比往日更多更多的愁绪，这些不好的情绪就像潮水一样吞云蔽日，席卷而来。

这天他们聊很久，对方那里突然没了声响，然后是周遭人混乱的声音：脚步声、谈论声。他最后在电话里听到一句“赶紧送医院”之后电话就被挂断了。他说聊天过程中一直听到可歆在咳嗽，声音很低沉，回想起来许是伤风很久了，怕是晕过去。又怕是走在街上遭遇上了什么，比如交通事故。

再打她电话的时候已经关机了，他没有除了她的手机号码之外任何可以找到她的人的联系方式，于是想到我。过来这里找我，用了二十八分钟。

我打电话给周美人的室友。

“樱婷，歆歆在么？”

“正想打电话告诉你，她晕倒进了医院。”

“请快告知，请快告知。”

“这些天流感，可歆前段时间严重感冒，今儿在太阳下晕了过去。”

“如何了？”

“在医务室老师的护送下，已经住进了医院。医生说是感染了肺炎。”

“肺炎？”

“嗯。住院治疗一段时日，就会好起来。”

“这便好了。”

李三甸在一旁听我讲完电话，稍稍镇定一些。他开始拿着我的拖把在地上划动。他拖地很认真，仔细地从教室后面开始，一块一块砖都拖得很干净。只是水不断从他身上滴下来，人在水上一踩，又脏了。我从他那里拿过拖把，我说还是我来吧，于是开始拖地。他没有坚持，只是有些尴尬地看了我一眼。我笑出声，我说无须羞愧，你来找我是好的。地面脏了，自然不能怪你，其实一早它就是脏的。

我说了可多遍我会随时告知可歆的情况之后，李三甸才不安地离开。我看他离开时狼狈的背影。

我一直不清楚他们两人之间发生的事情，也不能虚妄地揣度他们两人之间的感情。李三甸冒着雨匆匆而来，慌不择言。或许我该在这样的行为里看到什么，他们是会在一起的吧。

这天我认为，嘴里说得天花乱坠的言词，是这个人在进行自我贬值。我从这个人的行为举止之中，看出另一个人对于他的重要性。但愿人长此以往，日更一日，只是他不是你，我无从而知，但是我愿意相信他和你一样好。

❷ 楚地,奔赴

【很多时候读书也是需要靠天时、地利、人和的。那年,天时、地利、人和,他什么都没有。我希望这次他不远千里奔赴江南,可以占据一切天时、地利、人和。拐过多少道坎坷,就能看到希望。】

我和你说关于李三甸的事情,你当时在沏茶。你拿两只青花的茶碗,放在案上,洒入些许茶叶,然后洗茶。洗茶的茶水倒在沏茶的案上,水就会流到下水道去。这张茶案是我们在逛古玩街的时候看上买下的。茶案刻有精致古朴的图案,回文格的包边用了特殊的雕刻工艺,看上去特别雅致舒适。你知道我曾是女童的时候,学过茶道,你攒了两个月的工资买下来安装妥当,然后沏茶给我喝。附庸风雅。

我们其实不是会注意养生的人,闲不下来,也没时间。或许人各有志,又或许年龄还没有到吧。买下它,只是因为喜爱。

你沏好茶,端过来给我。我在对面的沙发坐下来,继续说话。

"你说他们会在一起么?"

"那天我看他,忧虑淋漓尽致。"

"他来找你就说明他喜欢她。"

"所见略同。"

"又是一对有情人。"

"但愿会成为眷属吧。"

我们中午下课有出去吃面。也有一段时日没再去"面面巨到"了,那里换了装潢,日系的风格变成了欧式的。水晶大吊灯,罗马杆上挂着华丽的窗帘布,钩花铁艺餐桌,还有餐椅。有白色雕花的柜子放在收银台边,供食客安放物品。这样的布局好极,是周美人中意的类型。

李三甸从外面回来,收起一把暗色格子伞,左边的肩被雨大湿了不少,他放下伞,揉一揉肩,试图拍下左肩的雨水,他没留心看,故而不知晓我们的到来。我看他从衬衣口袋里拿出钱夹,抽出一张蓝色的纸,很宝贝地揉搓。他说幸好没有湿掉,好像是在对一旁的收银员说,又好像是在自言自语。我不由得笑出声来,他警觉地回头然后看见我们。

过来的时候有些不好意思,我似乎看到了他脸上的红晕。他在你旁边坐下,挠挠头说是去买了票，想过去看周可歆。你说去看一看吧，挺好的。他说是吗？我说是。

这时候服务员上了三杯咖啡，咖啡杯甚是华丽。他不断地用包金边的小勺子搅动咖啡，似乎在想什么，欲言又止。

“倘若是有话，就请明说了吧。”

“想来贸贸然过去江南，是否有些许不妥？”

“这倒无须顾忌，最终还是要问你的心，心偏重则已定千金。”

“你是说我心里的天平自然而然地偏向了重要的一方？”

“已经倾倒了不是么？你买了票。”

“可是我买票的时候还是会诸多犹豫。”

“若偏重于不想去，则会一直踌躇于需不需要去买票。”

“可是这样？”

“确是如此。”

这个男子在高中毕业之后就一直在经营面馆，他甚至连大学都没有去念。也不是没有收到过录取通知书，就愣是没有再读下去的心情。很多时候读书也是需要靠天时、地利、人和的。那年初夏，下了久时的雨，养父去了黑龙江做生意，带着母亲一起，偶尔回来一趟家；那年他和女朋友分手，她考上了北京的一所二本大学，要去过飞上枝头的日子。那年，天时、地利、人和，他什么都没有。

我希望这次他不远千里奔赴江南，可以占据一切天时、地利、人和。拐过多少道坎坷，就能看到希望。

❸ 江南，一首歌

【我通常认为一首好歌，是会触及人心中的某些东西，或记忆，或情感，或情绪。】

周美人的病生了大抵有四天，我在第五天接到她打来的电话。这天楚地的太阳出来了，格外的热。

“小甜心，近来可好？”

“此话该是由我来问你。”

“我没大碍的。”

“李三甸跑去看你了。”

“嗯，他在旁边。”

“如此甚好。”

“几时回来？”

“再有两周。”

“我再有一周便放假了，我过去看你。”

“身体可否抵挡？”

“一切安好。”

这个电话讲了有三十分钟四十八秒。我在三十分钟五十秒的时候掐断电话。他们不出意外地在一起了。一个男子，穿越一千三百公里的时空障碍，跑去医院探望女子。他有着她曾经爱慕的少年的面容。那时年少，女子偏爱瘦弱阴秀的男子，那样单薄。成长让小树变得遒劲，女子理应喜欢健硕硬朗的男子，那样稳妥。

只是这个由我说出来的成长原理不适用于我。我爱的人，还是那样苍白瘦弱，侧脸如山，深眸如水。就好似画里走出来的少年，不是赞他多少美，而是，那样单薄。

我告知你他们在一起的事情，你平静如水的脸庞依旧平静如水，我说你好歹要给我泛泛涟漪，出一个表情。你说你早料到了。其实早在我们在六塔河道缴纳电费时第一次遇见这个男子的时候，我们就有给这样的后果设想了情节，只是就目前而言，我们杜撰的没有实质发生的精彩和浪漫。所以我常说，每个人的命路都是一本书。

周美人来的那天我看到李三甸牵着她的手。他们从远及近，可爱的圆脸少女，英气的高大型男，这样的组合真是恰到好处，通常韩剧里都会这么搭配。

我们不时常去 KTV，因为唱歌对你我来说无论如何都是太难的事情。我记得一次你在电台，有一个“我播你猜”的节目，猜对了歌曲唱出来，倘若歌词没有出错，就可以得到礼物。你怕你播的时候没有人打入电话，我就一早守在收音机旁边等你的节目。我是第一个打进电话的人，简短地自我介绍之后，你播王菲的《红豆》，我知道你为什么要播这首，那日你煮红豆粥给我，你就在电脑里播这首歌。你说：“愿君多采撷，此物最相思。”

我打开 QQ 音乐同步歌词，跟着哼唱，直到你关掉音乐为止。你说恭喜我，歌词部分完全正确。我于是顺利拿到了那日的礼物，只是在那之后，我在你们电台有了“跑调天后”的绰号。自然，他们不知道是我。

周美人不同于你我，她是很会唱歌的。

那日我们去 KTV，她点《断点》给我，那是我们高中时候时常哼唱的歌曲。我通常认为一首好歌，是会触及人心中的某些东西，或记忆，或情感，或情绪。和她合唱，跟着她的调子走，就不容易跑调。即便还是字字不在调子上，至少不会跑得太远。我看她唱出泪水来，我的鼻子也一直在泛酸。现在不是感伤的时候，要收起情绪来。

果然，每一次与她的见面都是会落泪的。

④ 楚地，观星

【很多时候做一些事情是不需要有多少意义的，在不触及到道德底线的基础上，偶尔偷得浮生，欢愉几日。】

周末是个好天气，可歆突然说想看流星雨。新闻上说这年的流星雨在八月中旬，是英仙座流星雨。这年的七月没有流星雨。可歆说没有所以才要看，倘若是有幸可以看到，那样显得贵重许多。

李三甸在西街有个公寓，在顶楼，带天台。我们在他的公寓观星，卖了一大堆膨化食品作为夜宵。本来是打算烧烤的，只是很多外部原因限制，就此作罢。李三甸做了四碗面来，加足了料，拿到天台上。你在那里架起桌椅，可歆找来了蚊香，点了三盘。我一直在捣腾着引以为傲的垃圾食品，从超市的环保袋里拿出来，放到桌子上，变换来变换去，看怎么放才妥当。

“如何你总做无用功。”

“如何你物理学得这般好？”

“诶？”

“那你还知道‘无用功’这么专业的用词。啧啧啧，了不起。”

“去去去，不理你。”

我们总在进行这么无聊的对话，继而让周遭的人忍俊不禁。

约摸晚上八点钟的样子，大家围坐在简易的折叠方桌边，吃李三甸做的面。我们笑话他说这个面可比店里的好吃多了，料也充足，汤也香浓，说他不厚道。他一边吃面一边笑，他说这里加了爱情和友情进去，自然贵重得多。

吃完满满分量的一碗面，先前想要吃零食的心统统消失了。大家开始抬头仰望星空。其实即便是在有流星雨经过的夜，也不是那么容易就可以观看得到，更何况是我们现在这样。只是带着希冀去做一件事，会比绝望地做一件事要轻松许多。

今夜是难得的良辰。满眼星空明明暗暗,似乎比以往的任何一天都要明亮。它们就好像珍奇的珠宝一样,亮而不炫。我不常观星,甚至连北斗七星都不能很确定地可以指出来。星星那样多,我总可以将他们连结成不同的图案,也包括勺子形状的。其实天空中可以找到很多勺子形状的星星的。我不大有方向感,不会分东西南北。

时间到了九时,总觉得似乎过了有大半夜光景了。等待的时间通常都会过得比较慢,这大抵是主动和被动的区别。

李三甸将面碗拿进去,又去房间拿了《三国杀》卡牌出来,点亮了天台上的灯。坐下的时候碰翻了桌子上的抹茶饮料,饮料悬空落地,打到可歆脚面上,淡绿色的液体染了一鞋。可歆捡起饮料杯子,李三甸拿出纸巾俯下身来帮她擦拭。想起你那时也是这般俯身,帮我系上白球鞋的鞋带的。这样低身下来,是有多好。

这个本该观星的夜晚就被我们用《三国杀》卡牌打发掉了多余的时光。这天大家都不矫情,没有说那些回想起来会不实在的言语。大家只管娱乐,大声说笑,大口吃喝。很多时候做一些事情是不需要有多少意义的,在不触及到道德底线的基础上,偶尔偷得浮生,欢愉几日。或去郊外踏青,或去山上采花,或在庭院里追逐嬉戏,或在天台饮食观星。

第十九章 过尽千山无别日

❶ 楚地，绿色石头

【女子理应更加注重本身的气韵以及涵养，有些东西是可以让一切宝石黯然失色的。】

临近期末，待各科考完之后，便要再次离开这片土地。周美人这个时候正在大街小巷地希望带些特产回去。这天中午，她来找我。说是看到一种蓝绿色的石头，甚为好看。我知道她看到了绿松石，那是一种古老的玉石，有着佛教渊源和浓烈的异域风情。

绿松石是佛教七大宝石之一，西藏佛教甚至将它视为神，佩戴它可以得到成功和幸福。长期佩戴绿松石具有清热、消炎、镇静、降血压等药理功效。传说中和氏璧便是由上好的绿松石做成的。

柒白衣家里是做此玉石的生意，她曾告知我说绿松石以蓝色为最上品，十颗深绿色的石头她为我亲手串成链子，远从西藏托寄，来到江南。她送我的不是最为上等的绿松石。那样诚恳地告知，有多少祝福的力量，我能感知。

“这是楚地盛产的石头，若是去了别处，可难找到这般优质的。”

“那愈发需要带一些回去。”

“蓝色的无瑕疵的光洁者，为上品。”

“一同前往，如何？”

“甚好。”

我们找了一家这座城市里享有盛誉的绿松石店面。里面装潢得很质朴，没有过多虚张的饰物。进去看到一个暗红色的格子柜，放满了绿松石的摆设：绿色的笑面佛，雕工精致，栩栩如生；蓝绿色的笔筒，笔筒外面有龙凤的浮雕。这些摆设都是太过于奢侈的物品，我们走到柜台前面，看玻璃柜台里面的商品。这些绿松石小巧精致，被做成项链、戒指、耳坠等饰物，这些都是女子天生喜爱的物品。宝石，稀有金属，相得益彰。

店员是个四十开外的女子，剪一头利索的短发，亚麻色，微卷。看到她的第一眼，我觉得短发很适合她。这家店的店员统一穿白色短袖衬衫、蓝色领结、黑色一步裙，但只有这个店员穿上之后看起来干练精明。

她不跟随着我们，只是一直与我们之间保持她所能感知的范围之内，偶尔朝这里看一眼，会及时发现我们所遇上的问题。我购物不喜欢有导购员跟着，这样的感觉，就好像被唆使似的。她就做得很好，只在需要她的时候出现，解决问题，然后离开。

这天可歆买了两条手链、一条项链和一对耳环，都不是多贵重的东西。周美人是个量力而行的人。临走时我们才知道这个女人不是售货员，她是这家店的老板娘。

这样的女人应该成功，收获财富。

我说在这样的店面买到的松石会好一些，在楚地，还有很多卖红绳的摊位，一些稍稍年长的妇女，会在街边摆放一个摊位，卖一些手工编织的线链等物。编一颗桃核进去，或是一颗玉石、一颗珍珠。这些东西想必都应该是脚料，但是戴在身上却一样不失美感。绿松石也是有的，可以叫阿姨编织成不同粗细、不同形状、不同颜色的手链。我会在街边买下几颗绿松石，任阿姨照着我的手腕编织，红绳绿石，也不落俗套。或者这个年纪，对于宝石还没有太过多的讲究吧。

有意义的东西就不要再去追求它的本质价值了。花两元钱买红绳桃核作为护符，也是可以驱邪避凶保平安的。女子理应更加注重本身的气韵以及涵养，有些东西是可以让一切宝石黯然失色的。

❷ 楚地，要离开的人

【爱书的人不吝于藏书，她会拿出来给大家看。毕竟一本书它本身是不情愿被人遗弃的。即便是旧书，对于还未看过的人来说都是有价值的。变卖书籍是要离开的人为未离开的人做的最后一件事。】

近段一直看到拉着行李箱离开的人，我知道这是年长一些的学生。他们实习了半年，回来处理一些事物，然后打点行装，就要离去。我不去臆测他们说再见时的心情，或对未来充满憧憬，壮志凌云，或对于学校心心念念，欲走还留。但是无论如何，要离开总是会伤感的，因为毕业就意味着有些人可能这一辈子都见不到了。

寝室楼下的空地上每到这个时候，都会出现大大小小的旧书摊，离开的人带不走这些笨重的东西，但是也舍不得丢弃，于是拿出来卖。很多书读了一遍就失去了它的意义，而有些书是值得一遍一遍地回味的。至于这里面的学问，就见仁见智了。

古人说书非借不可读也，也并不是说书本非要借来才会去读，只是很多时候，人们对读书、藏书有一定的误区。人都喜欢来之不易的东西，故而珍惜，人也喜欢不劳而获的东西，故而贪心。

有一个学姐在今年毕业，我不知道她叫什么名字，只是多次在校园里碰到，留有印象。像这样认识却不熟悉的人还有很多，即便是对这些人，再也看不到了也不是件有滋味的事情。我这个人念旧念得有些不寻常，可能显得矫情做作。比如我会在走过一座桥的时候闻到迎面有浮草苔藓的淡薄腥味，就会触及记忆里某些熟悉的画面，念旧，落泪。

姑娘不漂亮，剪斜刘海的江姐头，时常穿大一号的男士T恤，棉布七分裤，穿球鞋。眼睛很小，眼皮耷拉下来，永远都是一副没睡醒的样子。不很整体的牙齿奇怪地排列着，她也不常说话。我对她印象来自于她对书籍的态度。我有一段时日经常去图书馆翻阅楚汉时期的历史，那个时候通常就会遇见她。

她一般坐在最东面靠窗的那个位置，一坐就是一下午。有一次我去书架取书的时候恰巧遇上她看完还书，她将手里的书一本一本地放回到原先的位置上。我在她走后抽出一本她放回去的关于楚地方言的书籍。书本已经很老旧了，有些发黄，凑近还可以闻到一股霉味。翻开来的第一页就被人用胶布粘起来了，之后我发现这是一本几乎散架的书，一页一页几乎都是有人整理拼贴而成。我经常看见她手里拿着胶布，她一般喜欢把胶布套在大拇指上，然后弯曲大拇指以达到不会掉落的目的。我知道这些书本是她糊好的。

爱书的人不吝于藏书，她会拿出来给大家看。毕竟一本书它本身是不情愿被人遗弃的。即便是旧书，对于还未看过的人来说都是有价值的。

她在别人提包拉箱要回家的日子，搬出来她所有不想带走的书籍，展放在寝室楼底下的空地上，或卖或送。我认为她本质上是不追求这些旧书籍能创造出多少实际价值的，她更在乎它们带来的精神价值。或者我再浅一点，她仅仅只是舍不得丢弃而已。

变卖书籍是要离开的人为未离开的人做的最后一件事。

❸ 楚地，诗稿

【我在纸上写：琴心之曲，绣竹栩栩。心之忧矣，于子归语。琴心之孤，褛褛髯布。心之忧矣，于子归哭。琴心之绝，白衣若雪。心之忧矣，于子归偕。】

周美人要在楚地等我一直到学期结束，然后同我乘坐一辆列车，背风离去。从这座城到另一座城，同我讲几多时光的话。

她在这里的几日，我要上课。她拿一本笔记本和一杆笔就混进诸多学生当中，她同我一起坐在最角落的位置。人们大抵会对半密闭的空间产生安全感，比如把床的一个横折面靠墙摆放，再比如睡觉的时候朝向空间位置比较小的一面，或者像这样坐在角落里。其实就老师而言，坐在哪里都是一样一览无遗的，只是他们想不想看到，就不得而知了。当然大学的老师不会太猎奇。

周可歆在我上课的时候写诗文。她写后现代主义的长诗，喜欢用叹咏的调子，是常用带口字旁的叹词或者象声词。她喜欢那种激情、那种画面，慷慨激昂，铿锵有力。

我偶尔从认真听讲的状态里出来，陪她玩一会儿。我写五言绝句，或者拿一个词牌名填词。她会偶尔同我说一些话，也不启齿，只写在纸上面推送到我面前，我在纸上写上回复，再给她推回去。

“下课去吃什么？”

“无须顾虑我。”

“烤鸭如何？”

“那要行长远的路，去黎汾才有。”

“黎汾，离分。不喜欢。不去。”

“那便从简。”

“如何？”

“闵悯说有家店的寿司不错。”

“日本菜，高蛋白低脂肪，健康。”

“可好？”

"好极。"

离下课还剩下十几分钟的时候,可歆从笔记本上撕下一页纸,递过来给我。我接过来看,她要我题上诗词。我看过那诗,思维跳跃,画面鲜明,没有过多的叹词和象声词,不是她惯有的风格。诗的题目叫《断·怨》:

天使与恶魔站在一边,
月光守着人间。
黑暗无视铁铸的栅栏,
水晶灯下,十字符前。
谁用零度的手,
温暖零下一度的心弦?

还未盛开的过去,
凋谢成了永恒话题。
久仇爱上夙敌,
放不下前世的宿命。
呐喊在声嘶力竭间无语,
回忆,只是回忆,
苍白无力。

千年之后,回望之际。
暗香刺入花影,
攀越中前行,
一望无际的太平。
大浪淘尽,流沙万里。
谁在那里哭泣?

蛊惑万象红与腥,
陨落今生恩与情。
断落的翅,破碎的心。
我在幽暗的古堡里,
用杀你的刀子自尽。

这是这个悲剧的故事,天使和恶魔走在了一起,却逃脱不了两两纠葛的宿命。恶魔和天使无论是谁杀谁,都是一样的,最后他们还是要一起逝去。因为爱得深则毋宁死，是可以为对方抛弃性命的。西方有个叫做伊甸园的地方，那里只有欢乐没有忧愁。我觉得他们会去那里。

我在纸上写：琴心之曲，绣竹栩栩。心之忧矣，于子归语。琴心之孤，褛褛髯布。心之忧矣，于子归哭。琴心之绝，白衣若雪。心之忧矣，于子归偕。

她把诗稿收起来，折成很小很小之后放进了裤子的口袋里。她总是喜欢随身带着这些东西，在空闲时拿出来读记，就像背诵古人的诗词一样认真。

❹ 楚地，食物

【童叟无欺的带着人情的食物，就会比豪华包装虚有其表的食物令人流连。】

十分钟被我拿捏得刚刚好，题词完毕之后过了没多久，就下课了。这天你去亲戚家走喜宴，本想着让我们也跟着，但是终归非亲非故，可歆甚是不情愿，我也如此。

“如何去寿司店？”

“在五塔。”

“现在前往？”

“你可还有他事？”

“并无他事。”

“这便好。”

我叫室友帮我带课本去寝室。帮我带课本的是一个叫做周宣的姑娘，荆州人，温情和善。那个时候寝室里时兴减肥，她们让我教她们跳舞。我选了童丽的《伶人歌》作为音乐，编了一个舞蹈出来，姑娘们在寝室里腾出空间跳舞，偶尔也去广场或者空教室排练。她们笑着说这且是我们寝室的室舞。那段时日过得开心。

同你在一起之后，多寡冷落了她们。

我带周美人到了寿司店，要了两份招牌寿司套餐、四份三文鱼手卷。这不是一个高级的旋转寿司店，而是最为简易的外带寿司店，只管做好一盒给你。这种寿司便宜，且能吃饱。

高处的人是否不需要靠品牌来提升价值，富而不显就上一个层次。

和可歆在一起饮食自在，因为大家对于吃都可以将就。原就不是大富大贵的千金，也是可以吃路边摊大排档，也可以在不知名的农家小店，或者像这样买了寿司在店门口的便利餐椅上坐着吃，照样的谈笑风生。

低处的人无可厚非地选择低廉的东西，打闹着相互大笑，吃下去便得到快乐。倘若是走进不那么贴切身份的地，想也是无比的拘束。因虚荣而丧失了本就贫乏的东西，贫而不自知者卑。

或许是我吃不惯太生的食物，即便只是放了一小片的三文鱼，还是觉得腥凉难受。我是不排斥吃鱼的，也吃生的三文鱼，又或许这次的鱼有些许的不良，吃着腥膻。可歆在吃手卷的时候拣出来三文鱼，她说腥得有些厌弃，我说是。

这家寿司店是一对母子在经营的。母亲帮儿子打下手，他儿子做寿司的手艺不差，无论从外形到手感都感觉很到位的。那妇人走过来收拾我们的餐桌，她看我们不吃三文鱼就一直在追问是不是寿司不好吃？我看这个妇人穿着黑色围裙，围裙给人一种油腻的感觉，倒不反感。我说他们家的寿司很实惠，也很好吃，会常来的。大娘笑得那样好，拿了两个手卷给我们。

“姑娘，这两个手卷给你们。”

“可以么？”

“拿着吃吧，看你们这三文鱼手卷没吃多少。”

“谢谢。”

手卷是普通的肉松手卷，吃这样的食物却显得特别贵重。妇人是个寡妇，她丈夫在两年前心肌梗塞死了，儿子当时念大一，之前一天还在家里和父母吃饭，一晚上时间，父亲就不复人间。当时父亲是家里主要的经济来源，父亲一走，天一下子垮了下来。儿子一边打工一边完成了学业，之后开了这家寿司店。

童叟无欺的带着人情的食物，就会比豪华包装虚有其表的食物令人流连。吃过中秋时节的月饼，有着那种风华绝代的华丽外衣，还吃过那种粉色底盒，透明盖子的简易大月饼，最终得出结论，实在是没有必要花钱买一堆硬纸板。

还有那对母子。

愿能安生，且见安康。

第二十章 君问归期未有期

❶ 楚地，黎汾

【时间过去，有重量的东西沉淀下来，砸到人心。】

这次，是真的需要离分。

我把周美人介绍给楚地的朋友，大家很快熟悉起来。是到了要离开的日子，再有三天，又可以回到烟雨弥漫的故里。大鹰说这个学期的伊始，大家聚餐庆祝再度相遇，还是希望在学期的尾巴上，用同样聚餐的方式来道别。

地点选在黎汾，那里有家烤鸭店甚是美味。

“黎汾黎汾，还真是逃不掉的。”

“又不是不会再相聚。”

“多少有些离愁别绪。”

“这倒是。”

“下午去买票，如何？”

“妥当。”

黎汾距离六塔半小时车程，那里比六塔冷清一些。道路没有那么阔。七月份，道路两边的乔木高大茂盛，阳光投射到树叶上，只穿透细小的光束下来。走在这样的林荫小道上很快活，偶尔有风迎面而来，空气中带着略微燥热的土木香。

走过一个广场，在第一个十字路口转弯，看到很大一个市场，这里有一家叫做“缘来客”的烤鸭店，也是我们此行的目的地。因为距离较远的关系，我不常来这里，之前和你到万花山看紫薇花的时候，途经此地，就停下来吃饭。那日你带我过来这里，说下次再来黎汾的时候，就一定不要离分才好。那时候也是我将要回归江南的日子。没想到时至今日，黎汾依旧要离分。

“缘来客”是典型的中式建筑，老台门，四合院，有着浓浓的老北京风味。我们进门，要了一个大包间。点完菜之后不免又起了情绪。理性的人静下来会会更理性，而感性的人一旦静下来就完了。

这里的甜面酱很好吃，不同于我在其他地方吃到的那般甜腻，或者咸涩。这里的甜面酱口感细腻爽口，恰到好处。

烤鸭片好了之后放在做成鸭子形状的瓷盘里拿上桌来，看着很喜感。过了一会儿，菜陆续上齐了，大家斟满了酒水饮料之后，大鹰站起来说话。这好似一种惯常，每次聚会都是由他有意无意地组织，能有这样一个好友，不言其他。大鹰说之前在川奇吃饭，大伙儿放完春假再相聚，诸多感慨，眼下又到了离分的季节，好聚好散。下半年再见面的时候，希望一切安好。

我的眼泪又煞风景地没能忍住。

时间过去，有重量的东西沉淀下来，砸到人心。

和上次一样坐下来，推杯换盏，却怀着不一样的心情。我在想这种小别如何同毕业相提并论，就我们现在而言，要怎样去对待数年之后的离别。又可能面对一个既定的无法改变现实，也会无奈地接受下来。这就好像把你放到一个孤岛上，叫你戒网一样。旧时人说不见棺材不掉泪，不到黄河心不死。或者真的发生了，是可以淡然处之的。

我想我是做不到。

❷ 楚地，拾麦者

【当我们透支往后幸福的时候，可能已经再无法还债了。不要轻易给自己允诺和希望，你可能会输得很彻底。】

吃完饭，我们去火车站买票。火车站在三塔，从学校出发，坐与六塔方向相反的车，很快便能到达。火车站有很多小商品卖，可以用很低很低的价格买到一双鞋，诸如此类。

我们买三日后的票，小可爱把学生证忘记在寝室，因此需要回去一趟，我们陪同她回去。你说最近的票不是很容易买得到，所以早我们一步去排队。到寝室楼下的时候,遇见李老师。她见到我,手足无措得像个孩子。

“田心,我正打算去找你,能这样遇见好极。”

“李老师,找我何事?”

“你跟我来,我有事告知你。”

“是要去哪?”

“五塔。”

“好。”

与周美人和小可爱做了短暂告别,我跟着李老师上了一辆黑色轿车。我记得这辆车子,是那日男子向李老师求婚时开的那辆。开车的便是那个男子。他穿了一件黑色衬衫,看上去老成了不少,若不是之前有过不浅的印象,怕是要认不出来了。

车在一幢建筑下面停下来,男子停好车过来打开车门,很绅士地请我们出去,只是我早就大煞风景地从另一边车门下了车。男子和女子对视一眼,又回头看我,忍俊不禁。我一直跟随他们进了大门,才知道是民政局。

其实一直要到民政局的阿姨开口说话我才知道他们这天是来领证。我向来做不到处变不惊的,差点叫出声来。压低了声音连声祝福他们。这天领证的人不多,领完证之后,他们给我讲这几天发生在他们身上的事。

那天医院回来之后,那老者有些许动容。我给她讲的关于我的故事,她想来是听进去了。她之后有几天开始关注儿子和李老师之间的感情,包括李老师对她的态度。通过一次次的观察让她觉得阻挠年轻人的感情并不是她一个人能做到的事情,与其这般不和乐,不如自退一步,成人之美。

每个看似没有任何谈判余地的鸿沟,也会有办法填平的。倘若他们没有坚持下来,就不可能在一起了。轻言放弃一段感情,想着或者时间过去了,会遇上更为合适的人。其实错过了就永远不会再有这么一个人出现了。老和尚让徒弟拾一支最饱满的麦,一路向前,不准回头。小和尚一路贪心不足,想着往后许是会有更饱满的麦子,最后却只捡到干瘪的麦子。大和尚知足常乐,在开始的时候看见一棵比较大的麦子,笑着捡起来。此后一路,再没有这般饱满的麦穗。

当我们透支往后幸福的时候,可能已经再无法还债了。不要轻易给自己允诺和希望,你可能会输得很彻底。在基于两情相悦的基础上,不要轻言放弃。

❸ 楚地，票

【你走到我的左前方，举起手臂，帮我挡住太阳。这好像一场战役，你打得很认真。即便你根本抵挡不了多少阳光，但是就只这样一个举动，也是好的。】

李老师直接把我送到了火车站。我在售票处找到你们。可歆和可爱已经到了，这天买票的人很多，由于你来得早，这会儿快要排到了。买完票周美人去了李三甸的面馆，可爱去找熊猫了。你把票放进口袋里，你说票子要等到我离开的那天，你再给我。

“李老师和那男子结婚了。”

“你如何知？”

“之前李老师过来找我，他们去领证了。”

“可否是你我帮的忙？”

“多寡有些帮助。”

“如此甚好。”

你似乎还想说下去，但是止住了。我知道你开始担心我们的事情。有些事情总是需要面对的，就像生病体检一样。会有遇到不舒服却忌讳就医的人，于是小病变大病，大病变绝症。有些人是危机意识淡薄，觉得患上那些叫人胆寒的大病的几率很小；有的人是胆小怕事，生怕查出来自己得了不治之症，于是自欺欺人，一再拖延。

人在困难面前总是容易将人性的缺点暴露得很彻底。

你去前边的小店买水给我，你说外边晒，叫我在这原地等你。我看着你慢慢离开的背影，突然有一种很想抓住你的冲动，我跑上去牵住你的手，我说我们一起去吧。

这天我在想，这个学期回家，是否需要同父母说一些关于我对爱情的看法以及我和你的事情。李老师的事件让我看到些许光亮，我忽然觉得父母没有想象中那样不开明。他们的本质是爱我们的，总有解决的方法。

我没带伞，太阳无视稀薄的云层直射下来，照到身上燥热无比。你走到我的左前方，举起手臂，帮我挡住太阳。这好像一场战役，你打得很认真。即便你根本抵挡不了多少阳光，但是就只这样一个举动，也是好的。

置身在这个城市愈渐浓烈的气温里，身上已经由于太过炎热而刺痛。身边有车偶尔疾驰而去，走到公交站牌下的时候已经汗如雨下了。

愈是恶劣的外界条件，愈是觉得能和你一起，该是多好。

④ 楚地，丑衣裳

【你可莫要嫌弃我做的衣服，它虽那样丑。】

我们在五塔下车，一路逛到六塔，我想买一些东西回去。太阳依旧很大很刺眼，不过挨着人家商家门口走过，也不会太晒。

我从来没有在这里看到卖布匹的人，而我家乡是举世驰名的轻纺城。还是女童的时候，家里做布匹生意，坐在父亲大号自行车前面的横杆上，哼着歌从家里出发，来到门市部。一路上父亲都会给我讲笑话，有关于一个傻傻的人、一只傻傻的猪、一条傻傻的狗和一只傻傻的麻雀之间的故事。父亲归纳为“呆瓜、木猪、笨狗、迟钝麻雀”，现在想来那些故事都是父亲信手拈来的，当时却听得那样兴奋，兴奋到甚至坐在自行车上都可以手舞足蹈。

这天路过五塔的一个街面，看到有人围在那里。这是卖布匹的人，他在街角摊一块油布，上面堆满了零售的布匹。这样的场景算不上熟悉，但是能看到尚未成型的布料，总归叫我想到家乡。

“过去看看，如何？”

“你怎知我想过去看。”

“这是你家乡时常见到的场景吧？”

“也不尽然，家乡的布匹有专门销售的地方。”

“有机会去看看。”

“有的。”

卖布匹的是一个中年妇人，她皮肤很黑，脸上的纹络蔓延开来，铺满了整张脸。又黑又长的头发束起来，整齐地盘在脑后。她的身材很结实，是干过重活的女人。我看地上的布，多为质量一般的印花棉布，是一些零头布。还有一些稍稍好点的提花布、真丝布等，不过为数不多。我看到一块白色的丝质锦缎，上面的暗纹古朴淡雅。我想在回去之前学着奶奶的样子，手工缝制一件衣服给你，自然不能用来穿的，但是可以收藏起来。我们买下那块布，付了钱离开。

我用粉笔代替划粉在布料的背面画下痕迹，然后剪裁。十三岁那年母亲教我做过唐装，那种对襟的简易唐装。我只看母亲做过一次。时隔多年，回忆起那些细节来还是有些吃力。母亲当时是用脚踩的缝纫机做的，那种缝纫机长得就好像头牛羊类的动物，前面一个头，后面一个大轮子。用手转动轮子，脚踩在踏板上前后蹬，衣物就会被缝合起来，我至今都没有学会如何使用那种缝纫机。

我的针线活是在奶奶那里学的，她时常用棉布做衣，她总是将物料、针线、剪子放在一个竹箩里，坐在弄堂前缝制。我儿时喜欢去她那里，坐在弄堂前吹风，看她做衣服。

这件衣服我在三天之内赶出来。做一字盘口的时候是在回去前一天的夜里，将做好的盘扣缝到衣服上是最后一道工序。将近凌晨两点钟，我放下手中的针线，完成这件做工粗劣的唐装。

翌日，我赠与你，而后离开。我想我不适合写过多离别的场景，就这么别，就这么写，无法深入，再铺张开来就要落泪了。

你可莫要嫌弃我做的衣服，它虽那样丑。

我走了。

第二十一章
走在刀刃上

❶ 江南,古宅

【我从这个时候开始,觉得眼前这个温柔单纯的男子,是不是从小到大都有喜欢我。只是我很抱歉,我一直一直都认为仅是故人。】

回来有几天了,哪都不想去。机械地重复着同样的生活,一日一日。这天突然很有兴致去那座古宅,梧桐的府邸。儿时惯常进出的地方,里面什么都有,它那样神秘。故地重游往往物是人非,我只是在想,那年他们举家搬迁之后,这座府邸谁家继用?

我在中午时分抵达,这里依旧没有多少改变。从硕大的铁艺大门进入,开始漫无目的地游走。我本来是怀着目的性进来的,我以为我可以有心情走到那幢别墅面前,在它投射的巨大阴影下面,仰望它的威严肃穆,抑或者,原来当真正近在眼前只要走几步路就可以达到与思想高度重合的时候,我却没了那个情绪。倒不是说如何感伤,只是身临其境这般安详。

这里有一条小道,铺满鹅卵石,早年在这条路旁边种满了三叶草。儿时是不会去翻找三叶草当中的四叶草的,因为不知道四叶草代表的含义。一般的浪漫电影或者小说里总会出现这些意象。薰衣草、四叶草、水晶石,诸如此类,也要等看完这些剧情才能够对于这些意象有一些遐想。就比如风铃本身不浪漫,加一些剧情在上面就不一样了。再比如大海、贝壳。子晗时常在草丛里抓小虫用来吓我,最后绍谦哥帮我报仇,要子晗戴一朵蔷薇花在头上。回忆淡淡的,就好像淡蓝色的花香一样蔓延开来,挺好的。

我在一棵梧桐树下停下来休息,梧桐树前边有一片草地,我就坐在草地上,阳光透过梧桐树的缝隙在草丛上射下斑驳的光影,这些光星星点点落下来,有一部分打在我身上。有一个熟悉的声音叫我回头看,他站在阳光下那样温柔。

"田心。"

"你如何在这里?"

"那么你呢?"

"突然很想过来看看。"

"绍谦哥的府邸么?"

"是。"

"如何不过去?"

"只是单纯地有些想念,来到这里发现可以很淡然,在哪里都是一样的。"

"去看一下,如何?"

"无妨。"

子晗带我来到一幢别墅面前,这不是绍谦哥的府邸,这是和那幢别墅相背而建的另一幢别墅。这是子晗二十岁生日的时候,叫父亲买下来的别墅。那年绍谦哥走了之后,房子被别人家定下来,这个少年为了留住我们童年时候的梦,就买下这幢与之相连的别墅。

我在子晗的空间看到过这样的文字,我先前是看不懂的,叫做《佑夏·初凉》:

夜掌起灯,
那是黑暗的眼睛。
夏季竟会有这般的凉。
多少年如一日的行文,
在心底封尘,积累,乃至占据的人呐。
我爱你,与你无关。

年久。
二十岁的子晗,生辰。
父亲说给我一套房。
年代久远的别墅都有了占领它们的主人。
那个少年,举家搬迁。

变卖空置的府邸。

父亲高价买下与之相类似的府邸。

屋脊相依,房梁一体。

可是,

你会回来么?

我有着相同的府邸,

相同的千秋绳和相同的缀着璀璨星辰的夜空。

相同的需要三个孩童张臂怀抱的斑驳的、沧桑的、古老的梧桐树。

相同的葡萄架和相同的慵懒的白猫。

相同的庭院青石,

相同的G调钢琴。

还有,

相同的心。

请记得,我说的相同,包括,

我会做相同的事情。

可是,

你会回来么?

我从这个时候开始,觉得眼前这个温柔单纯的男子,是不是从小到大都有喜欢我?只是我很抱歉,我一直一直都认为仅是故人。

❷ 江南,旧时梦

【旧时我们相约,多少年之后要开一家店,取各自所爱与所需。我们在里面工作,朝九晚五,日日不离。】

我一直不知道他买下了这里的别墅,但是依旧要装作他不爱我的样子。二十多年的朋友,若是这样失去,我不堪去想。或许是我以小人之心度君子之腹,因为他说他爱我,与我无关。

黄昏时分,我们去拜访了现在拥有那幢府邸的人。这是一个中年人,四十多岁，精瘦。他做茶叶生意，复姓司徒，是个很叫人向往的姓氏。

司徒叔叔招呼我们进去喝茶。他家装饰得很奇怪，楼梯下那幅油画很大，足足占了整面墙壁。画上面一个妇人抱了一个婴孩，旁边的婴儿车倒下了。妇人一只脚从身体上面掉下来，连结的结缔组织松垮垮的，有大量的红色液体流出来，触目惊心。妇人的面容那样揪心，即便是用单条腿行走，也要护住襁褓里的婴孩。不远处一辆黑色轿车的上空，死神拿着镰刀面露愁容。一滴水从它眼里落下来，严格来说，那是一粒钻。

"多有情感的画面。"

"这位小姐，有何高见。"

"不言物及其他，仅只画面的表现力已经有很强大的冲击力了，再说情感的力量在里面， 是个很优秀的作品。还有这个泪水用钻石的画法，六角切面，连死神都被这样的母爱所打动。"

一个少年踱步下楼，在盘梯上轻声说话。

"那么倘若让你给这幅画命名，你觉得应唤作何最为恰当？"

"倘若按照画我会叫它《竭尽》，按照情我更喜欢《死神的眼泪》，这样的关子可以卖得恰到好处。"

我和司徒叔叔对话的时候，一个少年踱步下楼，这是过分阴柔俊秀的少年，我像是在哪里见过这张脸，不断在记忆中思索删选，却毫无所获。他听我们对话，有些哽咽地扬长而去。司徒叔叔看一眼少年的背影，他说这是他儿子，司徒锦。妈妈是个画家，这张画是她送给儿子的，但是这张画完成之后的那个周末，她妈妈就出事了，在银行遇到抢劫，被歹徒捅了八刀。这张画的名字就叫《死神的泪》。他妈妈死后，他们就搬家了，买下这幢房子，搬来这里。

我笑着抬头，争取不让眼泪流下来。我说原先住在这里的人也是因为失去了生命里很重要的人，所以举家搬迁，变卖豪宅。子晗在一边吁一口长长的气，有些惆怅地看向我。我向他展示微笑，告知我并没有过多感伤。

有很多儿时的画面浮现出来，踩着铃声三五成群的孩童，跑着跳着冲出校园。我们三个人走在后面，我穿白校服和靛蓝色的百褶裙，那时的小江后更多的田园气息，也没有水泥路，也不见修砌的围栏。这个季节草籽花开满了整片田地，有风吹过，淡紫色的花海泛起波浪。傍晚的夕阳斜斜地挂在天上，就好像伸手就可以摘到似的。我会伸出手来用手指做成相框，把夕阳框在里面。

旧时我们相约，多少年之后要开一家店，取各自所爱与所求。我们在里面工作，朝九晚五，日日不离。

❸ 江南，祸

【我本不是理性的人，在自封通透的矫情驱使下，做了更为矫情的事情，仅只觉得不能把你藏着掖着。】

子晗开车送我回家是在傍晚四点多，花了半个小时走高速，从杭州到达绍兴，将近六点钟，我们回到家。

母亲不知道子晗会过来，因为在车上子晗不让我打电话事先通知，他说只管这样轻易地来去，显得自然和乐。母亲没有备太多的菜色，于是出去买了几个现成的。父母在国外，母亲就很少准备菜了。

子晗在红木沙发上坐下，看到我戴的珍珠项链，我讲姑奶的事给他，他说世界上总是有截然不同的女子。

"你们可好？"

"挺好的，一如初见。"

"有想过告诉父母？"

"有考虑的。"

"如何？"

"倘若说了会怎样？还是会有诸多顾虑和忐忑。"

"嗯，会有坎。"

"就只这样也不好。"

母亲买了菜来，叫我们上桌坐定。母亲笑着看我和子晗，我知道她在想我如何与子晗在一起。母亲是很喜欢子晗的，就如同当年喜欢绍谦一样。那时候她买豇豆来做菜，我们坐在庭前拗开，子晗把豆拗得很短，两公分那样短，母亲笑着帮他纠正。一般把豇豆拗成五到六公分的样子，便也看着稳妥，做菜适用。

母亲笑容中带着几分甜蜜，她是希望看到我和子晗在一起的。我也不去疏远这样一个交往二十年的故友，一直情如血亲，就没有过多顾忌。子晗起身去盛饭的时候母亲递给我一个眼色，我有些尴尬地笑笑。还是相识多年的人，他只要看一眼就知道我所面临的问题。他过来从背后搂住我母亲的脖子，他对她说我对他只是兄妹的情谊。母亲把手搭在子晗的手上轻轻地拍了几下，她说其实她什么都懂，她说我可能从未在那个阴影里走出来，倘若不能再爱了，那该如何是好。

"其实，我可以爱。"

“诶？”

“我一直在想要以何种方式告知，今天或许应该说了。”

“如何？”

“在楚地找到了相似的少年，可谓良人。”

“楚地？”

“嗯。”

“我不同意。”

母亲淡然地放下筷子，稍稍有些情绪，顾及到身旁还坐着那少年，多寡收敛一些。我还是可以看到母亲紧紧锁起来的眉宇以及眼睛里想要表达的言语。子晗放下碗筷，朝母亲充当着调解员的工作，他说了我和你从相遇开始他能说出来的任何事件。母亲也是不为动容，甚至连原先收敛着的情绪都有些松懈，母亲说要找一个千里之外的男子是万万不可行的。

一餐饭吃得如同嚼蜡。我后悔自己说得有些仓促，但又不觉得错在哪里。我是低估了母亲的坚守能力，却觉得说出来亦是迟早的事。我本不是理性的人，在自诩通透的矫情驱使下做了更为矫情的事情，仅只觉得不能把你藏着掖着。

❹ 江南，变

【只是，任何事情没有想象中那样坏，也没有那样好。时间过去会带一些东西去，带一些东西来。】

我不知道母亲是什么时候打电话同父亲说了你我的事，在那之后的第五天，父亲回来了。从迪拜飞到上海，折转至浙。那天父亲风尘仆仆回到家中，我正在书画，青花色陶瓷象管在洗净的途中不慎摔落，折成两段。当时我在想是不是连笔都感受到了不好的预兆，断了自身以示警告。那笔你在六月买给我的，那时候入夏，处暑，你说陶瓷的笔管许是拿捏起来凉爽一些，也是好的。

父亲回家洗了个澡，把我叫到书房里，空气里酝酿着不太欢愉的气氛，就好像暴雨将至时的天空，那样压抑、沉郁。父亲有一小部分的俄国血统，他不笑是很凶的。一直以来我都很怕他，他严厉的形象是一直从孩童时期就根深蒂固地留在脑海里的。还是女童的时候，黄梅时节过后大水涨起来能及门槛高，总是卷起裤脚在后门口淌水。慢慢移动到水台阶边上，用洗米的工具在大水里撩鱼。父亲总是在这个时候出现及时制止，他是很高的，裤腿卷起来露出细长的腿，一把抓起我，拎进屋一顿打。父亲说话声音那样大，横眉冷面，没有笑容的他那样凶。这都是我惧怕他的特点，时间过去多少年岁，多寡还是有些顾忌。

他叫我在他对面的椅子上坐下，用出乎意料之外的低沉的声音开始说话。

“听你母亲说了关于你感情的事情。”

“嗯。”

“你们断了吧。”

“不好。”

“不现实，很不现实。”

“他会来的，只是我们需要一点时间。”

“你去上海吧，之前录取的那所学校。你因为惧怕楚家故而不愿前往，如今似乎可以放得开，甚好。”

我依然做了很多无谓的答辩，但是父亲强大的气势总是凌驾在我之上，他阴下脸我就怕他，很怕很怕。我还是没忍住哭了出来，一直抽泣着苟延残喘。父亲说学年开始不给我任何经济上的支持，我要远赴楚地，想来也没可能了。

母亲探近脑袋叫我们吃饭，我赌气不愿意出去。父亲就是硬气的人，他让母亲择日陪我去楚地，拿回行李，办理退学手续。我不知道那个时候我是怎样想的，一下子无力去反对任何事了。

我打电话给你。你说了很俗的一句话，你说两情若是久长时，又岂在朝朝暮暮。我又打电话给可歆，把情绪都发泄出来，昏天黑地地哭了一夜。我想，时间就这样过去吧。当时的心情要比现在的文字乱许多。可歆没有说太多话，一直在电话那端听我哭完了，然后说话。她说往后的日子没有办法预料，一步步过好现在。我后来还是挂了电话，该接受无力做出任何反击的时候，我会放空情绪，而后沉默。

只是，任何事情没有想象中那样坏，也没有那样好。时间过去会带一些东西去，带一些东西来。

第二十二章
再别楚是锦书难托

❶ 江南，折返

【她要断我一切念。母亲说再无瓜葛的时候，我气急败坏地顶回去两个字，我说妄想。】

这天我在想，我许是最后一次踏上这片土地。

母亲是一个口硬心软的女人，我要是不是总硬邦邦和她说话，她或许还会帮我说话。可事实是我太过于硬气了，无论如何我总要把她的话顶回去。一来二去，只能加强各自的情绪。我不是脾气那么好的女子，在亲近的人眼里。

母亲去火车站买了车票回来的那天，我正在屋里和弟弟摆弄那两只古董花瓶，那花瓶是我十一岁那年父亲和楚伯父拍回来的。

“三日后的车票，我跟你去楚地。”

“是再没有回转的余地？”

“再没有。”

“那我还能如何？只管再去，留作念想。”

“该断的都断了，如此可好？”

“我也如同你们一般强势，就这样犟下去。”

“你又要顶我？”

“我很抱歉。”

那段时间流了不少眼泪出来，我在去楚地前一天接到李三甸的电话，这着实让我有些震惊。他说他来浙江了，关了他楚地的面馆，只身而行，穿过一千三百公里空间距离，只为看到那姑娘展眉的瞬间。这是酸到不行的言语，写出来我觉得有些虚伪，及此即彼，却又触及到情绪。

我们坐下来谈话，可歆一直在咬奶茶的吸管，我知道她或许有些不知所措。李三甸说了他接下来的打算，字字珠玑。他说面馆是他一直以来最放不下的东西，只当作为面馆将来的发展也罢，要出来走走。或在江南弄些别的事情做，或继续开一家面馆，他要在有她的地方，才会笑出声。淡淡的语气，淡淡的爱意，淡淡的夜的雾，这样的景致美极。

"家那边可好？"

"生母继父都不说什么，留恋还是有的。"

"那如何妥善处置？"

"继父说男儿志在四方，于情于理都不予以反对。"

"他是爱你的。"

"那般甚好。"

我说我明天要过去楚地，这许是近段最后一次过去。母亲陪我折返，过去办理退学手续，以及遗落的行装，匆匆而去，匆匆而走，她要断我一切念。母亲说再无瓜葛的时候，我气急败坏地顶回去两个字，我说妄想。

可歆喝了两杯奶茶，又叫了一杯蓝山，突然停下来过来抱我。她的动作很大，碰翻了桌子上的咖啡杯。褐色的液体迅速蔓延开，一大滩水落下来，染了我的白纱裙。我只是没有想过要躲开，其实不难躲的。可歆关切地问我烫到没，却没有问我裙子脏了怎么办。她是懂我的人，我一般不紧张无关紧要的东西，在某个特定的时刻。就比如可歆抱我的时候发生一些不那么完美的事情，我会自动过滤这些乌龙，因为我知道她也不愿意叫这些事情发生。

衣服脏了就脏了，人却不一样。

❷ 楚地，你的生辰

【母亲说不能寒凉地为生活所奴役。】

母亲陪同我坐二十多个小时的火车。母亲不堪忍受一日一夜的颠簸，她看着我的时候带着一些不舍。我说过母亲是嘴硬心软的人，这个时候，我们躺在狭隘车厢里的硬卧上，我没有过多的言语，表情趋于平静。母亲看我一眼，有些哽咽。

她说如何让我来来去去到这般遥远的地方。我说去楚地我没有后悔,她说她有。我看她一眼再没有说话。

家长做任何事都是因为爱我,我确实无话可说。

我们到的那天风和日丽，很多时候老天是不能与人感同身受的。你来得很早,站在车站外等我们。你穿黑白横条的修身衬衫,显得愈发苍白瘦弱。你在前面领着我们走,我看你的背影,还是没有改变多少,我离开那天你说正在增肥,看来没有效果。母亲对我耳语说你好瘦,瘦得叫人有些生畏。母亲说男子瘦极非病即虚,我想是自己的审美偏差,确实不是一般人所持有的观念。

你定了城里小有名气的酒店,一路提包拉箱。母亲出乎意料地给你好脸色,我本以为她要冷言冷语奚落你一番。

“这里可有较好的餐馆?”

“有的。”

“那中午就找个地吃饭,如何?”

“如此甚好。”

中午在哪家餐馆吃的我已经忘记了,只记得要下几个台阶走到地底下去,门口有很大很大的金色招牌,显得浮夸。我本质上不喜爱这样的地,只是任这样我都没有记得那几个招牌上的字。想来很多时候,太虚华的东西也会遭人厌弃,确实如此。

母亲点了远远超出三人份的菜色,一餐饭吃了一千。一桌子的菜放上来,大家都没有想吃的心情。母亲笑里藏刀,我知道她将某些隔阂扩大,年长的人做事总是不那样直接了。

母亲说南方人不善吃辣,这里的菜都很辣,一餐两餐或是可以将就,日久便会伤胃。你说有些时候习惯了也就好了。母亲说在习惯一个习惯的时日里面,已经把胃弄坏了。母亲说这句话的时候态度那样强硬,你舀了一碗汤只顾吃。

“田心父亲的朋友里,也有楚地人。”

“如何?”

“男子来南方做生意,同南方的姑娘在一起。”

“该是多好。”

“男子如今四十多岁,前几天首付一套房,你可知其中的艰辛?”

“懂的。”

“也是闹过离婚的,一路走来,除了悔还是悔。”

“于是离婚了?”

“没，因为孩子。只是男子一旦被生活所奴役，便会苦了女子。”

你默默地低头喝汤，我知道母亲这话不假，拿出来在如此场合说，言简意赅。你笑着转移话题，你说这天是你的生日呢，可是巧了。我抬头看你，你还是笑着的，眼角有略微的纹络。你今天戴了隐形眼镜，之前你怕母亲嫌你度数太高，故而不戴框架。诚然，我觉得你戴框架显得好些。其实母亲嫌弃的又怎会是这视力，她也不是多么爱财的人，只是地域时空问题，她总是为我想太多。

这餐饭，母亲说就当为你庆生。你在后来告诉我这是你迄今为止吃得最为贵重的一餐生日饭，却吃得那样不开心。母亲说不能寒凉地为生活所奴役。

❸ 楚地，再别楚

【有些言语，话不伤人却自带嘲讽，我知道语言是可以变做利刃的，不需要多少不雅的谈吐。有时候让人受伤只需要一个字。】

母亲没有来过我在学校的寝室，她刚到的时候有些瞠目。这确实不是多么富有的城市，这也不是多豪华的校园公寓。室友们都回家过暑假了，打开寝室门的时候有不太好闻的味道传出来。母亲皱着眉头摇摇手，问了我的床位，同我一起整理。

其实我没有多少东西需要带走。我的衣物和一些用品，想要留给在这里陪我度过几多时日的姐妹。我在每个姑娘的床上都贴了便条，用双面胶加固。因为我不知道经过两个月的时间，便条会变成什么样，会不会因为风尘而让背后的不干胶失了功效。

给每个人留下不一样的纪念，然后我就要离开了。

我一直都保持着相当好的情绪，即便是在见到闵恻之后，又或者看他落寞的背影，也能够强忍住吞下肚子的眼泪的味道。这一刻却有些逞强不下去了，想到小可爱，想到麦子，想到在这个屋檐下嬉笑怒骂这些光景的姑娘们，想到一些人，一些事。

只是，离开的脚步从未停歇。

最后一餐饭你想去“面面巨到”，我告知你李三甸的事情，我说这个男子，不远千里奔赴浙江。他关了面馆，许是在楚地不易再见到这个店名了。他那样好。你抬眼看我，眼眸如水般幽怅和凉柔。我淡淡地笑一笑说都挺好的。

最后去了隆丰超市吃饭，吃的也是面。母亲和我的胃都不太好，母亲不太适应楚地菜里的辣椒,有些胃疼。你说吃碱面能让胃舒服些。母亲也是挺喜欢吃面的,尤其的那种劲道的手擀面。

"胃不舒服的时候,吃点碱面就会好很多。"

"那便好了。"

"这原有家面馆,店主是个至情之人,他去了江南。"

"源于爱情?"

"对的。"

"不见得敦厚,许是不会长久。"

"如何?"

"时空、双亲以及诸多细微的因素。"

"总归是好的。"

"总归不好。"

吃饭的时候母亲说不少感谢的言语,她说要感谢你这段时间像个哥哥一般对我的照顾,她说你是一个难能可贵、不可多得的好朋友,她说下次你若有机会过来江南,就带你好好游览一番。有些言语,话不伤人却自带嘲讽,我知道语言是可以变做利刃的,不需要多少不雅的谈吐。有时候让人受伤只需要一个字。

很艰辛地吃完一餐饭,而后你要送走我们。

又是火车站。你帮我把行李箱搬上火车,放在床铺底下。你说这个时候不能哭,于是你匆匆地走开。转身避而不见,你说再见离别那是能够让人肝肠寸断的伤。我微笑的眼睛饱含泪水,为了不让它泛滥,我尽量仰着头和你说再见,或许,我们连再见都没有相互说。

总之,别楚的一千三百多公里,我是一路哭过去的。

④ 江南,夏有凉风

【依旧有风吹过来,这一次延续得有些久。微微带些凉意,不禁打了寒战,彻头彻尾一个激灵。】

回到家是在第二天的中午。父亲没有过来火车站接我们,他在这一天的早上九点就已经飞离了浙江,他从来都很忙。从九岁以后的印象里,父亲变得愈加忙碌和苍老。母亲在火车快要到站的时候就联系了陈伯父,陈伯父是爸爸的好友,爸爸在出国前让他代劳接一下我们。

家里还是一样的凉，一样的死气沉沉。硕大的空间加上偏冷的色调，即便是在炎炎夏日，依旧感受不到心中的暖暖。母亲去洗一个澡，然后热了些许食物给我吃，我当时的眼睛是红肿的，也完全没有食欲。她说事情总在朝着既定的轨道发展下去，人到任何处境都用不着太过伤心无助，哭仅仅只是释放情绪，是让情绪走出去，而不是让其他的杂念走进来。我不打算和她周旋或顶她或顺她，只是默默走开。我上楼洗一个澡，就想深深睡去，无力再去理会任何。

睡得很浅，却也不省人事。母亲叫我吃饭的时候是傍晚六时，接到你的电话。

“到了？”

“嗯。”

“可好？”

“终日郁郁，不很快活。”

“接下来要如何？”

“去上海，父亲要我去之前考上却没去的校园。”

“繁华的城，挺好。”

可有可无的对话。我们没有将离别归纳到感情里面去，我想着一直就这样下去，慢慢跨越一些时空障碍和不易逾越的鸿沟，最终走到一起，成为眷属。这该是多少艰辛却又幸运的事。

我将发丝轻轻绾成结，用步摇固定，走到阳台上吹风。夏天的黄昏有凉风过隙，风过耳，过肩，过零散细碎的发丝，凉凉的竟也分不清是在夏季。远处有车子熄火的声音，良久有人经过门口的路，邻居家的先生带着夫人一路嬉闹，他们结婚有三年，那年我还去喝了喜酒。我看男子依旧穿学生时代的格子衬衣，女子梳丸子头，穿高腰蓬松的公主裙。年华老去的同时有滞留下来的东西，他们的情，他们的心，他们所有在一起的记忆。

女子轻轻拍去男子衬衫上的灰，男子回头对她笑。这些细微的举止叫人看了有些柔软。是，这样的日子点到心灵。

依旧有风吹过来，这一次延续得有些久。微微带些凉意，我不禁打了寒战，彻头彻尾一个激灵。我紧了紧衣服，拖沓着走开。

母亲似乎温柔了许多。她叫我过去吃饭，说吃完了再去睡一会儿。我用左手拿筷子的时候她有些怅然。我小时候是左撇子，父亲强行将我纠正过来，于是便很少用左手。那个少年去世的那年，心里有太多情绪需要释放却释放不出来，感觉整个人要炸开了，但是却没有炸开。那个时候，我无论做什么事情，右手都颤抖得厉害，于是改用左手。自此，情绪达到一个点却又不能发泄抑或心里有事感到极度恐惧、惊慌、悲伤的时候，我都会改用左手。

吃完饭我去小江后游荡，跑去半人多高的蓬蒿从中穿梭着行走。在这里可以放空一些情绪。我追着那些飞蚊跑，眼泪流出来，被风吹散到脸颊两边。这种飞蚊有着我捉摸不清的名字，叫“相思”，我不知道它们究竟叫什么，或许是“响巳”、“香厮”，又或许是别的。只是方言没有那么考究，我只是选一种我一直那般理解的称呼。相思相思，你们在这里成群轻舞，倒也省去不少烦恼，至少不会孤单，不用相思。

日落西山，时间就这样过。

第二十三章 思念不过是场冗长的等待

❶ 江南，乞巧

【自古父母都喜欢门当户对，父母多寡嫌贫爱富。父母说无媒不成体，无聘不成婚。】

秋季的某一天，农历七月初七，七夕节，亦称乞巧节。相传这一天牛郎和织女在天上相会。

想起就在不久之前，我给你讲家乡的社戏，讲到一出戏，叫做《梁山伯与祝英台》，你也是耳熟能详的，因为听过相关的传说，看过同名的电视剧。祝英台在十八相送的时候，将自己许配给梁山伯，定下乞巧之期。梁山伯傻傻地不知道祝英台就是小九妹，一直到提亲当日，两人楼台一会儿成为永别。她父看上马家少爷马文才，看上他的家财万贯，看上他的声名显赫。

自古父母都喜欢门当户对，父母多寡嫌贫爱富。父母说无媒不成体，无聘不成婚。梁山伯和祝英台，或许有着太多的不登对。想着自己做父母的时候，能不能不逼着子女做任何事？

这日南风，多云天。一个人在电脑前喝白开水，哪都不想去。可歆打电话给我，她和三甸在一起，晚上约我一同出去。我其实想推的，两个人的节日，我不想去掺和，但是我推不掉。

时间约在傍晚七时，地点是南门的喷泉前。我换了一身衣服出门，服帖柔软的男款 T 恤，肥大的牛仔裤，扎了一个高高的马尾。我把钱和卡统统放在裤子的口袋里，也不会觉得不妥帖。就这样干净利索地出门，很少有的扮相。

早到了十五分钟，我一般不喜欢迟到。我在喷泉边上坐下，看来来往往的行人。这里我不常来，因为这里有些偏，我往往只记得时常出没的街道。夜幕渐渐降临，道路两旁的灯从来时就已经亮起。我目光毫无焦距地放眼到远处，远处有一片小园林，几把铁艺长椅、细长的街灯以及拉长的光影，或者还有一些情侣坐在长椅上面。我只管放空地看着前方发呆，我是经常会这样出神的人。

只觉得有人一把拉住我，带我跑出几米远。随即身后传来很大的水流迸发的声响。那人穿薄荷绿短袖 T 恤，柔软的头发盖到眼睛下面，他转过头看我，我记得这张女人脸，他是司徒锦。再转头的时候发现喷泉边上湿了一地。

“每晚七时这里都会喷泉的，没喷到吧？”

“没有。”

“一个人？”

“不，在等人。”

“那我陪你等。”

“笑了。”

“开心了？”

“讥笑罢了。”

“诶？为什么要讥笑？”

“是玩笑。”

“那又变成玩笑了。”

我只是不想和他再度周旋。其实他是性格很好的人，简单到近乎透明。我喜欢这样的个性，故而不予刁难。也没有想过要冷嘲热讽，只是不想对人太友善了，尤其是男子。

我转过身子看喷泉，第一次这样安静地看。水花洒出来，有灯光照在上面，反射的光线很好看。水喷出来而后落下，以此循环。水柱不断变换着姿态，在空中组合成不一样的图案，落到水池里碎成一片。我在想它会不会痛的时候，司徒锦撅着嘴说水会痛的。

七点过一刻的时候，喷泉停下来。可歆在这个时候过来，从身后抱住我。这个姿势令我有些不知所措，我起先有些惊慌，随即听到可歆的笑声。可歆喜欢大笑，从来不掩饰笑声。

“路上堵车，来晚了，抱歉。”

“无妨。”

“等很久？”

“没有。”

“想着七夕，故而找你一起。”

“如何这般顾及我？”

“有些担心。”

“仅只是分开，无关于感情。我们依旧如初。”

“这便好了。”

这年的七夕在不断的进食、闲荡、傻笑中度过。十二点的时候放飞了一个孔明灯，子晗曾说过放孔明灯是将希冀融进现实里，只是没人去深究它的破坏能力罢了。人心若是向往光明，就没必要寻求载体，我说他不懂浪漫，却深知他的感性。或许我们真该少放点孔明灯的，它那样破坏环境。我打电话给你。我说想着七夕过去了，就打电话给你，显得不是那样刻意，不想让你哭，因为我知道你比我更在乎这样一个节日。你说没有你在我触手可及的位置上，我要按时吃饭，按时睡觉。

对话还是这样波澜不惊，我拿着手机的右手有些颤抖。

今年的七夕没有吃巧果。

❷ 江南，关于司徒锦

【一切柔软细腻的举止，温馨舒适的感情，都让他迷恋。人说头发软的人心软，他就是那样柔肠百转。】

我想在这里讲讲司徒锦的故事，纯粹是对于这个少年，有着太多性格上的偏爱。

七夕之后司徒叔叔来过我家一趟，送来了一些上等的茶叶，我在这个时候才知道原来他和父亲是相识多年的故交。我儿时父亲在轻纺城做轻纺生意，结识司徒叔叔。司徒叔叔是个性很直爽的人，和父亲一样。那时候他们一见如故，兄弟相称。期间应该发生过什么感人的事情吧，可是父亲没有具体同我说过。之后司徒叔叔去了南京做生意，父亲也开始去迪拜打拼，故而稍稍有些疏离。

我果然是见过司徒锦的。那时年少，再回忆便不好真切地感知。

他妻子在一次银行抢匪案当中死去，身中数刀，不治身亡。司徒锦是七个半月就生下的早产儿，他母亲为了生他吃了很多苦，落下一身病，司徒锦很爱他妈妈，也是有道理的。

司徒锦的妈妈叫做卡琳达，一个少数民族族长的女儿，那里的人爱茶惜茶，或者是物以稀为贵吧，但是却一点都不懂茶。村民们向司徒叔叔预定了茶叶，当时还没有快递，也没有多少发达的交通，茶贩都是各家各户叫卖着卖茶的。司徒叔叔去那个部落的时候天下大雨，茶叶泡了水，成为次品。这一批茶叶全部报废，司徒叔叔实话实说，并没有以次充好。族长拿出先前在另一个茶商那高价购得的茶叶，交予司徒叔叔鉴定。司徒叔叔说这并不是多好的茶叶，是快要变质的东西，卖这价格，真是黑了心肠。族长是很有容人之度的老者，他说权当他救急用钱，才会欺骗了他的村民，说了不该说的话。

族长看上司徒叔叔的为人，将女儿嫁于其为妻。

我说过每个人的经历都是一部小说。

卡琳达嫁给了司徒叔叔，族长给了他们一笔钱，加上司徒叔叔自己的一些积蓄，他们开起来一个店面。卡琳达是长年生活在青山绿水间的人，许是外边的生活环境让她适应不了，又或者她本身体弱多病。婚后的那些年，她身子一直很虚。

卡琳达之前怀了一胎，三个月的时候小产了。医生说依她的身体是很难孕育孩子的，倘若是强行怀孕，便会有生命危险。卡琳达看司徒叔叔很喜欢孩子，不顾危险要为他生儿育女。司徒叔叔自然是反对的，卡琳达骗说家乡的老中医为她调理好了身子，自己是可以怀孕的。这样的谎言带有一些悲剧色彩，凉凉的，厚重的。

怀孕之后卡琳达足不出户，做任何一件事情都会悉心地顾忌肚子里的孩子，可是孩子长到七个半月的时候，还是由于身体的原因早产了。卡琳达生司徒锦的时候一口气提不上来，差点就难产了，生完孩子之后身子很虚，养了好长好长一段时间才勉强有些好转。

一个母亲用生命做赌注，给了孩子生命，给了丈夫最深的爱。

司徒锦是独处就会掉眼泪的男子，他长了一张女人脸，也长了一颗女人心。他喜欢靠着妈妈睡觉，抱着枕头和被子，看着妈妈的眼睛，又或者被妈妈抚摸，轻拍以及其他。一切柔软细腻的举止，温馨舒适的感情，都让他迷恋。人说头发软的人心软，他就是那样柔肠百转。

司徒锦一直很天真，他那样单纯，笑容澄澈，我从来不否认喜欢同这类人交往。诚然，我所谓的“喜欢”、“交往”这一类词汇或者有些敏感，我断然没有水性杨花的意思。

一个说话不会转弯，说实话的男子，单纯得叫人心疼，缺乏一点安全感。他会爱人以及被爱。

❸ 江南，冥歌十里

【我是觉得自己无时无刻不在纠结着这段往事，无论说过多少次的走出来也好，都陷在其中。矫情做作地想起来，矫情做作地哭一场，再矫情做作地写多少文字，讲一番大道理，最后矫情做作地说自己走出来了，等遇到下一个导火线的时候再度矫情做作地发作。连我自己都讨厌这样的我。】

农历七月三十，我把身上所有的红绳都取下来。相传鬼节这天，红绳作为一种通灵之物，不能佩戴。我不迷信，只是我愿意去做一些祖祖辈辈流传下来的无伤大雅的事情。神秘的古老的事物带着年代感沉淀下来，浅入其中也可以收获到一些东西。

蜡烛哥死了，停尸在田婆家空地上，日日夜夜从大喇叭里播放着哀乐。村里把这种用来搭台演出，办红白喜事的空地叫做大操场。我们把打一辈子光棍的人称作是蜡烛哥，我从很小就听长辈们这么叫他，以至于蜡烛哥究竟叫什么名字我也不得而知。蜡烛哥住在奶奶家隔壁，一个三十平的小房子，冬凉夏热。父亲说过很多蜡烛哥的轶事，只是具体是什么我已经记不太清楚。

蜡烛哥的豆腐饭我去吃了。豆腐饭就是做白事的人家为死去的人办的酒宴。我对蜡烛哥的印象就是乌毡帽，记忆中的他总是一年四季戴着毡帽，穿靛青色的棉布衣服。他喜欢划船去田里劳作，龙池过去，两边皆是田地。我们都是有分到田地的，蜡烛哥有一亩四分田，就在我家田的边上。

还是女童的时候，我时常跟随父亲去田里，我一般很乐意前往，却在待不到十分钟的时候吵着要回去。这个时候都是蜡烛哥讲故事逗我。蜡烛哥比父亲要年长十几岁，他那里总有讲不完的奇人轶事。父亲算是很会讲故事的人，但是比起蜡烛哥还是要差很多。我记得父亲说过，在他小时候，也是同我一样跟随着蜡烛哥要听他讲故事。

说起来，他是对我们父母都有恩惠的人。

我本不该厌烦蜡烛哥的哀乐。这天凌晨三点钟，被第一声哀乐惊醒之前我还在梦中。依旧是那个残梦。我真的不欢喜这样诡异的气氛。冥歌是我最最听不得的东西，那种旋律令人扼腕。会想起那个挥之不去的秋季，那个人。

我给你发长长长长的短信，我说今天没有去放河灯，没有念往生咒，似乎不再刻意去追忆什么。地藏王的生辰，没有插棒香，没有点田螺。早早地睡去，却在凌晨泛滥了情绪。依旧是一个梦，旧时的大叔去世的冥歌，现在不断不断地响起。整个人很乱很乱。我没有想过你能回复，只是想着说出来也许就不会这般烦恼。你回得很快，说极其简略的言语。你说你一直在。

你打电话给我。

“如何？”

“有些仓皇，惧怕。”

“他不会害你，存在即守护。”

“可是，我害了他。”

“只是意外。”

“若不是意外倒也罢了。若在意料之中，便不会酿成惨剧。”

“都过去了。”

“嗯。”

我是觉得自己无时无刻不在纠结着这段往事，无论说过多少次的走出来也好，都陷在其中。矫情做作地想起来，矫情做作地哭一场，再矫情做作地写多少文字，讲一番大道理，最后矫情做作地说自己走出来了，等遇到下一个导火线的时候再度矫情做作地发作。

连我自己都讨厌这样的我。

④ 江南，施茶

【可是司徒锦呐司徒锦，现实毕竟不是多坏的事情。可怜天下父母心。】

施茶在绍兴民间多被称为施茶会，一般在盛夏较为多见。旧时交通不便，每当盛夏时节，往来的客商多因却茶少水而口干舌燥、盛渴难当。当地的茶商以及一些良善热肠之人便会出资，办起施茶会，供往来行人歇脚停留，喝茶解渴。有这样一个传统是好的，只是随着时代的进步，交通发达了，各种卖饮料的小店也随处可见，施茶会渐渐退出了人们的视野。

这天同母亲去爬一座山，叫做炉峰。我想着去求一支签，诚心地在佛祖菩萨面前拜拜，也是好的。人一旦失去心灵里面某个寄托，就会抽空，以至于厌人、厌生，乃至于厌世。这个时候，苟延残喘的人会继续寻找一个寄托或一个信仰。倘若没有,便会戚戚然自弃,怨天以及尤人。我固然不认为我们的感情出现了何种无可挽回的危机,对于父母强烈的排斥我不予以任何回复。我不是不孝顺,也没有要逃避,只是让时间过去,等我们有能力的时候一起去解决一些问题。我说过感情并不仅仅是两个人的事情。目前除了等你,就只剩下祈祷。

我在炉峰脚下看到有人施茶。当下,再肯这样做的人不多。这天艳阳天,我怕晒,穿白色水袖雪纺衬衫、妃色棉裤、帆布鞋。头上的宽沿帽帽围有些大了,倘若不是用手护住,就要担心它会随时掉落,好在是日无风。

我经过茶寮的时候看到他,那个长着女人脸的少年。他穿洗了多少次的白色T恤,那样不修边幅。倘若我不知他身家,断然不会认为此人富贵。富而不显的人,难能可贵。

"龙井,给。"

"谢谢。"

"上山?"

"嗯。"

"我么陪你去,可好?"

"为何?"

"我么想去。"

"那好。"

"那么我高兴了。"

母亲同样喜欢眼前这个少年,一路说笑,自在向前。母亲说他太瘦了,光有着骨架却不多几两肉,显得单薄。司徒锦掩着嘴笑,这个动作极其阴柔,我偶尔在阳光下看他的时候,像极了女子。他说自己随母亲,生来虚弱,又是早产儿,虚不受补。我说怪不得头发稀疏柔软,他说这是飘逸的长发,而后大家一起笑。

走了几多台阶,这样的环境叫我想到楚地那座山,那座寺。扫地的苦行僧和澄明的老和尚。不知道那老头在古刹的青灯缭烟里,能不能在某个时刻,想起我。

从山腰开始一路向上,这里有不少寺庙,香火都很旺盛。我在里面求签,拿起来一支那样熟悉的签:崔莺莺忆张君瑞。一瞬间情绪又上来了,我有些落败,只想夹着尾巴逃离,不然也许眼泪要出来了。

"我想下山。"

"那么好嘛。"

"你如何不问我为什么?"

"好呐好呐,那我问。"

“呃，那你别问。”

“那么到底问不问?。”

“我们还是下山吧。”

“那么好嘛。”

和司徒锦聊天可以把年龄降下来，他总是那样叫人忍俊不禁。我其实可以一个人下山的，妈妈叫司徒锦陪同我下去，妈妈跟随路上结识的大妈们一起上山。那个年龄段的人总是相当好相处，在路上并驾齐驱的时候自然地搭讪，继而同行，而后分道扬镳，或再不会联系。诚然，仅只结伴而行，许是连联系方式都不会相互索要。如此结伴倒是甚好。

我下山在茶寮里坐下，司徒锦给我一杯茶水。我也不是能品茶的人，只觉得香茗一盏，心情能够好转些。接到你打来的电话。你说思念成疾，暑期有假，想着过来一趟。我说好极，在这里结识几近透明的少年，倘若你们有缘一见，你会同我喜欢他一般喜欢他。

我于是同司徒锦提及你，他是红着眼听完之后开始不满我的父母，总是那样直截了当，说我父母太过于现实。可是司徒锦呐司徒锦，现实毕竟不是多坏的事情。可怜天下父母心，尽量降低双方父母伤害的基础上，艰辛地走下去。我相信感情，也相信你。

第二十四章
山一程，水一程

❶ 江南，古纤道

【你说任凭再深的痕迹，随着时间过去，都可能化为乌有。我说消了疤痕，岂不更好？你轻轻捋一捋我乱在风中细碎的发丝，对我笑得那样柔软。】

八月末，处暑过后两天，我到绍兴火车站。你风尘仆仆而来。你穿我买给你的藏青色长袖衬衫，宽大的剪裁让你看上去不会那么瘦削。风吹过身，泛起空洞的褶皱，你终究没有多少肉。

你第一次过来烟雨如画的江南，我带你去我儿时经常出没的地方。

古纤道是旧时纤夫拉纤行走的官道，又称白玉长堤。迁道架水而建，多用青条石或者青石板铺成，连绵百里，堪称江南一绝。

我们走在迁道上，有风迎面吹过，传来淡淡的水腥味。古纤道的水已经不像旧时那般通透，有浮萍在水面上起起落落，漂漂停停。你指着不远处碟盘一般漂浮在水面上的一大片绿色和我说话。

“那是什么？”

“菱角。”

“可是诗中所写的红菱？”

“正是此物。”

“如何？”

“倘若将那绿盘提起，底下有长长的根须，最最底下长有菱角。”

“食其根？”

“然。”

我说在古纤道，可以看到纤绳深深嵌入地面的痕迹，那是纤夫长久以来辛劳的结果。你拉着我寻找遗迹，你说却也看不到这些痕迹。我说许是年代久远，走得人多了，自然磨平了。你带着些许伤感，你说任凭再深的痕迹，随着时间过去，都可能化为乌有。我说消了疤痕，岂不更好？你轻轻捋一捋我乱在风中细碎的发丝，对我笑得那样柔软。

我曾经和你说过，我习惯在一个有雨的清晨，打一把油纸伞，着一袭青花旗装，沿着河堤，走过一段一段望不到头的石板路。偶尔的一啼青鸟，岸边的几多垂柳，还有带着细雨的清荷和泛起涟漪的湖面，这是让人安然的画面。默默地走，默默地看，让它们带走所有幽怨。江南，确是一方净土。我等你归来，共听檐前细水长流。而今眼前的画面，便是江南风情的一角。

风有些缠绵，吹得岸边的垂柳不自主地舞动起来。有些凉意，天色似乎灰暗了些，这是要下雨了。江南的雨也来得轻柔，黏黏的、糯糯的、细细的。它可以沾一层在行人身上，久久不散。风吹得雨丝有些斜，沾到你略长的刘海上，粉白的一片。我伸手帮你拂去，你抓住我的手说就这么走下去。有眼泪顺势流出来，就着雨丝，有些凄楚。我说好。

江南的雨长情，不是说停便能够停下的。我们走长长的古道，雨有些变大。我说前面不远有座大桥，桥洞下面便可以躲雨，我时常在想要释放情绪的时候来这里哭，这里随心，地广而人稀。

还是在桥洞下遇见另一对躲雨的情侣。十五六岁，显得稚嫩。姑娘扎了一个丸子头，平刘海，眼睛很大。少年很高，有些瘦弱，菱形脸，细长的眼睛，穿翻领的蓝色T恤，运动裤。他们尴尬地看我们，有些失措。

“这雨连绵不绝，不知何时落尽。”

“我们也等了好久了。”

“是高中生么？”

“嗯。”

“挺好的，如若相爱，务必好好的。”

“许是这个年龄言爱尚早，父母多寡担心学业。”

“父母也是对的，爱要长久便需要顾虑父母。”

“嗯。”

这对情侣买了不少食物，我们在桥下铺张开来，席地而坐，倒也快活。这次听了关于这对少男少女的故事，为之动容。

少年有先天性的贫血症，儿时他母亲将他托于姑娘的母亲照顾，姑娘的母亲是一名护士。姑娘在学校成绩好，却总是受少年的欺负，少年初始有些不良善，许是一贯不受宠，想要愈发强大的存在感。他打架斗殴，不学无术。经常抄姑娘的作业，捉小虫吓唬她。每次打架体力不支倒在路边的时候都要姑娘把他捡起来，送回去交给母亲。

少年有一次玩出火了，他把姑娘去世的婆奶送给姑娘的肚兜挂在黑板上，被不明事理的老师当众撕毁了。姑娘哭得悲切，从此之后任少年怎么样，姑娘都一言不发。少年开始慌了，他才发现这世界上除了姑娘许是没人在意他了。四月的一天，他和附近高校的流氓发生了冲突，倒在雨地里，还是姑娘经过把他捡回家。少年的母亲闻讯赶到，有些恨铁不成钢，这样的事故发生过多少次，少年也不见得有所改变。但是这次不一样，少年醒来之后对姑娘道歉，他要求姑娘将他落下的学科补上，他想要变成优良的学生。自此，他改变了一切不良的行为举措，成绩稳步提高。继而，他们交往。

我们也说了我们的故事，大家都有一些情绪波动，都是感性的人，在感情问题面前就是失了免疫力。他们比我想的要成熟很多，我相信他们之间的爱是真的，不是年轻人一时冲动的交往。如此便好。

❷ 江南，安昌安昌

【你在岸上定定地看了有几分钟，怅然地感慨一番，你说这里的人良善。或许生活在这样一种与世无争的环境里，人心就会澄澈，无欲乃至无求，安然一世，昌盛万秋。】

你过来仅只七十二小时。我想着尽可能多地带你走遍有着我记忆的任何地段。把我的儿时记忆强加于你，你说这样多好。

你也是瞒着家人偷偷过来看我，带的钱财不足以支撑太奢华的旅程。你住低矮潮湿的旧旅馆，在老街的河道边上，丑陋的红油字，歪歪扭扭地在老房子的墙面上写着“旅馆”两字，加上一个不是那么直的箭头，算是路标吧。我说其实可以再住得好一些，你说住在这里有旧时江南人家的味道，白墙黑瓦，依河而居，有弄堂清风，三脚被单。日落西山之时，到桥边长座纳凉岂不惬意？我在想你居然还记得三脚。我是和你提过三脚的，即那种用来晾晒衣服的竹竿，三根竹竿为一束，扎在一起，分脚而立，一边一个，中间用另一长竹竿架住。床单衣物便可晾晒其上。旧时没有衣架，衣物便多以搭干，三脚即便到了如今，在江南村落还是非常多见。

你既执意没有委屈之感，我也不好强求你挪居。我知道你为了过来看我，节省了不少开支。我带你去安昌，那是不需要门票便可以游览的地方。那里清静、古朴、安详。那里没有乌镇那样开发完善，设施齐全。那里仅仅只是一个古镇，还会有人住在这里，日出而作，日落而息。

你对安昌的第一印象是腊肠，这里家家户户的门口都挂着风干的腊肠，也是安昌的特产之一。安昌是典型的江南古镇，房子依河而建，两两相望。安昌的腊肠很讲究，从选肉到灌肠到风干都有既定的规则。你买来糖炒栗子，用很有年代感的土黄色方块纸包成四方形，我打开来吃，手掂着还有些热乎，香甜香甜的。

河里有老者划着乌篷船载客。欸乃欸乃，摇着桨，欸乃欸乃，划着棹。你是第一次见到实物的乌篷船。你说这种船真是稀奇，我说绍兴有“三乌”：乌篷船、乌毡帽、乌干菜。我和老者打招呼，问了价钱。老者说沿着河道一直向下直到尽头，收十元。之前我在柯岩景区问过划船的老者，一般价位都在五十元以上，想着这段距离也不是那样短，是很便宜的了。

上船之后同老者讲很多，老人说待在家里靠儿子养着不快乐，出来活动一下，赚些小钱，既是兴趣，又强身健体，不亦乐乎。老人说他喜欢划船，年轻时候替人管过鱼塘，也采过红菱，一辈子都在和水打交道，坐山吃山，靠海吃海。生活在烟雨江南，水网密布的绍兴水乡，就应该爱水的。

老人划船很稳，但是他故意放慢了速度，他说这样的水景是需要慢慢看的，划得太快，走马观花，就让我们白白浪费了十块钱。

你最喜欢船穿过桥洞，你说这样的穿越充满了神秘感。桥底，有着安然生长多年的青苔，你伸手攀附，青苔掉落下来。我说你结束了它多年的生命，你说它也许会在水里变成藻。阳光斜射到桥底下，桥下的水波映在桥底的桥拱上，光影斑驳，就好像鱼鳞一般。你从来没见过这景，你的家乡多山，少见水，无水则无桥。你在船头拿相机到处拍，时而对焦在我身上。你说要把这景和我统统留在相册以及脑海里。

一路唏嘘，终究完结。

老者看你意犹未尽，说是再原路返回，帮我们免费划回去。叫你能够多摸几次桥底的青苔。你拒绝了下来，想着老者毕竟年迈，留出一点时间可以让他多赚一些钱。

我递给老人一张百元纸币，老人不过目便找还给我九十元。

“大爷，如何不看看纸币的真伪。”

“我不会区分，看了无用。”

“那若是遇上有心人，倒也吃个哑巴亏。”

“也是有的。前日我买酒破百，那酒家说是假钱。许是哪天收了进来，却不自知。”

“岂不是白白辛劳，那却也不是长久之计。”

“我只能看人的微笑。你们笑得那样真切，我断言你们不是坏人。冷不防自己看走了眼，那也罢了，想必被逼于此境地。”

上了岸，老者在水里高声地对我们道别，一口纯正的绍兴方言。他说再会再会，勠忘记这里，勠忘记伊。说完之后掉转船头，爽朗地笑着离开。你在岸上定定地看了有几分钟，怅然地感慨一番，你说这里的人良善。或许生活在这样一种与世无争的环境里，人心就会澄澈，无欲乃至无求，安然一世，昌盛万秋。

我等你来。

❸ 江南，冷池

【我对着一池的硬币和两条金鲤许愿，我说待越过艰难险阻，请叫我们在一起。你许完愿对着我笑，我知道你同我有相同的愿望。】

这天很热，骄阳，无风。

前一天收到司徒锦的短信，说是想要见一见闵悯，我没有反对。我从来不否认偏爱这个少年，我觉得他比我纯良。

早上接到可歆的电话。

“今日我去绍兴，同行否？”

“真是有缘了，闵悯过来，想着一起去看看鲁迅故里。”

“如此甚好，我也是带着三甸前去。”

“如此九点车站见。还有另一个朋友要来。”

“我是否认识？”

“司徒锦，澄明纯善，不错的少年。”

“如何？”

“父亲故交之子。”

我简单介绍了一下司徒锦,可歆说少有如此之人,值得一见。于是一行人在车站相遇,一起前往鲁迅的故居。

司徒锦也不常来绍兴,这次陪同父亲过来物色门面,想在绍兴开一间分店。都是性格相近的年轻人,不需要过多的言语介绍,大家自然而然就能玩在一起,正如当初李三甸走进我们的生活是一样的道理。

司徒锦依然穿洗了无数次的T恤,这次换了一件灰色的。我应该说司徒锦的衣服都是穿了三年以上的。以他的话来讲是他从来不买衣服,若是父亲记得了就帮他买一件,他要是穿着舒服,便一直穿,不舒服,就一直搁着。他是从来无所谓索取的人,就本着舒适妥帖。

你很喜欢他,你说他、我、乐子晗是同类人。我说他要比我纯良。

鲁迅故里曾经是要收门票的，近几年为了宣传地方文化和旅游资源便不再收取门票,游客只管用身份证去登记领票便可以了。游览的时候到一个庭院,里面有长方形的水池,这许是不能叫做水池,仅只两米长、半米宽的样子,席地而建,竖起约半米高的样子,里面蓄满了水,水底有红鲤穿梭在大大小小的硬币之间。

人说在许愿池投入硬币,许愿就会有神灵听见,帮你实现。这本是最为常见的蓄水池,却被谁第一次当作许愿池来使用。人是喜欢随波逐流的动物,只要有一个人开创先河，便会有诸多跟着做的人，以至于后来每个池子里都扔满了硬币。

“这是许愿池么?”

“不,只是人们愿意这么做,便也成了美好的事物。”

“怀有希冀的生活是积极向上的。”

“对,会欢愉。”

“我们也来许愿,如何?”

“如此甚好。”

大家各自取出硬币许愿,少有阳光的偏院里,长方形水池边上,这群人庄严肃穆的表情。我觉得行人路过是会笑出声的,只是作为当事人的我们,是带着宁可相信的心理来祈祷许愿。我对着一池的硬币和两条金鲤许愿,我说待越过艰难险阻,请叫我们在一起。你许完愿对着我笑,我知道你同我有相同的愿望。

❹ 江南，悲画扇

【在一起总是欢愉的，因为是想在一起的人。】

在一起总是欢愉的，因为是想在一起的人。

吃奶油小攀、木莲羹和奶油小攀都是自制的，要拐进狭隘的弄堂，找到老旧的台门，方才买得到。卖奶油小攀的婆奶在矮旧的台门面前放一张更低矮的小木桌，摆一张竹椅坐在上面。木桌上放着为数不多的小攀，看着久经风霜，极为不净。倘若不是吃过或者慕名之人，想必是绝对不会买来吃的。

弄堂的风吹着臭豆腐独特的味道惹人垂涎。卖臭豆腐的老汉戏称只要有风，就没有卖不掉的臭豆腐，这和酒香不怕巷子深是一样的。我说来到绍兴，便不可不吃上一份臭豆腐。我在楚地吃过臭豆腐，那是用方豆腐在铁板上烤，烤完之后撒一些不同味道的粉，一般卖这种臭豆腐的妇人会连同土豆一起卖。我们通常买一块钱土豆、一块钱豆腐打个牙祭。这里的臭豆腐是用油炸的，不用方豆腐，用油豆腐，炸到香酥金黄之后出锅，涂上自制的甜面酱，便可食用，所以每一家臭豆腐的味道都是不尽相同的。

从弄堂出来，逛一条古街。两边是古朴的店面，卖各种旅游的纪念品。我喜欢这条街，之前在这里买过青花旗装，还有香袋。有题扇的老者在店门口铺张开来，白扇面的折扇、上等的西砚、胡开文的墨条、中锋狼毫笔，还有精美的雕花镇纸。姓名题诗的老者留着山羊胡子，一脸儒雅。我喜欢他穿的那身唐装，盘香扣异常漂亮，还有手工暗纹包边，低调的华丽。

"旧时王羲之帮老妪题扇，老妪怪罪，不识泰山。后扇子大卖，方才知道题字之人是书法名家。"

"可真有此事？"

"还是有的，在离这不远的书圣故里，题字桥便是古迹。"

"那么我们买一把扇子吧。"

"我来题字，你来吟诗，如何？"

"如此甚好。"

我同老者说买他五把白面纸扇，可否借他笔墨一用，我们想着自己吟诗题词。老人笑着看我们，他说年轻人能吟诗写字的不多了，就让我们自己来题诗。可歆选了五把黄绸面的折扇交予我。你在纸上写出五首诗，我依次书写。可歆说我们是该生活在古代的人，对于这个我没有出言反对，倘若有可能，我是希望去古代穿越一番的。自认不是多少考究的姑娘，自是无法与大家闺秀相比，又难诩小家碧玉。古法自持脆弱,无缘大门不出二门不迈,许是穿越到古代,是一个野丫头。诚然如此,还是依旧向往。

司徒锦嚷着肚子饿的时候是下午三时三刻。我们沿着古街走,走到尽处,有三三两两的酒馆饭店不成规矩地分列排布。选择一家较为有眼缘的店面,嬉笑着进入,随性地点餐,倒也吃得快活。司徒锦是累得不行,瘫坐下来看看可歆和三甸,又转头看看我们,他有些纳闷地说如何我们这般欢愉。我说,因为你不懂情。

第二十五章
存久念，莫相思

❶ 吴地，陌生

【母亲嘱咐我诸多之后便离开了，突然心头有一阵凉。母亲是从小到大你无论做多少乌龙的事情她都不会嫌弃你的人，你永远不用担心你们会吵散。】

九月初，再度步入一个陌生的环境。要试图与从未见过面的人交流、微笑、颔首。我是安土重迁的人，久居在某个环境中宁可腐烂也不轻易挪窝，那需要投入太多的感情、精力以及其他。我会惧怕。

这里是一个国际化大都市，我本质上不去追求这方面的胜利。对于这座城最大的存念就是楚家人，但是我现在连他们在哪个角落都不得而知，即便是知晓的，我也不会去吧。一个人拖着行李走进那幢楼，学校是很漂亮的，不大却也精致。母亲是陪同我来的，她去校长室办理一些手续，我就在红楼面前等她。

再度看着眼前的红楼有些唏嘘。那年同来自五湖四海的朋友在这里相识，考试。我算是运气比较好的，三轮面试都没有被刷下来。本想着在二轮面试唱那首五音不全的《青春之歌》时，便要淘汰出局的。我是音痴到自认无人能比我唱歌难听。结果被留下来，直到考完了所有的试题。当年因为惧怕上海这个地名，故而选择离开，囫囵吞枣地浏览了几遍高考志愿填报参考书，千里赴楚。两个名词没有改变什么，最终我还是告别楚地，来到这里。其实冥冥中一切早已注定。

沿途有新生从身旁经过，美美的。精致的五官，各种不同的气质。有很多美丽是不需要外加包装的，无须浓妆淡抹，无须穿着多张扬个性的衣装。也只管T恤、卫衣、运动裤，便显得简单活力，青春时尚。我喜欢那种纯粹的容颜之美。

母亲过来帮我提行李，这次行李不同于当初去楚地时那般多，上海离家不算远，来回也甚是方便，母亲说无须带太多的行李过去，带着累赘，也不一定用得上。若是归家之计，再去之时，方可多带，需要了便是快递，也就几天工夫。我知道母亲的言下之意，她总是借着琐事，说一些话里有话的言语。

一切安顿妥当，母亲要在下午离开。

“吃点东西再走吧。”

“好。”

“我之前在这里考试，待过一周，还算有些熟悉。”

“不碍事，在上海总有对口的菜馆。”

“那倒也是。”

“去不远处的咖啡屋，如何？”

“倒也雅致。”

“如此甚好。”

时间是下午的二时过半。母亲要在四时回去。母亲喝咖啡喜欢多奶多糖，我因此不愿意她喝太多咖啡，毕竟不是多营养的东西。这是一家不大的店面，装修得倒也蛮有意境，后现代主义抽象的装修风格，连桌上的烟灰缸也是赋予了特别高的创意的。我对抽象之美没有多少排斥，简约风格倒也舒适，只是更喜欢老旧古朴的吧。

我给母亲叫了玫瑰花奶茶，不愿意让她同我一样喝蓝山。按照母亲一贯口感，需要放三四包糖和相同数量的奶精，我一直觉得女子食多奶、糖不好，尤其是母亲，她血糖有些高。母亲说了诸多叫我好好生活的话，说是孤身在外若是要什么难处，就给家里打电话。我说我会的。母亲在我喝干的咖啡杯里放入奶茶，她说玫瑰味虽然矫情，却也不会反感，毕竟是脍炙人口的东西。

母亲嘱咐我诸多之后便离开了，突然心头有一阵凉。母亲是从小到大你无论做多少乌龙的事情她都不会嫌弃你的人，你永远不用担心你们会吵散。穿过一条街回到学校，这里有太多陌生的景。就像一年前到达楚地一般地过，还会有好的可以交心的友，遇上很喜欢上对方课的老师、单纯的真挚的室友。只是，少了你。就这样过下去，你也未曾离开过。

❷ 吴地，书信

【一朝离别，两地相随。莫不过三四月，又岂知五六年。七弦琴调不在，八仙桌无人围。九宫格怒掷竟碎，十面埋伏为君舞翩翩。百思怨，千行泪，万里江汉盼君归。万般无奈，千丝盘结，百年残色落妆前。十年寒窗断，九痛八病旷天颜。七步诗才尽无心做，六韬略神散力不足。五黄天五雷撼地懈，四更夜四面楚歌怯。三生约，二人债，一缕红线牵了谁？】

再次收到你的信，你写了长长长长的文字。你用打印机打印出来，装订成册。把封面刷成靛蓝色，在上面用繁体写上文字。这是一本很有古典韵味的册子，我还可以看见你在书册上用珠光笔描绘的纹络。回宫格、桃花路、真龙络。你不是画画很好的人，那条龙纹画得有些丑陋，但是我知道你的用心，无论从哪里都可以看到。

翻开册子，有一股淡淡的胶漆味。我总是喜欢闻一些奇怪的味道，比如新书的味道、新鞋子的味道、胶质手机套的味道、指甲油的味道，还有酒精、松香、中药。当然也有一些天生排斥的味道，比如柴油、福尔马林、鱼腥。

这一次，我回你一封信，附上了给你买的挎包。你是没有包的人，上次过来江南，带一只书包，胡乱地塞下换洗衣物以及其他。你说这只书包从高中开始就一直在用它，它是质量很好的包。我说要买一个包给你，有些场合是需要背包却不适合背书包的。这款挎包是我在网上买的，没有正儿八经去商场花上千儿八百，那天花了半小时挑的，随意地浏览，看上了对眼了就买下来，也是看了评价和细节的。卡其色反皮的包包，简约时尚。老板送了我一款男用钱包，与这个挎包是同一款式，我也一并放在里面了。

我写数字歌给你，从一写到万，再从万写到一：

一朝离别，两地相随。莫不过三四月，又岂知五六年。七弦琴调不在，八仙桌无人围。九宫格怒掷竟碎，十面埋伏为君舞翩翩。百思怨，千行泪，万里江汉盼君归。

万般无奈，千丝盘结，百年残色落妆前。十年寒窗断，九痛八病旷天颜。七步诗才尽无心做，六韬略神散力不足。五黄天五雷撼地懈，四更夜四面楚歌怯。三生约，二人债，一缕红线牵了谁？

还是会想起在一起的种种，但不伤感。曾经说过要携手走遍小城的每个角落。从一到十，把所有的分界线找出。想着一起博览群书，在已经契合的行文方式上更加契合。想着在黄昏时分爬上那一座山头，寻找一条曾经走过的路。想着去那个已经变成森林公园的你曾经住过的地方走走，想着很多很多，我们有太多太多的事情未完成。你说存封相思待相守，时间是最富有的。你让我包裹好我们没有来得及做的事，待一朝久长时。

那么，我等你。

❸ 吴地，蓝色少年

【大伟兄说很多时候当我们以为接受不了眼下的境况时，挨过那个阶段，就会发现时间、精力花下去是值得的。】

第一次见梁大伟的时候他穿淡蓝色T恤，上面有“上善若水”四个水墨字。我喜欢这种衣服和书法结合起来的设计，独特又不张扬，显得儒雅清高。我看现代一些文字，似乎对“清高”这个词汇有些不太美好的看法。清高是不需要装模作样的一种内在的修为和外散的气质。儿时看《少年包青天》，喜欢里面的公孙策。看他穿衣，时而修竹于外衫，时而题诗词于罩衣，那样儒雅俊逸，那样美。

梁大伟是高我两届的学长，我在这里认识的第一个人。我早在楚地的时候就同大伟兄有联系，那时候我考这所学校，在考试的时候他是志愿者，我们在那时候相识。那年我考试，他给了我很多指导。我考上之后联系过大伟兄，我说托他的福，学校我考上了，他说甚好，自此便要成为校友，两个月之后上海见。这两个月我让他等了一年。好在时过境不迁，物是人不非。我自是不刻意向往这里的学习以及生活，但是既来之则安之，毕竟这是那年付出多少努力想要进来的学府。

大伟兄打电话给我。

“初来乍到，我带你逛逛。”

“可还记得老张？”

“曾经同我一起考试的那少年。说起来那年他那般小，却还这般称呼他。”

“他也考上了，与你同一届。你迟到了一年，落下的功课可以找他给你补补。”

“能够结识你们，这是多好。”

“彼此彼此。”

“如此余下的日子，多多关照。”

“无妨。那么十点半，静安寺门口见。”

“好。”

静安寺离学校不远，我收拾妥当之后步行过去。这天天气很好，仿似晚上下过一场雨，把周遭洗刷得异常干净。地面已经干了，深洼处还是有些许水渍。空气中带着一些湿润，风吹在脸上很舒服，我花几分钟时间来到静安寺门口，见到久未谋面的大伟兄和老张。

大伟兄还是穿那件我初见他时他穿的T恤，老张也依旧没有过多的变化。他们说除了头发变长之外，我也同一年前一样。大伟兄说一起去吃饭，午后去练太极剑。大伟兄是学校武术堂的会长，最擅长太极剑和太极拳。我看到过他演出时的照片，绸衫青龙，御剑翩翩。老张则是学校极武社的社长，擅长双节棍。都是在我看来很有本领的少年，较之形秽。

大伟兄说很多时候当我们以为接受不了眼下的境况时，挨过那个阶段，就会发现时间、精力花下去是值的。

我发了一个短信给你，我说吴地还是有不少朋友，无念，勿念。你很快回一个短信，你说存念，纯念。我们很多时候会这么矫情一下，这是我们之间的浪漫。

❹ 吴地，卖花的姑娘

【谦让的长者，有着大爱心，她让我想到我唯一的一个姐姐，叫做裘裴。】

吃完饭之后我们去中山公园练剑。在去往中山公园的地铁上，看到三个卖花姑娘。我喜欢其中稍微年长点的姑娘，姑娘没有其他两人容貌姣好，却有一种独特的亲近感，给人以娴静敦厚的感觉。我觉得她是有大智慧的姑娘。谦让的长者，有着大爱心，她让我想到我唯一的一个姐姐，叫做裘裴。

“这些钱，你们买些午饭吃。”

“那你呢，如何是好？”

“姐姐没事，等这些花卖掉些，就和你们一起吃。”

“那我们在老地方等你。”

“今天走累了吧？”

“不累。”

“不可以对姐姐说谎，如此花要谢的。是累的吧？”

“嗯。”

“如此中午就多休息会。”

“好。”

裘姐大我六年,半个轮回。每每在春节相聚,她带我到处逛逛,而后陪我嬉闹。现在看来极为近的距离,在儿时看来却十分遥远,我家和表姐家相差不过十里,通常开车过去要不了十五分钟,但是在那时却觉得并不是自己可以驾驭的距离。她会用压岁钱买我想要的玩具给我,六岁那年,她买一架玩具飞机给我,拧紧机身的发条,螺旋桨就会转动。这个飞机要五块钱,在当时看来,于女童是一笔很大的财产。

裘表姐在我九岁那年过世,九岁那年我学国画略有小成,在一次比赛中获得一个奖杯。那座奖杯顶上有一个漂亮的水晶球,切割成无数面,光线照进去,变成五彩的光线折射出来。表哥向我讨要的时候我没有给他,我说我想要给表姐。我说这句话之后的三个月,表姐就去了,白血病晚期。

我记得儿时躺在表姐的床上听她讲故事,她说漂亮的水晶球吸收了月光的精华,璀璨夺目,向着它许愿,许是可是看见长久思量的人。那天晚上我把奖杯搬到小江后的桥头,抬头有月光星空,皎洁明澈。我不断回忆着表姐的脸,却怎么也记不真切。一年仅只见了几次,竟也记不得面相。我依然固执地念叨着,我说月光月光,请你让我在水晶球里看到裘姐姐。我想知道她有没有戴我送给她的发箍。

夜里的雾气有些重,夜风吹过周遭的物件,发出窸窸窣窣的声响,听得我有些恐惧。远远望去的丝瓜架下仿佛有什么东西在轻轻移动,我不算胆子很小的姑娘,又或者少不更事,也是无头无脑地走到丝瓜架下,有青蛙和蟋蟀唱歌的声音,奇形怪状的丝瓜丑陋地生长,挂在枝头被夜风吹得直晃。我没有在那里发现什么,再回头的时候却没能在桥上找到我的奖杯。自此我就再没有见过那个奖杯,以至于我忘记了它是在哪次书画比赛中得到的荣誉。当时我只是觉得,是裘姐姐拿去了。正如她曾经给我讲过的童话故事一样,她那样渴望有一颗水晶球。

地铁依旧不为动容地向前,我看那姑娘闭目小憩,一脸疲惫。我从位置上起来,过去买花。她是不情愿卖给我的,她说我看起来不是那样需要这些花。我说你唯恐我怠慢了你的花,那我也同你一般好生照看。她还是把花卖给我,她问我要买多少。我说全部。三个姑娘有些不可思议地看着我,我说不要怀疑,我不践踏它们,等它们自然消亡之后,我将它们晒一晒,用作其他用途。姑娘对着我微笑,给我开了很便宜的价格。我还是照着原先的价格给了钱,我主要是想让这三个姑娘,哪怕有一天可以在一起吃一顿午饭,在她们口中的老地方。

有时候你就是愿意花钱去做一些看似对你没有任何利益的事情,或许只为一个"情"字。我要谢谢她们,让裘姐姐的脸在我早已模糊的印象里再度清晰起来。

第二十六章 实则不相欺

❶ 江南，病妇

【让我在你心中打开伞。】

一场病让我嗅到了死亡的气息。我在九月下旬住进医院，这场病让我整整住了一个星期的院。

九月的一个周末，母亲过来上海接我回家。我最大的一个堂哥哥生了一对龙凤胎，母亲叫我回去吃满月酒。回去那天母亲要到北联大厅拿一些样品，我在楼梯拐角处等她。前面一个背着卷筒布的劳动者汗流浃背，我帮他托住布匹，令他前进起来便当一些，却不小心掉出了钱包。他在二楼拐进了对面的楼道，我俯身捡我的钱包。有东西从钱包里掉落出来，是你的照片。先前你母亲说你幼童时期长得可人，点胭脂，着红装，白白嫩嫩。我是见过你儿时相片的，黄发垂髫，男生女相。你母亲整了几张照片给我，我就夹在钱包里面。就这样俯身，从北联大厅的楼梯上滚了下来。

我怕你过于担心没有告知实情，只说高跟鞋扭伤了脚踝需要修养几日。有长久时日没有进医院了，母亲让医生给我做了不少检查，确定没有大碍之后才让我留院休养。医生说我有些扭伤，头部有轻微的脑震荡。住院一段时日就会好转，并无大碍。

和我住在一起的是一个姐姐，三十多岁，看起来很时髦。姐姐是在户外运动的时候摔伤的，左臂骨折了。刚进去的时候我并不善谈，姐姐倒是很健谈，我腿伤了不便下床，她就用她没有受伤的右手帮我倒水喝。

“还痛么？姑娘。”

“好多了。”

“一开始是有些痛楚。”

“谢谢你。”

“我这里有糖果，要不要给你些？”

“这情何以堪？”

“不打紧。”

姐姐拿糖给我吃，德芙的黑巧克力，苦苦的，是我喜欢的口感。晚上的时候姐姐问我要看什么电视节目，她把遥控器递给我，叫我随意更换。姐姐在看《甄嬛传》，我是钦佩女子有甄嬛这样的智慧和作为，但是我本质上不喜欢这样累的生活，我说过我是很懒的人，包括懒得动脑。有些事情难得糊涂，也并非要做到心里明白。过于通透的女子操劳，钻牛角尖的姑娘烦恼。算计得越多，到头来也许兜兜转转到自己身上。

姐姐似乎很累了，我打算关掉电视睡觉。姐姐阻止我，她说在医院的夜晚，让电视机制造点声音出来，许是会好点。我有时候是信鬼神的，但是并不惧它们。我相信即便是怨念再深的恶灵也是冤有头债有主的，所以不要做让自己后悔的事。

这样的日子一直过去有三天，父母亲人过来看我几多次，我却一直不见有人过来探望邻床的姐姐。这天夜里，姐姐给我讲她的故事，这些话让我有些后怕。姐姐是嫁得早，未满十九岁就过门了。丈夫本是情绪化的人，却做了需要极高理性思维和处变能力的心理医生。他多少因为自己的病人而有些思维上的转变，一开始还好，慢慢就出现了质的改变。他变得草木皆兵，疑神疑鬼，时时刻刻都觉得别人要对他不利。终于他因为这样高度紧张的神经而犯了罪，他最终错手杀掉了自己的儿子。这种病态的心理最终得到证实，精神病患者杀人是不用偿命的，他被关在医院里接受治疗。一下子失去两个最亲的人，我不用去揣度姐姐的心情也自然可想而知。

我不知道要如何安慰姐姐，也不企图用言语给她温暖。我们永远无法预料没有发生的事情，防患于未然自然比事后诸葛亮要高明许多。总是有比你悲剧的人存在，我们要做的是把悲剧写成喜剧。若是在苦楚的深渊里越陷越深，只会越来越苦。做乐观的人，不需要太理性，不需要太聪明，把心放平。

姐姐比我早一天出院，来接她的是一个看上去小她几岁的男子，男子不高，双眼皮很好看,笑起来左边嘴角一颗梨窝,右边牙齿露出一个虎牙,有些稚气。我一直以为那是姐姐的弟弟,直到那少年给姐姐擦汗。那眼神不应当是一个弟弟对姐姐所有的,弟弟于姐姐,即便是爱,也带着敬畏、崇拜以及一些其他的情绪。我是做姐姐的人,自然有感。姐姐临走时把她所有的德芙黑巧克力都送给我吃,她对我眨眨眼,轻声在我耳边说:"有时候感情是不需要顾虑太多的,妹子。"我一直到出院都没有吃完那些巧克力,但是我发现了盒子底下的秘密。

隽秀的小楷:"让我在你心中打开伞。"

❷ 楚地,故

【故人之所以为故人,因为老旧,因为熟识。故地之所以为故地,因为念想,因为记忆。都是时间的功劳,还有人心。】

一直到我出院,我都没有告知你我住院的事情。我想着国庆过去见你,又由于住院耽误了买票的行程,故而只买到了站票。我怕是告知你你就会阻止我过去,但是此次我非去不可。楚地,还是断不了念想。

拥挤的车厢极不舒适,一天一夜的时间全程站立。有些疲惫和痛楚是可以被一些情绪盖过去的。早上六点多抵达。

到楚地的第一天去上了课。混在曾经寝室的姐妹堆里,装作从未离开过的样子。得知老师点名时还时常点到我的名字,眼泪不自觉地流下来。这堂古代文学,是大故事大王的课。他依旧那般健谈、幽默。看他在讲台上游刃有余,我只坐最后一排。还是不希望太打扰,各种寒暄都可以省去,互不打扰,相安无事。我只管这样听着,当一个透明人便也很好。

小可爱见到我有些哽咽,跑过来抱住我。

"如何回来了?"

"过来看你们。"

"近来可好?"

"还算如意吧。你们呢?"

"你走了之后我退了团委,最近大家又忙着艺术节了。"

"如此甚好。"

学校依旧没有多大的改变,该不平整的道路依旧是坑坑洼洼。我其实没有离开多久,上次过来是在暑假,当时的太阳有些晃眼,射得人的眼睛极不舒服,故而才会掉眼泪的吧。这次过来十月份，天已渐渐有些转凉，九月入秋，十月份还是没有过多秋季的意象。

你下课了陪我吃饭，一起走过那条尘土飞扬的道路，要再度吃很辣的食物，就好像我从来都没有离开过。燕子打电话说她中午在老地方排练，叫我有时间过去看看。我是想着过去看看，确实是爱不能释的东西，即便没有多专业。

过去看到汀兰，依旧白皙明艳。她拿长绸扇在手上，舞出漂亮的花朵。我还是喜欢看她跳舞，在我看来古典舞者就应该是长这样，个子小小的、皮肤白白的、眼睛细细的、下巴长长的、额头高高的。程蝶斤丢一把扇子给燕子，朝她努努嘴。燕子过去排练，我在一边看着。舞蹈很美，舞者很美，都很美。

“怎么样？”

“绝美。”

“提点意见，如何？”

“恐是不便吧。”

“还有一个舞蹈，你看看，如何？”

“好。”

下一个舞蹈是燕子排练的新疆舞，她带了几个学妹们一起跳。我是很认真地从头看到尾，对于新疆舞也没有过多的研究，或深或浅地提出一些或对或不对的意见，也不用刻意避讳什么。朋友就是直言无忌，放开了心让彼此进入心里。她也会认真地听，或采纳或排除。倘若是心里不舒服地听取意见，不诚恳，不甘愿，自然也不必费那工夫。

故人之所以为故人，因为老旧，因为熟识。故地之所以为故地，因为念想，因为记忆。都是时间的功劳，还有人心。

❸ 江南，追回令

【人与人之间就是如此，通过朋友认识朋友的朋友，即便泛泛，不妄交心，这也是人生一大趣事。人与人之间若是少了几分人情，倒也索然。】

母亲打电话问我身体恢复得可好的时候，我正在和楚地的故友们吃饭。母亲总是关心自己的子女，即便嘴上骂得多凶。想来也是昧着心做了欺瞒母亲的事情，只身跑到楚地，故而有些惧怕。母亲见我言辞闪烁就问我是否恢复得不好，我说没有。母亲最后说要来上海看我的时候，我有些慌张地说手机没电然后挂断了电话。诚然，说了一个谎话是需要更多的谎话来圆这个谎话的。

这餐饭是在一家叫做“悦居”的酒店吃的。叫上新知旧友，点一桌不是那么名贵的菜肴，说说笑笑就很欢畅。我当时在想，若是李三甸还在楚地，我断然去他的面馆，把朋友介绍给他。人与人之间就是如此，通过朋友认识朋友的朋友，即便泛泛，不妄交心，这也是人生一大趣事。人与人之间若是少了几分人情，倒也索然。

“如何？”

“母亲的电话。”

“可是出事了？”

“恐是待不了多久。”

“如何？”

“母亲担心我身体，说是后天去上海看我。”

“怎么办呐？”

“落荒。”

“如此，我去订票。”

“对不住各位。”

就好像天大的谎言要被拆穿一般的惧怕，我一下子头脑变成一片空白，竟也想不出办法来了。大伙手忙脚乱起来，这个情景叫我想起儿时，数学课上打瞌睡被罚站回去瞒着父母，偷偷拿了母亲的口红来擦还弄断了，跑去河里抓鱼被父亲逮到揍一顿。儿时总是因为害怕被责备而撒谎，又不懂得如何圆谎，想不到长大之后我还是如此这般。我若是很想做一件事便不去考虑后果抑或是把事情想得太过于美好，故而等到事与愿违的时候，便风起浪涌。我不是深谋远虑的姑娘，不要学我。

十一黄金周的车票不是那么好买的，你帮我制定了不少方案出来。一个个打电话问，折腾了一个晚上，终于订到了票，从楚地到江南，转三道弯，从汽车到火车再到汽车。我知道回去会很累，但是这一趟还是没有白来。旅程于人都是过于耗费精力的东西，心里觉得值了便就值了，不会那般苦楚。

明日中午十一点的车票，我在楚地，还有最后一个夜晚。

❹ 楚地，良宵

【不熟知的人看不熟知的人，便会带着一些主观色彩。倘若喜欢你就说你鹤立鸡群、侠骨仙风，倘若厌恶，你就是装模作样、故作姿态。对于一些评价，有则改之无则加勉，却不要因为它影响了情绪。】

这天吃完饭是在七点左右，我接到燕子的电话。

“邻校有舞会，去不去？”

“什么时候？”

“九点钟，通宵。”

“如何安排？”

“之前会有表演，然后是化装舞会、自助餐，然后安排了电影、游戏等，还提供休息室。”

“多好的安排。”

“如何？”

“去。”

我总觉得一个人不会太过于倒霉，很多时候都能够绝处逢生，逢凶化吉。想着我在楚地的最后一个夜晚，还能遇上此等活动，多寡欢愉。我不是说与朋友安静地度过这个夜晚不幸运，只是觉得这个时候有这样一个活动可以参加，或许更为难忘一些。倒不是说它本身有多少意义在里面，只是就这样按着流程走，也是丰富的一个夜晚。

燕子在团委借了不少衣服给我们，她这次化装舞会扮成小红帽，戴着头巾，穿着幼童的连衣裙，披上红色的呢子披风，小巧可爱。我选择了一套复古洋装，你穿上燕尾服，我们这次扮吸血鬼夫妇。洋装很华丽，我上了哥德式的妆，没有上太夸张血腥的妆容，我不想整个夜里顶着一张死人脸。我花很长时间把睫毛刷长，没有黏贴假睫毛上去，本身配合这种妆容是需要贴上尾部加长的假睫毛的，但是我不习惯长时间的附妆感，苦涩、辛劳。天生排斥异物感的敏感主义者，注定要舍弃很多东西。

可爱和麦子匆匆赶来的时候，我们已经换好了装。麦子是喜欢新鲜的姑娘，选定衣物之后就开始换装。她选了日本的白和服扮成雪女，我给她扑上厚重的粉底，她需要一种极不健康的肤色。眉毛用红色画成圆点，脸颊画上诡异的高原红，再在唇间点一抹艳红。可爱选了一套古装扮嫦娥，刚巧她最近买了一只白兔当宠物。她把白兔往手里一抱，清雅脱俗。

可爱一边抚摸着怀里洁白的兔子，一边走过来和我说话。

“田心，你是爱极中国古文明的，如何不穿古装？”

“明日便会匆忙离去，古装许是多有不便。”

“明日几时离去？”

“中午十一时。”

“那真是可惜了。”

“无碍的，带点遗憾会更流连。”

“这身洋装，你穿甚好。”

“谬赞。只是复古英伦的神秘，我也是神往许久。”

“这便好。”

大家在校门口集合，大家出了各式各样的人物，我看到一直钟爱的黑羽快斗，还有锦毛鼠白玉堂和南侠展昭，都是看到会激起记忆的人物。大家到达邻校的时候已经九点多了，晚会已经开始了，我们到预定的位置上坐下，看一台晚会。开场舞和前面几个节目都无缘得见，我们进场的时候刚好是一个朗诵节目。一个扮演成江姐的同学正在投入地表演，朗诵得慷慨激昂，催人泪下。我看到前边有些老一辈都纷纷取下了眼镜，气氛有些凝重。年轻一代的学生倒也沉默，只是少了某些感触吧。有些东西，必须亲身经历过，方可得知其中的滋味。

看到古典舞依旧兴奋乃至感恩。七个女子着桃色的衣裙踏歌起舞，水袖荡漾的瞬间让我想到在一起跳舞的姑娘。总是一种情缘让大家相识。在一起总能学到不同的东西，或者谁的眼神比较媚，又或者谁的动作比较柔情，再或者谁的节奏掌握得最为得当。姑娘们的音乐踩点踩得很到位，看得出是经过多次细心的排练，不是专业学舞蹈的女子，带着至真的爱上台去，无论她们在台上多么不专业，或者让你忍俊不禁，都不要嘲讽她们，无论如何都不能打击了她们的一腔热情。专业学舞蹈的女子，她们在练习劈叉、大跳、下腰的时候，我们在逛街、吃饭、谈恋爱，如此她们才能在聚光灯下身轻如燕，仪态万千。她们是舞蹈专业，却也有不完美的时候，倘若哪天无法达到我们的审美，断不能轻易怪罪，也许一句话的评价对她们来说很重要。

化装舞会在晚会结束后开始，很多不曾相识的人在舞池里舞动。叫不出名字的音乐，不断变换的灯光，有些神秘，有些浪漫。你拿来草莓蛋糕给我，我坐在一边的沙发上面看舞池里的男男女女。在今夜，谁也不认识谁，有缘的人相聚起来，选择喜欢的角色，邀请她，接受他。我对国标没有多少研究，而且穿着高跟鞋舞蹈会让我觉得很不舒服。我看麦子和二爷跟着音乐一直在舞动，不断有麦子的笑声传来，她是不擅舞蹈的姑娘，想来是踩到了二爷的鞋子诸如此类的笑点吧。

小鱼儿过来的时候我正捧着一条烤鱼吃得起劲。他说有时候看我像个不问世事的隐者，带着七分仙气、三分侠气；有时候看我像个旧时豪门的千金，琴棋书画、诗词歌赋都有涉及，带着独特的韵笑而不腻；有时候就像参禅的老者，纯良、通透。这回看我，就像是大大咧咧的假小子，同男子称兄道弟，为女子打抱不平，感觉我是会捧着大只烧鸡大口吃肉、大碗喝酒的女子。我从没想到从小鱼儿嘴里能说出此番夸赞的言语，我自是绝不敢当。我只是有一段矫情的过望以及太多标新立异的作风，我说过我是沽名钓誉的人。

我想着对小鱼儿说我没有你说的那样神乎其神，只是有些不熟知的人看不熟知的人，便会带着一些主观色彩。倘若喜欢你就说你鹤立鸡群、侠骨仙风，倘若厌恶，你就是装模作样、故作姿态。对于一些评价，有则改之无则加勉，却不要因为它影响了情绪。诚然，我是做不到的。却还是那样说，因为我道理我都懂。

之后还去看了电影，做了游戏。一些活动都安排得那样稳妥。一直到凌晨三点钟，才有些许睡意。我们一行到了休息室，大鹰带了《三国杀》卡牌来，我们就这样等待黎明。

天亮了我就会离去，就好像我从来没有来过一样，安静地走。

感铭这一路所见的任何。

第二十七章 再过十一月

❶ 江南，他和他

【他总是这样不动声色，却时时为我着想。有些淡淡的记忆飘起絮来，我甚是想念他们。我倒是想要见一见他们，我说过有些情结是需要犯下的人亲自化解的。】

子晗是十分忌讳十一月的，十月份的尾巴上，他打电话给我，问我这个十一月，是不是去扫墓？我是一直不知道绍谦的墓建在哪里的。即便旧时去过几次，也知道是在上海，但却委实不能明确地点，倘若让我独自前往，是断然寻不过去的。子晗是知道的，我曾经因为惧怕那个梦境，一直推脱着不敢前往，我不是害怕那少年，而是败给了自己的眼泪。其实每年的这个时候，子晗都会过来问我。

“安否？”

“如意。”

“又一年秋，十一月。”

“我是了然你此番电话的意义。”

“那如何说？”

“今年我去。”

“当真？”

“嗯。”

子晗是很了解我的人，他觉得我这次有些反常，我说其实一直是想去看看的，只是一直由于某些事情耽搁了。今年本身人就在上海，无论如何都要知道他的墓地在哪里。即便是被楚伯母如何奚落，那也终究是我犯下的罪孽。佛说解铃还须系铃人，自那年楚家举家搬迁，以至于我远赴楚地沉湎，我们一直一直都在逃避。

子晗从北京飞回来，直接跑来学校看我。这天他穿纯黑色，带了香水百合和白色玫瑰。他过来教室把白色玫瑰递给我，我穿杏白色棉纱裙、米白色呢子风衣。这天是需要非黑即白的着装，我随着子晗匆匆离去，他打开纯白色兰博基尼，我就这样上车。我知道这种离开在很多人看来是不好的，显得刻意、轻浮以及虚荣。在这个学校一个多月，我没有和这里的姑娘们有过多的交集，我是低至尘埃的女子，从天而降地进入她们原本所在的集体。人都是或多或少有着排外心理的，大家都是三五成群的姐妹，而我只是一个外来者。自然，也是多寡有些许志同道合的朋友，比如下铺睡着的那个叫做云晴的姑娘。她是来自农村的姑娘，质朴、实在。我喜欢她裸颜轻笑的瞬间，带着一股灵气，轻巧的，柔柔的，眼神里却带着一点媚态。我喜欢这种长相的姑娘。正如我喜欢《少年包青天》第一部里面那个叫做丫头的姑娘，看起来那样良善秀气。

子晗开很久的车到郊外，他把车子停好，带我走一条修好的小路，来到一个墓场。我是一直不知道怎么到达的，记路的能力我一向很弱。这里很凉，这是暮秋时节，枯叶落了一地，我一路踩着的树叶的尸体染血在脚边哭泣。我在想墓地许是该有墓地的气氛吧。

放下白色的花朵，看到短碑上的相片已经发白，日晒雨淋年复一年，起了皱裂，就好像你伸手一触，它就会剥落破灭，那样脆。我是有多久没有看到这个少年了，他还是像多年之前那样笑，停留在那样单纯清澈的年龄里无忧无虑，我知道他不怪我。

子晗是特意提早了一天带我过来祭拜，我知道他是怕我遇见楚家的人，他总是这样不动声色，却时时为我着想。有时候我会觉得我如何可以这般幸福，身边的人都对我那样好。一如子晗所料，这天在墓地没有遇见任何楚家人，时至今日，我还是可以记得起楚伯伯楚伯母的样貌，虽然有些时候也试图让他们变得更清晰，却依旧都停滞在那个状态，不用刻意去回忆，却可以在看到的第一时间认出对方。如此印象安妥。

只是这个场景，这个时间。有些淡淡的记忆飘起絮来，我甚是想念他们。我倒是想要见一见他们，我说过有些情结是需要犯下的人亲自化解的。

“子晗，我想见他们。”

“你若是想这么做，就这么做。明日我陪你来。”

“无论逃避多少年，都是一样的，还需要一个交代。”

“嗯。想清楚便好，我会一直都在。”

“呵呵，他也这样说过。”

“他也一直在。只是换了一个时空，换了一个世界。”

“你必须知道，你这些话很矫情。”

“这是我们会做事情。”

我笑着抓一把枯叶扔子晗，我说你矫情不是我矫情。子晗耸耸肩说你又矫情了。我笑得直流泪。这是小时候经常做的事情。他把我糖果抢去，我就丢那些无伤大雅的东西过去，比如纸团，比如花瓣，还有枯叶。有些人就是靠记忆支撑着驱动，一旦记忆崩塌就不堪设想。而然，过去的就让它过去，它安然地存在过，你也安然地让它存在那里，不痛不痒，不悲不喜。

❷ 吴地，一直很想念

【意外之所以称之为意外，只因在意料之外。】

十一月十日，清晨，白日光。

子晗开车很稳，沿途的风景多寡有些熟悉。我记得要经过一座漂亮的灰色教堂，再往左拐几个弯，就会到达那个林子，穿过林子，就能看到那条路，子晗就会把车子停在附近的停车场，然后我们沿着那条路走，就会到达墓地。我依旧穿昨天的白色衣裳，子晗还是买了白玫瑰给我。

接到司徒锦的电话，我是无论如何都想不到他会给我打电话来的。他的语气有些哽咽，似乎遇到了什么，说话还是那样柔软的温和的腔调，我开始觉得这个男子是不是从来不会发火。

“十一月么可以给你打个电话了呐。”

“为何？”

“祝你生日快乐么。”

“我不觉得快乐。”

“那么我给你过生日呐。”

“你如何要给我来过生日？”

“我么就想给你过生日。”

“诶？”

“好呐好呐，现在你知道我为什么要给你过生日了。”

“呃？”

“就这么定了。”

有些好笑又无奈地挂断了电话，子晗正巧开车经过那个教堂。我朝车窗外看了一眼，那座教堂真的很漂亮。凹凸不平的灰色方砖整齐地堆砌着，纯白的罗马杆，复古的落地窗，有阳光穿透玻璃折射出五彩的光，周边有树，还有秋千绳索。天空中赤红色的十字架触目惊心。突然发现，今天天气真好。

子晗来很早，他说怕是错过了，就要等到下一年。我们一直等到九点多，看到有人过来，我是一眼就认出那个妇人，她穿一身黑，肩领处的黑色貂毛彰显气质，华丽而不俗套。黑色爵士帽、小烟熏、红唇、黑色蕾丝手套。这种装束在港台片中时常看得到，却没有在现实生活中看到过。我有些迟疑地走过去，昨天是预料过此等情形发生的，却依旧乱了阵脚。

她似乎也还认得出我，又或者认出了我身后半米的子晗。她没有我想象中那般情绪激动，而是极其镇定地看我一眼。

“是你。”

“是。”

“一直很想很想对你说些话，却不知道如何开口。多年如一日地飞去，我知道在你心中一直有个结，也妄想着要解开它，化解它，时至此时此刻却断了思绪。我没有什么想说的，伯母，请允许我还可以这般称呼你，我……很抱歉。”

伯母抱住我的那一刻眼角有泪滑下来，情绪表面不卑不亢，却止不住眼泪。我以为她是会一记耳光打下来冷言叫我滚的。

从墓场出来，我上了伯母的车，伯母要带我去她现在的家，她说当时她那样对我，也是冲动了，事后想来有些后悔，想要道歉却实在想不出任何理由。时过境迁，心里一直淡淡地记着这个事，这就好像一个心结，我们之间无论是谁跨出这一步都是可以收拢这个局面的，只是多年来一直太过于担心给对方造成什么不必要的烦恼故而积压至今。其实我们一直念着双方。

很多时候，不去解决问题就永远被问题所摆布。惧怕问题或者问题所附加的问题，都会错失解决问题的任何机会。而其实只要有勇气跨出一步，问题也就迎刃而解。

我同样没有记清楚路，等再下车的时候就在一幢别墅面前了。还是同多年前相似的复古风格，钩花铁艺和罗马吊灯。简单的寒暄之后，见到楚念谦。我喜欢这个孩童，让我想起儿时的绍谦。他们很像，毕竟血浓于水。相同的白色皮肤，相同的俊秀的脸。九岁的少年，隔着一帘珠纱看我。他有些羞涩地跑过来，取下挂在胸前的白玉赠我。

“你很喜欢我么？”

“哥哥很喜欢你。”

“你知道哥哥？知道我？”

“我看过哥哥的日记。”

“能看懂？”

“有图画。”

伯母讲很多，拿绍谦的日记给我。才知道她一直都没有长怨我，责难是有的，却也是一时的，她知道绍谦对我好，怎样都好，丢了谁不是丢。意外之所以称之为意外，只因在意料之外。

在意外面前，她说怨不得任何。

❸ 江南，贺生辰

【人说横生财，久长别，至始爱变质家变味，其实这也要看人的。】

十一月十一日。微风，落细雨。

前一天连夜赶回来，请了几天假，打算在家安静地待上几天。这天起来有些凉，我胡乱穿了一身衣服，赤着脚在地板上走。我喜欢一个人在一个相对禁闭的空间里自娱自乐，孤独惯了的人已能很好地适应了孤独，故而不寂寞。

有门铃声响起来，这个时候会是谁。父亲这阵子飞菲律宾去了，母亲一直忙着国内的生意。我有时候会羡慕父母的感情，无论分离多久时日，那样爱。人说横生财，久长别，至始爱变质家变味，其实这也要看人的。

懒懒地从盘梯往下走，穿过大厅和玄关，打开实木的红色雕花大门，它笨重得就好像，就好像死了很久。门前还有台阶要下，走八节青石台阶，打开铁门，是快递的小哥。我从来不记得这段时间叫过快递，也没有买过东西。想来是你或者子晗或者司徒锦送来的礼物，实在想不出别人。快递的小哥将鸭舌帽压得很低，送来一个半人多高的大盒子。我签收之后他让我验收一下，我有些匪夷所思地认为是不是谁躲在里面。曾经看过这样的报道，男子为了给女子惊喜，将自己装在大箱子里面快递过去，直至女子打开箱子，才发现昏死过去的男子。想着女子当时一定揪心地痛，爱一个人，见不得他受任何一点伤害，即便这个伤害微乎其微也好，什么都好。

解开盒子上的粉色绸带，打开盖子。我承认有幻想从里面钻出个人来，对我说生日快乐，无论是谁，却不是那样。盒子里什么都没有。快递小哥有些笑出声来，我转过头看他的时候看到他捧一个盒子递到我面前。他抬头对我笑，是司徒锦。

“我么是浪漫的。”

“呃？”

“那你有没有感动？”

“诶？”

“这个么是给你的。”

“啊？”

“钻石哦。”

“什么？”

司徒锦总是做这些让人特别无奈却又好笑的事情。我说过他就像个孩子。有时候真是怀疑他是不是跳过了几个成长阶段，直接从童孩变成了少年。而他那种单纯委实不是装的。

我说钻石是不能随便送也不能随便收的。稀有的东西，那样坚固、璀璨、昂贵。送钻石的贵重，收钻石的慎重。司徒锦把链子从锦盒里拿出来，有些不高兴地嘟嘟嘴，他说这是他母亲留给他的东西，他觉得我像妈妈，故而愿意相赠。我再三推脱直到司徒锦扔了那项链，他说我若是不收下这礼物，他也不会再要它，原来他要比我犟。

我顺着他丢的方向，在草丛里找许久，终于失而复得。我说以后不可以这样任性，再怎么不开心都不可以拿任何东西开玩笑，无论人事，何况这是妈妈留下来的东西。司徒锦龇牙对着我笑，发出“咯咯咯”的声音，他说我说的话，他都会听。

这天我才知道司徒锦从来不知道天冷了可以擦点润肤霜，嘴唇干裂可以涂唇膏，上火有专门的清火药可以吃，感冒不一定会发烧。眼前这个孩子，如果我有资格这么称呼他的话，让我有些莫名的心疼。是如何一种成长环境，才能造成他现在这样。

司徒锦是把我当成他妈妈的映射了，这个我想宠着的少年，他好像有着太多太多对母亲的回忆以及望尘莫及。

生日快乐，我很快乐，希望你和他同我一样。

❹ 江南，沈园

【诗经上面说“死生契阔，与子成说，执子之手，与子偕老”，但是大家都没有注意后面的一句“于嗟阔兮，不我活兮。于嗟洵兮，不我信兮”。人都愿意相信美好的事物而自动过滤不好的东西，就连爱情也是如此。】

母亲留司徒锦吃了晚饭，这天我不断在教他一些必备的生活常识。我帮他在他扭伤的右手手腕上了药，他说这是前几天下雨，他爬上树的时候不下心踩空滑下来弄伤的。他又给我看了腿上的伤，纤细的小腿上都是血痂，一道道的口子愈合得真丑。膝盖青了好大一块，周围还有一些细小的伤口。

“下雨天你如何要上树？”

“树上有只鸟。”

“如何不能放过它？那样就能放过你。”

“你说话我么是听不懂的，不过呢我非上树不可。”

“又为何？”

“鸟在树上动不了。”

“如何，动不了方便抓？”

“它被绳子缠住了，我去帮它呐。”

说到这里的时候突然发现自己的小人之心，眼前这个在我看来稚气未脱的孩子却也比我慈悲。自诩本着善心教人善行，不料自己却是那个思想最为狭隘的人。所以永远不要以小人之心度君子之腹，不然显得自己像个笑话。

我问了司徒锦当时摔伤时候的情形，他说忘记了，当时不觉得疼，回到家才发现裤子被血浸湿了，伤口火辣辣地生疼。回想起来发现当时摔下来到时候被底下的什么东西划出了几道血口子。当我问到如何清洗伤口时，司徒锦很震惊地问我说还要清洗么？因为他当时简单擦干血，就去洗澡了，如往常一样。

司徒锦那天在我家过夜，就睡在那间久未有人气的客房里。母亲搬了床新被子进去铺好床，我给他拿去一个枕头。他有些感激地看我，我笑着说晚安。第二天天依旧有些阴沉，不过雨停了。司徒锦起很早，他说昨晚梦见自己成了陆游，夜深沉，挑灯夜读的时候看见自己写的诗句：“城上斜阳画角哀，沈园非复旧池台。伤心桥下春波绿，曾是惊鸿照影来。”

在爱情上，我对于陆游的做法是不甚理解的，我当然不是说为了爱情可以不顾虑母亲的感受。正如元稹刚说完“曾经沧海难为水，除却巫山不是云”之后就去和别的女子欢好，而他的这句话骗了多少人？也包括我。诗经上面说“死生契阔，与子成说，执子之手，与子偕老”，但是大家都没有注意后面的一句“于嗟阔兮，不我活兮。于嗟洵兮，不我信兮”。人都愿意相信美好的事物而自动过滤不好的东西，就连爱情也是如此。诚然，在承认确实有不足以称之为爱情的感情存在的同时，我还是愿意相信爱情的。我说过很多东西，是要看人的。

还是想去吊唁一下陆游和唐婉那短命却又亘古传诵的爱情，我带司徒锦去沈园，在那个园林里面，有着陆游和唐婉写下的诗句。园子里的太湖石上写着“问世间情是何物，直教人生死相许”，感情不可方物。

在河网交错的绍兴城里，雇一条乌篷船，戴一顶乌毡帽，要一份臭豆腐，摆一碟茴香豆，把一盏花雕酒，沿河而下。暮秋的天容易阴湿，就好像游江南水乡一样，总是带着一种淡淡的压抑感。或许是因为它独特的凄美的韵吧。

第二十八章 流年里最后一个金秋

❶ 楚地，思无名

【人总是无法做到让每一个人都喜欢的，毋宁不心烦。】

最终的最终，我还是回去参加了金秋艺术节。流年里的最后一个金秋，我对自己说。

十一月末，收到恩师的电话，叫我回去参加第十届金秋艺术节，我在此学校请了假，马不停蹄地赶往彼学校。人多寡先入为主，尽管我也同样爱这个学校。

离别前几日，接到燕子的电话。听到昔日的良友在电话线那端的哽咽，于是毅然决然执意赴楚。仅仅用了三天时间，从决定到动身。回去仅是心心念念的故人，久违的舞台以及钟爱的舞蹈，还有恩师与学校，再无其他。

“她不肯放过任何人。”

“汀兰？”

“是。”

“如何？”

“你过来再说。”

“好。”

继上次一别之后，时间又过去近两个月，学校还是同两个月之前没有多大改变。赵教授给我讲了这次艺术节的主要内容，要我再排一个舞蹈出来。我叫来燕子、可爱、璇子、雨薇，打算排一个五人舞出来。

前段听到一首歌，叫做《思无名》，是清响翻唱的歌曲，我喜欢那歌词，颇具古韵。那种清淡且安宁的文字，有着穿透时空的力量，给喜欢之人以无限遐想的空间。有画面在脑中铺摊开来，素美的女子静好，翩然的男子俊朗。青的山，绿的水，晨有青雾晚有霞，春有百花冬有雪。一片净土大好。于是我将《思无名》截取了一段，又配合其他音乐将它改编成舞蹈配乐。

彩排的时候依然听到一段冠冕堂皇的点评，说我的舞蹈韵足形美，雍容独特，给人耳目一新的感觉。我知道我是不远千里而来的人，这样的评价，与作品无关。汀兰的舞蹈叫《美人姿》，许是人多，汀兰又请了假，慌乱地找人代了那位置，故而乱了章法。那是一个扇子的群舞，姑娘们穿桃红色的秧歌服，云袖流仙。还是被当众说了几句丑话，诚然，那确实不是一个丑姿态的舞蹈。至少我看了很喜欢。

燕子说这公开的评价一下来，许是又无端惹出不少风波来。我笑笑说倘若是因为这样针锋相对，我也只能笑而不语。事实是，她确实比我们想象的要喜欢争。

第二次彩排的时候又多了几个领导，汀兰的《美人姿》换了服装来，水蓝色镶晶片的长喇叭袖上衣，下面是渐变的蓝白喇叭裤。这一遍确实美了不少，看到汀兰在姑娘中间笑，抿嘴媚眼，顾盼生辉。大家都上了妆来，银光金粉，一丝不苟。我将致力点放在调整整齐度和动作姿态上，没有过分强调服饰和妆面，我们穿粉色汉服，阔袖轻纱，无奈蜀绣的牡丹花肚兜系得高的高，低的低。腰封也因为没有固定的缘故，使得缎子从里面翻拉出来，失了秀色。

得到的点评是一群衣冠不整的贵妃，是出于何种原因落得这般狼狈？我笑着说皇上驾崩了。点评的老师忍俊不禁起来，笑着说下次要注意服饰细节，我说好。出意料之外的是汀兰那组的点评，我觉得不中肯。老师说衣服换了之后与扇面颜色形成落差，不见得漂亮。而这种粉蓝和粉红的色彩搭配，在我看来是恰到好处。又说完全照着视频腾一个舞蹈出来，即便换个名字也无法脱胎换骨，跳得精美固然好，跳不精美就显得鸡肋了。在我看来能照着视频模仿一个舞蹈出来，即便有诸多缺憾和修改，也是一件了不起的事情。

于是两次彩排，让我听到不少流言。人总是无法做到让每一个人都喜欢的，毋宁不心烦。燕子说总是放不下的人多说话，说胡话。我说不见得要听进去。她说耳不听心不烦，如此甚好。

❷ 楚地，无端

【过了时日就不会再有瓜葛的人，是不需要花太多时间找太多理由去与她争论的。】

第三次彩排之前，接到不太欢喜的消息，团委负责人说是《思无名》被刷了。说燕子和雨薇跳得不好，影响了整个舞台。让燕子用心跳好《美人姿》，不要一个人跳太多的舞蹈。在我看来着实委屈，燕子、雨薇是这个舞蹈里必不可少的主力军，燕子是团委的人，雨薇是学生会的，都有着一定舞蹈基础和上台经验。璇子倒没有接触过这方面的东西，但是她学舞蹈很快，动作记得最为熟悉。她是喜欢古典舞的姑娘，教给她就觉得很放心，她是可以演绎出感觉的。都是在我看来跳得不差的好姑娘，尤为擅长的两个居然被批了。

燕子有些惆怅地打电话问我这个事情。我说我也觉得不可思议，第二次彩排之后还谈到服装问题，说的是下次上台要注意细节，最终会就这样无端毙掉。还是有些失落的，尽管自知不足。

"汀兰说《思无名》被刷了。"

"我也听说了。"

"她说《思无名》没了还有《美人姿》，不像你，根本上不了台了。"

"话也没错。"

"叫我安心地跳好《美人姿》，把我安排在角落打滚。"

"好好跳，在角落的舞者也至关重要。"

"我不想跳。"

"你跳《思无名》的时候就已经腹背受敌了。如今《思无名》被刷了，也是好的，至少你可以不用受排挤。"

我打电话通知了其余三个姑娘，有些难以启齿地告知舞蹈落选的消息。我不是自恃多高的女子，难以启齿仅仅只是因为在一起排练了许久，一直都没有太大的纰漏。

中午和可爱，麦子一起去吃饭，看到汀兰一行拿着扇子从食堂出来，意味深长地看我们一眼。麦子是个风火的女子，一下子顶过去说，看什么，看自己没有别人漂亮？她们笑起来，程蝶斤有些轻蔑地甩甩扇子说有些人真掂不出自己有几斤几两，怕是连舞蹈教室都进不去了。汀兰回过头看我们一眼，皱起眉头有些怜悯地看过来，她说多亏没有把燕子替换掉，不然她也上不了台了。

上台？笑了，其实我们没有把舞台看得那样重要。

我对汀兰眨眼耸耸肩，麦子有些气愤地骂骂咧咧，她总爱这样为朋友打抱不平。我其实不是多有城府的人，也是藏不住情绪，我只是不觉得生气，仅此而已。技不如人就要甘拜下风，事实是我们的舞蹈着实落了下乘，落选的人如何挑衅入选的人，那多可笑。女子本就不大方，就不要让嫉妒冲昏了头脑。

吃饭的时候，可爱有些纳闷地问我，她说按照第二次彩排时候的点评来说，怎么样都不会是《思无名》落选，我说事已成定局，多说无益。

晚上燕子过来找我，我还是住在曾经的寝室里。姑娘们留着我的床位没做其他用途。我知道在她们眼里，我一直在，尽管她们在自己的生活里很少再涉及到我，但是我相信，总有某些低头的瞬间她们会想到我，比如看到这张床。燕子说我来之前打电话给我的时候有些许苦水要吐，之后一直忙着排练就搁置下来。燕子说在团委大家为了竞选下一届的部长，都已经激流暗涌了，合唱比赛的时候汀兰把燕子花了一个半月训练出来的队伍抢到手，得了第一。她要我小心这个女子。我说她的为人早就明了通透，只是过了时日就不会再有瓜葛的人，是不需要花太多时间找太多理由去与她争论的。

再过三日，我马上就会离去。

"就这样离开？"

"嗯。我是请了假过来的。"

"那便与恩师道个别。"

"嗯，会的。"

"如此白跑一趟？"

"没有。我若是为了舞台，断不会奔赴千里之外。"

"可是因为我们？"

"呵呵。"

我有些苦涩地对燕子笑笑，风尘仆仆而来，马蹄匆匆而去。一切都挺好的。

❸ 楚地，大谬

【我不是什么圣人，说不出得饶人处且饶人，上天有好生之德的言语来。我只是觉得这是可以避免的事情，就不好闹大。】

道别恩师我没有打电话过去，许是心虚，也是惧怕这样的言语相对。想着万一他说了我一下子应付不了的话，就没有任何缓冲的余地。发短信是可以让思维整顿一下的，彼此看不到表情，听不到语气，可以编辑了再删掉，而后再编辑。直到你认为最为妥帖，继而发送。

“赵教授，我很抱歉这次舞蹈没有准备得那样完美，无论从服饰细节还是妆面发型。自知不足之处就请海量。明日就会离开楚地，再回江南，没有带走任何遗憾。谢谢您还记得有我这个学生，从而叫我回来。我只是汗颜羞愧，自无能力保住这个节目。此致拜别。”

我就这样编辑了短信，发出。出乎意料的是在我按下后不久就接到了恩师的电话，我原以为他会同我一样编辑一条简讯过来的。

“田心，你刚才说什么？我不是太明白。”

“我明天打算回去，特别向您辞个行，仅此而已。”

“你说你的《思无名》落选了？”

“不是你们决定的么？”

“胡说！如何得来的消息？”

“团委负责人说是三个领导老师的意思。”

“笑了。我自己说过什么做过什么，难道还会不清楚？《思无名》是一致通过且校长最爱的节目，如何可刷？如何敢刷？”

“怎会如此？”

“岂有此理！”

赵教授有些气愤地挂掉电话。他叫我先别走，这个事情他需要弄清楚。其实我基本上有些概念了，许是有些人不愿意再见到我，故而说这样的谎。

事情也的确如此。

赵教授打电话问了团委负责人说是王老师的意思，又问了王老师才确定查无此事。一下子谎言牵扯到了三位领导老师，恩师说要在第三次彩排的时候当众拆穿这个阴谋。我没有同意。这里的学生都是要为人师表的人，这样的档案记录在册多寡不光彩。我不是什么圣人，说不出得饶人处且饶人，上天有好生之德的言语来。我只是觉得这是可以避免的事情，就不好闹大。之后也是接到那负责人的电话，说是弄错了，寥寥几句对不起，半就半骗半要挟。说是他想要整我就能让我自此再回不了这个学校，上不了这个舞台。笑。我说大可不必这样，我是立马就要离开的人，碍不着什么事，也犯不着什么事。我回来一不为这片土，二不为这舞台，仅是这里有其他值得我留恋的东西。

最后是雨薇过来告知，原是汀兰跑去负责人那里哭诉，说是燕子宁愿跳我的舞蹈也不想跳她的舞蹈。汀兰说我和雨薇都是学生会的人，这次团委就只有寥寥几个节目，不能让学生会占了鳌头。负责人是喜欢汀兰的，之前抢了燕子苦心孤诣调教出来的合唱队，也是那男子的作为。自古一物克一物，男子终归是要臣服某个女子的，只看这个女子有没有出现。

我最后到三位老师那里都去求了情，恩师显得很气愤，都是要为人师表的人，如何可以这般心机。我说也只是一念错，念念错。其实他们没那样坏。可以化解的事情退一步也就是了，毕竟最终没有造成什么不好的后果。

她何时能够成长。

④ 楚地，一会一别

【要分别了，我不知道下一次过来将在什么时候，希望时间不会太长。我走了。】

第三次彩排之后第三天就要正式上台了。十二月初，天有些放寒了。这次艺术节在艺术馆三楼，早上的时候就看到工作人员在挂横幅、彩球。他们把搭台需要的东西从卡车上搬上去，一趟一趟来回跑。幕布、地毯、音响、麦。很多时候我们自然而然忘记了幕后的工作人员，他们同台前的演员一样值得尊敬。

你还是同去年一样跑来看我登台，依旧没有过多的话语，仅只静静地看，静静地笑。我说这次就一个节目，不用忙乱地赶着换装，只要安心等着那个节目开始就好了。你笑着说候场的时候披件衣服，切莫要拿下来，会着凉。

我花很久给姑娘们化妆，照着旧时模样，打上铅粉，扫上胭脂，柳眉，凤眼，点绛唇。步摇，花钿，腰缠棉。我穿三百六十度大摆三层裙，我在领舞时要在原地跳久长时间的陀螺舞，每次练习进行到这里，就可以忘乎所以地转起来。直至天旋地转，天昏地暗，转到暂时忘记任何，而后站定抑或倒地背腰。即便再怎么筋疲力尽也要掩藏得很好，衔接起来继续舞蹈。

主持人说了一长串带着古典美的文字，继而引出了《思无名》，许是排练了许久，跳得熟了，一曲舞下来并无太大差错。曲终舞罢，所有的排练和付出在掌声响起的一刻画上句点。我也到了该要离去的时间，三日后又要跻身拥挤嘈杂的列车

晚会结束之后，我们洗净一身荣华，铅脂褪去方才感到那样自在。回到寝室

有些累了，大家就这样沉沉睡去。早上起很早，躺在被褥里唧唧歪歪地说些什么，却也没有一个始终的话题，只管一直扯就很快乐。我记得先前璇子做过统计，她说我们平均每分钟的笑在三次左右，且笑点都很低，像这样说说话就很好。

这天要去看那老头，已是多久没有去添一点香油钱了。我们约了小可爱、麦子、小日本、大鹰和二爷一同前往。这几天都没有下雨，上山的路不难走，阳光照在山涧有些反射的光，这里的树木不高不密，故而会有多的光照过来，显得明亮温暖。冬天的光柔柔的，细嫩的。我用“细嫩”形容冬季的阳光，想是会有人感同身受的。

故地重游，物是人是。从坍圮颓败的寺门进入，依旧是长长长长的小路。那扫地僧还在，但是我是在东边的厢房前看到他的。他换了一身厚一些的僧袍，土黄色，衣襟处绣着密密麻麻的“佛”字。他认出我，过来作揖。

“阿弥陀佛。”

“这厢有礼。”

“女施主此番前来看望方丈？”

“不全是，也包括你和其他。”

“如此甚好。”

“安好否？”

“生活淡如水，无欲无求，好极。”

“嗯。好极。”

无心长老慢悠悠地踱步过来，我做了相互的介绍，大家要添香油钱的时候，他说心诚则灵，这些东西是可有可无的。我知道他们用香客的钱买香烛，焚香点烛再来求神灵保佑这些香客。只是如今，这样的寺留不住僧人。那老头带我们来到禅房，坐下来给我们讲了一下午的佛法。这不是那样枯燥索然的事情，即便在这之前我也是这么认为。无心老头说话很在理，语言幽默中肯。这是一门学问，可以放空放下放过很多东西。每次过来这里都能够多寡顿悟一些东西。

要分别了，我不知道下一次过来将在什么时候，希望时间不会太长。我走了。

第二十九章
冬如是去

❶ 江南，病君子

【人要活下去，这是死去的人对活人的愿。】

日子不至于索然，在上海学到了很多东西。还是一直同大伟和老张在一起，还有下铺那个美丽的姑娘。日子就如同扫地僧所言一般平淡如水、无欲无求。一月伊始，下了三天的雪。江南的雪是无论如何厚不没脚的，一般当天的雪当天就化了，即便是有幸堆积起来，也是薄薄的一层。这场雪积得有些厚度。元旦，起很晚，睡到有些寒意实在睡不着了而后起来，拉开窗帘发现外面白茫茫的一片。我用手拭去玻璃窗上面的雾气，世界变得清晰起来。满世界的白色纯洁明朗。

母亲买了馄饨放在搪瓷杯里带回来给我，我有些不好意思地接过来拿在手里，暖暖的。这让我想起幼稚园的时候，只有在那个年纪才有这种待遇。父母会买馄饨给我，同样放在搪瓷杯里，用瓷汤匙舀起来喂我。我小时候有疳积，母亲带我去地方老中医那里割疳积，要割开手掌，在手掌里挤出白色的颗粒物，如此才能吃得下食物，胖起来。如今长到这样大，还没有这般对待过父母，睡到日上三竿起来，还要接过母亲准备的早餐。我很爱她，却总和她吵架。

“你收拾下，有客人在楼下。”

“谁在那？”

“司徒锦。”

“何时来的？”

“早上七点。”

“有何事？”

“说是来找你玩。”

“呵呵，这孩子。”

我套上棉衣棉裤下楼，司徒锦正在大厅喝茶。他似乎很热，一直在出汗。他见我下楼，就迎上来。他说带了好茶来，叫我同品。我说你每次来都这样说，下次换一个新鲜点的。他有些懦懦地笑，有晶莹在眼眶里打转，他说想到我就来看我，这种情绪无法克制。我知道他是想妈妈了。我说过他在我身上找母亲的影子。

“照实说，遇到了什么？”

“我么很想你。”

“不要说这样暧昧的话。”

“我是说实话。还有就是做了个噩梦。”

“梦见妈妈？”

“嗯。很多尸体，横七竖八。肠道、肝脏，好多血。”

我知道眼前这个少年遇到了我当年一样的问题，我是走过这段年岁而后成长的，也是惧怕过这样一个梦境，跌跌撞撞地走过来，哭过闹过绝望过。他应该要比我更为严重，他是那样爱她的母亲，她母亲又是如此惨烈地在他眼前失去，我想我可以幻想那个画面，但不能揣测他的心境。我是着实成长起来的人，用了七年。他是一直停滞在那个年龄点。人说男子女子在成长上的区别点在于，男子成长只长年龄，若是不进入社会，不接受挫败，不看清现实，不顿悟人生，不在这个大染缸里撞个头破血流就不会成熟。而女子不同，女子成长是同岁月一起老去，年纪到了方得成熟。或者说女子成长自觉，男子比较被动。

我抬头看他，他嘟着嘴皱着眉，这种表情让我觉得有些心疼。我对他笑笑，笑得有些假。我说我也是有故事的人，故事发生了就发生了，你无力也无须改变什么。时间过去了，万事万物都在改变。人要活下去，这是死去的人对活人的愿。

司徒锦过来抱住我，把头埋进我怀里啜泣起来。我使劲推开他，我极度厌恶别人乱碰我的身体。他泪眼模糊，一直在颤抖。触及他皮肤的一刹那，发现他在发烧。我暂且把他当作孩童来照看，天知道这样的场景有多暧昧。我把他扶到客房里睡好，给他喂下退烧药。我说是不是打电话回家让司徒叔叔来接你。他说父亲不在省内，他去了湖南。我给母亲打电话，助手小李说她出去谈业务，暂时不在公司。

“去医院，如何？”

“那么我要哭的。”

“那你躺着别说话。”

“那么好的嘛。”

母亲一直到很晚才回来，那个时候我已经给司徒锦换了第二十三次热毛巾。他迷糊地睡去，期间一直半梦半醒。他用方言念叨着母亲，泪水连同汗水浸湿了枕巾。我轻轻拍着他的脑袋，他就安分一些。缺爱的孩子，或许一直在人看不见的地方哭泣。

客房与我的房间仅仅一墙之隔，午夜，听到他在梦境与现实之间的呻吟，我也走过这个阶段，极力挣扎着告诉自己那是一个梦，却无论如何也止不住痛哭。我摸索着打开房门打开床头灯，他出了一身汗，把被子蹬在床下，我给他盖上的时候吵醒他了，他抓住我的手看着我。他的眼睛很漂亮，带着猫咪的狡黠，眼角和眼尾都很长。睫毛有着画面感的弧线，从眼头到眼尾的睫毛长度依次递进。

他使劲咬住嘴唇，我知道他是不想让眼泪流出来。最终失败了，他把头靠在我腿上哭出了声。还是一直在颤抖，仿佛置身于极度恐惧的事态当中。我轻轻拍打他的背，我说：“不慌不慌，你不是一个人，梦境都会过去，梦里的好的坏的都会庇护你。”他一直哭了好长一段时间，才慢慢消停下来。我没有再度推开他，我说此刻，暂且将他当作男童来看待。他是我会心疼的人。

❷ 江南，掸尘

【母亲也没有要我做点什么，她是嘴巴闲不住的妇人，总是在劳作当中数落坐在一边无所事事的我们，但要我们真的想去做什么，她就会心疼，就会阻止，就会包揽所有。】

二月新春佳节到，户户院院放鞭炮。正月，艳阳高照。

你将每天做的任何事编辑成文发于我看。我则习惯在琐碎的事情当中捡拾心情，拼凑成画卷。有时候我的一天就在不断幻想的画面中度过，比如某年某月某一天，小白兔救了大灰狼，于是相爱。大灰狼的父亲吃了小白兔的母亲诸如此类纠结的故事。有时候就在床上躺一天，懒得翻书，懒得开电脑，偶尔捧着手机玩一会儿，继而再度睡去。寒暑假期都这般过。

司徒锦这段跑我家像是上了瘾。依然是那个好茶的梗，也不换一个好一点的借口，只是此等事端不宜追究。他来也好，想着有个人说话，至少督促自己下个床，穿件衣服，离开房间。只是有事我要声明，一直将他当作孩童照看，司徒锦仅只八岁小儿。我对他说过同样的话，他只笑着说他想要叫我妈妈。我说我没那样老吧。他笑着不说话。

他大我六个月，他叫我阿娘。这让我想起多年前村子里时兴的小名来。老人们喜欢给儿孙起一个叫着顺口又吉利的小名，一般是按照算命先生算出来的数字，再加上个后缀。男儿称郎，女娃为娘。

回到有记忆的年龄，约摸四五岁的样子，他穿女童的棉布裙，扎羊角辫。他奶奶取小名给他叫三郎，儿时觉得他不应该是那样的名字。因为奶奶告诉我说穿裙子留长发的小孩要用娘，穿裤子没头发的小孩才叫郎。如同我哥哥叫六郎，而我叫三娘。

我搬了把椅子到阳台上，端了瓜果盘出去。阳光很柔和，照在身上很舒服。冬天我喜欢蹲在椅子上，小腿、大腿和腹部都是聚在一起的，这样比较暖。腊月十五前后，母亲开始掸尘，掸尘是为祝福准备的，祝福就是谢灶神。掸尘的时候我象征性地下楼，空间大的房子最为操劳的就是做卫生，我已是很不体恤父母的女子，不想在母亲劳累的时刻窝在房间里。

母亲也没有要我做点什么，她是嘴巴闲不住的妇人。总是在劳作当中数落坐在一边无所事事的我们，但要我们真的想去做什么，她就会心疼，就会阻止，就会包揽所有。嘴硬心软的人，我们都一样，看着那样硬。

“需要我做什么么？”

“不需要，你可以继续去躺着。”

“我想要做些什么。”

“那桌子上的东西，你去整整。”

“好。”

母亲用染成桃红色的鹅毛掸子扫天花板上的灰尘，尘土落下来，掉进眼睛里。我拿来一副平光眼镜给她，我说戴上去就不会落入灰尘。母亲将床单被罩卸下来洗，她一般是要手洗一遍之后再放到洗衣机里去洗。我在她旁边坐下来，翻出一堆衣物，浸在小盆子里一起洗。母亲说我好久没有像这样陪她一起洗东西了。很小的时候，特别想为父母做点事。起床是会叠被子的，吃完饭会把碗筷洗掉，偶尔洗个袜子、洗块红领巾都觉得很有成就感。想着可以加快母亲洗衣服的速度，却总是无端生出事来。我时常把肥皂滑进脸盆里，或者碰翻旁边的水壶。

母亲是很健谈的，只是我一直没给她聊天的机会和时间。我不是柔软细腻的姑娘，虽操一口吴侬软语，穿得那样古典风华，写诗文，弹琵琶。总是觉得亲人之间是无须过多言语的，大抵有着太多的牵绊，从来没想过失去，故而不去维护。母亲和我提到你，她说有些时候执意要做一件事情的时候会赴汤蹈火，用十匹马也拉不回一意孤行的决心。但倘若一旦过了那个度，或完结此事，或明朗通透，再去回想事情本身，就会有不一样的感悟。我知道母亲一直带着这种希冀，她是那样不信任我们的感情。她希望你我如她所愿，回到从未结识之时。

我从来不与母亲争辩什么，我是信得过你，亦信得过我们的感情。诚然，时间能带走什么，带来什么，谁都说不好。

母亲说父亲腊月十九回国，可赶上廿三的祝福。想起去年的那个时候，我对着灶神拜拜，我说倘若真的有神灵，就让我和他在一起。

❸　江南，秦望

【无所谓区分付出与得到，离开和相聚的界限变得模糊起来，各种情绪都可以收放自如却不一定会释放，白色谎言心照不宣，一方假装看不穿，一方依然继续说。遇见这样的人，到了这样的时段，大幸。】

三月初晴，莺飞草长。父亲让我争取了学校的交流生名额。填报要去哪个国家的时候，父亲帮我写了迪拜。那个有着七星级帆船宾馆和最高塔的国家，燥热、浮华，那是一个金色的国度。而我完全没有向往过，父亲想着在国外帮我转系，学一些金融和英语，顺带着照看下迪拜的生意。我是无心商场的人，经商那样累，我是不能周转于人际游刃有余，也不能待人接物处之圆滑谨慎。毋宁待在钟爱的圈子里不出去，却还是不甘愿地去做，有些事情是不二选择的。

还是每周都要回一趟家，直达的动车可以很方便快捷地带我回来。三月份的天气毫无转暖的迹象，倒是偶尔可以听见几声清脆的鸟鸣。司徒锦依旧每个周末都来找我，偶尔就在我家住上几天。他开香槟色宝马，从杭州一路到绍兴，从未间断。我说他开辆出租车都显得更为贴切些，他笑着扯一扯那件老旧的高领毛衣。这是一件很有年代感的毛衣，黛色，领子已经由于经常穿洗的缘故松垮了。他说挺舒服的，这样就好。我知道他只是用了司徒叔叔换下来的车子代步而已，他不会去追求这样的附属品。

我打电话告知我近段的情况，我说今年许是逃不出出国的命运。你说出去看一看也是好的，有这样的经历总归不是坏事。我说多寡有些不习惯，在原有的距离基础上再添加了几多山水，跨省跨越了一千三百公里，如今真是万水千山了。你说分居两地一直到现在，还是一度这样过去，无所谓省级国界，你说你爱我与时空无关。

我打电话的时候司徒锦开门进来，母亲在一次谈话中给了他大门的钥匙，母亲是很喜欢这个傻傻的孩子，司徒叔叔一直出差，全国的连锁店都有各种不同的事需要操心。我父亲也是不常在家的，母亲喜欢把司徒锦留下来过夜，她说房子太大了，人少就显得冷清。她会幸福洋溢地做一桌菜让我们提意见，司徒锦则把我家当作他家来住。

通往外婆家的那座大桥再度扩建。湖沼两岸，遗失了幼年时的渡船。昔日那个独眼的摇浆婆子，有着同外婆一样的灰头发。一座桥联系着几代人，桥不通，则绕行。往钱清方向绕道，经过秦望，便是江墅。我带司徒锦去秦望的时候迷路了。他的车子在巷子里转了好几个圈，始终绕不出去。我说我不经常往这里走。我是不认路的方向感很差的人，一直长久熟识的道路便可以记得，绕道就会陌生，陌生就会迷途。我通常只记一条路。

司徒锦把车子停在附近超市的停车场里，两个人很无奈地下车，打了车过去外婆家。我此次过去是去辞行的，我不知道还能在国内待多久时光，外婆是我一直放心不下的人，年龄越来越大，身体越来越差。她是爱我的人，我也要爱她，就这么简单。

无所谓区分付出与得到，离开和相聚的界限变得模糊起来，各种情绪都可以收放自如却不一定会释放，白色谎言心照不宣，一方假装看不穿，一方依然继续说。遇见这样的人，到了这样的时段，大幸。

不要再悲伤，我们已经无比幸福过。

❹ 江南，清明

【永远不要对老人失去耐心，她们只是在用她们的思维方式爱我们。】

四月清明，落细雨，难转晴。风清清冷冷地吹过门前的弄堂。我会盯着某处地方看很久，而后放空。比如一圈圈晕开的雨滴打到水洼的动态，比如一直在风中翕动的被雨打湿的塑料袋，比如前窗那株石榴树上某一片泛着油光的绿叶。

离开的日子到了。父亲定了飞往迪拜的机票，清明过后两天。从杭州出发途经北京，中转至目的地。我要一个人踏上一片更为陌生的景。

这几日一直在做梦，梦见飞机失事了，一机舱的乘客无一幸免。我可以看到机尾的黑烟,可以感受到盘旋而下的冲击力,我以为我在飞机里,其实我在地面上。有巨大的黑影罩下来,伴随着浓烟和巨响,我就在那里,无论怎么跑都无济于事。它要坠落了,它要砸到我了,于是我醒了。

我不是没有坐过飞机的,之前去过韩国,美国,法国都是坐飞机去的,也没有这般害怕过它。我不知道是怎么了,最近一直在梦境和梦境中的梦境里哭喊,奔跑,好不容易醒来发现那还是一个梦。梦中梦,要醒两次,这两次会淆乱境遇乃至激发潜藏在大脑皮层之下的恐惧。归根究底,我很怕死。又或者,我更怕痛。

我又听见奶奶的敲门声。奶奶敲门的习惯在于摇,她喜欢架住门把手使劲让门摇出声来。我知道她习惯了旧时的青铜门环。奶奶摇落过一个门把手,父亲请了工匠来家里修理,那工匠说这是上好的菠萝木大门,把手也不是滥竽充数的东西,能把这样的把手弄坏,也是需要一定的实力。奶奶好笑地说冰冻三尺非一日之寒,她这个习惯该是要改一改了。我说习惯是不好改变的东西,也是无须太过分刻意,能改甚好,不改无妨。就请这样下去,修一个把手也不是多么不便当的事情。

我下去给她开门,奶奶是拿艾饺来给我的,我喜欢吃豆干咸菜馅儿的艾饺,类似这种食物,还是喜欢咸味胜于甜味。她让我上楼说是有话要对我说,奶奶要比外婆健康很多,还能够走得动那样庞大的盘梯。我象征性地护着奶奶上楼,奶奶是有着诸多子孙的老人,她生五子,五子都有子嗣。也是这样,显得她对我们这些小辈照顾得少了。她是没有时间和精力将心融合到行上面,其实她也同样爱我们。

“何时要离开?”

“后天。”

“要很久才能到吧,一个月够不够?”

“很快能到,一两天。”

“到了那里可叫你如何生存?”

“如今的社会,是可以活下去的。”

奶奶塞钱给我,她说这些钱拿着买些东西吃。到了那边看到什么喜欢的就买下来。我说各国的钱币都是不一样的,人民币不能直接在那里消费。奶奶有些踟蹰地在我床边坐下,她说没钱这可怎么办,我说到了那边可以去银行换成那边的钱。

奶奶一直问一些在她看来很不可思议的事情,她为我想到了诸多在异国他乡可能会遇到的问题,尽管有些问题看上去那样可笑和无知。所以永远不要对老人失去耐心,她们只是在用她们的思维方式爱我们。

当然,清明过了,我该走了。

第三十章
两两相望

❶ 江南，莫问归期

【我认为在情绪面前，思维就会凌乱、破碎乃至毁灭。即便你如何懂得克制情绪，也只能暂时、外在、极不真实地让自己安静下来。理性的人尚且如此，何况天生的多愁质地，善于记忆、善于怀旧、善于沉湎。】

这个春季没有任何预兆地降临，踩着萧瑟的冬的脊梁。

一场雨，把天气带得有点凉；场场雨，带坏的就不仅仅是天气了，而是人心。观世音的生辰，电话线那端你的声音很好听。你安慰我说相聚相别相守相伴都是好的，因为心在一起。我说知道和做到之间还有很长的界线。这天去炉峰，我爬很高很高的阶梯，焚好长好长的香烛。这个时候，被安排出国。我说过我是安土重迁的人，何况一把交椅被困住的半世红尘。

开始愈加没日没夜地生活。在说完明朗开心的语句之后抹泪，倒没有把未来看得比晕开的丹青还要黑。只是还可以说出一大堆道理来的时候就没有到达情绪的顶峰，我相信再理性的人都有感性的一面。古人说丈夫有泪不轻弹，只因未到伤心处。我认为在情绪面前，思维就会凌乱、破碎乃至毁灭。即便你如何懂得克制情绪，也只能暂时、外在、极不真实地让自己安静下来。理性的人尚且如此，何况天生的多愁质地，善于记忆，善于怀旧，善于沉湎。

前夕，收到长长长长的简讯，你依然说很多。暖暖的文字，涩涩的读后感。许是之前倾泻了太多情绪，以至于看到文字都没有太大的感情触及。你大抵叫我整理的时候别忘了带东西诸如此类叮嘱的语句，你总是会这样嘱咐我的。

而司徒锦在得知我要出国的时候大哭了一场，假装什么都没发生的样子顶着两个灯泡眼过来找我。

“你么总是不告诉我。”

“你还不是知道了。”

“要不是伯母告诉我，我都不知道，连你也不要我。”

“你眼睛怎么了？”

“蚊子咬的。”

“哦。”

“我么还打算周末做蛋糕给你吃。”

“下次来过。”

他说连我也不要他的时候触及到我最为感性的神经。我是听不得这样的话，与生俱来的童真及稚气，带着天真的笑容的倔强的眼神。他想要一个妈妈一样对待他的人以及他可以那样对待的人，即便是帮他把脸颊上的污迹擦掉他就觉得很幸福，他是那样容易满足的人。

这天我第一次发现他抓狂，说话变得语无伦次，他很局促不安地看我，就好像马上要失去我一样的绝望。噙着的眼泪不敢在我面前流下来，把眼眶憋得又红又肿。我记得先前他哭的时候我说过他，我说作为男子和女子不同，要极力将情绪收好，烂死腹中也不可以哭出来，男子汉就要像个男子汉。于是之后再没有见他流过泪。他偶尔红肿着眼，却也不让我得知， 我知道这是需要多少气力才能忍住的眼泪。任何时候，憋哭比痛哭更痛。

我说我又不是长久地逝去，只是离开一阵子，我一直是疼你的。他说我必须要宠他的，不然他要死掉的。我说好。我觉得对于司徒锦我是显得太过于暧昧了，像这样的语言，不是好姑娘会说的。也是同你提及过这个少年，你表面上不说，心里多寡忌讳。我也经常在想，要如何对待这个少年。

他开车把我送到萧山机场，临行塞了一包东西给我，他说先别看了，等到彼国再打开，这是临行礼物。我说好。和司徒锦分手之后我打电话给你，这是我在故国的最后一通电话。

“到机场了？”

“嗯。”

“他走了？”

“嗯。”

“你对他来说很重要。”

“或许吧。要是他愿意，我倒不忌讳做他母亲。”

“你若是年长几岁，倒还像。我也是接触过那少年，那种纯澈不是可以假装的。”

“只是长了年龄。”

“故而心疼。”

“我见犹怜。”

你叫我巡视一遍该带的东西有没有带全，还是谨慎小心的个性，我说都在。我换了登机牌，坐在机场的咖啡厅等着登机。我买了热咖啡想要一口气吞下去，然后烫得流泪，我对你说这个烫嘴，还真疼。我知道你和我一样强忍着情绪。我终于听到电话线那端的你的哽咽，你从不多言你我的感情，包括你此刻有多伤心。但是我是知道的。

都不要把离别看得太重，所有爱我的人。这就好像一次旅行，我很快就会回来。

❷ 彼国，陌

【人总是会有几条多出来的神经思考一些多出来的问题，有时候未雨绸缪，有时候钻牛角尖。】

一个人从机场出来，我迫切地打开手机，妄想着还能看到你的短信。终究还是收不到的，手机页面上再也看不到“中国移动”的字样，左上角那个小小的 E 字也没有了。突然感觉人像被什么东西抽空了一样，你我之间靠着仅存的意念以及电话、网络等虚拟物件恋爱，有时候我在想，意念一旦松懈会怎么样？然后想着想着无端地惧怕起来。人总是会有几条多出来的神经思考一些多出来的问题，有时候未雨绸缪，有时候钻牛角尖。

眼前的一切都变得陌生。有穿着白大褂的他国的人从身边走过，礼貌地看我一眼，对我微笑着点点头，他们的眼睛很漂亮，这是我无论戴多么精致的美瞳，多么浓密的假睫毛都无法达到的，这种眸的亮由内而外，真实的东西就比仿的具有说服力。

这里的街道和车道都不会很宽，单行道。司机会在开车的时候停下来让那些过路的行人。用那双真诚的明亮的深邃的眼，眯起半月形的湾，带着绅士风度的嘴角示意行人先过去。

到达的时间是北京时间凌晨三点，只是穿越了国界线之后的时间往前移了四小时。这是很神奇的一件事情，就好像平白穿越四个小时。手机自动调节时区，现在是阿布扎比时间的深夜十一点。这个时间对于这个燥热的国家来说，夜才刚刚来临。

叫不出名字的跑车在马路上疾驰而过，我知道都是一些价格不菲的名车。城市的霓虹彻夜不眠地舞出五彩的光，充满着现代化和独特设计理念的建筑，有着很多玻璃以及形状。迎面有热风吹来一些香水的味道，这是从身边经过的行人身上的味道。

我缓缓地走到机场外，在人群中寻找父亲的身影。在中国，父亲是可以在人群中一眼辨认的人，他那样高。在这里却也成了芸芸众人中的一个。我快速在举着接机牌的人当中寻找熟悉的中国字。穿各国特殊服饰的人举着各国自己的字体，父亲穿长条格子衬衫，举一块红色的牌子，上面用白色的行书写着我的名字。在众多陌生的字体当中看见中国的方块字是一件尤为庆幸的事情，不管这块牌子是不是认识的人拿着的。

"田心！"

"在这里！"

"你终于来了，还好么？"

"都好。"

"热否？"

"听了母亲的话在衬衫外边加了大衣。如今大衣一脱，倒也凉爽。"

"如此甚好。"

父亲接下来带我去了一家餐馆，这是一家中国人开的中式餐馆。老板似乎和父亲很熟络的样子，见到父亲进去就很热情地打了招呼。父亲叫了几个家常菜，都是我喜欢吃的东西。父亲说这家餐馆是温州人开的，他平时忙的时候便会来这里吃饭。父亲吃饭前是多寡必喝绍兴黄酒的，迪拜多数人是信奉伊斯兰教的教徒，伊斯兰教是不允许喝酒的，即便是啤酒，在这里都是零度的。中国人可以在中国人开的餐馆或者超市里，买到自己想喝的酒。当然这些东西平时是收藏在人视线不能及的地方的，因为一旦被看见是会没收的。当然，那些检查的人也不会故意翻箱倒柜，只是象征性地看一看罢了。有些东西存在着就有它存在的意义，没有必要刻板决绝地磨灭它。

父亲在一个通讯店买了当地的手机卡给我。我在安装好之后开机,看到了几度陌生的英语字母“DU”,它取代了之前“中国移动”的字符。父亲又买了一张红色的小卡给我,刮开银色的涂层可以看到里面的密码,按照提示可以拨通中国的电话。父亲叫我打电话给国内挂念我的亲人朋友，然后安心地在这里学习和生活。

拿到电话卡的时候我在想,起码我还可以和国内的人打个电话。在极度陌生的异国他乡,能听到一点点熟悉的声音也是好的。

❸ 彼国,错位

【司徒锦啊司徒锦,你做我儿子吧。】

迪拜的房价很高,父亲租一套六十平的小套房,用了我难以想象的数字。房子就在店面的楼上,来回很是方便。父亲说这里的作息与国内有所不同,燥热的地方,夜间生活就比较长。这里上午九点到十一点为上午的工作时间,下午四点到十一点是下午的工作时间。中午的五个小时用来休息,养精蓄锐。我说时差还没有倒过来,就要开始适应这般折磨人的作息了。父亲说习惯了就好,也不是多辛苦的事情。我说好。父亲打开了店面,我看见许许多多款式的窗帘,父亲说国内生产出来的东西就在这里销售。另外几家店在别的街上，父亲说有空了带我过去。

回到房间已经很晚了,凌晨一点多。父亲给我腾出来一个小房间,放上了精致小巧的铁艺床,铺张得尤为漂亮。父亲叫我早点睡,明天要去学校,就留我一个人在房间了。房间刷了米白色的漆,这种漆和国内的不一样,国内的漆刷出来平整光洁,而它带着凹凸不平的褶子,泛着油光。它似乎要比一般的漆经得起岁月的考验,挨得住凄凉沧桑。时间过去了不会留下斑驳坍圮的景。它是一件经久美丽的衣裳,不易剥落,不易破碎。

墙角有一扇小窗,窗帘是田园气息的小碎花,窗上装着空调。下面是一张小小写字台,同样是铁艺雕花的设计。带着复古欧式的华丽,有些高姿态地待在那里。上面放着一盏罗马式的黄铜台灯,在碎花和蕾丝的点缀下尤其像个含羞的姑娘。床单铺成粉红色带着大大的荷叶边以及玻璃纱做成的及地床帘。父亲还在写字台上放了一个复古花瓶，插了几朵百合花在里面。整个房间充满着公主的浪漫，即便它那样小。我知道父亲很用心地做这件事。

将带来的行李逐一放入床边的小衣柜中，而后躺在新房间的床上翻来覆去几多时光，却毫无睡意。看看手机上阿布扎比的时间已是凌晨两点五十三分，想来之前在飞机上也是一路颠簸劳碌，这本是沉沉睡去的时刻，却无端失去睡意。我拿出随行带来的日记本打算写些什么，一眼瞄到临行时司徒锦给我的东西。小心地打开来看。

这是一本画册，十六开复古镂空雕花牛皮封面。我喜欢这种质地的东西，低调的奢华还带着一种神秘。我坐下来，一页页翻看。前面几页画了画面各异的画，而从约摸一半开始画里就只有两个人了，一个穿着民族服饰的漂亮女子，另一个就是我。这大抵是司徒锦用来缅怀母亲的东西，他用我来映射他母亲，故而有我。看到最后一页，发现牛皮封面内侧夹了一张银行卡，另外还有一张小纸条，他这样写：这是妈妈生前最爱惜的画本，当时找专门的工匠定制了这本书。妈妈去世之后我么就用它来画记忆中的妈妈。直到遇见你，我么就把你画上去。我把它放在你那里可不是给你，你么要还给我的，我还没有画完呢。银行卡是双币卡，在那里可以用美元账户，密码么是你生日。还有最后一句话，你说过要疼我的不要忘记，我记性很好的。

看完之后有些心慌慌地疼，禁不起悲伤诱惑的眼泪掉价地流下来。我想我一定是疯掉了，因为此刻我在想，司徒锦啊司徒锦，你做我儿子吧。

❹ 彼国，变成男子

【多久时日在这里用去的笑容，都将折算成悲伤赔付给你。这不是我欠你的，也不是你想要的，而是我止不住要去想你。】

在不知道辗转了多久之后睡去，又在不知道睡了多久之后惊醒。我是被一个高叫声吵醒的，我不能分辨这是一个什么音，许是当地语言中一个最为寻常的叫卖声吧，或许其他。习惯性地打开手机，看到屏幕上的“DU”方才意识到再不会收到任何人的短信。

阿布扎比时间七点过了七分，父亲已经起来了，看我出去关切地问我昨晚有没有睡好。我说很好，我不知道我的眼睛有没有出卖我，为了让自己看起来像是睡得很好的样子，我低着头睡眼惺忪地跑进了洗手间。我要在镜子里看看这个脸蛋。黑眼圈不负众望地爬上了脸，镜子里的我写满了疲惫，华荣拂袖间，朝残颜。

“我看你一脸倦意。”

“始终瞒不过你。”

“一夜无眠？”

“不，沉浮中睡去。”

“也是好的。”

“嗯。”

吃完父亲给我下的饺子，他说要带我去学校看看。我换上鲜果绿的修身衬衫，直筒水洗牛仔裤，把长头发藏进鸭舌帽里。这样的装扮干净利落。在不确定周围的人是否叫你安心之前，不要轻易展露锋芒。即便自认无财无色，也同样不想太过于招摇。这是父亲喜爱看到的我在这里的打扮，他说跨越了国界的审美多寡偏差，在外国人眼中的外国人就会相当漂亮。要说是小人之心也好，极度自恋也罢，我只是觉得这种收敛好极。

这是一个相当漂亮的国度，即便我不爱它，却也不可否认它很漂亮。这里有着令人叹为观止的建筑，无论从外观造型到功能设施都相当完善。父亲说这是一个完全没有工业的国家，整个国家都是店面，没有一个工厂。它用钱买各种需要的东西，大到飞机火车，小到一卷卫生纸，都是进口的。我无法想象这样一个国家要得以生存得有多少的资金，书上说得没有错，迪拜确实是一个极其富有的国家。

父亲打了出租车到达了目的地，这座学校建得像一个城堡。我多次在电视剧里看到过这样的场景，哪个国家的哪个名牌大学或者哪个贵族公子上的贵族学校，以及吸血鬼抑或魔法师出没的地方。我喜欢这样的建筑，复古欧式的华丽与神秘，庄严又不失典雅，它带着迷人的光环站在那里对着来人微笑。

父亲帮我办理了入学手续，我以交流生的身份要在这里度过半年时光。我去教室熟悉了一下环境，带我去的是一个美国老师，他在这里教金融。他让我叫他利欧。这是一个青年男子，看上去不过三十岁，体格健硕，脸庞坚毅，是个英俊的家伙。他用不是那么流利的带着洋腔的中国话和我交谈，大抵说他正在学中文，希望我和他多做交流诸如此类的话。他带我在学校里转了一圈，了解了大概的布局，他说从明天起，欢迎加入这个学校，同他一起并肩作战。

在这里学习并没有想象中索然，大家都很热情地欢迎我的加入，还有人帮我准备了欢迎仪式，诸多感动。人都是一样有感情的动物，最初的排斥会因为某种念头的一松动而颠覆，一方做到了让对方想要放下一切束缚与伪装，那么另一方就愿意坦诚地赤裸地与之交往。这种付出和收获都是相对的，人心之间的间隔是没有起始距离。

即便如此，我依旧很想你。多少时日在这里用去的笑容，都将折算成悲伤赔付给你。这不是我欠你的，也不是你想要的，而是我止不住要去想你。

第三十一章
不如故国的草木

❶ 彼国，印度少年和 cry kid

【人总是低估自己的生存能力，那些看得比死还严重浓黑的处境其实都可以适应。置身在何种环境就会去学着适应某种环境，毕竟不想就此死去。】

我在中午和晚上回到屋子里，偶尔去店面帮帮忙。这里有个印度店员叫做阿力·莫哈默德。阿力和我同年出生，黝黑，络腮胡。看上去就像长我好几岁的样子。他对我很好，他说我和他姐姐很像，由此滋生出特别亲近的感情。

他翻她姐姐结婚时候的照片给我看，我知道他为什么说我们很像了，因为头发和鼻子。阿力有四年没有回家了，他父母生八子，五女三男。他作为儿子中最大的，与生俱来地带有使命感，他要照顾弟弟们，尽其所能。阿力工资的三分之二全部汇款到家里补贴家用，而他自己就用剩下的三分之一生活。一个少年从印度跑到迪拜，言语不通，又没有朋友，仅只孑然一身，或许他有幸遇上几个老乡，从他们那里耳濡目染学到一些言语。人总是低估自己的生存能力，那些看得比死还严重浓黑的处境其实都可以适应。置身在何种环境就会去学着适应某种环境，毕竟不想就此死去。

他带我去买布拉塔和奶茶用来做早餐。布拉塔是一种酥油饼，它用白色吸油纸包着，没有任何馅儿，没有任何点缀。用火烤得脆脆的，香香的。奶茶是放在一次性乳白色泡沫杯子里的赭色液体，这是现泡的奶茶。多地道的商家，奶的比例要比红茶多得多，我喜欢这种口感润滑香甜的饮料。

整日整夜空调的轰鸣声对抗着居高不下的温度。久居室内自然是不会觉得。偶尔在店面里坐着，给人以熟门熟路的高姿态，客人进来开口都是阿拉伯文，我就如同木鸡一般坐着看阿力做生意。他在账单上写下我看不懂的文字，然后收钱。我则过手着毫无亲切感的纸币，一二三来回地数。还是要感谢阿拉伯数字，这让我还可以照着这些数字来计算钱，然后用零钱去买冰的碳酸水和刚出炉的布拉塔，最后胃疼。

吃一种完全没有任何味道的鸡。我把它叫做旋转鸡，因为它架在火炉上，旋转，不断有油滴下来，滴到炉子里发出“嗞嗞”的声响。光看就很有食欲的样子，但是却没有想象中好吃。迪拜的鸡肉绵绵的，粉粉的，不同于中国的口感。

父亲说迪拜最美的建筑不是帆船宾馆，不是最高塔，也不是音乐喷泉，而是清真寺。无论你在迪拜的哪个街道走，看到的最为美丽的建筑一定是教堂。当然，他们的教堂上面没有悬着的十字架，而是弯弯的月亮。我经常在经过某个清真寺的时候忍不住驻足观赏，看那墙面、窗花、柱子、灯盏还有其他。

在迪拜每隔几个小时，都会有人在清真寺上唱经，或祷告或忏悔。善男们听到教堂的唱经声时都会自动聚拢来，进入清真寺里。那个时候，无论是多重要的工作，都会停下来。寺门口就放满了鞋子，因为男子们必须赤着脚才能踏入教堂这方神圣的土地。

清真寺下，带着对月的崇仰，周遭是喧嚣的街市，毫无代入感的建筑。我走长长的街道，看形形色色的人群，说蹩脚的英文，用陌生的钱币。 还是买碳酸水和布拉塔，还是在吃完之后胃疼，还是吃没有味道的旋转鸡，然后很莫名地想起《卖火柴的小女孩》。

也是和父亲闹过的，想起可歆，想起司徒锦，想起永远在我最需要时刻出现的二十多年故交的乐子晗以及无论如何最为想念的你。想起江南的老戏台，后门捣衣的妇女，烟雨中若即若离的亭台楼阁。想在大水漫过膝盖时同子晗一起踱步抓鱼，想起白雪地里你做的机器猫，想起司徒锦独特的说话方式，想起在李三甸的阁楼吃着面看星星。

我对父亲说我若是答应回去转学国贸，是否可以放我回国。我不是适应不了这边的环境气候，也不是多么厌恶这座城，我是舍不得放不下故国的任何。父亲决绝的语气里不带任何回转的余地，他说就这样待着，一切都放到半年之后再说。

闹了有九九八十一次。每一次都将情绪放空然后平复下来。在被阿力取了一个外号 cry kid 之后，依旧没有改变现状。在这里的生活过得不留痕迹，我很努力地尝试让自己熟悉起这里的环境以及人情，熟悉没有你的白天和黑夜。

❷ 彼国，苏丹 Mama 的戒指

【真正属于自己的东西是不需要拼死争抢或者控制的，劳心劳力、伤肝伤肾操神、强颜欢笑、自欺欺人破获，都不是该有的。】

臃肿黝黑的妇人蹒跚着从门口挤进来，坐在店里直流汗水。我把空调风向调下来对着她们吹，给她们一人倒上一杯水。她们用很大的嗓门笑着说我听不懂的语言，我知道她们在向我道谢。进来的是苏丹妇人，她们会用“萨朗麻利哄”来打招呼，大抵是“万福金安”或者“你好”之类的言词。我们把这类客人成为苏丹 Mama。

五月炙，中东无雨。在迪拜长久时光没有下过一场雨，父亲说这里是不可能看见江南的氤氲。在这里要么不下雨，一旦下雨就有止不住的雨水。整个天空都是黑的，暴雨倾盆，还要加上呼啸的狂风，于是家家关门闭户，等着雨水过去。我是没见过这种场面，这天周末，出乎意料地落了几滴雨水，也是伴随着大风而来，天变得昏黄昏黄，风吹了有一个多小时，期间夹杂着雨点，打在脸上有些生疼，但是不密集。这场雨持续了将近两个小时都没能把地面染湿。

几个苏丹 Mama 进来躲雨，这场雨怕是在意料之外。苏丹 Mama 荡漾着臃肿的身躯不太灵活地坐下来，用毫无语法的蹩脚英语一来一回，闲聊起来。她们很热情也很健谈，我能想到倘若不是语言障碍，或许我们会成为很聊得来的朋友。我是相当喜欢这样的人，简单，直爽，不设防。这个时候我在想，再怎么伸手即可攀附的理想也要建构在可观可想的现实基础之上，就比如跨越了国界的交流便是硬伤。若是连唯一可交流的资本都没有了，就会在茫茫人海中错失这些妇人，即便其实你们内心有多么契合。这就是错过。

一个年纪轻一点的苏丹 Mama 戴一枚蛇形的戒指，蛇头绕着手指盘旋而上，眼睛部分嵌入了红宝石，蛇身是密密麻麻的钻石。戒指在灯光下发着无比璀璨的光。女人天生喜欢这些会反光的物体，她们觉得那样美。她见我盯着戒指看，给我讲一些事。起先我没有太明白她在说什么，等到信息量聚集到一个点上的时候，突然间把前因后果联系起来了。这是一个美丽的故事。

她说和她丈夫自小相识，小学的时候，他们的老房子在同一个院落，一起上学，一起放学。少年很矮，总是被人欺负。那一年他们九岁，伙伴们抓了一条蛇吓唬他，他被逼迫到草堆的角落里，坏男孩拿着蛇吓他说只要被咬，就会死得很痛苦。九岁的她长得很结实，她推开男孩子们，作死抓紧那条蛇，她豁出性命搭救他。那个时候她以为她要死了，也是在很久之后再看见这类蛇的时候才发现它并没有毒。他问她为什么要救他，她说她需要一个伴，一起上学放学。他说他做她的伴。他用一生履行了这个承诺。他们结婚的那年他用生平积蓄为她定做了这枚戒指。他自发育之后就出落成翩翩美少年，而婚后的她身材越来越臃肿。但是他们依然相随相伴，不离不弃。

我看着苏丹 Mama 的戒指想，真正属于自己的东西是不需要拼死争抢或者控制的，劳心劳力、伤肝伤肾操神、强颜欢笑、自欺欺人破获，都不是该有的。

❸ 彼国，黄金街的少妇

【人总不要对未来抱有太高的不切实际期待。知足能常乐，简单是福。】

光影，渡光景。

母亲在六月的某一天抵达迪拜一号机场。父亲去接机的时候我在学校里百无聊赖。利欧的课堂其实把握得很好，他会用很幽默的语言和夸张的面部表情来表达想要表达的东西。只是一堂课下来我没能听懂多少，对于金融上的那些单词我都没有去背。实在是不在兴趣之上的东西，即便强迫自己去做，也会事倍功半。所以我说真正属于自己的东西是不需要拼死争抢或者控制的。

利欧放下一个苹果派给我，他说他自己做的，让我作为一个中国的美食家来品尝。这个食物口感很好，我夸赞了他一番，也提了自己的看法。我不喜欢太甜的口感，纯粹是个人喜好问题，我说倘若可以做得清淡一些，许是更为爽口。他笑着说看起来苦闷的人应该吃点甜食，这样会让心情变好。我知道他在说给我听。他说晚上要请我吃饭，理由是我今天给他提了意见。我没有答应下来，我说我该吃点甜点让自己快乐起来，所以他是对的，我应该谢他才对。他摊摊手说看来不能用中国的传统委婉的方式提出和女孩子约会，我说即便用西方的直接方式提出来，我怕是今晚也不能赴约，因为母亲要来。

我下课之后赶去那家温州人开的饭店，仿佛时间回到了我刚来的那会儿，一切都是那么相似，就连时间点都是契合的。父亲点了同我那天相差无几的菜色，思绪回到了那一天，就好像母亲同我一起抵达了彼国。

次日，陪母亲逛一条满是黄金的街道。看黑纱蒙脸的少妇试戴黄黄白白的东西，店员论斤称，白布包头的男子会以掏钱的动作结束这一个过程。这里是黄金街，一整条街都是金色的，奢靡浮夸，眼花缭乱。

黑纱蒙面的少妇露一双深邃的大眼睛在外边，睫毛浓密翘长。着一身黑袍，把曼妙婀娜的身段藏在里面。我在她后面看着店面里叹为观止的黄金铠，她将一摞黄金手镯戴在手上，看看在镜子里的手腕，满意地笑笑。她朝男子微笑示意，店员将这些镯子放到称上面称重，而后男子则去付钱。

也是有过这样一个梦吧。女子永远有一个公主梦，梦想着住在梦幻的城堡里，把房间弄成漫天漫地的粉红色，点缀着蕾丝和碎花、蝴蝶结、水晶灯、铁艺床以及乳白色的家具。女子从盘梯扶摇而下，俊美的少年等在底下。你可以不计付出地花钱，因为你是公主，你可以买想要的任何东西，只要能够买到。豪门富家，深宅大院，痴情夫君，如花美眷。

只是生命中徒增某些东西是会叫人变质的。梦想归梦想，又有多少人真正想要嫁入豪门？在迪拜，一夫多妻。男子是可以在能力范围内娶几个妻子的，然后养一堆孩子，女子终日在一座豪宅里大门不出二门不迈。我想是去了爱情的婚姻，坐死在钱堆之上，又有何等的滋味。

人总不要对未来抱有太高的不切实际期待。知足能常乐，简单是福。

❹ 彼国，渡

【本着善念，助人渡劫，多好的话。我一直觉得很多宗教都是导人向善，即便起源，风俗或者传说各不相同。】

即便是在日光退去的时候，依旧可以感受到铺天盖地的温度。风里面带着热气迎面而来，到海边就会好一些，海风带些腥味，吹过发丝，吹过面颊，黏黏的，咸咸的。父亲说迪拜分为两个部分，中间隔着一条迪拜河。一边是古老的德拉迪拜，这里有迪拜的历史，老城带着神秘色彩在将落未落的夕阳余晖中熠熠放光。而较为年轻的白迪拜多为现代都市，我们所在的就是白迪拜。

黄昏的时候，迪拜河上来往很多船只。开渡船的少年皮肤黝黑，穿黑色的背心，脏兮兮的长裤。父亲说乘坐渡轮抵达对岸，对岸有更为古老的景。有晕船的游客踉跄着上岸，父亲说好在我们都觉得妥帖。江南人家几乎家家熟悉水性。母亲说起童年的时候，同她的哥哥，我的舅舅一起，从高高的桥上跳下，水花四溅的一瞬，屏息沉入多深，总是在官塘缝里摸螺蛳，又或者抓几条鱼回去。那时候水还那样清，鱼是很多也很笨的。

父亲把母亲和我扶上船，付给那黝黑的少年三个一元硬币。眼睛触及少年裸露在外的臂膀，细密的汗层贴合着皮肤，看上去很不舒爽。父亲与那少年闲聊起来。

“小伙子，你叫什么名字？”

“瑞克。”

“如何在这里渡船。”

“神说渡人渡己。”

“如何说？”

“神说水面乃万劫，有船可驱怨。驾船者理应本着善念，助人渡劫。”

“那如何要收费？”

“这是被渡人的善念。”

“很好。”

我突然很想看一下少年所在信仰的教义，本着善念，助人渡劫，多好的话。我一直觉得很多宗教都是导人向善，即便起源，风俗或者传说各不相同。我看各种宗教的经卷，有着迥然不同的神话传说，但是坏人到最后总是无法善终的。任何事物都有因果报应。

少年熟悉地操控着机船，机船发出不是太过烦躁的轰鸣。机船在迪拜河上不紧不慢地行驶，海风暖暖地吹过脸颊，柔软地、缠绵地与汗衫嬉戏。父亲搂着母亲坐在船头，背光的夕阳里，我看到温情柔软的剪影。他们一如既往的相爱。

德拉迪拜有一个数码城，父亲说要给母亲买个平板，这样她可以用来拍照以及消磨过剩的时间。父亲在数码城里买了最贵的平板，叫店员直接拆卸妥当就给母亲用了，于是有了平板之后的每天，我一直在充当摄影师的角色。我是很乐意做这件事的，捕捉到父母脸上一丝一毫的细微表情也是好的。

我其实很羡慕这对夫妻。

第三十二章
从画里走出来

❶ 彼国，归途

【很多问题在时间面前显得渺小，只是等待的过程是你越在乎越痛苦的。】

我始终相信守得云开见月明，等待在某些强大到看似无法动摇的定局之上至关重要，需要用时间才能解绝的问题是永远无法不被当成问题的问题。我个人不认同时间能解决的问题就不是问题这句话，这种问题就好像大山，压在身上让人窒息却又无能为力。人们惧怕这类问题，于是装疯、逃避、推卸。这些问题会在时光流逝中迎刃而解，只是很多人等不到解决问题的时候就已经死了。

我是庆幸的，九月未至得以回归故土。这是我抵死反抗却也无能为力的事情，恁么切实地发生，这种喜悦在时间过去的时候欢跳着奔我而来，我在措不及防当中踉跄着百转千回。很多问题在时间面前显得渺小，只是等待的过程是你越在乎越痛苦的。

“这一学期过得如何？”

“永远无法同故国相比拟。”

“即便如此，我也在这片土地上过了有九个年头，诚然不是三百六十五天都在这里。”

“我自是形愧，若等闲可久居，便也不会出类拔萃，所以你是成功者。”

“然后呢？”

“然而于我仿若鱼打滚，不在水中的鱼不欢腾。”

“我便放你回去。也是看你这段煎熬着走过来，本以为终究能适应的你却一直怏怏，这不是我想要的。”

“如此甚好。”

我说过父母做的一切都是为了孩子，无论他们怎么强迫你也好，给你施加压力也罢，或者打骂，或者不让你如愿。只是他们从他们的立场出发，通过他们的视角，他们的眼光来看问题，进行分析而后举止。他们劳心伤神，自认周全地操办着你的人生，他们想要参与进来，他们认为这是对的。我常常在想，父母为什么只这样对待自己的子女，因为是子女。所以永远不要记恨父母，不要翻脸无情，不要恩将仇报。

父亲在我回国的前两天，给我丢一张金卡过来，他说里面划了两万块钱给我，叫我到处游走着看看买些东西回去。我说好。我没有买多少奢侈的东西回去。一个人从迪拜购物中心逛到黄金街，从万商城逛到最高塔，依旧买一个布拉塔和一杯奶茶，依旧吃没有味道的旋转鸡。

我想着马上就要离开这片土地，即便我没有多喜爱这里，但多寡留恋。时间在解决问题同时带来新的问题，它带了很多记忆给我。我能记起阿力以及他钟爱的姐姐；还有利欧，想起自己还欠和他吃一顿饭；那个有着美丽故事和漂亮蛇形戒指的苏丹妇女以及这里独具特色的午祷经歌。我总是这样矛盾，离开任何一个地方告别任何一个人都会这样缅怀一番，因为一些人一些事一些景或许这辈子都无法再遇到。

我给你买了一个枕头，我知道你一直没有很好的睡眠质量。人要在吃好睡好的良性循环下健康，没有睡眠，故而消瘦。

时间进行到这里，基本帮我解决了困扰我一个学期的问题，然而就在这个点上，回国的心倒也不显得迫切。人如菊，淡如水。这个时候心里有石头落下来，近在眼前无论如何都可以如愿的事情就会让心弦松弛下来。

如此时刻多好，多好。

❷　江南，机场外

【总归有距离所带来的不便，忽略了隐忍了淡忘了无所谓了，可事实摆在那里。】

回到自己的国家，说母语。

从飞机下来，途经香港中转杭州萧山机场。这天天阴，云仿佛压在人头上一般，就好像你随手轻易一碰就要喷出水来，这样的天气叫人窒息。航班没有因为这样的天气而出现任何意外就是一件幸运的事情。

又见烟雨江南，听熟悉的吴侬软语，看满眼柔情愁绪的景。吃一碗梅菜扣肉盖浇饭，我喜欢把饭菜拌在一起，那种油滋滋香喷喷的饭叫人垂涎。我从小爱吃油腻，还是女童的时候，奶奶叫我“油老太太”，因为大家觉得腻吃剩下来的肥油汤都是我用来拌饭吃完的。在绍兴，我们把就着汤水拌饭吃叫做“卤捣捣”。“卤”是汤水的意思，总的来说是指任何可以活着饭吃的菜的水，而“捣捣”是一个动词，就是把汤水和饭拌在一起的动作。我记得别人小时候都是用三鲜汤的水“捣捣”的，而我一般都用红烧肉的汤水，或者蚌油，或者炒菜，或者从梅菜扣肉里硬是逼出来的一点汤水。我也是可以直接用麻油，酱油“捣”饭吃的。想来我并不是多挑嘴的姑娘。

八月末，九月未至。夏末的雨需要有一个适应时间才能知道夏天已经过去，我原谅这些不懂事的天气，总是分不清自己是应该在夏季爆发的雷阵雨。它们就好像孩子一样，一下子是记不住即将代替它们的是绵绵无绝的秋雨。

我在吃完饭走出机场的时候，看见司徒锦在雨里对着我笑。雨下好大，期间夹杂着一两声闷雷。风带着昏黄卷起地面上的物件显得有些寂寥和诡异。虽然还是夏末，但是这样的时候也是能感觉到凉意。

司徒锦浑身都湿透了，头发软趴趴地耷拉在脑袋上，就好像被遗弃的小猫咪一样看着我。他没有提前告知会来接我，我想对他生气但是看到他那张脸又生不起气来。

“请问你是笨蛋么？”

“我么是来找你生气的。”

“诶？”

“我给你的卡么不用的。”

“自然不好用你的钱。”

“那么我生气了。”

“所以嘟着嘴瞪着我？”

“那么要的。”

“看起来像个怨妇哦。”

“怎么会？明明很凶神恶煞。”

“好好好。”

和司徒锦对话总是很轻松，即便有多大的气愤都会平复下来，就好像小孩子说了什么无忌的言语，让人捧腹。我还是不太高兴他跑来等我淋一身的雨，自从他上次发烧之后我就觉得他不是抵抗力很好的少年。我说以后不许这样跑来淋在雨里，就算想要过来接我也应该告知我，然后带上伞再等我。他说以后都会听话。我说之前你也这么说。

坐进车子，我拿了一块毛巾递给他，他嘟着嘴很不满地撒娇，他说他在开车要我给他擦干，我白他一眼说等你成了我儿子再说。他说阿娘宠我吧。我没有理会司徒锦，我说你好好开车，把空调开高。然后拿出手机来换了卡，看到久违的中国移动，想着要打电话给你，却发现是停机的。

我想要迫不及待向你报告我的一切行程，忘却了你我之间的通信桥梁是断的。总归有距离所带来的不便，忽略了隐忍了淡忘了无所谓了，可事实摆在那里。

❸ 江南，哭一场

【这场大雨下得有些仓促，庞大的东西一般会失去耐力。】

回到家约是下午三时，司徒锦帮我安顿妥帖之后在茶桌前坐下，他又开始泡起茶来。我看他泡茶的时候很投入，我知道他带着对逝去母亲最大的沉湎浸入其中，一个个步骤都有条不紊，温婉典雅。他应该是女儿身的孩子，那样敏感，那样精致，那样貌美如花。

我没有招呼他，吞下他给我斟上的茶水一觞，并不去体会茶香以及喝法。我说我去洗个澡，你待在客厅乖乖看电视。他说好。洗完澡下来的时候看到他在沙发上沉沉睡去，想必是真倦了，我让他平躺在沙发上，盖一块轻毛毯在他身上。我探过他的体温，没有发烧，身体发肤亦已干透。我把电视关上，收拾掉茶桌上的茶渣，轻声踱步上楼。

我打开电脑充了话费到手机上，打电话给你。

“我回来了。”

“之前打过你电话发现停机了，想着下班去给你充话费。”

“无妨。”

“你还好么？今日江南大雨。”

“司徒锦过来接我，现已到家，一切安好。”

“如此甚好。”

你在这年的暑假当上公务员，在自己家乡所在的乡镇就职。你说十月份的国庆假期过来江南走走看看，许是过来开一个小店面，就这样安度。我说那要丢弃寒窗苦读得来的名分职务，你说赶路人的脚铺就了道路。

挂下电话，再一次把一部老片子从头看到尾。其实早知道结果，很多台词都会背了。我在想为什么这般执著，还是会去喝同一款饮料，买同一款衣服，单曲循环。最终发现对于这些美好的喜爱，便不会厌倦吧。弟弟放学回家，同司徒锦踱上楼。司徒锦试探性地在房门口敲了下房门，我示意他可以进来。弟弟已经冲进来抱住我，久违的年纪相差十年的我的弟弟，依旧白皙高瘦。司徒锦说晚上去吃饭看电影，我说也好。

这场大雨下得有些仓促，庞大的东西一般会失去耐力。正如爆发力很强的短跑运动员一般不能跑马拉松，而能很快跑下马拉松的运动员往往没有短跑运动员的速度。再如爱情，轰轰烈烈固然好，又岂能比得上细水长流。爱长久，怨长眠，恨长忘，意长湎。夏末的雨后黄昏，空气变得温润，清冽的风吹过脸庞能吹起皮肤上细微的颗粒。这样的夜好极，路上没有太多的行人，反光的是水，黑色的是石，极其自然地来去。

弟弟似乎很喜欢司徒锦，在车上时就一路言语不停。想是相同的智商，相近的思维方式。司徒锦是空长了多年的孩子。我一直没有回避直言无讳地说喜欢这种稚气，一个人有深的城府难得，而毫无城府是难得的难得。弟弟说想吃鸡煲，司徒锦就在煲店附近停车。

这是一家简单干净的店，后现代主义的空灵质感，带着简约的木质纹路的格调，微微散发着熏衣草的芬芳。这里更像是书店，咖啡屋，或者午后休闲的茶吧。服务员一律穿着粉白相间的制服，温文尔雅，纤尘不染。或许我不应该在书中写太多的巧合进去，可是就是这样无巧不成书。当我看到李三甸从大堂走出来的时候，我就知道这次饭局之后会常常光顾这家店。

李三甸不可思议地看着我，热情地过来寒暄。他说可歆在补习班上商务英语，七点才能回来。我说不碍事，第一天回国，想着明早一一通晓故交，到了饭点也是出来寻常觅食，没料到会兜转到这家店铺。倒也巧极妙极，终究注定要今日叫你们得知。李三甸发短信告知可歆。可歆很快赶了回来，其实我预料到这一幕了，她是无论如何会即刻出现的人，不管她是在上课也好，什么都好。就是在不确定她要推掉重要约会的前提下，故而没有打扰告知我回国的事情。

我不想一回国就哭。

看到可歆我是无论如何止不住眼泪的。

这天我就红着眼睛过去。

④ 吴地，演出

【世界上所有的爱都是为了在一起，只有一种爱是为了分离，这种爱就是亲情的爱。】

九月的阳光还是一如既往的和煦。风和日丽的时光总是叫人格外舒适和开朗，人说环境会影响心情，所以有天与人同哀之谚。这样的节气就会想到要开学。司徒锦把我送到上海，他说他会帮我照看弟弟，我说你先照顾好自己再说。他搓搓手"呵呵"笑出声，他说那么好的嘛。

收到你的简讯。你说这天市里面的领导过来视察，你这段时间都会很忙。等忙完这阵子就过来看我，你说你等着十一长假的那次再相逢。你会做足一切准备过来江南，然后安定。我微笑着看完短信回复给你，就三个字，我说我等你。大伟兄过来找我说一起去参加一个公益演出。他有两个节目需要同我合作。我对舞台向来没有抗拒力，一口答应下来，便加入了紧锣密鼓的排练。

大伟兄有一个剑术表演需要我伴舞，一个茶道表演则是他配合我。他拿了配乐给我听，这是他引以为傲的音乐，是他观看一十四次带有这个配乐的演出，截取当中观众没有欢呼的部分拼凑而成。因为这是无论如何都不可能下载得到的配乐。关于这一点使得我十分佩服大伟兄。他对于自己喜欢的东西的那种坚韧不拔和刻苦追求是有目共睹的，而我并没有达到这样一种境界。

和大伟兄一起练习很愉快，会累，但是不会倦。他教会我很多东西。他叫我注意音乐的抑扬顿挫，在他出快剑的时候我的舞蹈也需要相对快一点。这一次我们演的是《霸王别姬》，最后一幕他收剑入鞘，我从他侧边跪滑过来，从他手上拔出剑，一番推攘之后举剑自刎。这段动作不好把握，要配合得融洽十分困难，包括音乐点和动作的配合，于是光这个动作就排练了许久时光。

排练了将近一周的样子，迎来了公益演出。早上大伟兄和老张过来寝室楼底下接我，有车子在校门口接送，大伟兄说这次要去郊区，这场演出在敬老院，还会有不少无偿自愿者前往。我说能够去陪陪这些年华老去的长者多好，让他们欢愉，大笑或者落泪。没有哪个老人是不喜欢热闹的，他们很纯真，他们只是希望有个人陪着，他们想说话，他们也想分享。

敬老院很大，有着多于外边的绿化，我在演出前和大伟兄到处转转，因为我想去看看这里居住着的老人。老人们都很热情，有些甚至拉着我们的手久久不愿松开。他们多是有钱人家的家长或者一些孤寡老人。当时我在想，人赚钱图什么，生儿育女为哪般，为何等到时光逝去落得这般的下场。我不是说敬老院不好，这里有充满了爱心的人，只是外人尚且如此，亲人不该这般不是么？

我听一个老人的自诉，她说自己的儿子是某个公司的经理，平时没有时间照顾她，便把她送来这里。送进来的那年她闹了点情绪，于是这十年她再没有听到儿子叫她一声“母亲”。老人眼眶湿润起来，我能感受到她内心的痛。虽说父母养儿防老，其实真正不想从子女身上索取什么，相反却一直在付出。子女长大成人，赚钱了却总是最先放下父母。

我听一个研究儿童心理学的教授说过这样一句话，他说世界上所有的爱都是为了在一起，只有一种爱是为了分离，这种爱就是亲情的爱。我当时不甚了解，就提出来问。他说父母培育子女，想着有一天子女能够独立，从第一天走路开始，到第一次说话，到第一次上课举手回答问题，到得人生第一笔奖学金等等等等。一路走来就是为了分离，等到子女羽翼丰满，便飞出了父母的天际，父母的爱是无私的付出。这让我无端想起那个寓言故事，文说农夫救了冻僵的小蛇，小蛇咬死农夫离开。人终究不是牲口，实不能蛇蝎心肠，狼子野心。

经过食堂门口的时候看见一个失去双腿的残疾人，两个裤管绑在一个车轱辘上，就这样用双手撑地前进。大伟兄说这是一个从小失去父母的孤儿，小时候小儿麻痹让他失去了正常儿童一般的身躯，但是就是这样一个人，靠着双手走遍了祖国十几个城市，他用卖废品换来的钱无偿捐献给敬老院。我不是要标榜他的思想有多崇高，我只是觉得，任何人只要有善心，善行就是好的。诚然，我们是不需要拿残疾人和普通人来作比较的，因为他们除了一些身体缺陷之外其他也都是正常的。我想他们也同我们一样需要平等。

演出很成功，老人们都很欢愉。我知道他们只要在一起，就会笑。我说过老人是很渴望热闹的。离开时我把电话号码留下来，我说下次要演出我还是会来的。

没有什么比老人和小孩更可爱。

第三十三章
大同

❶ 江南，河畔有风

【时间没到死去的那一刻，决断只在念想中。】

总存在着这样的人，和你一见如故，和你情投意合，和你的理想主义完全契合，但是不是你的亲人、情人、爱人，你们之间甚至连一点点的爱慕都没有。

弟弟上初二，送弟弟上培训班的时候遇到他的化学辅导师，很淳朴厚重的男子，叫何畔风，我叫他大何。我信得过他，故而很安心地把弟弟放进去。认识他很偶然，那日我有些焦急地撞翻了一个阿婆的水果篮，青枣一时间骨碌碌地滚满了地面。阿婆有些苦恼地抬头看我，那种弱势的眼神写满了担忧，她似乎是在恳求我，帮她捡起来，她并无任何怪罪。这是多少理所应当的事情，我一边不断连声道歉，一边蹲下身打算拾起。

“这些散落于地的青枣都给我吧。”

“可是这些已经脏了。”

“没关系，洗洗便好。”

“如此好抱歉。”

“无妨。”

在这夜雨途中说话的男子就是何畔风。他笑着用带着南方口音的普通话对我说，若是赶时间就快去，这些掉落的青枣他会捡起来然后买走。我有些感激地对他笑笑，也是极为难堪地挤出来的笑容，因为这天我是赶去医院看望外婆的，故而仓促忙急地碰翻了阿婆的果篮，确实是很难抛开压在心头的情绪会心而笑。

这是心存善念极好的老师，育人先育德，所以我说我信得过他。

何畔风大我四年，他对我说感情不能从一而终，毋宁终身不娶。多么极端的恋爱理念。我想任何人本质上都有完美主义的心境，谁能对着一个缺陷无动于衷，倘若这是属于自己的东西。人都有占有欲和完美欲，只是表现出来的度不一样，表现在具体事物上的差别。一直天真下去直到遇上具体事情具体对待。人这辈子都希望初恋就能天长地久，但是谁不会在成长的路上遇上几个不那么相通的人。时间没到死去的那一刻，决断只在念想中。

和大何在一起言谈特别随意，因为他有着同我一样的世界观。他把自己的观念戏言为“何氏理念”，我说了我的爱情观，他就把“何氏理念”改为“何田观”。我说到底是师范出身的人，总习惯把身边任何事物概括起来，精简成理论。他总是折着见底的冰镇可乐的吸管，低头侧着身子笑。

大何说他对人的关系很简单，谁对他好，他就对谁好。他不懂看人，也无心观人，人总是要简单点好。他说他本质上不是大公无私的人，他也害怕付出，他也不喜博爱。所以谁对他好，他就回报。我知道他是会滴水之恩涌泉相报的人。

“如何同我能交心？”

“因为一句话。”

“谓何？”

“那次晚间辅导之后下起雨，我没带伞，第二天你来接你弟时多带来一把让他放在教室。你叫他在我没带伞的时候给我，恰巧之后那周四我没带伞。”

“不过举手间。”

“一些细微的感动。”

有时候不经意间做的一些事情，无论好坏，都是会引起连锁反应的。我在玩《植物大战僵尸》的时候闯一个叫做“连锁反应”的小游戏关卡，完全凭着直觉和运气敲开一个个的花瓶，永远不知道在敲碎哪一个的时候会突然出现爆破僵尸，引起连锁反应。投射于生活当中自然不像游戏那样玩过便好，所作所为都是一个聚集和爆发的过程。

❷ 吴地，吉尔

【经受过苦难挫折的爱情敦实，双方各自珍惜，故而相敬如宾。】

九月初，再度返回上海的时候更多想哭，人总要在比较级当中才能看清楚当下的窘境其实有多幸运。相比迪拜与上海，我着实觉得身在故土是莫大的感怀。

此番前往上海是极其平静以及感恩的，下了火车也没有太多的行李。在路上遇见一个姑娘，左一包右一包行走极为艰辛。我过去帮她拿了一个袋子，她抬头的一瞬，我看到一张精致的脸。姑娘很高，有一米八的个子，我同她相比就显得小了很多。一米七在平时看来也是不算个小的女子。她穿小高跟的学生鞋，柔紫色过膝袜，显得尤其高挑瘦削。我觉得清瘦的姑娘是不应该拿这么多行李前行的。

"如何一个人拿这么多？"

"父母很忙，开学只得一个人来。"

"我送你走。"

"如何敢当？"

"无妨。"

"如此不胜感激。"

两个女子搬运这些行李还是有些负重。从地铁站出来的时候，遇见一个偷包的贼，他很飞快地从人群中穿过，跑得有些仓皇。后面有一男子紧追不舍，从男子威吓声中可以辨析这个慌忙乱窜的人是偷包贼。

男子很健硕，足有一米九的个头，一个箭步堵住了小偷的去路，在原地做一个托马斯然后出腿攻击小偷的下盘。小偷被绊倒地。男子上前一手扼住小偷的颈部，一手夺回小偷手里的提包。在场人发出欢叫声，好久没有看到此等场面，除了在电视剧里不平凡的 hero。男子把小偷扣起来，又把钱包还给了之后气喘吁吁赶来的女人。这种场景很熟悉，电视剧可以把它渲染得极为传神，只是亲眼所见的画面具有切实的说服力。

他把小偷交给身后的两位同仁，又笑着朝我们走来。这种笑容释放得恰到好处，仿似对着旧识的老友。他憨憨地挠挠头说来晚了，路上遇见一个小偷。我身边的姑娘柔声说不碍事。我突然有些不好意思地想着自己的处境，似乎想做好事却又成了不该出现在这的人。

"如此我想走。"

"为何？"

"呃。"

"请莫要感到任何不舒爽。"

"无量善缘。"

"同感。"

男子叫做吉尔，刑侦大队副队长，女子叫蓝离，女大学生。他们在凶案现场认识，经受了几多磨难最终走到一起。年龄跨度是他们之间最大的障碍，他们的感情让我对于爱有了更高的崇仰。如若是两个文人在一起凄凄切切自然不为难见，只是在我看来拥有极其理性以及判断力的人民警察也有着至情至性的一面着实不易。这让我想到重楼，想到项羽，意识中这些独霸一方的男子是绝对不轻易动真情的。我在看《仙剑奇侠传》的时候对于重楼的喜爱也在重楼爱上紫萱之时，动情的他那样迷人。男子是应该这样用情至深的。

佛说种善因结善缘得善果，我又要带着文人气质的酸溜溜的矫情的言语来祝福他们。经受过苦难挫折的爱情敦实，双方各自珍惜，故而相敬如宾。

❸ 吴地，亚麻绿偏白

【能够原谅一个人的过错就不要记恨他。】

女子被女子喜欢固然好，被女子追就会有些不知所措。我认识不少男同或者女同的朋友，我不排斥他们选择爱的方式，但是我本身不去涉猎。不带着任何异样的眼光去看待这些不一样的爱情，我们不能说这种恋情就是不正常的，因为异性恋完全没资格这样说同性恋。

我不否认是有女子喜欢我。

她是英气逼人的少女，我喜欢那种清透的亚麻绿，偏白。她总是把乌黑健康的短发染成这个发色。淡色发伤害发质，要用不知名的药水把头发里面的黑色素洗出来，直至头发失水变得干涩、枯败。

她说她是小太阳要照亮所有生命。

她说黑暗于她不是你我能够自诩明朗。

她说没有过不去的坎。

她说世上只有妈妈好。

我去参加同学的生日会，在离开 KTV 的门口看到她。她是乍一看性别不明的女子，只是在男子群里显得那样矮小瘦弱。她似乎有些醉意，旁边的男子失手摔碎了啤酒瓶，她一个踉跄整只手戳了上去，不断有血流出来。我是见不得这样触目惊心的场面，想起来钱包里有创可贴，就拿出来递上去。她有些玩世不恭地用另一只手搂住我的腰。我完全没有料想到这样的结局，我不以为有这样轻浮的男子，直到她开口说话我都在挣扎。

“那你给我包扎，如何？”

“你是女生？”

“你说呢？”

“缘何要我给你包扎，我们并不认识。”

“我叫羽，羽毛的羽。”

“项羽的羽。”

我用纸巾帮她去除玻璃碴，在伤口处贴上创可贴。我说我不是很能看到这样的画面，我会晕血，不能做太长时间的停留，故而不谨慎。她在我脸颊上亲吻，然后笑着扬长离去。我一开始是厌恶这样的女子，我觉得她那样不正派。直到得知她的故事。

她是靠母亲养大的孩子。从小父母离异，父亲不是脾气那么好的男人。父亲在她幼年的印象里是时常大呼小叫的。她怕极了父亲抽皮带的动作，怕极了父亲拿鸡毛掸子的神情，怕极了父亲这张脸，她曾经发誓等自己长大了一定要让母亲过上好日子。她以为长大了就不会再有人欺负她们。可是等她长大了才认清一个事实，女子毕竟是女子，任再怎么有志气都没有男子的体魄，终归构不成威胁。

母亲终于不堪忍受父亲的辱骂暴打提出离婚，她自然跟随了母亲。自此，她着男装，留短发。她开始学着男子的样子做任何事，包括抽烟喝酒，包括打架斗殴，包括出入各种娱乐场所。她说除了自己再没有谁对自己好。人若是连自己都不好好爱自己，就别指望得到别人的爱。

每个人的性格养成都是有着自己的故事，即便是杀人犯也不是生来就喜欢杀人的。能够原谅一个人的过错就不要记恨他，我想修得此生，可泽来世。

④ 江南，草台班

【我说人总有着自己特定的一个磁场，尽管人往往有很多面，但是总会有最常见的一面。做好自己，无论你想做什么样的你。】

九月未折，雨下，秋至。

透过夜风身躯的指尖留着这个秋特有的狭长的眷念，微微触动，有点凉。从伤春悲秋的情绪中死里逃生，微笑着看一本书，单曲循环。表妹发简讯告知村子里来了草台班，问我是不是过去看戏。我说难得周末回趟家，我去。

合上书，换了一身衣服出门。湿冷的天气需要比平时多加一件衣服，我穿一件到处都是蝴蝶结的薄荷绿大衣，毛线裤袜和一双同样有着许多蝴蝶结的粉色单靴。见到表妹时还是多少有些喜悦,总感觉有很多话可以同她言谈。

“姐姐,夜间场是《五女拜寿》。七点开场,在村头。”

“甚好。”

“我白天在场上放上了长凳,这里有我买的零嘴。”

“倒是笑了,如今反要做妹妹的来照顾姐姐。”

“也该是反哺的时候。”

“言重。”

“便也是这般意思,你懂的。”

“想来也不曾照料你多少。”

“我都记得。”

“当真?”

“当真。”

和表妹同走一条路,这里有着太多儿时的记忆。一条弄堂似乎比记忆中窄了许多,那是因为长大了的缘故。猛然间抬头看到谁在弄堂壁上歪歪斜斜写下的字体:李小兵和宋伟永远是好朋友,赵旦旦是坏人,二花是我最爱的妹妹。儿时也是时常在墙壁上涂画的,拿着从教室里战战兢兢偷来的粉笔,在墙壁上画各种图案,写各种稚气的话语。

一路慢悠悠地走到场子坐定,表妹拿出零嘴给我,这钟场景很熟悉,只是身边少了外婆。如今她已是年华老去,再也看不动戏了。眼睛花了,耳朵聋了,身体上日渐萎缩的肉令她也不能坐长久时光,至少不可能坐到一场戏终结。

《五女拜寿》是外婆很喜爱的曲目之一。早几年我在电视机上给她播放光盘的时候总是看到她湿润的眼里噙着泪水。老人有着自己的感动,或者她们的哭点笑点同我们有所不同。《五女拜寿》中,一对老者位高权重,家财万贯的时候没有拥有看透人心的眼睛,他们喜欢口蜜腹剑的女儿,喜欢她们的体贴、甜蜜,喜欢她们送来的价值连城的寿礼。

然而有这么一天,家道中落,老者被剥去了官职,家也抄了,官也丢了,空剩下一把老骨头,于是在一个贴身良善的丫头扶持下,不远千里分别到四个女儿家请求收留,却遭到了不同的待遇。他们终于看透了人心,原来嘴巴上说得天花乱坠的女儿恰恰是最不顾亲情的,曾经遭受到他们冷眼相待的女儿却收留了他们。日后老者沉冤得雪,官复原职,可想那些女儿又会如何。人总是会被某些美好的表象和一些美丽的言语所诱惑,迷失了原有的判断能力。

表妹买了泡椒凤爪给我，我在辣得流泪的时候哭。表妹问我怎么了，我说辣得。不管她是否可以很轻易地拆穿我的谎言，我就给自己一个台阶下。我总是觉得无论在什么情况下流泪，都不想被弟弟妹妹看到。

草台班是演员虽然不像剧院的那样规模和专业，却也十分不易。我看他们在台上又跑又跳，情到深处会有眼泪流下来。风雨是不通情理的无情鬼，照样把台上的幕布吹得东倒西扬。我说过无论是谁站在台上表演，都应该给予鼓励的掌声以及肯定的目光。

是多久没有像这样坐下来看一出戏，伴随着细碎的风雨细细咀嚼家的味道。我写下这样的段子，用不成曲调的嗓音喊出来的吴侬越语：

多年之前在荒郊破庙遇见你。你是落难书生，我是颓败佛尊。你为我撩去额前蛛网，我渡你三世红袍加身。轮回三世你娶了官家千金，四世沦为花子无依。你前来破庙作窝，我免你风吹雨淋。你骂我顾你不周，哭诉世间炎凉无情。我破千年道行换你三世前程，如今我已是无能为力。今夜狂风又兼雨，碎了我泥塑木雕身。

奉父之命上山岗。长居深山女强盗，看我小将少儿郎。马前一战落下鞍，见你容颜泪两行。昔日我竹马扮新郎，你坐花轿着红装。学你父亲好本领，一十七岁就封了王。你马下含恨怒目张，不识眼前旧时交。父帅待我凯旋日，我心一横就下了枪。此枪本是你家宝，枪头红缨你母亲搓。临死之前你可知晓，我是儿时少年郎。

你从闹市将我找，安生绣楼上。自此日夜无眠，赶制鸳鸯。你为他三年一日独守空房，他功名成就高车驷马游街坊。娶了妻房，忘了绣娘。一纸休书从今以后你莫念郎。不入长江，也不一头栽东墙。绣箩之中想起我，扎入胸膛。三年三月又三时，我若不诺，你又偏犟。埋进你胸腔，定你阴阳。问我是谁？一把绣剪。

表妹总说我是不得明朗的女子，带着太多情绪令人有些距离。我说我只是喜欢无病呻吟，带着伪悲情主义的女子，装出一副高姿态，我是自恋到无法言语的地步。她笑着看我，她说不。我说人总有着自己特定的一个磁场，尽管人往往有很多面，但是总会有最常见的一面。做好自己，无论你想做什么样的你。

第三十四章 如梦令

❶ 江南，大起大落

【在空间和时间面前，我们都把爱情想得太简单。】

十月份的长假披着旖旎的外衣，在千万人的期盼中娓娓而来。你说过这个十月份要过来江南，于是这段等待的时光于我愈发漫长。我以为你永远不会对我说谎，可是你却变得不留痕迹。国庆节，我独自在家待了七天光景。

我给你打了九九八十一通电话或许还不止，电话线那端永远都是系统提示声，那个普通话相当标准的官方口音提醒我，你所拨打的用户已关机，聊天页面上你的头像永远都是暗的。世界里突然没了你的任何音讯，仿佛人间蒸发了一样。我开始惧怕，我觉得我们的爱情是不应该如此无疾而终的。幻想着你被绑架了，亦或是出了什么意外。

十月假期的最后一天，大雨转阴。玻璃窗子坏掉了，家中无长者，我看着也碍不得多大的事，于是置之不顾。秋有凉风从那扇坏掉的玻璃窗子灌进来，没有北风呼啸时那般寒冷，只是会突然觉得身后凉飕飕的。我依旧不死心地拨打着你的电话，依旧听到电话线那端的电子女人无情的句子。我依然整日整夜开着电脑，想着许是在夜半三更你的头像哪怕亮了那么一下。都是无用功，你不见了，我要这样失去你了。

我开始自嘲，到底是什么叫我如此信任爱情信任你。除了网络和电话之外，你我之间的线就好像断了一样。在空间和时间面前，我们都把爱情想得太简单。

我知道只要保证了人心，就可以战胜了一切，但是我好像保不住了，靠意念恋爱的人一旦意念松懈便再也无法挽回。我还是想要等你，我想要刨根究底地知道真相。

司徒锦打电话给我。

“晚上出去吃饭么？”

“不饿。”

“你们吃过了？”

“你们？”

“他不是过来的么？”

“呵呵，没有。”

“那么我过去吧。”

“你过来？”

“我过去。”

司徒锦用了十三分钟出现在我面前。我说你是直接隐身过来的么，他说如果隐身还要快些。我说开快车是不对的事情，无论因为什么事，都要保证自己的人身安全。倘若失去了性命，便是多少重要的事情，都将不能参与。因为我们自始至终都不会知道有没有灵魂以及来生，唯一能做的就是安度此生。

司徒锦每次来都会沏茶，但是我从来没有问过他为什么随时都带着茶叶。我在他对面坐下来，看着他从口袋里掏出一个锦盒，然后打开取出一小撮的茶叶开始沏茶。我问他为什么一直随身带着这个东西，他说这是母亲走得那年父亲收的新茶，他给母亲泡来喝，母亲说这年的新茶那样鲜甜。他母亲在之后一天遇害，父亲把这些茶全部收起来放在罐子里，这些年他们喝的都是这批茶叶。

听完，我有眼泪流下来，我没有刻意隐瞒情绪，只管让眼泪铺天盖地下来。这样哭最舒爽，因为有个合理的台阶可以下。我可以说我听了这个故事太感动，感动得无法克制自己的情绪。很无耻地拿着司徒锦的故事当作挡箭牌，请相信换做平常时候的我也是会落泪的，只是不会这么强烈，强烈到一发不可收拾，强烈到呼吸都要困难。

司徒锦显然是吓到了，竟也说不出一句话。喝着热茶哭了起来，这个场景有些怪异，任谁看到都会有不同的揣测。硕大的空间，单调的背景，一张茶几，两个人。一个低头品茗，吞咽之后“哇哇”哭出声，带着哭腔咿呀地不知道在说什么言语。另一人趴在椅子上，哭湿的坐垫被抓得皱巴巴的，一点声响都没有却总有泪水流出来。

司徒锦擦干眼泪过来扶起我，他说："你要不要喝点水，这样会有更多的眼泪能够流出来，要补充一点水分再哭。"我就这样笑出声，我说："我没事了，你帮我修好这扇窗。"他说："好。"

这天我不断让自己忙碌起来，从出去买玻璃开始，到整个把家整理了一遍。人在不停歇的时候就不会想太多，我从来都是个普通人。

❷ 江南，煞

【他皱着眉头眨了下眼睛，却挤出笑容给我看，这让我再次心疼起来。我问他怎么样，他说一点都不疼。】

处变不惊最为恐惧，因为人的感情是麻木的，是虚假的，是故意克制的。

十月份在心情的影响下过去得蜗行，我终日漫无目的地在图书馆游离，也不知道有没有看进去什么东西，只觉得字在眼前都快要不认识了。眼睛的焦距不知道对在哪里，思路也同样不清晰。

是李三甸慌忙打来电话，这天我眼睛肿起来不想去上课，请了病假一个人在寝室睡觉。也是睡不着的，翻来覆去有着各种杂糅的思绪飘起来又飘远。这种感受坏极，密密匝匝地乱，就像有棉花球塞在脑子里，心窝里，无大痛，但是很闷，很乱，很压气。

"田心，我有个事情要告诉你，但是我不希望你有事。"

"还有什么比现在的状态更糟糕么？"

"还是有的，你先平静下来。"

"如何？"

"闵惘他，出了车祸。"

"车祸！"

"昨天去世了。"

我多希望一直持续那个我自认为百死莫过其哀的状态，又深知李三甸不会开这种玩笑。人在趋避冲突面前就会抓狂，甚至疯癫。脑子空白了有多久不会运转，眼泪毫无征兆地下来。这个时候的感受是不知道怎样用文字形容的，没有"轰"的一声脑子炸开的感觉，也没有要一下子晕过去的感觉，只觉得脑袋空白，眼泪却一直在下来。

这天我睡在寝室什么都没干，不断有画面在脑子里来回地跳跃。从楚绍谦到你，模糊的，清晰的，来回地跳转。我打电话给子晗，转到了留言信箱，他说对不起目前不在国内，飞往新加坡去参加舞蹈交流会。其实这段时间一直没有联系到子晗，这个永远都会在我做错事的时候出来为我善后的故人。有时候我在想，他要厌倦我了。

于是想到司徒锦。

"来接我。"

"那么好的嘛，你在哪？"

"来我学校，马上。"

"好。"

我连假都没来得及请。打完电话冲到校门口坐下，我没有顾及来往行人的眼光，只管坐在那里独自忧伤。坐了两个多小时吧，看到司徒锦的车子停下来。他过来扶起我，他说就知道我有事。我说载我回去，他把我扶上车没有说话。

回到家天蒙蒙黑，房子里空空荡荡。我跑到房间里钻进被子倒头就睡，我在被子里抓来抓去，歇斯底里地叫。司徒锦又被我吓到了，他过来轻轻地扯开我的被子，一直一直和我僵持。我觉得我像疯了的蛮牛一样大劲儿，一下子把他推倒在地上。他撞在床头柜上，上面的玻璃水壶掉下来，他左手撑在残渣上。鲜血涌出来，滴得地上到处都是。我赶忙从床上爬起来，对视到司徒锦那双无辜的眼。他皱着眉头眨了下眼睛，却挤出笑容给我看，这让我再次心疼起来。我问他怎么样，他说一点都不疼。

我依旧像孩子一样待他，有时候我在想，我比他要幸运，至少我有父母。

❸ 江南，再负我

【想着再相聚，想着在吴楚越地微笑着揽过等待多年的人。】

司徒锦还是有一点强过孩子，因为他不会在打针吃药或者包扎伤口的时候大哭。大叫是有的，但是不会反抗拒绝。

我把他送到附近的卫生所清洗伤口，因为我是不可能处理得多少仔细，正如当时给羽处理伤口，我也是尽量回避看到血液的。司徒锦很乖，乖得好像受惊的小猫，他温顺地依着我坐，任由医生拿着各种工具把玻璃碴从他皮肤里拔出来。

"我么很坚强，不哭的。"

"多大的人了，是不该哭的。"

“那么你呢？”

“我是伤心。”

“你怎么会伤心的？”

“闵悯死了。”

“什么?!”

司徒锦不负众望地跳起来，被护士阿姨一把揪回去坐定。护士阿姨白了他一眼，说现在是在治疗，不是摆家家。他按捺住坐下，却躁动不安，不断追问我。我是实在不想说太多。我该说什么呢？说再一个同我有关的人被车撞死？再一个说一直都在的人抛下我？我用食指搓搓鼻子，面无表情地说回去再说。这一次他表现得相当好，没有继续刨根究底，而是眯起眼睛对着我笑。我说过司徒锦的眼睛是很漂亮的，他笑起来明朗清澈，仿佛可以拨开浓密厚重的乌云看见金灿灿的阳光一般。我是很喜欢看他笑。

再回来的时候已经九点过半，弟弟已经睡下，我蹑手蹑脚走进房间里，我说：“三郎，你听不听故事？”司徒锦坐在我床边左脚踢着右脚，听到我的话抬起头来，他说我为何会这般叫他？我说：“你就让我装模作样地感怀一下，我想小时候了，但却回不去了。我想叫绍谦哥，想叫猫儿，想叫三郎。我也想别人叫我小狸，叫我三娘，叫我草履虫。”于是他开始叫我小狸，叫我三娘，叫我草履虫，一遍一遍地叫，循环往复地叫。我说：“够了，你听我讲。”

我拿文字给他看：

今夕何夕兮？

晚钟渐和起，高凉悲兮，山峦沉钟朝暮倚。

曦晨清禾举，波落骈兮，江点搴舟溅波急。

微影潮光绮，宜章美兮，玉润衫洁风亦徐。

翩翩亦惜惜，一叶深兮，落舟之情君可知？

今日何日兮？

相识若相知，得与王子同舟，岁岁无朝暮，何以解我思。

相识何相知，得与王子同舟，以何解君思，卿当共思许？

得知王子兮，

一千三百里，搴舟无朱砂，一婉红尘梳繁华。

九百里江霞，搴舟点琴娃，一曲《越人》谱桃花。

十丈青丝长,一展残墨一展茶,心几烦而不绝,木梓枷枷。

曲终歌罢,殊途同归。

君赐一命,断不负卿。

我说这是你写的文字,揣度女子的心境来言语,你知道我所想所做,也同样这样对我。想着再相聚,想着在吴楚越地微笑着揽过等待多年的人。司徒锦用没有伤痛的手挠挠头,他说他不是文采很好的人,只能隐约看出些字面意思,但是他说他知道字里行间蕴藏着一些悲怆无奈的情绪。我说你写最后一句的时候更多带着感恩,信誓旦旦地对天长铭,你说过不会负我,不会像绍谦哥那样在说完永远之后撒手人寰。原来你们都一样。

君赐一命,命不我与。命无常。

④ 江南,顾

【人生就是一个翻书看书的过程,总是匿藏着你以为合情合理却完全南辕北辙的情节。】

次日醒很早,我忘记了前一天晚上是怎么入睡的。从朝的霞光里,我看到了夕的残殇。那道光,透过玻璃窗,正对着床,侧身西望。眼肿胀涨生疼了,红泪轻弹。是昨夜没睡好,更信,晨曦的光过于刺眼。

再也提不起任何兴趣开启电脑,我想我不需要任何慰藉。赤着脚蹲在赭色死木的方椅上,椅子的硬度刺激着柔软的脚掌强迫让头脑灵清,再者冰凉的触感也有着同样的效果。还是有光从落地窗自以为严密防备的窗帘缝隙漏进来,投射到地面上留下直直斜斜的光影。这天阳光似乎格外晴好,然而心依旧见不到阳光。心是瞎的。

司徒锦穿着我的睡衣惺忪地揉着眼睛,他在我身旁的地上坐下,抬头看我。我说暮秋时令麻烦你不要穿着睡衣走来走去,席地就坐。他说他看看镜子里的样子有些滑稽,走出来溜溜。我没有继续接话,站起来立在椅子上把窗帘打开,让阳关进来可以暖一点。我用手挡着射到眸中的光,微微眯起眼。我一直觉得瞳孔缩小是一种自我保护,而瞳孔放大是一种自我调节。光刺入眼睛的时候会流泪,会打喷嚏,会眯起眼,那样安全妥帖。司徒锦就那样静静地坐在地上,陪我一起看窗外根本谈不上风景的画面。

"我想去一趟楚地。"

“那么好的嘛，我也去。”

“为何？”

“我么要看着你的。”

“如果我不让你去呢？”

“那我要哭的。”

“你去那里搬张椅子坐下，我叫你去。”

“好的嘛。”

于是有鞋拖吧唧吧唧的声音，司徒锦乖乖搬来椅子坐下。学着我的样子蹲在椅子上面，不到半分钟就嚷着说腿麻了。我说坐在那别动别吵我，然后世界安静了。

下午又埋在眼泪里睡去，乱梦颠倒凌乱，我无法组织言语，也无法清晰地记得画面。我只知道我慌张地醒来，醒来后心跳得厉害。身上起了细密的汗珠，破碎的画面依稀在脑子里浮浮沉沉，却始终不知道是什么画面。我想我还是不应该想起来吧，那多可怕。下午的时间过得漫长，不断有同学老师打电话进来。我是多么不负责任地离开，我想她们现在一定很担心我，想来之后竟是再没有想到要告知她们。但是依旧没有接起任何人的电话，我不想在电话里失态，更不想说话。我一一回复了简讯给她们，我说我很抱歉，逝去了生命中很重要的人，失魂落魄地回到家中。把纪律和校规抛在脑后，把友谊和师恩忘得一干二净，我多自私。等我再回去的时候甘愿受任何处分。收到的都是温婉安慰的语句，在一切冰冷的条条框框面前显示人心是暖的，就算是一堆搪塞冠冕的言语。

司徒锦什么时候离开又是什么时候回来的我一概不知，现在他出入我家似乎比他家还要自如。我没有防备这个少年，说暧昧也好，什么都好，我清楚自己在做什么。我听到他跑上楼的脚步声，有些急促。他说车票买到了，就在明天中午离开。

我突然有些想要嘲笑自己，多少日子之前我还说这个少年像个孩子，若是做我儿子就收下了，现在倒教他顾我。人生就是一个翻书看书的过程，总是匿藏着你以为合情合理却完全南辕北辙的情节。

只是，他确实是一个孩子，至少在我心里。

第三十五章
莫及往昔

❶ 楚地，葬礼

【你在治疗和我之间选择了我。】

这天风很大，太阳也很大。这种天气我喜欢裹得严严实实地坐在院子里晒太阳、嗑瓜子。密不透风的着装就适合这样的天气穿，不要大领子，不要镂空针织，不要短小的袖。寒凉的秋风不会放过任何一个缝隙，不要让它们有机可乘。

火车站总是给人以漂泊感，无论你是出行还是回归。司徒锦穿一件灰白色长至膝盖的风衣把自己裹得严严实实。他是很怕冷的人，比我还要不耐寒。我看他提着行李走过来，风吹得他糯软的头发有些凌乱，他的头发总是那样长，就像那种中性的女子，比如羽。

“来了？”

“嗯。我随便整理了一下，爸爸说出远门别带太多，旅程会累。”

“甚好。”

“那么我们出发吧。”

“你先把头发拨正。”

“好的嘛。”

到达楚地是在第二天早晨六点多，我踏出火车站的时候还能看见天空中稀疏的星星和一弯细长的月。以往的这个时候，我总会看到你伸长了脖子在站外望穿秋水地等待。我环顾了一下周围的人群，妄想着能在其中看到你的身影。让我猜猜你会穿哪件衣服在风中久候，或许是黑底白纹的夹克，又或者是那件纯黑色的风衣。始终不可能再找得到你，矫情的眼泪又流下来，我好想骂自己。

司徒锦带些新鲜地四处望望，最后把焦距停留在我的脸上。他说我这几天总是在流泪，要是再这样下去他要在公众场合放声大哭了。我知道他一定会。我带他坐公车，一路来到你所在的小区。我站在小区公共馆的铁门外面朝里面看，不断有哀乐传入耳朵，我和司徒锦扮演你的大学同学，成功进入了你的灵堂。这天我穿男装，束胸，假发，黑衣黑裤，白球鞋。我是不知道以何种脸面再来见你的父母，一直到李三甸告知才得到你离开的消息，我怎会不知你父母对我的仇视？天生的祸水害人的命，思潮再度打来一个致命的浪，我有些快要窒息了。司徒锦不断在旁边提醒我稳住情绪。我让情绪小心地绕道，不去触及那些敏感柔弱的部分，直到看到灵堂上你的照片。

我在想为什么要挂这张照片，无论如何都不像是能够挂在灵堂上的严肃正经的照片。我记得这个姿态和表情，是我第一次给你拍的照片。你坐在桥上微微颔首，夕阳镀你半边身躯，你穿白衬衫，紫球鞋。你朝我这边看来对着我笑，我说低着头会更帅，你说你想要看到我。我还记得这个场景，唯独忘了是什么使得这个场景发生，好像是一次外出踏青，又或者走累了坐下来。我还记得拍下这张照片的时候我说这是第一次给你拍照，拍得还这么俊俏，我果然是摄影界的天才。

我再也控制不住情绪，趴在你灵堂的正中央哭得颤抖起来。司徒锦慌张地掩饰着我，用他那掩耳盗铃的方式。我完全不知道周围什么时候站满了人，只管一个人哭得像一个疯子。有时候能够哭还是一件幸福的事，突然想起马尾山上那个神秘的婆奶，她看似无情的干嚎是掩埋了多少悲凉沧桑的情绪之后的表现。

这样的哭自然惊动你父母。司徒锦以为遮住自己的眼睛别人就看不到我的高端方式没有成功把我掩藏起来。你母亲把我从地上扒起来，让我跟随她走，她说有话要说。我跟随她登九层楼，进入你家，来到你的房间。

“你看看。”

“好。”

“他死前一分钟都还在写。”

我接过一本轻薄的本子，翻开来看。字迹很潦草，间杂着血污。越到后面字迹越淡，顿笔越重，这是受了极大的痛苦才会有的字体：

我要死了

没遵守约定
想见你
想你
看见绍谦
真伟大
你在哪里
想去找你
想你
爱
人

我看得出这是没有写完的文字，最后的爱你由于没能写完，单人旁的竖在最后手软的瞬间变成了撇。于是爱你变成了爱人。你母亲说你被撞一直到送到医院为止，都是清醒的状态，你坚持自己没有任何问题，坚决反对麻醉治疗。你要了一杆笔一个本子，说写完几个字就接受治疗。直到写到断气为止，才知道他的肋骨插穿了肺部，他是在忍着剧痛的情况下一步一步迈向死亡的。她说或许你当时就觉得自己命不久矣，所以你在治疗和我之间选择了我。

我这里不想写我是怎样度过了那天，因为我自己也不甚了解。我只知道眼睛肿到完全看不到东西，嘴巴脸庞都出现了皲裂。

诚然，一个爱你的人逝去你去哭，毋宁他存在的时候你在笑。我做不到，但要摆出来说，我希望你们能做到。

② 楚地，悉

【僧人修佛，众人修缘。长明灯是一种寄托，一种信仰，一种永生不灭的精神。】

司徒锦跑了几家商店在这个节令给我买到了棒棒冰来敷眼睛。我也没有阻止他做任何事，我想要故地重游聚集留在这里的所有回忆。但是肿着的眼睛阻碍了我的视线。

逛一家叫做“三人行”的书店，书店是我们最经常逛的地方。你说之所以喜欢这家书店，就是因为这个书店一语双关的名字。孔子说“三人行，必有我师焉”，书店的意思显而易见，就是“三人行”里面一定有一本值得你一生拜读尊敬的“老师”书。再者“三人行”意为多人结伴而行，这是友谊的体现，又是书店想要财源广进，客源不断的意思。

这家书店换了老板，曾经是一个精瘦的男子，戴着金丝眼镜，高凸的颧骨，凹陷的脸颊。看起来就像那种会苦死在书堆里的文人。但是又很有气质，那种城里人独特的文化气质，如今换了一个矮个子的秃顶中年男子，他有着大大的啤酒肚，戴黑方框眼镜，短鼻子，厚嘴唇。这是看起来很质朴的相貌，多几分平易近人，只是少了些书卷气。想起曾经打趣说你老了之后那张脸的消瘦程度对比这个老板有过之而无不及，原来每句话都是有时效性的，如今这个老板腰圆体肥，你要长成这样也是需要下一定的工夫。

“这里有连环画。”

“你可以试着翻一下的。”

“我么早就看完了。”

“哦。”

司徒锦又毫无先兆地插进来一句话，打断我对这家书店的回忆。我说若是看完了就离开这里，我想去山上。他说好。

再度踏上那座山，偏远崎岖。司徒锦不常走山路，样子就像我当初第一次走的时候一样。我在路边捡一根树枝给他，我说撑着走就会好很多。山里空气很湿润，庶几由于下过雨没多久。经过一片火红的枫树林，看满眼红叶泣血在脚边。

“快到了。”

“好的嘛。”

“你如何不问我带你去哪里？”

“难道不是去山上么？”

“去山上干什么？”

“那么我不知道。”

“那你快来问我。”

“好的嘛，那我问你我们去干吗？”

“求签。”

原来和一个人待久了，思维方式就会越来越接近。我现在发现自己越来越幼稚，人说童言无忌，童心无忧，想着变得幼稚些是不是要快乐些。我是存心朝着这个方向在装模作样的。

坍圮的寺门没有装修过的痕迹，依然给人落魄无依之感。无心老头说过心诚则灵，清苦的寺庙是没有闲钱装修的。我一路直达无心老头的禅房却没在蒲团上看到他。有精灵相的小僧进来添灯油，司徒锦上去问为什么大白天的要点一盏灯在禅房。那僧说这是长明灯，相传从建寺以来就没有熄灭过。僧人修佛，众人修缘。长明灯是一种寄托，一种信仰，一种永生不灭的精神。

司徒锦来到长明灯前拜拜，再拜拜。他说长明灯啊长明灯，让人心同灯芯一样漂亮。我看着长明灯说永生不灭的灯盏呐，让我们那些曾经灿烂的生命在他们的国度里换一种方式幸福吧。伴随着精灵相的小僧一起来的就是无心长老远行的消息，司徒锦有些沮丧地嘟嘟嘴，他说好可惜见不到了。我说这多好，我们得知的是无心长老远行的消息，而不是圆寂。精灵相的小僧对我点头微笑，他说施主若是修佛悟道，一定是个佛法高深的和尚。司徒锦笑出声，我也有些忍俊，人大多耳根子软，喜欢听一些奉承的话。这小和尚憨直，说话无形中叫人觉得好笑。我知道他是想夸我的，却说了仿似不太好的话。我说不然，我其实是无比庸俗之人，看不透的事情颇多，佛说六根清净，我做不到。

只是情关就断然葬送我可以潜心修佛的任何可能。诚然，我爱佛法却无心修行。此番再原路返回，就这样便好，佛说无欲、无求，会心、会情。这一天我在想，是不是万事都应该顺其自然。

❸ 楚地，乱坟

【它像爱你多年的久别之人，想着你的温存，想着同你在一起。那就让它如愿，请不要排斥它，不要无情地掸落。】

一场大雨毫无征兆地降临。若不是在这个时令我便不会这般仓皇逃窜。印象里，深秋是很少有暴雨的，秋雨多情，春雨娇羞。只有夏季的雨热烈又急促，匆匆而来匆匆而去。司徒锦拉着我在山林里跑，这个时候看到一个男子的坚毅，果然再弱气的男子都会有一种保护欲，即便他脚步多少不稳，即便他多么不会行走山路。我这里是没有要藐视司徒锦的意思，他是天真烂漫，为人真实，他是俊美阴柔，男生女相，但他绝非是懦弱无能的少年。

我们在一块大石头下躲雨，它是山壁凸出来的一块。四周有茂林，风雨不放过树枝，树枝弯倒乱颤。右上方有棵大树，不断有树叶的尸体飘下来，落到头上、衣服上、地上。司徒锦把他裹得严严实实的外套脱下来，给我挡雨。我说不用了，已经湿透了。他说可以挡挡树叶。我说就让它这么落下来。

少顷，雨有小下来的迹象。

“看态势是停不了了。”

“我看也是。”

“就这样走，如何？”

“好的嘛。你冷不冷？”

“不。”

权当湿透倒也死心安分，就这样慢悠悠地走。还是有小雨点打在身上，风吹过来稍稍有些寒凉，倒也没有想象中难以忍受。在乱林从中穿梭，依稀可以看到被人踩出来的小路，虽然不知道它通往何处，却好歹是一条路。随着小路行走，来到一处乱坟岗。横七竖八的墓碑，新新旧旧，倒倒斜斜，就仿佛有久久不能退散的戾气包围着这里，似乎视线不像看周围其他景物一般清晰。人会在极端的环境下产生一些联想，或是曾经在哪里看到过的情景，又或者在梦中出现过的剪影，诸如此类。这个情景叫我想到那部我每隔一段时间都会重温一遍的电视剧《少年包青天》，有时候喜爱一部电视剧是不需要它有多经典的。《少年包青天》第二部有这么一个案件，惨遭灭村的幸存者报复朝廷，他们按照五行来杀死刚出狱的囚犯。包拯最后发现丁家村全村人的乱坟岗的时候，雾气缭绕，阴森恐怖。

司徒锦把我护在身后，探着身子往前走，这样子看着好笑，就好像美国动作片里遇上多大危机的特工一样谨慎。我说只是一片坟地，想来同他们无冤无仇，势必不会惹祸上身。他说眼前终究是叫人寒凉恐惧的景，那么是应该小心些。我说人都怕鬼，但是从来没想过，可能鬼更怕人。司徒锦咯咯笑起来，这样的笑声有着传染蛊惑的作用，我也勾起嘴角笑起来。司徒锦凑近墓碑，他说好奇怪，这里的墓碑上竟没有一个字，只有颓败的杂草和犹豫的青苔伴随着石碑。我蹲下来用手抚过湿漉漉的墓碑，可以感到指尖有沾染上什么肮脏黏稠的东西，确实是一块块受创的无字碑。突然有诸多联想在脑海中涌现出来，究竟是什么原因使得这里有这么多倾倒坍圮的无字碑。或者是陪葬，或者是天灾，又或者是战争。我更愿意相信司徒锦的言语，他说也许多年之前这里是一处石碑工场，最后出于某种原因倒闭或者搬迁了，于是留下这些带不走的有瑕疵的石碑。多好的解释。

我想人在失意时都要给自己一个放心的理由。此刻我想到你，是在冷凉寂寞的黄土中用自己留在人世唯一的东西喂饱那些尸虫，还是在方方正正的半密闭空间浴火焚身变成灰烬？书上说人之魂的二十一克会随着气败而飞，我幻想自己身边又多了一个虚渺隐身的东西。我想我得去称一下体重，用那种可以精确到克的电子秤。我很乐意与你为伍，还有多年前的他。相处甚安，相伴无事。

雨还在不断地下着，但是节奏明显放缓了，雨变得温润，变得黏人。它像爱你多年的久别之人，想着你的温存，想着同你在一起。那就让它如愿，请不要排斥它，不要无情地掸落。它就像你的二十一克。好吧，就这样离去，我会记得来过此处，也会记得看到过这些无字碑，还有这场雨和司徒锦的外衣。

❹ 楚地，大凶

【这个妇人是曾经我妄想叫她一声母亲的人，如今她的死竟然换不走我眸中的红泪一滴。】

再下山匆忙到了宾馆，沐浴更衣。司徒锦在洗净吹干之后过来找我，我打开门看到裹得更严实的司徒锦。我说你干吗把自己裹得像个粽子一样，他说那要的，落汤鸡和粽子那还是做粽子好了。

小城里最瞒不住的就是新闻。电视里不断播放着家长里短轻轻重重的新闻。哪个路面发生意外，哪个小贩失意轻生，哪个大楼工程失败压伤员工，哪个子女虐待老人不尽赡养责任。一个城市有这么多人，就有这么多事。每个人都有属于自己的世界，纷杂烦乱。所以前人说家家有本难念的经。电视里播放到一张照片的时候，我怔住了。有些时刻的情绪是不可能用文字可以描述得清楚的，在这种时刻，我不试图做任何表述。这个妇人前不久还在同我说话，她给我看一个少年临死前写下的文字，如今却在电视上看到她的死讯。你是想看到她百年归老的是不是？口口声声说爱你的我终究从未想到过死，我在你最痛苦难熬的时刻同另一个我直言不讳说喜欢的男子在一起。我不想再强调一直当这个少年是母子情谊，这说出来多可笑。

这一个家庭是要遭受多大的打击，白事连连。我冲出宾馆，一口气跑到你住了多年的小区。我已经看不到什么了，甚至连一滩血水都被那场大雨冲刷得一干二净。空气里没有弥漫着血腥味，四周也没有聚集看热闹的群众。我不试图找出任何这个地面上多久以前摔死过人的迹象，就这样一切平和。接受时间的洗礼，这次我没有让眼泪流出来。这个妇人是曾经我妄想叫她一声母亲的人，如今她的死竟然换不走我眸中的红泪一滴。

“你说人从九楼摔下，有怎样的感受？”

“痛嘛。”

“你说人如何甘愿让自己这般痛苦？”

“有更痛的事。”

“连死都不怕的人会有怎样的痛苦？”

“生不如死嘛。”

确实是做母亲的情谊，这不是一个旁人能够体会的东西。我深知她当时的痛苦与挣扎，我看报道说她死前手里紧紧攥着儿子的照片，我能臆想出这个画面，她拿着照片看儿子微笑的脸，有眼泪落下来打在胶质照片上，她用手拂去上面的泪珠。这个时候有什么意象或者记忆敲击着心里最痛的部位，于是情绪爆发。这种哭一般气急，会不断不断抽噎，眼泪鼻涕止不住下来，心里揪成一团，会有几秒钟的窒息然后心痛。她或者突然觉得生无可恋，才会一时冲动跳下了九层楼，再或者是蓄谋已久，从她失去爱子的时候开始。

司徒锦蹲下来看我低下头的脸，他问我要不要紧？我说没事。一切云淡风轻，我就像一具死去多年的木乃伊一般安静平和。你还记不记得当初相识之时，我说我们是两个木乃伊，木乃伊是那样脆弱的东西，它以为包着绷带面无表情就很酷么？它以为它经过千年不腐不烂就很坚强？它以为装作一切云淡风轻就可以当作任何事都没有发生过么？你不过是一具装模作样自欺欺人的尸体，你其实，很脆弱啊。

躺下来，贴近地面就可以闻到土地特有的尘烟味，有点腥。我不排斥这种味道，躺在地上死去活来，身上穿着纯白色羊绒大衣，你不要怪我弄脏了你的衣。

第三十六章 之子不待见

❶ 楚地，谎

【原谅我用这样的谎言骗你们，因为我不知道用什么可以更好地诠释我们之间的关系。】

我和司徒锦在这个曾经我留了几多时光的校园里来来回回地走，会引来一些人的目光。他是长相绝美的少年，只是我更多觉得他们会回头来看，那是因为我们在同一条路上走了太多太多遍，或许他们在想，这两个人是抽疯了还是失忆了，如何可以在同一条路上回来走上几百遍。

"我们要去哪里？"

"哪里都不去，就这样行走。"

"那么好的嘛。"

"如何不问我？"

"不管知道与否，我么都会陪你走的。"

"那我就告诉你，其实我很想说。当人做了矫情的事，就希望被人问起，这样矫情才得以延续。"

"那么你说，其实我也很想问。"

"我在这条路上等他。"

当我说完一句话的半分钟之内，司徒锦都没有接话，半晌之后他怔怔地盯着我看，这种看就好像他在我脸上找到了什么奇怪的东西一样的惊讶。他扶着我的脑袋，像西瓜一样摆来摆去地看。我使劲地挣脱开来，我说你要干吗。他担心地问我没事吧，为什么这样胡言乱语？原来他是怕我想不开，伤及了精神，变得糊涂，我说我没事，他说别以为他不知道我一直在强颜欢笑，就算再怎么没有洞察力也好，这点事情他还是看得穿的。我说你别装推理专家，别装心理医生，我只是说出心底最渴望发生的事情。有人相信泰迪熊是活物，于是他见到了它。人为什么不简单轻易地思考一些事？就是因为思维被局限了，为什么就不可以在这条我们时常经过的路上等他，为什么就肯定死去的他不会再在这里出没？我越说越激动，终于没有忍住瘫坐下来，这一下我真觉得自己像个面条一样柔软无力，应该忍住的，不该叫这么多人围观。

司徒锦把我弄到食堂里，不知道怎样拖曳而来。他说你两天没有吃东西了，要这样下去就会生病，我说吃了会胃痛。他说他饿了，我知道他为了陪我所以一直在挨饿，他故意说自己饿了也是想让我多寡吃点东西吧。我说为什么要这样做？我说这句话的时候有些心慌，因为我怕听到不如意的回答，比如我喜欢你诸如此类的话，诚然不是男女之间的情谊，但听到这样的言语也会觉得别扭吧。他就说因为你是我阿娘，我喘一口气，说你去打饭，他说就该这样嘛。

有姑娘在我身边坐下，三个看起来时尚张扬的女子。留一头俏丽短发的姑娘递给我一张纸巾，她问我如何涕泗横流？我说只是有些情绪。她说那少年是我男朋友么？我说不，他是我儿子，姑娘用不可思议的眼神看我，原谅我用这样的谎言骗你们，因为我不知道用什么可以更好地诠释我们之间的关系。梳马尾的姑娘看一眼她边上那个小波浪卷的女孩，那女孩轻微地抿嘴一笑，我看不出她笑容里的意思。

短头发的姑娘没有要停下来的态势。

“你看上去好年轻。”

“的确如此。”

“他叫什么？”

“司徒锦。”

“很武侠的名字。”

“是。”

“可以告诉我们他的联系方式么？”

“这我得先问他。”

司徒锦端着饭菜过来的时候看到她们围着我便有些不高兴，急忙冲到我面前厉声责问她们，他说你们想干什么？我将他的饭菜接过来，赶忙说她们看我在哭故而送上纸巾。他这才安坐下来，却害得姑娘们有些拘谨，他说看她们围着我笑以为是在嘲笑欺负我，所以紧张起来。卷发的姑娘会心地笑起来，她说你倒是孝顺，只是很少会有人这样凑近嘲笑一个泪人，经过的行人倒许是会唏嘘一番。我不知道司徒锦是有意配合我还是曲解了孝顺的意思，他有些不好意思地挠挠头，他说孝顺阿娘是应该的，于是就这样圆谎。

我知道这三个姑娘中有谁看上了这少年，我本该为他高兴的，但却始终笑不出来。我以为我可以暂时丢弃此趟来楚地的悲凉伤痛，为眼前这个我喜爱的孩子送去一个俏皮的眼神，原来我做不到，尽管我从心底为他高兴。我想着有一天，他可以真正成长起来，就如同我确实是母亲一般地带着他未来的妻子来见我。我可以看着他们一直幸福下去，为他们祝福，为他们笑，为他们哭。

❷ 楚地，不做月老

【女子一路走来养成不一样的个性，只是我们不能直击她们的生活、她们的痛苦。】

是谁说过每一个红娘心底都深爱着张生，所以我一直不以红娘自居，一般称自己为月老。印象中月老是天生半月眼的胖子，他有花白的眉毛胡子和头发，很慈祥很谦和。我是很闲生的人，总喜欢把周围着实般配的人撮合在一起。

我是想看着司徒锦幸福的，只是无论如何，我都不想看到他和那三个姑娘中的其中任何一个在一起，我如是说。因为我看到听到接触到一些不该看不该听不该接触的事情。

或许我该把事情说得清楚一些，但是背后说人言语无论是非总归是不好的举措。女子本可以厌恶任何人，只是女子厌恶女子，人说你同性相斥，人说你羡慕嫉妒。也徘徊过，倘若不如实告知，可能会害了这清澈通透的孩子。最后我告诉自己，人总有正反两个面，或者我看到的并不一定全对，我该带着善意去看这个世界和这些姑娘，不该这样坏。只是原来很多事情是不需要我点破的，干着急的我惴惴不安实在多余，因为司徒锦完全没有想过和她们在一起。

司徒锦买来糖葫芦给我吃，问我对那些姑娘的看法。我说每个人对每个人都有不同的看法，在没有完全了解一个人的情况下，就不好判断，何况人是会变的动物。他说如果他说那些人让他很烦，叫他厌恶恶心我会不会觉得他很坏？我说不会，但是你要说出理由来。他说短头发的姑娘喜欢虐待小动物，马尾辫的姑娘似乎不是那样矜持贞操的好姑娘，而卷发的姑娘虚荣，说的话那样不切实际。

我说你如何得知这些。他说短发姑娘找他聊天会发很多血腥暴力的图片，其中多为她虐杀猫咪和小狗的照片，她拎着脖子上开了口子的生灵，笑得仿佛死神一般诡异。她说狗狗的肉很好吃的，下次还要请他一起享用。马尾辫的姑娘总是邀请他视频，穿得极为性感暴露，司徒锦不愿意接起这样的视频，也不愿意看到她低俗的下三路的挑逗。她说晚上一起去玩，司徒锦说你自己去。卷发姑娘在聊天中总是有意无意地透露自己的家底、亲戚的势利以及自己多少好，本来无可厚非，只是她总把这样的谎撒得漏洞百出。她说你姓司徒，应该知道司徒家族，那老董是她大哥。司徒锦说那么你知道那老董几岁了么？她说三十几岁。司徒锦说那他肯定没有孩子，她说当然没有。这话听得我都想笑，她要是知道眼前这个少年就是她口中那个三十几岁大哥的儿子会怎么样，或许她根本不会想到司徒家的公子会就这样让她碰到吧。

司徒锦说不喜欢这样残暴、轻浮、不真实的女子，甚至连一点点想要做朋友的兴趣都没有了。我说你会区分喜欢和厌恶，又能抵制诱惑，这样都是好的。当然我们说厌恶她们，但是不要说她们是坏姑娘，即便她们不好，正如我说你是我的儿子一样也是谎言。女子一路走来养成不一样的个性，只是我们不能直击她们的生活、她们的痛苦。我本质上不希望你同她们之中的谁交往，你本质上根本不会和她们中的谁交往，这就是一种皆大欢喜的结局。不需要杞人忧天的，不要说难听的话辱骂她们，不要拆穿她们的谎言。该劝的劝，然后离开。

这三个姑娘自此在我们的言论中消失，在学校也很少看到她们。只是她们的出现让我看到司徒锦成熟的一面，我想他是应该这般思考，这般判断。他长大了，多好多好。

这天接到燕子的电话，她是得知了你的死讯，她有些语无伦次，我知道这种心境。我依然装作风平浪静地说一堆矫情做作的话。燕子说本是有个活动，想来我现在这样的状态势必不会参加，故而不再提及。我说这个时候我是愿意在舞台上疯一疯，至少有东西充溢我的时间我会好受些，尽管于事无补。她说市里文化宫有一个节目，她想着单人舞压不住场面，因为舞伴又出了岔子，得知我在楚地，故而相求。我说无妨，就一起去。

❸ 楚地，国魂

【在无法改变既定的现实的时候，请想办法让眼中的这个现实变得美好些。】

燕子播放此次舞蹈的音乐给我听的时候，让我想起了酥软的江南，这样蜻蜓点水地在心里荡开涟漪。曲子是一个阴柔的男子用苏州方言唱出来的，叫做《姑苏城》。

我总觉得舞步须配合相适应的曲子方才可以舞出神韵。这是我喜爱的歌曲，无论从曲子到歌词再到歌手。这种带着家乡相类似味道的吴侬软语，伴随着悠扬婉转的旋律唱来，就仿似置身在姑苏城外的河道上，一叶扁舟飘飘渺渺地随着波浪自行浮动，那种悠然带着些许忧伤，淡淡地在心里划开。

司徒锦有些担忧地一直跟着我，他说你现在是连站都站不稳的人，是否确定可以上得了台。我说我是想在离开之前留下点什么，于是让舞蹈和书法结合起来，我可以在台上写下自己想要写下的文字，然后算是给自己一个交代。人都喜欢浪漫，而浪漫是一种褒义的故作姿态，我说你就当我是个浪漫的人，想用我的方式纪念这座城。

与燕子排练的时候让我可以暂时忘掉一些事情，人的思维体现在行动上就无暇顾虑其他，这就是专注。这样的日子持续了三日，三日之后，我们登台。这天我们穿粉色水袖绸衣，戴高高的凤冠，又可以上一个妖娆艳丽的妆容。我化完妆从洗手间出来的时候，吓了司徒锦一跳。他说这个妆面前后反差有点大，我说观赏性的东西往往失去很多真实感。

"我觉得有些不对。"

"是。"

"可是我说不上来。"

"觉得诡异？"

"是的嘛！"

"这是尸妆。"

我说完这句话之后惊讶的表情在司徒锦脸上凝重起来，久久未散。我把手上的化妆箱顺势提起，示意司徒锦帮我拿一下，他回过神轻轻接过去，却依然有些担心地盯着我的妆。我笑起来想要给他一点安心，我说我化了死人的妆因为它很妖艳，人说结婚时的妆容是人生当中最美的，其实尸妆才是。只是结婚时刻欢愉，死亡时却得到那么多眼泪。人的心情是会影响看事物的眼光的，心情好坏可以表现在外表上。我说人死之后再无法看到自己那张脸，无论多少惊艳也好，都只能供人瞻仰。不想浪费这种美丽的妆容，故而将它用在可以得到笑容而并非是眼泪的场合，这样多好。司徒锦听完之后竟然笑起来，他说那么好的嘛，下次给他也化一个试试，他也想知道死后会被人化成什么样子，我说呸呸呸，于是叫他拿着化妆箱去后台等我。

我们很顺利地在台上完成了四分钟的演出，只是最后我碰翻了砚台，那墨泼在我扬起的纱裙上，渲染开来。这种纱布渗透能力强，晕染能力也强，直到完成演出到了后场我才发现裙子上好大一滩的墨迹。我一直对于这个事件有些耿耿于怀，这本是多少飘逸美丽的裙，直至司徒锦过来发现我裙子上的墨污，他惊喜地叫起来，他说这个墨迹好漂亮，就像一朵盛开的牡丹花。再来看这滩墨迹的时候，就仿佛有人刻意用墨笔在裙角作画一样。

在无法改变既定的现实的时候，请想办法让眼中的这个现实变得美好些。弃之顾虑，弃之挣扎，弃之念念不忘，得以宽解，得以释怀，得以安好久长时。

❹ 江南，断发

【只是事已至此迫于此境，却依旧要相信爱情，它奈何阴阳两隔，它无那生死相离。】

回来那天天气预报上说会下雪，但是一直到我回到江南都没有下。我抱怨天气预报不准确的时候，完全忘记了其实此刻我早已跨越了几个省界，跑出了一千三百公里之外。

回到家睡了半天，再醒来已是黑夜。我在镜子面前看到长长长长的头发，它有些凌乱地盖住了我半边脸，这很像恐怖片里的女子，有着黑长直的头发，发红的浑浊的眼睛，面目狰狞，目露凶光。

我剪掉三厘米长的指甲，我记得你曾经问过我长指甲是不是很难受，我说劈掉一个指甲就能哭很久，原来剪掉指甲我连打字都不会了。洗了头，再次捡起地漏里大把大把的头发，护发素又空了。不想要出门购物，即便是买一些必不可少的生活用品，我把头发扔进垃圾篓，想到你。那年我剪下一缕青丝绾成结赠与你，如今这三千烦恼丝却成了无主的东西。多年前我剪下腻云，燃鬓于他，遇见你之后我都没有担心过会失去它。曾经我以为我会长发极地，但是我把它剪掉了，如今我又以为我会长发极地，它快要过腰了，只是这天我想着要再度结束它的生命。

我去拿一把剪刀，这是我从迪拜带回来的带有秃鹰图腾的剪刀，我当时在延河的街道上看到卖剪刀的老者。他穿一身肮脏的白色长衫，有一顶破烂的帽子戴在头上，他在一块有着古怪花纹的方布上铺张开来，上面放着各式各样的工艺剪刀。我看上这把带着秃鹰图腾的剪刀，于是花了三十迪拉姆把它买下。我在镜子里看到头发一束束地落下，凌乱地躺在地板上，跟随着发丝一起落下的还有眼泪，我不知道是牵动了哪一根神经，使得泪腺不断有眼泪出来。直到地上横七竖八地躺满了断发的尸体，我才猛然抬起头看镜子里的自己。镜子上结了一层水汽，有一个陌生的轮廓出现在眼前。我试探性地摸过镜子里自己参差不齐的残发的影像，指尖触碰过的玻璃镜面变得清晰。我想是应该这样狼狈的，失去你的我。

已经很少喝酒了，我本不是能够三五杯下肚的姑娘，何况你说胃不好的人就不要喝太多的酒精，那样伤害很大。而这天我开始迷恋酒精，尤其对于干红，我喜欢这种红色的液体，尽管它不够稠。我本是不习惯在干红中掺冰块的人，我一度认为掺杂进去任何东西都会使得干红不纯粹。我匆忙地端着高脚杯出来，高脚杯底座缺了个口子，在过于追求完美的人的眸子里碍着。红酒加上冰块，杯身开始沁出水珠，左手手心湿了一片，手心的温度透过透明的杯壁想要去融化红色液体中的异物，我在感到很凉很凉之后发现脚下的路好长好长。我终究没有弄明白我为什么要在干红里面加上冰块。

天已经很黑了，我跑到小江后，端着那只残缺的高脚杯一路走。凉了，喝口酒。冰镇的红酒入口之后会在腹腔里蔓延开来，酒精遇风就会劲，它可以让我暂时不觉得那样冷。酒喝干了，就借着酒兴跑起来，用力将高脚杯掷碎在路边。我很大声地说话，很大声地唱歌，很大声地对着天空笑。童话故事进行到这里，天空中就会出现谁的影像。终究不会这样虚幻，人还是要在现实中打滚，我抬头能看到的不过三两颗星星，甚至连月亮都没有。我很想这里有个草丛，可以躺下来看看夜空，即便没有很美。现实是身边只有大片休作的荒芜的地，歪歪扭扭的田埂以及半人高的蓬蒿。我就躺在水泥道上，左手是田，右手是水，眼前是幽蓝幽蓝的夜空。不会再有长发硌着后背，盘结其中，齐肩何其好。

躺了许久时光之后的我有些困顿，想着就此睡去，却终究没有办法安睡。我还没有疲乏到可以去除所有警惕不设防地睡去。翻个身从水泥地上爬起来，沿着来时的路，摇摇晃晃地踱步回家。

到家，经过落地镜，看到镜内镜外杂乱纠结的青丝，突然害怕起来，它那样杂乱无章，就好像好多好多可怕的虫类在地上蠕动爬行。我从地上捡起一把一把的断发，放到黄铜香炉里焚尽。曾经我以为像这样焚烧东西的举措这辈子只会对着他，曾经我以为一辈子失去一个就够了。

你永远无法和时间对峙，在尚未发生的事物面前，不可以断然决绝。很多时候诺言是欠下的债，厉言是杀人的刀，于人于己。只是事已至此迫于此境，却依旧要相信爱情，它奈何阴阳两隔，它无那生死相离。放过它，匿于匣，看得开的再寻他欢，看不开的从一而终。请建立在一本正经的基础上，爱就爱了，那便好了。

第三十七章 让安在的人安好

❶ 江南，九歌

【这天，我再来回顾多年前自己写下的文字，寻找当年自己的影子，它叫做《九歌》。】

子夜，月亮很亮，皎洁的光从我没有拉拢窗帘的玻璃窗里洒进来，投射到床前的书桌上。这个情景总叫我想到李白，然后我会告诉自己我比他幸运，因为我睡在自己家乡自己家里自己的床上。嗜睡和失眠都是一件痛苦的事情，但是如果叫我选，我会选择前者，毕竟没有那样伤身。

从单薄的懒得翻箱倒柜加厚的被子里出来，哆嗦着走到窗前坐定，光照在一本书的小贴纸上有些反光，我移动了一下这个光源，它就没有这样刺眼。这是可歆写《枫之天涯》的时候我写的文字，结果一次次地被退稿，都是些俗套雷同的剧情，的确没有多好。这天，再来回顾多年前自己写下的文字，寻找当年自己的影子，它叫做《九歌》。

再度看这样一篇文章，所有的问题都在眼前暴露无遗，我是不会讲故事的人，构思不出来那些或唯美，或架空，或叫人肝肠寸断、百转千回的故事。所有的欠缺本以为随着时间的推移就能够得到改变，原来遗憾依旧存在，时至今日，依旧不会写故事。

想起可歆是创作能力很强的人，她脑子里多少千奇百怪的故事，曾经她总是在寝室熄灯之后给全寝室的小姐妹讲故事，然后被值周老师抓住，扣班级的分数。在学校，熄灯之后是不可以闲聊不睡觉的。

多少记忆风起云涌。是夜，满地银霜，想起周美人。

❷ 江南，孽

【这种痛我很清楚，只是自从有了你之后就很少再犯。】

醒来的时候眼睛很辣，有眼泪流出来。我在床边不断摸手机，想要给可歆打个电话，手机铃声响起来，枕头底下有一阵震动。我拿起手机来看，是可歆。

"正巧想要打给你。"

"一直没来打扰，不是没有想你，而是觉得不是时候。想着三旬告知的那个噩耗，你需要时间和精力去做一些事，我们就不好打扰。"

"你是了解我的。也是这个时候，才能这样同你说话。"

"我知道你什么时候喜欢沉默。"

"诚然，若你找我就不算打扰，却怕是冷落了你。"

"得知你一切安好，便也就安好。我去看你。"

"如此甚好。"

挂掉可歆的电话，眼睛依旧辣得厉害。我的状态可能没有她想得好，只是我不希望让活着的人有太多的牵挂和烦恼，那些爱我的人都应该被我爱才对。这天很冷，我大口喝掉床头那杯凉白开，腹中一阵抽痛，我感到有汗珠从额头和身体的每一个角落渗出来，我用手紧紧抓住胃部的衣服，整个人在床上翻来覆去。

这种痛我很清楚，只是自从有了你之后就很少再犯。胃痛起来是可以要命的，我想起身去吃几片胃药，却整个从床上掉下来。我下意识去抓周边的物件，我希望可以抓住什么东西稳住我的身体，让我不至于摔到床下，却伸手碰到了柜子。我知道有什么东西摔碎在我的头上，因为我感到除了胃痛之后头也很痛。我试图伸手去触摸头顶，却怎么也不能把手举过头顶。大理石地面不给以任何温度反而吸取我的体温。我感到身体好凉好凉，四肢开始发麻，我觉得我可以见到你了。

有温度穿透手心直达心窝，我感到自己轻飘飘地在无人的小路上行走。四周的景色渐渐清晰，这是一个黄绿色的世界，点缀着桃红的、粉红的、蓝紫的花朵。我看到一把铁艺的长椅，还有一条铺满鹅卵石的公园的路。这里很安静，甚至没有人影，有悦耳的鸟叫声传入耳来，周围的树木突然飘落花瓣。这个情景是我臆想了多少次的美丽画面，我想我会看到你抱着我的琴迎面而来，于是我在长椅前停下来，直到脚边落满了花瓣，直到花瓣变得肮脏残败，你都没有出现。

再睁开眼睛的时候满眼的惨白，有我最畏惧的味道刺激着我的鼻粘膜。意识有一些放空，脑袋一阵晕眩紧接着是刺痛，我知道我在医院，我知道我没有去见你。可歆拿了花插在我的床头柜上，看到我醒了兴奋地跑出去叫护士。我想把她叫住，但是没有这个气力。

我无力地盯着天花板看，看到上面有几个黑点，可能是天气暖的时候蚊子或者苍蝇弄脏的，又或者根本就是它们的尸体。我躺在那里动不了，只转动的眼珠无法告诉我那些东西到底是什么。

可歆带着医生护士匆匆忙忙地进来，我可以想到那个画面，她一边跑一边兴奋地大声叫，她说某某号病房的病人醒了，恰巧在走廊撞到某个护士，然后拉了医生匆忙地赶到。这些镜头在多少电视剧里可以看到，现在却要发生在自己身上。其实我一直以为我是可以绝缘于医院这种地方的。

一个医生和两个护士在我身上做了奇怪的动作之后就叫我好好休息，然后就走了，可歆迎上去说谢谢阿姨然后把她们送到门口。我微微将头扭过去，看到可歆微笑着朝我走来。

“谢谢你。”

“你我之间不是一直屏蔽了这个字么？”

“你是怎么发现我的，我关了大门。”

“这些都无关紧要，等养好身体再说。”

我能读到可歆言词举措当中的闪烁以及推搪，她是怕我继续追问下去大家都要要哭出来么？我不可以哭，我说过要让活着的人安好。

❸ 江南，人祸

【原来人失去记于时间的外物是会渐离掉记忆的，周而复始的东西往往使人倦怠。】

我这是有多傻，竟然没有去深究可歆当时那么明显的谎话。一直到她哭着跑来告诉我说司徒锦就快要瞎掉的时候，我才发现我居然什么都不知道。我根本无从整理整个过程，开始我以为他出了什么意外，但是现实无情地拆穿了我妄想自欺欺人的理由。

无论多轻描淡写的言语都不能改变这个故事落入俗套。我也希望是可歆发现昏迷的我然后把我送到医院，我也不希望中途出现这么多同我原先的认知有如此大偏差的事端。我赶到司徒锦病房的时候医生正打算把他转移到手术室，我看到他躺在病床上一动不动，过分苍白的脸色使他原本阴秀的脸愈加阴秀。我慌张地试图去截住他们，我知道的，我真的知道的，只要进了急症室就不可能再出来。

可歆和另外一个护士把我拉开，可歆说我不能耽误医生进行手术。我瘫倒在地，就这样看着他们把司徒锦拉进急症室。有画面在脑子里一帧一帧地播放，画面叠加在一起，凌乱到快要爆炸了。人不可以亲眼看到超出接受能力范围的东西，所以人在惧怕的时候会捂住眼睛，缩成一团，甚至晕倒，想象和经历毕竟是有差距的画面，只要不是亲身经历就可以逃避。但是眼前这个叫我阿娘的少年正被一步步推向鬼门关的时候，而我这个所谓的娘亲却什么都做不了。

可歆过来抱住我，她说可能没有这样严重。我说你是不是应该把事情告诉我了？于是她开始讲述。

那天我在家里是被花瓶砸到了头，司徒锦回家整理妥当就过来看我，这个孩子许是怕我一个人在家会出什么事，只是这一次真的如他所想。他看我倒在血泊中，不断有血水从脑袋里流出来，一只手还紧紧地按着腹部，当时他一定很慌乱，抱起我就往楼下跑，等他跑到门口的台阶时，恰巧碰上过来找我的可歆。可歆看到我的第一反应是自杀，以为我终究放不下心里的情绪，故而没有多问，想要接过司徒锦手中我的腿部，她以为这样抬着我速度会快一些。司徒锦说这样会让我不舒服，没有要放，却一脚踩在可歆的脚上，就这样从台阶上倒下去。他为了不让我受伤，竟然令他的头朝地，重重地撞在台阶的尖角上。他作死将我抱上车，轻声问可歆会不会开车，把车钥匙交给她之后就在位置上晕了过去。可歆因为怕我担心所以想让我身体好一点再告知，只是她没有想到司徒锦那一撞居然撞出了血块，还很有可能压制视觉神经。

可歆把我从地上拽起来，扶到长椅上坐下。我不喜欢医院的长椅，它和公园的长椅不一样，我总觉得这是一个不太吉利的意象。天色渐渐变暗，我不知道确切时间，这样的光阴度去浑浑噩噩。原来人失去记于时间的外物是会渐离掉记忆的，周而复始的东西往往使人倦怠。我问可歆确切的时间，她说现在是傍晚时分，六点过半。我说外面是不是下雨了，天色如何这般暗？她说不清楚，即便下雨也无妨。我有些激动地跑到看得到外面的窗脚，默默在心里念叨，我是不希望它下雨，下雨总归不是什么好预兆。我看外面的天空蒙一层灰，风缠绵在树梢带些依恋，三三两两的行人都没有带雨具，想来是到了日落时分，故而天色黑下来。不下雨就还好，还好。

我跪倒在窗脚下，我说医院医院，你若治好他，我便不怕你。

④ 江南，湖

【它静静地在阳光下发光，就像一块美玉，敛惠其中，不张扬，不傲娇。】

锦夜。有微风，气甚凉。

司徒锦度过了最为危险的时刻，有光穿过他的瞳孔使他能够感应到外物。血块成功去除，他就和原先一样的健康。

次日。万里无云晴方好，阳光照到每一个角落反射着五彩的光。

"还好么？"

"好的嘛。"

"请问你是笨蛋么？"

"好嘛好嘛，我承认了。快让我出院吧。"

"好。"

跨出医院大门的那一刻我让司徒锦不要回头，我说很多时候我喜欢找一种说法用来说服抑或麻痹自己，这种说法可能是自编自导，自给自足的，也可能是古老的传说或者一些迷信的东西。比如我不会回头去看一些不想再次看到的东西，因为这样的留恋不吉利。司徒锦学着我的样子大踏步往前走，阳光将他柔软的头发染成亚麻金，大病初愈之后的他愈发瘦弱，叫人怜惜。我看着司徒锦同手同脚走着的背影，深吸一口气，微仰头抬望，有光刺穿瞳孔。我用手挡住刺入瞳孔的光，有一种想打喷嚏的冲动，眯上眼用同样欢乐的姿态行走。

"我想去一个地方。"

"哪里？"

"一个湖。在奶奶家附近。"

"好。"

司徒锦把车停在一个小巷的拐角处，然后下车带着我往巷子深处走。这里充满着市井的生活气息，提着破旧竹篮的大婶穿花布的棉袄，用很大的声音同不远处的另一个拎着袋子的大婶说话，我能听懂她们相约一起去买菜。有卖包子的大叔吆喝着，有各种自行车打铃的声音，有讨价还价声，有很尖利的争论声。形形色色的人在这里路过，他们都有着各自的故事。我喜欢就着一个人看，视线一路跟随，仅只这样看看，不去洞悉任何东西。到小巷尽头往左拐弯有一座桥，桥上的石板已经凹凸不平，这是年龄的象征。从这座危桥上走过去，沿着河道拐进一条更小的巷子，巷子尽头就可以看到一个湖。

湖不大，沿湖两岸都有人家。阳光柔弱地照着湖面，今日无风，没吹起湖面的涟漪。它静静地在阳光下发光，就像一块美玉，敛惠其中，不张扬，不傲娇。有妇人端着盆子出来，放在水台阶的平地上，拿起小一些的盆子下水台阶去，舀水一盆投入大盆里，一次次重复这个动作。有男童拿着斗箩出来，身后跟随着面慈体弱的婆奶。男童涉水捞鱼，老妪苦言制止，说一些古旧的骂人的话。男童弄浑了水，引得妇人骂骂咧咧，她说娘煞的贱胎，小赤佬别捣乱。老妪是口口声声骂着男童的，却也容不得别家的娘们骂上身来。她说你个杀头个孱头，因何骂我无知的孙儿。妇人想是没料到男童有大人带着，换下脸笑着说阿婆诶，你家孩童捣水噶凶，勠话衣裳，就连洗手都洗不成了。婆奶怒目对着男童，她说侬还要奈何，再勿回家我就去告诉你的父母。

司徒锦静静地看着这一幕，他很少有这样静默的时刻。我说如何，是否想到些什么。他说他儿时骇水，长到一十六岁才在体育馆勉强学会了游泳。七八岁的时候，见着同龄的孩童去河边玩耍就很羡慕。他说他也拿着淘米的斗箩下水去，却总被滑腻的浒苔欺凌。于是上也上不来，下也下不去，站在水台阶的浒苔上双手紧紧抓着河岸，等着大人们出来救他。我就知道这天他带我来，是带着某些情结的。

“如何过来这里？”

“你看那边那间房，原来是我奶奶家。”

“然后呢？”

“奶奶去世之后，老房子卖给了邻居。那里有我几乎所有的童年记忆。”

“很想她？”

“偶尔会嘛。妈妈说每个人都有两个家，另一个世界的家人想她了。”

“嗯。你母亲是个聪慧明净的人。”

“那么好的嘛。”

司徒锦说他在弥留之际看到的不是母亲，而是奶奶。越发切实的渴求越发不会在不经意之间发生，他说他做了一个梦，梦见奶奶给他吃宝塔糖，他穿着奶奶亲手缝制的花衣裳蹦来蹦去。他跑到湖边看小伙伴抓鱼、游泳。天色越来越暗，黄昏的天空有火烧云，然后他就觉得身子越来越热，再醒来的时候，就想带我来这里。

原来每个人生命中总会失去一些重要的人或事，就看你怎么去看待这种失去。

第三十八章
成长是不做美杜莎

❶ 江南，崭新

【给自己一个借口，而后活下去。】

这天无端想到一个故事，孤独的海岛上那个幻化成美人的妖精，在用歌声迷惑过往男性并且杀害的同时，有没有真心爱上过谁？感性告诉我有的。她爱上他，但却终究斗不过体内神灵种下的蛊。任何美杜莎的亲近之人都在死去，带着最初的美好以及绝望的眼神。微微开启的干裂的唇诉说着怎样的死亡讯息？我想我能看到他们临死之时嘴角的笑容。

美杜莎在哭。她说对不起，我爱你。永远无法摆脱的诅咒且生生世世欺凌最爱之人。因为爱，所以伤害。人这一生做得最错且执迷不悟的事情就是对亲近之人太坏，对陌生之人太好。明了死去的美杜莎的亲人如何都是微笑着离开的，因为爱，所以离开。这是一种饱涵着宽容的释怀的微笑，他们在说，没关系，我爱你。他们不怪她。

文人总是多一些感情，看问题就会产生偏差。你要让任何人同你一般去感受你的感受实在太难了。你觉得一定有一个人可以让你脱然愉悦地发泄掉所有的情绪，你可以撒娇，你可以任性，那样肆意妄为，一切随你。你自然而然地把最为亲密的人放到这个位置上。

我将水洒在砚台，用墨磨了许久，这黏稠的液体晕染着整张花宣。我曾经对你说过，墨稠即是莫愁，故而我喜欢焦墨，那种厚重感使人实诚。这天我在想，给自己一个借口，而后活下去。要学会对身边的人好一些。

还是会在莫名的时刻哭起来，这就好像回到了多年之前。站在阳台上听两个过路的花甲老人对话。

“黑狗子昨天去了。”

“做人呐，年纪上去了，今朝不晓明朝事了。”

“侬勠噶感伤。老天造人的辰光造好哉，有生必有死，不带眷恋的。”

“多寡有些不舍的。”

“看得开的视死如归，看不开的愁眉苦脸。人生苦短呐。”

“好极好极，就该这样看待。”

人活到那般岁数，便参透诸多人生的道理，所以很多时候我们都说不听老人言，吃亏在眼前。我们可以提前明白那些老者用时间沉淀下来的道理，多好。

母亲打电话说年底回来，我装作若无其事的样子与她寒暄。我说我很想你，你要早点回来，等到那个时候，我去接你。我尽量说生平都难以启齿的言语，母亲说我变得很乖很体贴，我说我一直都很爱你，只是我没有说。母亲笑着挂掉电话，原来这些清淡的言语可以让一个妇人这般欢愉。

何畔风打电话叫我出去吃饭，我们约在六点钟在电影院门前的铜像下面等。我是不习惯迟到的人，但是大何习惯早到，这之间就产生了十几分钟的时间差。大何在铜像下站着，背着手，宽大的茄克颜色有些显旧。我在背后叫他，他回过头憨笑，他说你来了，真早。我说你都等了多少时光却还要说我早。他说按照约定的时间来讲，是很早，当然他会用更早来形容他自己。

或者从他的言行里面我看不出他今天要给我说一件不见得愉悦的事情。我们进了一家牛排店，大何说这家牛排店做得最好吃的不是牛排是骨头。他于是叫来两份红烧大骨，他说等啃完了骨头他也差不多把话都说尽了，然后再点牛排来吃，这样就可以不饿。我说你倒想得周全，全然当我是一个听众了。他说除非他不想说，想要说就只会想到我，所以我是他默认系统里第一且唯一的听众。

穿着好看燕尾服的小哥送上装着骨头的铁盘，那种有着高高的铁帽盖子的盘子。服务员打开盖子，放下盘子，谦和地离去。我说我打算开始啃骨头了，你若是想要倾诉便可以开始了。于是他开始缄默。

他缄默了有十几分钟，我没有打断这种安静，我知道他想说的时候是会说出来的，或者现在他需要时间来思索和整理。我就只管这样吃，也不会有任何不安心，朋友就应该如此。

❷ 江南，关于何畔风

【架构爱情的刨去爱情本身这些虚无不实的东西，还有最为真实存在的载体，倘若连载体都丢了，更何况爱情。】

大何终究静下来讲最近他遇到的事情。他选用他最常的开场方式来进行下面的对话。

"帮我测个字，如何，田半仙？"

"你还信这个？"

"之前都被你言中。"

"倘若真有半仙这种灵媒，如何让心爱之人遇难？"

"诶？"

"先测字。"

"好。"

大何拿筷子沾上酱油，在桌子上写上一个"田"字，他说就测你姓，"田"这个字吧。我说问姻缘、前程还是其他？他说找一件东西，我说你寻人是不是？他说你如何得知，我说那我劝你不要去找。我不知道她因为何种缘由离去，更不能得知她去了哪里，但是她的离去就你而言是好事。你就当她是你生命中的过客，也确实是过客，她拂衣而来又绝尘而去，她带给你很多东西，也带走你的感情和记忆。但是不值得追寻下去，就此了却。

大何有些不可思议地看着我，他问我如何得知。我说你找我测字，我自然告诉你是字里得出的结论。"田"字得"人"则为"困"，去"人"方为"田"，而"田"字本身由"十口"组成。口舌是非多为妇人，故而我说这个人是女子。他说绝赞，又被我言中。我说你若今日不找我测字，我照旧说那一番言语，所谓的半仙不过靠着细微的观察加些推测杜撰出来某些东西，半真半假，半虚半实。

大何放下一根大骨，他说那你如何能说得这般准确？我说也是就着对你的熟识断言的，你打电话找我吃饭的时候我就知道你是有些故事想要告知的，刚才见你并没有憔悴到枯焦的状态，之后你测字又说寻找失物，我便想失物许是不足以让你这番劳师动众，那么必定同人有关，于是我就想出两种可能，一是此物必定与某个你关心之人息息相关，二是你纯粹只是想要找人。于是我抛出一个试探之锚，结果你便承认是在寻人。大何低头略有所思，他说那你如何敢直言无惧叫我别再寻找此人，万一她是我的亲人呢？又如何得知是女子？我拿起盘子里最后一根大骨，我说这不难推测，倘若是你亲人中的谁丢失了要去寻找，你万不会请我吃这大骨，找我测字算命。而刚才在你沉默的十几分钟时间里我从你眼中看出来你有诸多情绪却无从说起，换做是男子想来不会叫你思绪变成乱麻吧。故而我揣测她是一名女子，而你何畔风就是被情所困。

"绝。"

"呵呵，雕虫小技罢了，换一个人我便不可能这般推断出来。"

"缘何只对我有效？"

"我只了解简单之人，我就这点本事。"

"你只和简单的人深交，因为你了解。"

"不，我尝试着和任何人交往，只是复杂的人会自行离开。"

"何解？"

"因为各人有各人的命路行迹，各人会遇到与之相似的人。"

大何开始讲述他的故事，他说他在单位认识的女子，她同她丈夫离婚了，孩子判给了丈夫，她甚至连见都不得相见。稚嫩时候的她青春芳华，纯美可人，就应着父母包办婚姻。经大姑妈家的三妹夫的姐姐介绍，认识这男子。于是从订婚到结婚，一路就着前人的经验走，倒也无差。终于有一天被女子发现男子出轨，女子去宾馆捉奸在床的时候已经再没有想要生气的情绪，她只求男子能够回去。女子强忍住莫大的屈辱，没有让眼泪留下来。她安静地吐出言语，她说随我回去吧。原来有些原则性的东西在所谓的爱的驱使下变得不堪一击，女子最终原谅了男子，这种原谅次数多了就变成纵容，而这种纵容导致男子纵欲，终而婚姻破灭。

女子到大何所在的培训机构上班。到底是成过家的少妇，总归会比旁人多一些体贴。我说过大何是个滴水之恩即当涌泉相报的男子，两人自然发生感情，就这样相伴大半年时光。郎才女貌两情相悦本是多少欢愉的事情，想着古往今来有情者能够相伴一生是只羡鸳鸯不羡仙的，但是美好的事物欠长久。女子父母嫌弃男子一穷二白，男子父母又嫌弃女子是个离异的女人。梦幻之所以为大家喜闻乐见，因为那是架空于现实之上的可以摆脱沉重的不那么完美的现实的途径。女子无所谓家庭负担也好，现实所逼也罢，终究离他而去。她说婚姻是两家人的事情，她相信他们之间有爱情，但是并不代表他们两个适合结婚。

我说即便如此，也要相信爱情本身，倘若这个世界缺少了这些滋味，会更加辛辣寡味。我们已经被太多的苦束缚了心神，万不得连最后的温存都丢弃。我只说他们不是相互的良人，他不是她的最终归属。但是她路过他的命路，教会他爱滋味。大何说一辈子只谈一个，这一个从初恋到初吻一步步升华，最终结婚，继而一生。他说这是过于完美的人追求的过于完美的事，于他此生没有希望再做到了。我说爱本身是在对的地点遇上对的人，发生对的感情。很多东西凑在一起谱就一曲婚礼进行曲，不是那么精细完美的一个步骤，能这样从初恋一直到结婚的毕竟少数。我们怀着这样一个心境，从少女长成女子，怀揣着的最初的那份纯澈的渴望在时间和现实当中打磨得珠圆玉润。他问我到底该不该相信爱情？我说我的答案从始至终没有改变过，没有人能保证不爱，更没有人能保证不爱错。因为时光向前走，而我们无法走在时空之前去预先感知那个结局。

大何说每次请我吃饭都收益良多，我说我只会把道理讲予人听，而自己并非就可以做到。大何是确确实实有些酸楚的眼泪出来，即便它粘连在睫毛和眼眶上。我说架构爱情的刨去爱情本身这些虚无不实的东西，还有最为真实存在的载体，倘若连载体都丢了，更何况爱情。

而这个载体就是爱人本身。

❸ 江南，关系

【现实深恶痛绝，而生活依旧要继续，照着原先的途径生存下去。】

司徒锦打电话说过来接我。我本想说他从杭州开车过来需要一个多小时，而我打车回家用十五分钟，我想他不必过来接我，但是最终我没有把这些话说出口。没必要去思考他想要过来的理由充不充分，只考虑他的念想，他说想要来接我，就叫他来。我本质上没有抗拒的心理，自然不做决绝的事。

我一边与大何谈天一边等待司徒锦的到来。大何又点了不少食物并起身去上了厕所，等他再回来的时候菜基本上上齐了。

“你刚说失去最心爱的人，怎么说？”

“你该知道闵悯。”

“嗯。我知道。”

“我若告诉你再也看不到他了，你如何反应？”

“你们分开了？”

“他死了。”

“诶？”

“前不久，同样死于车祸，是不是很巧？”

“别这样。”

我还做不到触及这件事情可以权当一个故事来讲毫不动情的地步，也是眼泪、鼻涕大把地流下来。我说其实已经好很多，时间毕竟抚平一些情绪，即便感情依旧还在那里，但至少整理得井井有条。我学会了克制它们的爆发，与它们和平安处。大何说那你接下来打算怎么办？我说从来没有人试图问过我类似的问题，而你却可以不为动容地直言无讳，你我确是同类人。我没有想过要怎么办，现实深恶痛绝，而生活依旧要继续，照着原先的途径生存下去。

我说有一个叫做司徒锦的少年一直陪在身边，我有时也觉得自己薄情寡义，失去一个少年的时候我什么都做不了，却和另一个少年在一起。不想花笔墨为自己辩护，我想我是寡情之人。大何问我是不是在同司徒锦交往？我说没有。我不想再去解释自己和司徒锦之间的关系。人说男子女子之间不可能有纯粹的情谊，我不知道如何去看待这句话。刨根究底地去看，我们之间确实有私心，只是那种感情不暧昧，不缠腻，彼此没有非分之想。

同大何吃完饭眼睛哭肿了，从牛排店出来时那个穿很漂亮燕尾服的小哥殷勤地过来开门，我们同他点头微笑，而后道别，最终忘记这张脸。人是可以选择性记住某些人某些事的，如果遇见的每一个人每一件事都需要记忆，那样太累。

司徒锦带了茶油、鱼干给我，他说有客商自家做的送来给他爸爸，但是家中没人，就拿来给我。看到茶油鱼干就会想到童年以及奶奶。老绍兴人喜欢将一些新鲜的东西风干腌制，储存起来。绍兴水网密布，多产鱼虾，自然常见一些风干腌制的鱼虾。女童时期，村里每年的某个时候就会分鱼，大致是在冬至前后，就会看到家家户户的阳台或者三脚上，挂满了晒货。空气里带着鱼肉猩猩躁躁的味道，夹杂着酱油、花椒盐、茶油的香味。太阳好一些的午后，略有微风，这种味道就会飘满屋前屋后。

做茶油鱼干的多为青鱼，青鱼俗名叫做“螺蛳青”，由于以螺蛳为食，肉质肥厚，个头也大。自然也是可以用其他鱼类晒制的，只是口感无法同青鱼相比。司徒锦拎着鱼干把我迎到车里，又放下鱼干开车。

“只管放在车上不是更好？”

“我么是想提出来给你看看。”

“如何？”

“来献宝么，我知道你喜欢吃。”

“于是你来孝敬我？”

“那要的。”

“好好开车。”

我好像能体会这种心情，那种迫不及待想要对方看到我们此刻得到的心仪的东西。他一定很愉悦，我知道我对他来说很重要。有些关系相互牵挂着却不是爱情，我是想过这辈子带着这个大我一岁的儿子度过去。我知道这个想法有些变态，可我委实这般想过。

❹ 江南，朱砂

【一个姑娘不掉进浮夸虚荣的坑里面就很美，再加点善念和忍让就大美。】

十二月忙不迭过去一大半。圣诞这天，看街上形形色色穿着盛装的人。帽子、苹果、雪花、圣诞树，一切有关于圣诞节的意象让人无论如何忘不掉这个节日。这天我帮司徒锦出谋划策追一个女子。

我在一次书画比赛上认识这个姑娘，也是极其简单的女子。那天她穿粉色改良旗装小夹袄，披一个白色兔毛坎肩。她说话声音很细，语速很慢，与她甜美温婉的形象那样贴切。她用朱砂作画，落笔之处一片触目惊心。我喜欢她不理外物潜心作画的修为，可以不去顾及旁人异样的眼光和带些尖锐的评价。人说她恃才傲物投机取巧，人说她标新立异名不副实。

我在洗手间遇见她，她低头洗着毛笔和画盘，白色坎肩上一片墨污。

“你的衣服脏了。”

“是的，白色那样不耐脏。”

“如何弄上去的？”

“有些人不喜欢你，就会撒气在你的物件上。”

“确实。”

我是事后在旁人嘴里方才得知这件事，叫我看到这个秀丽姑娘的容人之度。比赛之后，输给她的另一个卷发女子有些不服气，在厕所的时候有意挑衅。卷发女子说有些人穿得那样漂亮是为了什么有目共睹，大家心照不宣，还真以为自己是比别人技高一筹。姑娘没有答话，安静地洗着朱砂。卷发女子继而又说了一些无理取闹的言语，她一巴掌扇过去被姑娘截下，另一只手却把砚台里的墨泼在姑娘的坎肩上。姑娘放开卷发女子的手，淡淡地开口，她说我穿这身衣服自然有穿它的理由，我参加这个比赛仅仅只是为了一个人。你不要与我动手，我是练跆拳道的。我知道你心里的滋味，苦练技艺都想得到专家的肯定，但是我没有用任何旁门左道去左右专家的意见，这不是我想要的。信不信自然由你，我南宫氏是断不会做这些的。

一个姑娘不掉进浮夸虚荣的坑里面就很美，再加点善念和忍让就大美。当司徒锦告知我喜欢这个姑娘的时候，我是由衷地为他们祝福的。我说倘若你们能在一起，便是大好的事情。得知她叫南宫珏，是司徒锦母亲在世时唯一的一个女弟子。司徒锦在近段母亲的祭日时遇见她，她说她刚刚回国，所以一直没有过来看恩师。我说我在书画比赛的时候对她有过照面，是个好姑娘。

与南宫珏熟络起来是在冬至。这段时间似乎自然过渡到一个人的生活，整理好了情绪，包扎好了伤口，照着原先的生活轨迹再生活，一切都按部就班。我在古纤道上走，她在湖面上划船经过。我看到她拿着细竹竿柄的网兜，在水面上轻轻滑过，捞取湖面上过盛的水草和垃圾，倒入船肚。她的动作很娴熟，倘若不是离得近，就不好判断她的年纪和样貌。

“不多年轻人愿意这么做。”

“还是有的，就当作游湖。”

“一起，如何？”

“等我撑船过去。”

南宫珏放下网兜，换一根更长的竹竿撑船。是时冬日午后三时三刻，迎面有风带着水腥，一白衣女子的黑发被风撩起，她侧身西望，眉眼玲珑。举竿深入水底，用力一撑，一缕青丝从肩头滑落。她撑船过来，她说你上来吧。语速缓缓的，甜美的声线是我喜欢的那种调子。我跨步上船，我说少有女子能撑船的，她说从小住在湖边，习惯了。

这天我同她一起打捞垃圾，原来每件事情只要深入去做就会发现其中的趣味。她说人生和这样处理河面的垃圾是一样的，我们永远不知道还有多少没有清理，也不知道一捞能有多少污秽上来，但是总是要去除这些碍着清爽的秽物，无论之后面的河道有多少垃圾险阻，清理掉它是我们想要的目的。我说你对人生有很高的参透，她说只是在生活里学习生活。

这天她讲她的故事给我，作为交换，我也毫无保留地告知，我觉得她是将善念付诸于善行的人，简单纯情，通透明净。我说司徒锦的时候在她嘴角看到秀气精致的梨窝，她说她能够看出来这是一个极致简单的少年。我在圣诞节约了她，我说一起过节吧，我想要和你一起。她说都是感情用事的人，我说带点人情味地活着就很快活，她说不去算计任何人，我说试着信任任何人，她说善念在心，我说善意于行。我们相对而笑，然后坐在船上对着天空发呆。

写文的人喜欢矫情，学武的人相约练习，像这样的说话人在一起可以有着诸多相见恨晚的情绪。

第三十九章
说好的江南以南

❶ 江南，履行

【我想跑去那个相传四季如春的温暖地段，去看一看那个扫地僧俗家的酒家，去摸一摸那沿湖人家门口的乱石。】

江南以南，天润微暖。一直心心念念向往的小城，去走一走那幽暗的石板小道，去看一看那幽深的古巷人家。道旁河岸，垂柳漾水，想也是古朴如画的美景。

这天清晨翻开来一本书，这是你给我留下的东西。你说等到江南也寒凉的节气，抽一个空档或者假期，坐上火车，带上食物，一路向南。江南以南有一处绝美的地，叫做丽江。这是我们的约定，却一直没有履行。你说等你过来江南，继而再去江南以南。这天我想起多年前同可歆有过的四人行的约定，我们相约多年之后各自找到良人，彼此携手，一起旅行。不论去哪里，在一起就很好，只是我有你的时候她没有李三甸，如今她们朝暮相偎的时候我却再也触摸不到你了。时间能带来的不仅仅是希望和喜讯，也有噩耗和残酷的现实。我们只能选择接受，用尽一切方式捣烂心灵，捣烂记忆，捣烂所谓的爱。因为我们要完好的保存身体，因为我们还要活下去。

这天冷到我痛得想要咬断自己的指头。我想跑去那个相传四季如春的温暖地段，去看一看那个扫地僧俗家的酒家，去摸一摸那沿湖人家门口的乱石。

司徒锦终于如愿与南宫珏走到一起，我没见过如此登对的情侣。我想撇开一切意想不到的无端的事故，他们是会得到幸福的两个人。我时常笑他们两个复姓的人将来的孩子会备受关注，有人将父母的姓氏叠用在子女的名字上，我说你们的孩子名字恐怕要超出太多的字符，许是连考试都要吃亏些，因为多写一些字就要多用掉一些时间。这两个孩子总是被我逗得大笑。人的笑分好几种，而发自内心的笑必然牵动脸部的诸多神经和肌肉，因此脸颊会张开，甚至出现鱼尾纹和法令纹。这种欢愉就很难假装，我知道他们在一起有多好。

司徒锦依旧打电话给我，依旧频繁地在我家里出现，还是偶尔给我报告他的行踪，就好像对待年迈独居的老母一般尊重。这天我在想我二十四岁有一个二十五岁的儿子，又找一个纯良惠美的儿媳给我，也是一件令人舒适开怀的事情。

接到乐子晗的电话是这天最为意外的惊喜，因为自从他出国之后便一直杳无音讯。我一度已经这个故友也要厌倦我了，原来他一直都在。

"我回来了。"

"我有许多话说，却找不到你。"

"有些事情我不想及早告知。"

"我知道不会是好事。不想要我担心，可是如此？"

"你是自然最明了我。"

"如今可否告知？"

"我练舞摔伤去国外治疗。"

"然后安然回归？"

"是。"

"这便好了。"

子晗一下飞机便给我电话，如今正在马不停蹄地赶往我家。又是一个集满满一腔爱的男子，他风尘仆仆为我而来，默默无闻守护了我二十年。我是得知他的爱意，便不好对待。

他按响门铃的时候我一直在客厅等着，我想要第一时间为他打开门迎上这多日不见的故交。他穿明蓝色呢子外套，搭一条黑色围巾。再看到他的时候更多想哭，原就是没有几两肉的少年，如今瘦得更不像样子，蜡黄蜡黄的面容不堪经受这腊月的风凌厉地吹，原就稀黄的头发变得涩黄，嘴唇干裂，嘴角有血渗出来。我从来没有见过这样虚弱的乐子晗，这个如花少年是有多少苦方才沦落这般不堪。他扬起嘴角虚弱地对我笑笑没说话，我没能让心绪平静下来，只觉得心里一阵酸楚。我迎上去抱住他的脖子，另一只手在他后背上不断拍拍，拍拍。我说都过去了过去了，不会再有任何问题。他也用同样的手势在我后背拍拍，拍拍，他说他没事没事，他会一直都在。

我说你们不是一直都在，而是一直都在骗人。你一声不吭跑去国外治疗的时候我在哪里又在干什么你知不知道？你不是说你一直都在么？做不到就不要答应什么，我是不会转弯思考的人。我管你是因为怕我担心也好，什么都好，没有告知就是没有告知，没有存在就是没有存在。乐子晗用两根手指掸掸我的刘海，做一个鬼脸逗我。他说这次是他做得不对，再没有下一次。

得知你出意外的时候子晗整个人傻过去，我想他如同我想要司徒锦和南宫珏幸福一样地希望看到我和你走过一辈子的时光。他一下子坐倒在沙发上，没有血色的面色愈加苍白，他说这段时日无法想象我是如何度过的，而他做为二十年青梅竹马的玩伴却在我这般落寞的时候不能陪伴左右。我说生活如网，它千丝万缕错综复杂，任何一个歧路都可能导致你看到不想要的结果。

我说很小的时候语文老师说事情是会按时间顺序和事情发展顺序发展的，所以让我们回到童年时候，也许就不会有这么多伤痛。

“我想去云南。”

“我陪你，如何？”

“原是同他的约定，江南这般寒凉，想去江南以南避避。”

“挺好的。”

我想无论如何都要去那里看一看，现如今同谁去都已经不重要了。生命走到这里，失去了他，也失去了你。不能有轻生的念头，倒也豁然明朗，履行一次旅行，跑去远方。准备好行囊，带着对你和他的全部记忆，微笑着走完这次旅行。

门铃响起来，打开门看见可歆和李三甸并排站在那里。我赶忙叫他们进来，这寒凉的天气，莫不要冻坏了他们。李三甸拉着可歆的手进门，两人脸上挂着笑容。子晗跑进厨房里煮咖啡，我说方糖被我放在了左边的第三个抽屉里。我同着可歆他们在客厅里坐下，李三甸说此次造访是来告知喜讯的，他们打算在明年四月份结婚。笑容延迟了三分之一秒之后出现在脸颊上，我说我有些意外，存在心里的念想是你们必定能走到最后，但是听到这样一个消息着实震惊。当爱情综合各种因素开出花朵，如若在一起的还是相爱的两个人，如此这般就是美满的事情。

可歆有些羞涩地对我笑笑，她说自枫之天涯至今，过去多少个年头，在没有认识三甸之前的生活也就照常那般过去，相遇一个有眼缘的人不容易，何况爱情还要继续。能够走到这一步分分钟都要珍惜。我说这种事情是羡慕不来的，一个人的生命轨迹出现偏差，会辐射带动周遭乃至很远的人或物，在他生命网里面的事物就要受到牵连。可歆明白我在说什么，她许是怕再继续又要变了情绪，于是很不自然地转移话题。她说风雨弄湿了地面，太阳还会出来，她说她结婚要我做伴娘。我说都好都好。

子晗端着咖啡从厨房里走出来，可歆意味深长地看我们一眼，她说人可以在迷宫里走出来的唯一途径是懂得迷途知返，钻牛角尖到了路的尽头看不到出路就要亡羊补牢。我说我不能明白你的言语，她说你那么聪明，不可能领会不到这浅显的句，给别人一个机会，也给自己一次涅槃。她说回头看看吧，姑娘，不要被自己砌起的堡垒阻隔在内，推翻它。我自然知晓可歆的意喻，她想着子晗何其好，我如何不要他？我说且看东方颜色，日影归去几多轮回，该察觉的时候自然不可躲过。子晗端起咖啡杯放在鼻子下闻香，我说你不该喝下的，像这样的东西还是应该少喝。他放下咖啡去倒了杯热牛奶，可歆在一边咯咯地笑出声。

同可歆说我们打算要去云南的时候她显得很兴奋。

"可否一同前往？"

"如此甚好。"

"如何不来告知，我本着心心念念想要同你去旅行。"

"有时候不去打扰便是爱。"

"无可厚非。"

"那是无可厚非。"

我摊着手学着可歆的样子说话，把她逗得抿着嘴笑。子晗和三甸在一旁喝着各自手中的饮料面面相觑。男子如何捉摸女子的心，两个女子在一起是可以很脱然。

❷　云南，一朝

【被美的东西熏陶过的人心就会同这里的水一般静澈通明，此时此刻面目几多丑陋甚至狰狞都无碍于我们喜欢她。】

一朝冬月过，初雪降，再凉，捂暖茶。

我在想还有没有什么东西遗漏。准备远行的时候你总是会一遍一遍地提醒我需要带齐的东西。你说一个人不足的就需要另一个人来补足，而这个人必须要是你才好。我一直以为我的糊涂是天生的，原来没有你的时候我就会精明，就会记事，就要学着勤奋。

我整理好行装等着子晗过来接我，可歆和李三甸自行先去机场，临行之时接到司徒锦的电话。

“最近降温了，你么好多穿点了。”

“好。”

“我么和珏珏要去一趟三清山，你去不去？”

“不，我也要远行一趟。”

“好的嘛。去哪里？”

“云南。”

“好呐好呐，我要礼物的。”

“好。”

子晗过来的时候穿一身黑色皮衣，松软油亮的皮毛镶在领子上，他开车一路直达机场，一路上我都没有说话。他问我有没有带齐东西？我说有，都有。直到遇到可歆和三甸，直到登机，一路的行程都十分顺利。

午后两点多抵达丽江，下了飞机，迎面有暖风拂面，阳光很好，照射到身上叫人没来由地愉快，江南以南果真是个暖和如春的地。沿途看一些行人多为暮秋的装束，从容不迫地行走。来丽江的人很多，走在路上新奇地四处张望，我知道这些人同我们一样慕名而来。

抵达丽江古城的时候有些瞠目，这样大而紧密的古体建筑给人以穿越感。江南的美是带状的，那种氤氲柔和就像音符一般宛转悠扬地缠住人心，而丽江的美是块状的，可以把整个人心都占据，人会掉进眼前这个仿佛与世隔绝的景当中想要牢牢握住这种美。在这里人与自然相处得这样融洽，我经过一座桥，桥上桥下满是杂草，草长很高也没有秃任何一块。水里有碧绿茂盛的浒苔，它随着水流的方向周而复始地蠕动着。澈净的水就像一块透明的玻璃一样，它足以让我们完全通明地窥视到整个水底。

我和可歆看一款民族风的布鞋，正红色布面，千层底，尖尖的小翘头，鞋尾有红色布条子用来捆绑脚腕。只是极其简单的布面，真是连一点点的点缀都没有。可歆和我在店面的两个不同点不约而同地看上同一款鞋，我们拿着鞋笑，她说就这种默契叫人很欣慰，我说这就是人通常会相信缘分的原因，因为不约而同是可以叫人觉得浪漫的。

老板娘是一个黝黑的丑妇，我如实说。大黄门板牙，细长的小眼睛，五短身材。她臃肿的身体裹在红绿的民族服饰里，显得拖沓，不妥帖。但是被美的东西熏陶过的人心就会同这里的水一般静澈通明，此时此刻面目几多丑陋甚至狰狞都无碍于我们喜欢她。大娘笑着过来，露出两颗大黄牙，她说就像你们这样的姑娘，毫无血亲却胜似血亲的，友谊这种东西便不是浅尝辄止。可歆说我们高中相识，一直到现今已经走过不少年头，即便中途多久没有联系，再相逢还是依旧那样自然。大娘默默地念叨，她说好，好，多好，要一直这样下去就不会抱憾终生。

她送鞋子给我们，她说这都是手工缝制的，教她这项手艺的人就因为一个误会去了北边。有时候错过就是这么轻而易举，即便等到误会土崩瓦解也再也回不到从前。大娘有些黯然地在鼓形的木凳子上坐下来，招呼我们坐在旁边的方椅上。她没有说关于她的故事，只是一直在告诫我们要一直要好下去。我们无从得知她和那个曾经教会她做鞋子的姑娘之间到底出现了什么误会，但是能看得出她对于这件事一直耿耿于怀。

从店里出来，可歆拉过我的手，她没说太多的言语，只是抬头看我，眼角微微潮湿。我说人总是要多一些情方才构架这个人世的颜色和滋味，多情者多自伤，而无情者则多伤人。她说换上鞋子吧，我说好。

我们穿相同的正红色布面鞋，走一条街巷。偶尔单脚跳过地上不成体统的格子，笑着看飞鸟过。此至东方灰白，一朝过。

❸ 云南，次日

【人总是喜欢有意无意地制造巧合。】

我们住一家客栈，这是当地人家开的乡风独具的住处。这家人养一条狗，围墙上的爬山虎异常地茂盛。这是一条颇具灵性的狗，它会在夜深人静的时候围着院子里独坐的人，比如我。

次日清晨，有咿呀的陌生的语随着清风入耳。子晗在我房门口敲门，我示意他进来。

“一起去吃饭，如何？”

“好。”

“这里总算清净，有着安宁的景。”

“嗯。我听陌生的地方言语，看那些奇异的民族服饰，不常见的东西往往令人梦萦。”

“是一方乐土。”

“是。”

一路从客栈出来，拐进小巷，这里有家面饼店。这是一家旧式的店面，大红招牌挂在门口，招牌是一块大红色的木牌，上面写着“李记”。我们驻足在店门口看卖早餐的老板做饼。这是一个长满络腮胡的男子，秃顶，微胖。笑起来脸部的肉都往中间挤，就好像他的五官永远都是这么集中。这是一张喜感的脸，我想所有人都会喜欢这个笑容，因为他可以让人心情愉悦。

“要什么，客官。”

“四个肉煎饼。”

“好嘞。要加什么酱？”

“一般都加什么酱呢？”

“甜面酱和酸辣酱。”

“甜面酱吧。”

“好嘞。”

做面饼的男子吆喝着做饼，他利索地做好饼包好给我们，他说让我们尝尝看，不好吃不要钱。我说要是我们存心想要白吃，是否只要说不好吃便可以了。他说只管吃吃看，吃了便会甘心付钱的。子晗接过饼，递给我一个，他说看老板这般自得，想来是有十足的把握的。我打开来吃，我说我看我们想不付钱都不行了，这饼外酥里嫩，油香扑鼻，加上甜面酱的微微甜味，刚好去掉饼的油腻。那男子说他祖祖辈辈都是做饼的，父亲去世之后留下这个摊位给他，也是从父亲手上得到这个技术并且一直在钻研。

当子晗问其母亲的时候，他有一些闪烁。他说母亲生下他之后由于某些原因去了北方，至此音讯全无，失了方向。我说你母亲是不是会做鞋子，我指指脚上的布鞋给他看。他说不是，她母亲是卖水果的山妇。我笑着低头吃饼，我说我喜欢把任何看似有联系的东西想到一起，昨日听一位大娘说有位曾经的好姐妹也去了北方，于是就会自然而然联想到一起。人总是喜欢有意无意地制造巧合。比如有好友对你说他找了个女朋友姓王，四川成都人，而你刚好有个王姓的成都的朋友，你就会想她们会不会是同一个人，当这种联想得到证实就是一件欣喜的事。人生总要有一些惊喜来润色的。

我们拿了两个饼去找可歆，可歆正好拿了花糕来找我，我们在过道上相遇。

“田心，给你的花糕。”

“我也给你买了油饼。”

“早起没有叫你们，抱歉。”

“如何会不知你们的顾虑，只是想着各自早起时间不一，就不好打扰。”

“是。怕是说了显得矫情，很多时候理由会被当成借口。”

“别人许是这般想，你我不会。因为我们想的都一样。”

我接过李三甸手里的花糕，可歆也从子晗手里拿了油饼就吃。我说做这个油饼的男子的母亲去了北方，我一度认为她会是给我们鞋子的大娘嘴里的那个小姐妹。可歆说最后还是失望了是不？我说是。她说世事都不会按照人脑的想象来发展，会有，但是极少。我们怀着希冀来生活，就会明朗些，但是不可以为这些事情钻牛角尖。我知道她还在担心我，她怕我走到死胡同里迷路了死在里面。我说我懂。

下午下起小雨来，我们躲在客栈看电视没有出去。偶尔享受下这样闲暇的午后甚是清欢。这天就这样安然地度去。

④　云南，晚归早

【我在想我何德何能可以这般幸运。】

在江南以南的最后一天，我们去吃饭。这天我在想，原来在我身边的任何人，都是会为我付出一切代价的。他们那样爱我，正如我爱他们一样。

这家店很美，美得近乎虚幻。从镂空木雕的门进去，里面是各色古香的物。我喜欢那个闪着亮片的珠帘，它不是纯粹的珠帘，在底下一部分是线帘，有无数五彩的流苏悬系，是一个独特的设计。店背门有个水台阶，这里的水很清，清得叫我想起孩童时期。龙池过去的那几里水路，总是通透澄明，我可以用船桨与浅层的鱼一同穿梭。

这是一家火锅店，在云南，能吃到各色的菌菇，我喜欢这类山珍的入口鲜嫩。子晗要了一个鸳鸯锅底，我们点各式有着奇怪名字的没有吃过的菜。三甸说吃火锅最为随意，可以闲谈许久都不必担心菜凉掉或者其他，我说是可以长谈的一种进食方式。穿民族服饰的服务员上齐了菜，可歆欢快地在煮开的汤底里倒进各色的菜。有热气就着菜香弥漫开来，水汽上升到餐桌上空，这种朦朦胧胧的感觉真好。

“是多久没有像这样尽兴地吃一顿。”

“没能碰撞在相互有着充裕时间的时刻。”

“如此要多吃一些。”

“甚好。”

“即便不是时常相聚，也不会改变什么。你爱我是不是？”

“是。”

“亲爱的,我也爱你。”

“我知道。”

可歆用嗲声嗲气的语调同我说话,她故意让声音听起来那么幽默轻松。因为她的语句涉及到“爱”这个词汇,一本正经要说出这个词是有些困难的,故而要智慧地隐去某些不切合的情绪,这样让爱听起来不那么矫情。

推杯换盏,觥筹交错,一餐饭下来已是杯盘狼藉。可歆出去后门的水里汏脚,我怕凉。我说这水想来冰寒,这般汏水是会感冒的。可歆说吃了火锅难免燥热,在这凉水里穿梭的感觉甚好。于是我被蛊惑,人总是喜欢跟群的动物。

我不知道我是怎样被台阶上的浒苔滑到,也不知道是怎样落入水中的。这水很凉,很快从四面八方渗进来。可歆疯似的叫唤起来,踱步下水,子晗慌忙出来,纵身下河,李三甸赶忙拿来救生衣和竹竿,我在水里扑腾几下,而后站立起来。我站在水里笑,我说这么浅的水,如何会淹死人,再何况我是会水之人。子晗过来抱住我,湿透的衣服贴着我的衣服有些不舒适,但是我没有阻止他。可歆和李三甸一同笑起来,可歆说万幸,吉人自有天照应,我说自是出不了事。

子晗放开我,扶着我淌回岸边。

“你会游泳?”

“一点点。”

“一点点?”

“不会。”

“如何这般鲁莽下水?”

“我知道水浅。”

“你若知道水浅,又何须下水?”

“好吧,我承认。”

“你们都这般傻。呵呵。”

我冷笑着径直离去,有温度的泪流下来融在了脸角没有温度的水珠里。其实你们都一样,我在想我何德何能可以这般幸运?我还记得你姑奶去世的那时候,在古旧的村落,那个山头,那条河流,你也同样为我不顾一切。你们爱我。

我回去换一身衣服,子晗多次敲门我都没有搭理。我想我要给他一些教训,即便这个教训看上去多么矫情做作也好。我只是希望身边的人安好,请不要再消失。江南以南,我原想着在收获的爱情上铭记一段忆。

一场繁华旅程之后,祛喧嚣的安宁的夜,不温不凉的客栈古树下面,我在想收获到的友情也一样的璀璨,只是希望他们都安在。

第四十章 莫言久长时

① 江南,新茶

【烟紫云白阁楼帐,雨碎灯笼夜夜伤。象管彩笺观青墨,句句念来俱断肠。墙矮日短露夕阳,不照关山月半裳。秋到深处自然凉,乡愁堪解亦还家。昨日无风挂素纱,几时征战少年郎。】

司徒锦邀我品新茶的时候收到可歆的请帖。三月中,已经有了春的气息。春日的江南格外的美,这天空气澄净,因为前一天刚刚下过雨,我坐在后院凉亭里看上个冬季开败的菊。干瘪的黄色残骸,腐烂的尸液粘稠地贴着花盆壁,它快要零落成泥,它将要消失殆尽。院子里有很多植物,春天的温度可以唤醒他们,我要一一给他们浇上水,而后出门。父亲说浇水需避开太阳,或清晨或傍晚,从植物的边侧慢慢浇下,直到渗透整盆泥土,然后沥干那些从底洞里渗出来的泥水,放在阴凉通风的地。这样一浇水就可以持续很久。

浇完水,我上楼换一身衣服然后出门,这天可歆约了我试婚纱。出门时我看了一下墙上的挂钟,八点整。一路走路,等车,上车,下车,再走路,都很顺利。我如约在九点钟赶到,期间可歆打了两个电话确定我是否能到。人看待非常问题就会使用非常手段,贵重的事情需要谨慎处之。我说我正在路上,一切安好,能够如约过去。

我抵达的时候可歆正在化妆, 给她上妆的妇人左脸颊上有一个很明显的抓痕。她低头静默地给可歆画眼线,鼻子糟红糟红的,我觉得在她身上发生了什么事情。我说不要让情绪影响了生活,你是不是需要休息下调整心情?她惶恐地抬起头,她想是误会了我的话,她很警觉地看着我,她说她没事,如果她有什么不好只管提出来她会改。我说没事,你很好,我没有任何要责备你的意思。她似乎松了口气,拿了眼线笔不断在自己手背上调试。我说你是不是遇到了什么,她有些闪烁地看看地面,她说没什么,于此便不好多问。

我识时务地走出店门,我知道我留在那里她一定会无心工作的。我在外面透过玻璃看橱窗里陈列的婚纱。这是一件华丽的白色礼服,抹胸式设计,带一块皮毛小坎肩,上半身由无数的水晶玫瑰点缀而成。在远处看许是只当会折光的亮片,只有走近看,细细地一粒粒地品味观赏,才能发觉设计者的匠心独具。他们精雕细琢每一朵玫瑰,嵌上施华洛世奇,然后再一粒粒缝到白纱的褶皱里。下摆很长,但是没有太蓬,最里面一层的白色丝绸柔软服帖地拖着地面,外面罩着白纱,细腻光洁。白纱是带着银丝浮秀的,同样是玫瑰花的设计,大朵的玫瑰浮绣三三两两不规则地排列开来。

我伸手在玻璃上抚过婚纱的轮廓。也是幻想过这样的场面发生,穿着典雅唯美的礼物,同爱人一起完成一个庄严神圣的仪式,然后将一生交予对方。人在拥有相爱的人时就不会思考太多,那种爱义无反顾,但是不多人能够在交换戒指的时候还能面对最爱的人。爱情被来自各方面的压力削弱,条条框框把爱剥削得更为骨感,在剩下的规则里找到一个人,就这么过一生。现实越为不美好,我们就越发要相信爱情,在你左手无名指戴着的戒指的主人必须要是你最爱以及最爱你的人才好。请不要将就婚姻。

李三旬穿着一身银灰色西装从婚纱店走出来,他左右张望着看到我,他说可歆化完妆了,叫我一起去试礼服。我说好。他对我咧嘴一笑继而转身离开,我不断幻想着你穿着这件礼服时的样子,却怎么都无法把你的形象贴合起来。我原就不是太富有想象力的女子,许多凭白的思维在脑子里就不好随意产生画面。我是无论如何想不出你穿上结婚礼服的样子,正如我无法想象自己穿上婚纱,盘好长发会是个什么样子。这种想象要有画面代入感委实困难。

可歆给我选的伴娘礼服很美,纯白色绸缎,收腰贴臀吊带席地长裙。有着同样材质的黑色长披肩。我喜欢这种质地的绸缎,光洁柔滑。可歆就穿着橱窗里的那款礼服出来,头发被挽在美丽的花朵头饰里,她美目含情,巧笑倩兮。

“很美。”

“从来没想过,于此要把自己嫁出去。”

“终归是条明朗的路。”

“嗯，如此甚好。”

我看可歆和三旬跟随摄影师相依离去，离开之前她有些不好意思地回头，她说恐是要怠慢我了，我说无妨，本就知晓此趟试了礼服就回去。我换下礼服回家，还是一切照常地过。回家泡上一杯浓茶，看茶叶在沸水里浮浮沉沉。有时候人生就如同这水里的茶叶一般，或许只有经历些什么，才能芬芳甘长。我去车库找起子，我想要打开一个音乐盒的底座，我翻到一本旧日历，它残破不堪地躺在车库陈旧写字台的大抽屉里。子晗在日历本上写着这样的诗句：

烟紫云白阁楼帐，雨碎灯笼夜夜伤。

象管彩笺观青墨，句句念来俱断肠。

墙矮日短露夕阳，不照关山月半裳。

秋到深处自然凉，乡愁堪解亦还家。

昨日无风挂素纱，几时征战少年郎。

落款处写着花决，我知道这是子晗的笔名。这是我赴楚求学那年他写下的，他说知道无论如何我都看不见他写下的文字，但是还是希望某天我能看到。他说圣诞节接到我的电话，得知我同你在一起，他感到很欣慰也很难过。他说他真的很爱我，他一直默默地在暗处看着我，守护我。他说他有些郁郁地从北京飞回来，到家里看我母亲，于此写下这文字。

原来那天我打电话给他之后他回来看望我母亲。我反复读着诗句，我想我可能这辈子都无法让他得偿所愿了。

❷ 江南，遗憾

【秋风无意锁梧桐，哪堪诗人百千弄。何当秋来悲切切，皆因有情人自咏。】

可歆的婚礼之后我把心收回到学业上，我是偷得浮生多少日脚才得以在这段时光做这么多事情，当初只为一个千里之外的噩耗便一走了之，如今回去面临着诸多事端。我明白逃避终归解决不了事情，该面对的总是要面对。要将失去的时间补回来，更用心地去做一件事情。

这天我翻一本高中时候的同学录，情于此，又流下眼泪来。我说过我在高中是不尽人缘的姑娘。同学录只是象征性地找人去写，并没有认真阅读过什么。也是有过留恋，离开之际同样感伤，同样落泪，只是不想在外表上表露出太多的遗憾，因为当年我自怜落寞，我必须要伪装得自己好像很痛苦，我必须要套上一个虚伪的阴郁的外壳，拒人于千里之外。

我翻到一页纸，读到这样的诗句：

秋风无意锁梧桐，哪堪诗人百千弄。

何当秋来悲切切，皆因有情人自咏。

这是我用来自嘲的诗句，我记得那节数学课，刚换一个新的数学老师。这是一个长得很像猴子的古灵精怪的老师，印象中他脾气不坏。那时候我写在便条纸上，然后他一直逛到窗边最后一排的过道上；我随手将纸揉成团，丢进身后的垃圾桶里。我从来没想过会有人捡了这张纸，并看了纸张上的文字。

我已经忘了这个同学的脸，只是名字依稀还有些印象，我觉得他一定是个极其安静的男孩。他说课后总看我一个人在走廊上眺望，又或者趴在课桌上睡觉，总是看我那样不开心。现在想来我又是多少愧对这些曾经关心过我的同学，因为那些魔和孽都是可以深埋在心底的。他说听我咳嗽的声音以及背影那样叫人怜惜，我才知道高考完之后的那天傍晚，他在学校小店门口等我。他说有件东西一直想要给我，怕是毕了业就更不好遇见，他不想让这个成为遗憾，于是约我见面。

这天我一直在努力地想要记起一张脸，却无论如何都模糊掉甚至连轮廓都忆不起来。我幻想着他要送我什么东西，是一杆笔，一本花绘的笔记本还是一盒子的糖果？也会想着那个时候他在店门口没有等到我继而回家的心情，或许他在想这个冷漠的女子，总是将人家衷切的关心当作接近的托辞故作推诿，自恃甚好的傲慢的人。

我在想当时我若是看了那些同学录上的文字，一字一句认真地读过去，又会如何？或者我已经和他成为很要好的朋友，又或者自那次之后同样零落天涯，不相往来。

很多时候很多事情，错过了就不好抱有遗憾，当作一份神秘的失去的美好，遗留在心底。再来回想的时候，就会发现曾经有如此关心你的默默存在的人。就让这个叫做戴泉的男孩子以及他当时所做的事情永远成为一个谜吧。

午夜时分，有风入隙。寝室里只剩下我一页一页翻同学录的声音。也只有在这个时候，可以安静地想些事情。半透明的灰暗的云遮住月亮，光线不皎洁。想起你，想起他，想起诸多的事。

❸ 江南，眼下

【且把长衫换短裳，无关家墙四壁。日啼腥。白发寸断，谨言行。自是长命无绝，莫教薄情寡义。数九徽。断然无悔，岂相轻。】

我花了另一个七年得到一个博士学位，这年我三十二岁。我还是做着多年前的那个梦，还是依旧会想起你，想起他。子晗一直在我身边，他说要一直看到我幸福为止，我也是不止一次地劝过他，他说精诚所至，金石为开。我淡淡地笑笑，并不阻止他等下去。我在想或者我内心早已接受了这个相识多年的故人。我说且把长衫换短裳，无关家墙四壁。日啼腥。白发寸断，谨言行。他说自是长命无绝，莫教薄情寡义。数九徽。断然无悔，岂相轻。

可歆和李三甸离婚了，在五年前。李三甸在可歆怀孕的时候同饭店的女服务员在一起，可歆怀胎十月，含辛茹苦，却守不住一个男子的身心。可歆生完孩子回娘家坐月子，提前回来想要给他一个惊喜，却在自己的床上看到自己的丈夫和自己店里的员工。她有那么一秒想要晕厥过去，总归不想要亲眼看到这样的场景。他们有一个女儿，可歆和李三甸离婚之后就一直由可歆的母亲在带。我偶尔也会去看她，她长得很可爱，眼睛很大和可歆很像。可歆来找过我，她总是抱着我哭一场，我说有些不开心就当是粉笔字写在黑板上，擦掉便好，而有些不开心，会像钢钻在碑上刻字一般的深刻。她只是一直不停地哭，我说哭只当情绪发泄，不当此人的价值。她说好。

司徒锦和南宫珏这两个单纯可爱的人依旧很相爱，我想有些性格是三岁到老的。南宫珏一次在网上给我发一个链接，我打开来看，是一个网店的网址，叫做Double Three 南宫世家。她说她和司徒锦开了一个网店，卖一些杂七杂八的东西。我说为什么要叫 Double Three？她说因为三郎和三娘，这个网店有着我们三个人的名字在里面。我说如此甚好，开了店还记得分给我一个 Three，记得赚了钱也要分个三成给我。南宫珏笑着说你来当我们的模特，就分成给你，我说只是说笑罢了，还是愿意去客串你们的模特，但若是收了分成，恐怕自己也不会待见自己。我偶尔去给他们做模特，或许现在在 Double Three 南宫世家这家店还能看见我做模特的图片。权当为这家店打个广告吧，或许会有你们喜欢的东西。

大何总是来找我吃饭，我们几乎把周边一带所有的餐馆吃遍了，正朝着茶馆方向发展。大何还是一直一个人，还是总叫我帮他测字。他说有些东西必须作为基石存在，倘若自己没有一个好的基础，坚决不想祸害另一个人。做男人养家是最为起码的基本，这是一种责任。我说找些找到那个愿意同你同甘共苦的人来支起一个家,多好多好。他说走着看着吧。

大何和我表妹认识是在三年前,表妹大学学的是英语,出来之后到大何所在的培训班做英语老师,我们总是那样相信缘分,正如大何同我,同表妹同样是因为一场雨,一把伞熟络起来。那个雨天大何搬一个写字台,懿恺帮着他打伞一直到楼下。我知道大何是喜欢懿恺的,只是横在面前的年龄让他有些许不自在。我说曾经你和她在一起的时候有没有想过她或者也在纠结这个问题,当初横在你们面前的同样有年龄问题,你如何不考虑?他说因为他是年龄小的那个,如今是自己年龄大,怕是拖累了姑娘。我说倘若年龄小的那位同样爱着你,就因为你的闪躲而一直默默地等待着,这样的年华逝去岂不是冤枉?

大何同懿恺顺理成章地在一起,我且不说他们未来如何,我知道眼前的最为真实的是我亲眼看到了他们幸福。

柒白衣嫁到了南方,在南边做着她的绿松石生意。对于她丈夫我没有很深的了解,只知道曾经是一个退伍军人。麦子和二爷分手了,可爱和熊猫也分手了,很多事情叫我们明白过好眼下便是幸甚。我再也没有汀兰的消息,总是在梦里穿着霓裳羽衣翩然起舞,想起她的白皙的脸以及修长的手指。

我还是依然相信爱情,相信缘分。只是我不再把某些东西挂在嘴上,而是在时间沉淀中看到结果。很多东西即便是得到了也不一定是属于你的。

❹ 江南,善终

【我当再渡旧桥去,自是君来笑桥头。】

这个时候让我明白即便是先前多少被人祝福的有情人也好,没有走到最后一刻终究是不好妄下定断的。写下最后一章的时候,我七十八岁,我想现在是时候可以写下些什么。我还是依旧相信爱情,文人是可以矫情一辈子的,我想就这样死去也不会有什么遗憾。

可歆在二十八岁那年再婚,一直到现在是两个孩子的母亲,一个孩子的奶奶,她一直很幸福。二十八岁那年,可歆嫁给开染厂的卫姓公子。那男子也是再婚,我同当初祝福她和李三甸一样地祝福她和卫昶。卫昶同样是受过感情创伤的人,先前的女子同她在一起便是为了钱财,于是卫昶在失去感情的同时还赔出了一半财产。

司徒锦同南宫珏的孩子现已四十多岁,接管着司徒家的茶叶生意,他叫做司徒怜郧，与我同肖。怜郧总是时不时地来看我，我有时候开他几句玩笑，我说当初司徒锦是喊我阿娘的，如此说来你该喊我什么？怜郧总是笑着岔开我的话题，有时候也会顺着叫我奶奶，并大笑我为老不尊。我很乐意同小一辈开此等玩笑，我觉得有时候所谓的大小辈分、长幼孝悌也不是要毕恭毕敬、畏畏缩缩的。我总是把怜郧叫成小怜郧，因为印象中他还是刚出生时那般摸样。突然明白过来多年前父母还在的时候，他们总是诸多牵挂我的事情，无论巨细都要亲自过问甚至操办。

大何和懿恺抛开七年的年龄差距走到了一起，懿恺一直想要找一个大她许多的男子，一来成熟稳重，二来可以体恤包容。他们结婚的时候我同懿恺说很多，想来已是过了诸多叮咛的年纪，女子年长之后便多思考，是无须过多提醒的。

我在三十五岁那年答应同乐子晗在一起，没有大肆铺张地去办这件喜事，只是领了证一起生活，静如凉水，相安无事。我先前一直在问他有没有后悔过，他说不该如此提问，他觉得守护一份爱是无论如何都不应该去考虑这个问题的。他早早对我说过，他爱我，与我无关。我安静地靠过去，把头轻靠在他的肩上，我说如今你爱我，与我相关。他笑着抚过我的发，或者发已经不再像多年前那般柔顺，原来彼此的手也同样不再细滑。

这年冬至过，天很冷。我在想我还有多少个年头，如今已是垂暮之年，过着度一日少一日的光阴。时至此，觉得满满的幸福。没有一个人可以笃定一生只谈一次恋爱，只是每一次恋爱都要认真对待。人就着时间度去不断看清新的事物，未来之梦变成今日之事。或者曾经的梦想会完灭，又或者曾经的梦想变得完美，这些永远都是无可定性的。年长于此，只待安心安然安静安宁地度过眼下。只求今朝不做遗憾事，仅此。

结婚之后某一日，我回家去，在子晗写下诗句的旧日历上写下这样的句子：

去年今日初雪过，孑影天涯伶人袖。
我愁花开花又落，梧桐深院锁清秋。
河灯再灭半壶雨，那怕桥柳无绎留。
今朝再看初雪后，冰肌初暖乍风透。
我当再渡旧桥去，自是君来笑桥头。

我同样不知道谁会看到这些诗句，我以为一直遗落在那个旧车库破写字台抽屉里的文字却被我发现在家里，是日看到书柜上一叠陈旧泛黄的纸张，于内见到多年前自己写下的文字，陌生而熟悉。

多久之后，子晗对我说，思念不过是场冗长的等待。

后记

一张机，阁楼孑坐凉茶棋。十丈锦绣皆苍夷。昨宵离别，落言不语。更别眸中绪。
二张机，前窗针针缝衣裙。摘得桃花自欺凄。予君罗衫，赌物长铭。换做一纸忆。
三张机，塘桥莲叶落雨急。纤道壁薄独沾襟。之子红伞，帘里无命。愁云遍楚地。
四张机，秋风哪知伤别景。岂道万古诗人情。尽染千山，更染人心。弦断无优曲。
五张机，十年刈发百年齐。一尺青丝抵万金。谁家爆竹，又是除夕。新春难相聚。
六张机，残灯黜蕊一条心。千斤重担半分亲。五百忧思，何来男女。此情断难清。
七张机，琴弦何处两相依。难为昨宵冷烟雨。翌日无晴，还似有晴。回首艳阳裙。
八张机，零落成篱谁人泣。无言还把旧妆理。盼得君归，再诩悦己。花钿剪细金。
九张机，曲歌顾盼短朝夕。可怜今昔寒阴许。梦忱离卿，朦颜惊起。锦塌罗帐新。

【文终】

本故事纯属虚构

花田
典藏系列
书名：绝颜江湖
作者：漓云　开本：16开
定价：24.80元
出版社：江西高校出版社
出版时间：2012年11月
绝颜江湖
父母双亡，阴谋丛生，
从此走上复仇路！
江湖之上，谁没黄泉？你不退场，我未唱罢
且看：穿越法医运筹帷幄，俯览天下；痴情掌门真情守候，虏获美人心。
史上第一混乱！
【御姐江湖奋斗史】鸭梨出世
古言天后&榕树下人气写手【漓云】
首部独家珍藏古言绝密亮相